天空建筑师

伽利略之眼

L'OEIL DE GALILÉE

Jean-Pierre Luminet

〔法〕让—皮埃尔·卢米涅 著

刘天爽 译

上海人民出版社

"天文学家们所进行的严谨计算，使他们的思想和身躯永垂不朽：哥白尼、伽利略、开普勒、牛顿。"

——勒内·夏尔

"死者当年的习语、个人的风采、

各具一格的心窍，而今何在?"

——保罗·瓦莱里，《海滨墓园》

"天空建筑师"系列序言

您手中的这套系列小说，不仅是为了消遣而作，还具有教育意义。所谓"寓教于乐"，大仲马用他无可比拟的小说，将法兰西的历史娓娓道来时，已经有这样的设想。

科学的历史，尤其是创造它的那些科学巨匠们自身的历史，长久以来鲜为人知。而这一历史充满了崇高与卑微，既英杰辈出，也不乏叛卖小人，王侯将相，平民百姓，勇者与懦夫，可谓无所不包。简言之，他们都是对天际与大地充满激情的儿女，既有对智慧的追求，也有对物质的渴望，精神至上与七情六欲兼而有之。在探寻宇宙奥秘的征途中，与嫉妒心、权力欲、追名逐利、贪婪懈怠同行的则是无私忘我、敢于牺牲和精神的光辉。

埃皮纳勒＊版画中的学者形象往往漫不经心，始终仰望星空，若有所思。然而，真实的历史远非如此，伟大的科学家们在他们所处的时代都历经磨难，尝尽人生悲苦。他们具有革命性的先进思想，总是与知识界的权威、教会或者政权统治者相抵触而招致迫害。他们是先驱、发明家和天才的鼓动者。不过，人们通常会忘记他们本身也是非凡之人，个性鲜明——这或许因为他们在科学上的杰出成就令世人仰慕不已，以至于忽略了科学家本人所遭受的坎坷，人生跌宕起伏，未解之谜不断，极

＊ 埃皮纳勒（Épinal）：位于法国东北部洛林大区，18世纪末起以色彩鲜艳、雕刻精细的木版画著称。——译注

富戏剧性。一句话，他们称得上是真正的小说主人公……

由此，加之已故好友安德烈·巴朗的鼓励，在拉特斯出版社的大力支持下，我在1990年代末开始构思以"科学小说"的形式，再现这些鲜为人知的科学家中某几位的生平与成就。第一部《与金星之约》（Le Rendez-vous de Vénus）讲述启蒙时代科学领域重要的一段历史：各国的学者为了观测罕见又短暂的"金星凌日"现象在世界各地探索，进而使人类首次测量出从地球到太阳的距离。

之后，我继续创作《欧几里得的木棍》（Le Bâton d'Euclide），纵览亚历山大图书馆和在此从事科学研究的天文学者、博学之士和哲学家近千年跌宕起伏的历史。事实上，这正是西方科学史的起点：在世纪更替的漫长岁月中，几何学的奠基人欧几里得、天才发明家阿基米德、最早支持"日心说"却鲜有人知的萨默斯的阿里斯塔克斯、精确测量出地球圆周的非凡地理学家埃拉托斯特尼、其学说持续影响世界15个世纪的权威托勒密，以及兼具美貌与智慧的希帕提娅，这些科学的先驱者在探寻真理的战斗中不惜以自由乃至生命为代价。我仿佛置身于一场旷日持久的接力赛中，欧几里得在亚历山大城沙地上用来描绘几何图形的小木棍则成为一代又一代科学家传递知识的"接力棒"，无论何种政治、社会或者宗教的纷争，都不能阻止他们奋勇前行的步伐。比赛的"终点"是在亚历山大图书馆在大火化为灰烬的几个世纪之后，"接力棒"最终传递到一个叫尼古拉·哥白尼的人手中……

至此，书写天文学家传奇故事的"天空建筑师"系列一切准备就绪，书中将会展现16、17世纪一小批"奇异"之人如何彻底改变人类认识与思考世界的方式。简而言之，由四部小说构成的这个系列将把山鲁佐德在第849夜对苏丹讲出的那句名言表现得淋漓尽致："哦，我的苏丹大人，那些学者，尤其是天文学家，从来都不走常人所走之路。正因为如此，他们的冒险经历必定与众不同。"这个系列将会把哥白尼、第谷·布拉赫、约翰·开普勒、伽利略·伽利雷、艾萨克·牛顿等人类的英雄形象有血有肉、活灵活现地展示出来。当然，其中还包括一些名气虽不及上述科学巨人，但他们依然为前者所取得的成就所处了不可或缺的贡献……所有这些人都致力于创立一种全新的世界观，与哥伦布和古腾堡一样，奠定了建立现代文明的基石。

达尔文、巴斯德、麦克斯韦、爱因斯坦为何没有名列其中？这是因为16、17世纪标志科学——尤其是天文学的历史及人类整个文明历史的一个关键阶段。为了更好地加以审视，有必要回顾当时人类对于世界的本源与构建所具有的认知与争议。

亚里士多德创立的宇宙论在托勒密天文学的推动下日臻完美，中世纪时神学家们为满足自身的需要进行整理和修订。因而，古代与中世纪的宇宙被认为已完成演变过程，且规模极小，绝对静止的地球则是其中心，其他星辰围绕地球运转。世俗与精神的权威这种等级森严的"地心说"构造中自然占据着中心地位，这种宇宙观统治世界，并将其不容置疑的至高无上地位一直保持到17世纪。

"完美"宇宙第一道"裂痕"的出现与一个名叫尼古拉·哥白尼（1473—1543）的波兰议事司铎息息相关。他意识到托勒密天体系统的缺陷，试图发现宇宙运行中的整体协调机制，进而将萨默斯的阿里斯塔克斯（Aristarque de Samos）早已提出却被遗忘千年之久的"日心说"重新引入天文学研究之中。哥白尼的《天体运行论》直到他去世那一年才正式出版，这部论著确认太阳是世界的中心，地球围绕太阳运行，同时自身不断旋转。不过，哥白尼依然坚持宇宙是一个封闭的整体，其边缘由固定不动的天体构成。《哥白尼的秘密》* 探寻这一科学创举的奥秘所

---

　　* "天空建筑师"系列第一种。下文提到的《天空的对决》《伽利略之眼》《牛顿的假发》，分别为该系列第二、三、四部。——译注

在，展现科学家的犹疑、漂泊和缓慢的成长历程，仿佛在漆黑的迷宫中摸索，最终方能发现一丝真理的曙光，这正是伟大的科学家在实验室中探究奥秘的必经之路。

事实上，哥白尼的著作当时无人问津，无人理解。几十年之后，亚里士多德宇宙系统才又出现了新的"裂痕"。1572 年，贵族出身的丹麦天文学家第谷·布拉赫（1546—1601）观测到一颗新的恒星，并确认它位于极为遥远的星际，而那里一直被视为是一片固定不变的区域。他还观测彗星的运行轨迹，发现这些"天外来客"毫不费力的穿透亚里士多德天际所谓水晶般坚固的边缘。第谷亲自督造欧洲第一座天文台，命名为"天王堡"。他在这座无与伦比的巴洛克式殿堂中，连续 30 多年对日月星辰的运行进行细致精确的观察，收集当时最好的观测数据。令人遗憾的是第谷，直至生命即将结束时，也未能将这些数据组织起来，从而构建起一个更为合理的新的宇宙体系，最终他把"接力棒"传递到一位出身贫寒的年轻数学家手中——约翰·开普勒。有关宇宙的新的真相在两人充满激烈辩争的合作中逐渐呈现在世人面前，这正是《天空的对决》一书的主题。

开普勒（1571—1630）与伽利略（1564—1642）同为天文学革命的伟大推动者。他通过研究第谷·布拉赫提供的观测数据，发现行星运行轨道的椭圆形特征，创立光学与晶体学理论法则，最早探寻各类现象的物理学原因，尤其是预见到万有引力定义，而他所制定出的音乐理论对后世整个西方的音乐产生影响！开普勒性格特别讨人喜欢，具有人道主义精神，成为这部"天空建筑师"系列中真正的主角，甚至超过《伽利略之眼》中他的意大利同行。开普勒的确是小说家和历史学家所推崇的人物，而他本人更是把实现其科学理想的道路记录下来，同时对其中的错误与偏差进行反思。然而，伟大的科学家中极少有人敢于将自己创造性思想漫长又复杂的历程公布于世。通常，他们只公开最终的成功所在，却将所遭遇的艰难困苦掩盖起来。开普勒恰好与之相反，他把科学研究中的心路历程完全展现给我们。

说到伽利略，他最初既不是数学家，也不是天文学家，而是一位唯理性主义的物理学家，一位天才的实验者，却最终成为历史上最伟大的天文学家。1609 年，伽利略得知有一种光学仪器可以将所见物体放大，立即对这种仪器进行复制并改良，然后将这台"望远镜"朝向天际。一年之后，他将所观察到的结果汇集成书。这本小册子一经发表，立刻引起"公愤"：通过伽利略发明的望远镜观测到的一切都与亚里士多德物理学的教义背道而驰！从此，伽利略投身于一场捍卫哥白尼天体理论的卓绝斗争中，目的就在于证明地球物理学与天体物理学的共性所在。而科学家因此遭受宗教裁判所的审判，最终被迫"发誓弃绝"，引发极大轰动，促使他成为整个欧洲家喻户晓的人物。

伽利略和开普勒之后，人类对世界的认知发生了彻底的变革。地球不再是宇宙的中心，亚里士多德物理学受到挑战，这一切促使人们重新思考物体运动的法则，从而提出更为合理和精确的阐释。法国的勒内·笛卡尔（1596—1650）所创立的新的哲学体系影响深远，宣扬以精确的数学方式研究物理学，同时强调物质与精神二者之间的对立关系。笛卡尔认为无论是地球，还是太阳，或者其他星辰，都不是宇宙的中心。恒星就是无数与太阳相似或不同的天体，宇宙则由连绵不绝而呈旋涡状的物质构成，向着各个方向无限延展。

对原有宇宙观的彻底改造由艾萨克·牛顿（1642—1727）最终完成。他揭示出万有引力、光的折射、微积分等科学定律，编写成有史以来最为宏达的科学巨著。在《牛顿的假发》下，却隐藏着一位极其古怪的人，他令人生厌的性格让小说家感到头疼：记仇、善妒、宗教狂热。但是，正是他将一个半世纪前由哥白尼发起的科学革命画上了圆满的句号，现代文明就此拉开序幕。事实上，牛顿的哲学思想并不满足与对天文学乃至整个科学的革命性改造，更要将人类活动的各个方面囊括其中，为西方社会之后的发展演变奠定基础。如同在《圣经》中一样，牛顿在自然中追寻上帝，但他却为世人留下一个不再被宗教所掌控的世界。正因为有了牛顿，科学使知识从长期控制人类思想的宗教中有力地脱离出来，并且自由地引领着人类探索宇宙无尽的奥秘，从而感受到所生活的这颗行星自身的渺小和脆弱。

对科学的历史简要梳理之后，我们会发现"天空建筑师"传奇的续篇其实已经书写完成，准确地说就是之前提到的我的第一部小说：《与金星之约》（按照常规，这本应该最后阅读！）。小说的故事发生在 18 世纪，当时牛顿的科学理论已获得公认，天体运行机制通过数学计算达到完美，据此准确预测哈雷彗星的回归或者月球运行轨迹的细微之处，人们利用天文望远镜发现第一颗肉眼无法辨识的行星：天王星，并且制订出第一份星云表，甚至最早提出"黑洞"学说。从更为广泛的文化角度审视这个世纪，一批杰出的知识分子在"沙龙"中高谈阔论，伏尔泰、狄德罗、达朗贝尔以及其他思想家的声音回荡其中，科学、社会、风俗、政治，无不信手拈来。

遗憾的是，如今的哲学家和文学家却无法从容应对"大爆炸宇宙论""超导理论""超弦理论"这些话题！究其原因，则是自 19 世纪开始在理科与文科之间出现的"灾难性"的对立。我既是学者又是小说家，撰写这套系列小说的目的之一（或许有些理想主义色彩）就是要在一定程度上重建科学、哲学、艺术和文学之间丧失的联系。

故事的关键所在

本系列的每部小说都通过科学家的著作——这一点是理所当然的，同时还特别注重结合他们与亲人、朋友、社会、政治及所处时代的风俗习惯之间充满情感与矛盾的关系，讲述这些知识界的探险家们非凡的一生。人类历史证明，科学发展的每一个阶段都与具体的社会背景息息相关。少数天才人物则与所生活时代的政治、宗教和文化的历史产生共鸣，这个过程孕育出科学突飞猛进并具有决定意义的进步。

　　四部传记小说形式上是对科学的思考，却并非科学读物，而在于引起读者的兴趣。这些作品的首要目的并非传播知识——尽管这的确是作品希望达到的次要目标，传奇故事的形式能够有血有肉地展现人物，使那些初次接触时枯燥无味，甚至令人生厌的"科学"理论描述得更为生动。话语、思想都充满人性，从而证明知识从来都离不开丰富的情感。

　　每当小说中的情节涉及真实历史事件时，读者自然会思考一个问题：小说家自由发挥的程度究竟多大？甚至，读者有时会因为无法分辨真实与虚构而感到焦虑。这一点大可不必担心：每部小说的"后记"中提供了一些线索，能够满足那些想要深入探究历史的读者们的好奇心。我在"后记"中标注出部分写作素材的源头，加入图片和图表，以此解读这位或者那位科学家对宇宙体系的不同阐释。尤其值得注意的是这里提供了更为完整的科学家生平（此处绝对精确），使读者能够对在阅读中接触到的众多人物进行"定位"，从而将真实的历史与出于写作需要而虚构的故事清晰地区分开来。当然，这样做并非是要显示小说家创作的"诀窍"，不过是为了保证故事情节深深根植于所处时代历史与科学的真实之中。每部小说的主人公都是完全真实可靠的，虚构的人物极少，不过是一些配角。故事中的日期、事件以及人物的功绩和冒险经历绝大多数都是真实存在的，即便我偶尔喜欢夸大一些，甚至根据推测，虚构出某些人物之间的友情、爱情或对立。

　　读者将会通过各种方式游历欧洲，那些同世俗和宗教权力关系密切的学者—冒险家始终陪伴左右。这些学者无畏艰险，博学多闻，正直无私，又善于交际，有时也会显露出一点点野心，但不管怎样，他们都是人道主义者。每当他们与其他文明接触时，所有人都会表现出世界主义者的宽容，所有人都愿意为人类的进步做出努力。由此，读者在一页一页的阅读中不仅会发现科学发展的步伐，更加会体验到"一个欧洲"的想法从萌芽到成熟的历程。

"天空建筑师"系列希望为读者奉上一部科学、欢乐与勇敢精神的颂歌。正是归功于这些敢于冒险的杰出人物，人类才第一次对我们置身其中的宇宙有了正确的认识。浩瀚的宇宙无法测量它的边界，但凭借人类的智慧、创造力与想象力，完全能够探究它无尽的奥秘。

目录

伽利略之眼

"开普勒，攻取天空的地球之子。别去寻找什么天梯：地球自己就会飞。"

——杰·索希于斯（发表于《新天文学》的打油诗）

Ⅰ 国王的预言家

01

　　一匹高大的白马行进在队伍的前列，马尾泛着金光，鬃毛上系着红色的饰带。老侍从手中牵着的缰绳和马鞍上的坐垫也是红彤彤的。马镫金灿灿的。大家一定觉得，我不会参加天文学教皇——第谷·布拉赫的葬礼，而会去参加丹麦王子哈姆雷特的葬礼。然而，1601年11月4日的时候，我们却没去埃尔西诺尔，而是去了布拉格。

　　埃德蒙·布鲁斯讽刺地说：可怜的第谷啊，那是一匹战马！他生平最怕骑马，只要一骑马，他就感到天旋地转……上一次见他高高地骑在马鞍上，还是他第一次来布拉格的时候，国王亲自在他的马前迎接。

　　我是在从英国开往欧洲大陆的客船上遇到的埃德蒙·布鲁斯。他说，他与我那些富有的同胞一样，旅行就是为了游玩。而我对他却无法隐瞒：苏格兰国王雅克六世委任我拜访欧洲宫廷，并使他们确信，等年迈的伊丽莎白女王百年之后，她的继承人会对其他邦国实行同样的和平与友好政策，所有伦敦人都对此事议论纷纷。当年我二十四岁，在法国、西班牙、日耳曼民族神圣罗马帝国等地，都有许多见多识广的外交官，他们比我的经验丰富多了，但我还是要以官方身份为各国之间的关系增添一点新鲜血液。从表面上看是这样的。

　　其实，我根本不相信布鲁斯的话。我知道他像我一样热爱天文学、数学和航海技艺，我怀疑他在为刚刚成立的东印度公司做事。而我呢，国王陛下赋予我的秘密使命，是为另外一家商业公司的发展效力，它刚刚以弗吉尼亚伦敦公司的名字签署了契约。议会只批给了它北纬四十一度以下的一小块北美沿海地带，这是第一块刚刚投入使用的英国殖民地，议会把裘皮生意让给了英国的竞争对手加拿大，想让加拿大来探索西北通道。实际上，弗吉尼亚公司是想开辟一片英国新天地，以此击败西班牙，顺带把我们的荷兰同盟也一并击败。当然，我的任务并不是要成为第二个罗利*，而是要四处搜集一切有助于发展航海和地理方面的信息。然而，奇怪的是，世界上顶级的地图绘制工匠、天文学家和力学专家都分布在连一片海滩都没有的日耳曼国家……

布鲁斯只先我两个月到达帝都，可他似乎已经对布拉格宫廷无所不知，并了解皇室私生活里的所有秘密。他劝我不要和英国代表团的其他成员一起送葬，说在他的一个朋友家的阳台上观看仪式进程，可以看得更真切。

当战马身后的战鼓闷声响起，十二位身份显赫的军中将领将考究的木棺传递过来。布鲁斯叫得出每一个人的名字，他言之凿凿地对我说，他们非常憎恨这具抬在手中的遗体。他们把这具遗体称为"国王下地狱的灵魂"，因为他们当中没有一个人得到过鲁道夫二世给予他的数学家、星相学家那样多的恩宠。随后，第谷的家人来了，至少，他的两个儿子、女婿当涅日勒和三个女儿到场了；据说，他的四女儿正在她妈妈的帮助下分娩。但是布鲁斯认为，礼宾司的人一定是不想让这个寡妇来，因为这个农村家庭出身的女人从来都没参加过宗教葬礼。

跟在第谷一家身后的，是哈布斯堡王朝的鲁道夫二世的代表。奥古斯汀陛下本想亲自送他敬爱的第谷最后一程，但那样做实在是荒谬。他的大部分亲密参赞、公爵、内侍、大臣和男爵我都见过。这些人当中，

---

* 沃特·罗利（1552?—1618），英国诗人、军人、政客、探险家，历史学家、科学家。沃特·罗利勇敢高尚而且英俊潇洒，彬彬有礼。为此，女王封他为骑士，并称他为沃特·罗利爵士。后被诬陷"叛国罪"而入狱13年并被处死。——译注

没有一个是天主教廷、罗马教会的代表：纵有这一切浮华，葬礼还是要遵循路德式的习俗举行。

大学教员的队伍，为国王效力的学者和艺术家们依次从我们的窗前经过，他们身着红黑相间的长袍，头戴四四方方的帽子。

——啊，这位就是第谷的下一任皇室数学家——约翰·开普勒。布鲁斯说。

——约翰·开普勒是谁？我漫不经心地问道，装出一副对星相学家、炼丹士和哲学家都不感兴趣的样子。

——走在大学校长马丁·巴查扎克和医学院的院长让·杰森斯基中间的那位就是，让·杰森斯基又叫杰森纽斯，是著名的解剖学工作者。您瞧，那个留着黑胡子的人就是开普勒，他瘦得像他拄着的拐杖似的。

托马斯·哈利奥特小声说道：约翰·开普勒就是《宇宙的奥秘》一书的作者，他不久前写信对我说……

我警觉地在这位天文学家的腿肚子上踢了一脚：不要泄漏半点儿可能引起东印度公司人员怀疑的信息。托马斯·哈利奥特当年四十岁，他是第一个用航海方式来证实自己学说的当代数学家。他是牛津大学的老师，他听从了前学生、闻名遐迩的罗利的建议（伊丽莎白叫他"海豹"），出发去寻找新世界的北岸，为纪念我们的女王"处女王后"，把这个地方命名为"维吉尼"。哈利奥特翻开一张地图，上面用烟叶标志着岛屿，他还拿出一本有趣的航海日志。他是帮助我收集信息的最佳人选，他可以为我收集到所有可以帮助伊丽莎白陛下成为最博闻强识的水手所需的信息，她会成为世界上最强大的女王，他也可以帮助维吉尼公司成为最繁荣的商业工会。

我们没去布鲁斯朋友家的阳台，而是加入到英国代表团的队伍，这样便可以在墓穴前找到一处聆听葬礼祷告词的好地方。在门口，布鲁斯抓住我的胳膊惊呼道：

——看啊！帕斯伯格！曼德鲁·帕斯伯格！丹麦国王和挪威国王肯定都觉得派这个人去参加他们最负盛名的臣民的葬礼再合适不过了！克里斯蒂安四世一定是怨念深重……

——曼德鲁是谁？我的医生苏格兰人罗伯特·弗勒德问道。

——医生先生，牛津大学没人跟你说起过这个人吗？布鲁斯问道。曼德鲁·帕斯伯格，是就那个在决斗中把第谷的鼻子割下来的人，这件事已经过去很久了。

——他们是为什么而决斗呢？我是明知故问。其实我对这位已故丹麦天文学家的生平非常了解。

——是为天文学上的一个不同观点争执起来的。亲爱的，我承认，我很欣赏学者之间的小吵小闹，虽然这种争吵最终可能会闹出人命。

——您甚至还会怂恿他们争斗，是吗？弗勒德争辩道。有些人可真奇怪，自己不能有所建树，便猛烈地摧毁掉别人用毕生精力所构建起来的一切。

——好了，医生，我打断他的话，现在争吵可不合适……还是到我们的朋友那儿去吧。

作为巡游的参赞大使，我不得不加入到一个符合我身份的行列中去。哈利奥特和弗勒德分别充当数学家和医生。弗勒德，二十七岁，他曾是哈利奥特在牛津大学圣约翰学院的学生。他还没有获得足够的行医资格；此外，他曾满腔热情地为帕拉塞尔苏斯的论文辩护，这使他的老师们大感不快，更何况，他还模仿过这位六十年前去世的炼丹士的疯癫行为，将盖伦的书当众焚毁。弗勒德在牛津大学呆不下去了，他听从了他从前的数学老师的建议，投奔到我们这里。他与他的偶像帕拉塞尔苏斯一样，也对参加神秘社团的古代名人非常感兴趣：爱马仕·迪美斯特，皮塔高尔，毛依斯，阿里奥斯等等。我和哈利奥特是持怀疑论的英国人，我们没有看重具体事物以及它们永恒价值的务实头脑。但是我们需要他，需要他帮助我们获得第谷和国王的信任。

　　遗憾的是，我的官方外交任务使我们长期留驻在法国亨利四世的宫廷里，随后，我们又留在了巴伐利亚。半路上，我和哈利奥特在符腾堡州停了下来，我们停在这儿，并不是因为这个大公国是世界棋盘上的主要棋子，而是因为我们坚持要见一位杰出的天文学家——图宾根大学的数学老师，米歇尔·马斯特林。这个男人和蔼可亲，学识渊博，然而他对宇宙航行的基础知识却所知甚少。此外，图宾根大学被粗暴地贴上了路德主义教义的标签：人文主义者和哥白尼学说的信奉者如果胆敢在教室里散布这些学说，一经举报，就会被学校开除。然而，我第一次与人谈及第谷的助手——约翰·开普勒，却不是与哈利奥特，而是与这位米歇尔·马斯特林，约翰·开普勒是他从前的学生。

　　第二次谈及开普勒，是在下一站，在巴伐利亚的首相家，首相在圣经编年学和犹太教神秘哲学问题上，勤勉地与开普勒保持着联系。这里是弗勒德的管辖范围，我们没有多逗留。在整个行程中，我阅读了开普勒的《宇宙的奥秘》。

　　最终，我们于 10 月 15 日到达布拉格。第谷是前夜去世的，我的任务失败了：我再也无法从他那里了解到天文观测了，而那些信息对维吉尼公司的美国计划大有裨益。我再也无法从他的机械学才智中获益、无法与他共同研制最好的航行仪器，仿制微型六分仪、八分仪等精准的等高仪，他用一生时间创造并改进这些仪器，将其一生都贡献给了宇宙艺术。

　　没错，我的任务艰巨。第谷狂妄自大，这一点，他在未成年的国王克里斯蒂安四世面前毫不掩饰，为了惩罚第谷，苏格兰国王前来参观了著名的丹麦天文台维纳斯，雅克六世想在自己的地盘上给这位天文学教皇点儿颜色看看——此外，正如我所说，当时我是随行人员。我的君王命令他的私人医生去参战，他并不想对抗布拉赫王子，而是要对抗哲学家第谷。这位医生自己也研究星相学，这使他痛苦万分！勇敢的医生将矛头指向丹麦天文学家最为坚固的壁垒：他的彗星理论。实际上，第谷已经证实了漂移的星体不会撞击到地球，因为从来没人见到过彗星遮蔽月亮，彗星在更高的轨迹上运行着，这与亚里士多德和基督教评注家对于固定的、游移的星体的认识相悖，扰乱了完美的宇宙次序与晶莹剔透的星体间的和谐。这个论断虽然骇人听闻，却也千真万确。

　　第谷成为国王的星相学家，为了获得第谷的接见，我必须向他证明英国人并不都是他的敌人。这就是为什么之前我让哈利奥特与他交流一下在维吉尼公司的见闻，并让弗勒德向他询问了一些炼丹术和占卜方面的问题。可是我们来得太迟了。他只把开普勒留给了我们。

02

——亲爱的先生，我的朋友，您一定要把这栋房子当成您自己家，别当成我家。再说了，这还真不是我家，因为这栋房子归大学所有。但是我要承认，作为大学校长，我确实对这地方有些近水楼台的特权。我向您索要的唯一一笔租金，就是当天空出现有趣的天文现象的时候，请邀我一道儿到我那简朴的天文台上去看看。

校长马丁·芭沙扎克似乎顽固地支持第谷修正过的托勒密理论体系，尽管如此，马丁依然是一个优秀的人，一个真正的人文主义者，受职责所迫，他不得不宣扬天主教会的学说，那些学说不会给他带来灾祸。住在第谷宫殿的几个月时间里，开普勒只与马丁·芭沙扎克见过两三次面。然而丹麦天文学家去世两天之后，校长便开始担心开普勒会被第谷的子女赶走，这样一来，开普勒的妻子巴赫巴哈、继女雷吉娜、他的朋友医学院院长杰森纽斯，就都会流落街头，正是出于这样的担忧，芭沙扎克邀请开普勒到家里吃夜宵，并将这栋坐落于布拉格高处的漂亮房子提供给他住。

——校长先生，我对您的好意感激不尽，可是如果国王和他身边的大臣没有遵循第谷的遗愿而是另选他人，那该怎么办？比如，让政客接手皇室数学家的职务怎么办？最不缺的就是候选人了。

——放心吧约翰，杰森纽斯打断他的话，你的任职不会产生任何非议。我今天早上从参议员布拉赫维茨那里确认过了。甚至连首相高哈杜克也支持你。皇家国库付予你的酬金要比死去的第谷少三倍。很遗憾地告诉你，虽然你功勋卓著，但他们不会单凭你的功绩而选择你……！

开普勒狡黠地笑了。

——莱昂贝格客栈老板家的儿子要很不情愿地抱怨了——莱昂贝格，先生们，你们知道施瓦本地区这个迷人的小镇吗？其实这已经是一笔不小的数目了。其次，别忘了我发现的著名数学法则：少三倍的工钱就意味着要多干三倍的活儿，就意味着身边多三倍搞占星、占卜和天黄道的小丑。或者说，我比第谷的出身卑微三十倍；所以我要比第谷努力三十倍。要完成王子赋予的苦役的是农民，而不是领主。

在开普勒与第谷见过最后一面的三小时后，第谷去世。得知第谷的死，开普勒感到一种解脱，随即他又对此感到羞愧。他们在一起工作了已经将近两年，但这两年间争执不断，争吵、分离、和解、缺席这样的事情时有发生。尽管他们两人对宇宙概念的理解大相径庭，可他们的争执与研究的关系却不大。这两个人的性格截然相反，比自然哲学的两个流派之间相差的还要远。领主布拉赫想要平民开普勒臣服于他，而开普勒呢，尽管他只是省内一名普通的教师，却也想在天文学上与第谷平起平坐。因此，他们本应对天体运行进行的卓有成效的争论，都变成了弱智的小淘气鬼之间的小吵小闹，他们对于坐在桌旁的哪个位置、关于柴火和樱桃柄，也会争执不休。

然而，后勤部和礼仪司遇到的诸多问题还是很有挑战性的。三十年来，第谷积累下最为精密的天文学观测记录，自从人类抬起头颅望向天际、探索天空的奥秘以来，从未有人做出过这样的观测。换句话说，自从德拉格以来，从未有人做出过这样的观测。开普勒想得到第谷的观测资料以及哥白尼的论文（哥白尼认为太阳是静止的，地球就像其他行星一样，围绕着太阳运转），以此作为自己论文的支撑依据。然而第谷却拒绝将自己的毕生劳动成果全部交给开普勒，或许是担心自己精心构思的天体理论在他技艺精湛、又精明能干的助手手中毁于一旦：第谷认为地球静止不动，它处于宇宙的中央，太阳围绕着地球运转，然而所有行星都围绕着太阳运转。哥白尼的日心说在宇宙中产生令人眩晕的空洞，总之，在哥白尼骇人听闻的日心说与托勒密古老的地心说之间，第谷宽慰人心地做了折中，生锈运转不起来的机器只能通过似是而非的把戏蒙混过关。最后，在临终的床榻上，第谷想通了，只有开普勒能继承他、能运用他的观测数据，就像托勒密也使用过喜帕恰斯的观测结果一样。于是，第谷把著作留给了开普勒，并且留下遗愿说，他要在冥冥之中看到自己的选择没有错。

在丹麦天文学家去世两天之后，在这栋雅致的房子里，开普勒对他的朋友——校长和院长讲起他与第谷的最后一次见面的情形，这栋房子从此便是开普勒的了。像往常一样，开普勒对死者的遗言毫无保留，第谷的临终遗言用罗马国王的风格写道："Ne frustra vixisse videar!"——"我多么希望我的一生没有虚度呀！"

——我们都有过这样的愿望，校长芭莎扎克不乏哲思地说道：在世间短暂地停留一场，我们都希望能够为人类的幸福和上帝的光辉做些什么。然而这只不过是为真理的殿堂加了一块砖瓦。

——当然，杰森纽斯回答道，但只是小声地说，近三四年以来，第谷对饮酒的兴趣可比读书大得多，临终前，他的所有工作都没有完成。说吧，约翰，他是给真理的殿堂加了一块砖、还是满满一车砖？

——现在还无从知晓。他只是留下了一堆材料。朋友们，请原谅我的自负，我是唯一一个能够为此做些什么的人。否则，他为何偏偏将观测资料留给了我？遗憾的是，这份遗嘱也只是口头上说说。再者，在接下来的日子中，怎样才能得到这份遗产，也是件劳心费神的事儿。我不得不将它偷到手中。先生们，我以宇宙真理的名义，恳请得到大家的协助。

为了满足布拉格人的崇敬与好奇，第谷的遗体展出了一个星期。他的住所总是人满为患。大家都想看长生不老药的发明者最后一眼，是他把国王从瘟疫中拯救了回来，长生不老药是以珊瑚、液体汞和液体金为原料提炼而成，死者的小儿子——乔治·布拉赫为自己的药物学和炼丹术洋洋得意——为了从他身上捞一桶金，城里所有药剂师都将丹药大量批发出去。人群涌入库尔修斯宫，宫殿的名字源自一位首相的拉丁语名字——库尔修斯，他正是这所宫殿的建筑师。为了免遭偷窃和抢劫，国王在宫殿里派遣了一支强大的私人护卫队。

第谷的女婿——骑士当涅日勒，随即宣布自己成为家庭的新主人，库尔修斯宫的仆役们连一个面包渣儿也休想从他身上拿走，他对此格外留神。这么多年来，他在布拉赫家费了那么多心思！这位萨克逊探险者获得险胜，他让主人的一个女儿——伊丽莎白怀了他的孩子，在孩子出生前三个月，他逼迫第谷将女儿嫁给了他。有人说，被迫将自己最心爱的孩子嫁给自己的秘书，才是逼死当年最负盛名的天文学家的真凶，第谷跌落到绝望的谷底，并开始酗酒。

在布拉赫家族，当涅日勒依然势单力薄，在皇宫里也是如此。当然，他已经成功收服了年长的蒂厄、并使这个意志薄弱的懒散男孩日渐堕落，但是，小乔治、三姐妹中至少有两个都对他充满敌意。他在宫廷里也树敌不少，尤其是受到他的婚姻丑闻牵连而恼火的教友，以及聚集在国王的身边的众多艺术家和哲学家，他们都觉得这个爱要手腕的寄生虫有辱第谷的才智。

在岳父生命垂危的漫长的时日，当涅日勒清点了一下他的财产，他发现这位享誉盛名的死者的财产远没有他的那套房子值钱。一旦没有了那笔可观的皇室数学家的酬金、变卖掉漂亮的藏品，这个家也就什么都不剩了，丹麦皇室很久以前就没收了布拉赫一家的领地。同国库倒是很好商量，神奇的天文测量仪器都为第谷卓越的功勋做出过超乎一切的贡献。最简单的方法就是把这些仪器卖给鲁道夫二世，但是当涅日勒最终算计好，最划算的方式就是以金子的价格出租，以此获取用益权。一经决定，他就去求见大主教贝尔卡，对他说，葬礼结束后，他就会放弃路德主义的歪理邪说，并会带领布拉赫全家皈依天主教阵营。这场皈依理应在王国的统治中获得一笔丰厚的劳酬作为回报，不是吗，殿下？

　　至于开普勒，他在当涅日勒眼中无足轻重。等第谷一死，他就要把这位"施蒂利亚小老师"扫地出门，当涅日勒是这样称呼开普勒的。但他不能这样做，因为在第谷死后的第二天，他最年长的小姨子，玛德莱娜——唯一不在他猎艳范围的第谷的女儿，在家庭理事会面前宣布，由他父亲的助手着手分类整理死去的父亲的天文学记录。当涅日勒把全世界的人都看成和他自己一个样，他提出反对意见，说开普勒不能好好利用这些资料，想把这些珍贵的资料据为己有。但是，国王的两个代表到这个本应举行葬礼的地方参加了会议，玛德莱娜的提议完全出于好意，布拉尔维茨议员和霍夫曼领主都赞同玛德莱娜的提议。于是，当涅日勒决定盯紧这个小老师。

　　虽然当涅日勒追随第谷工作了十年，但是这位萨克逊探险家对于天文学也只是略知皮毛。然而，他能确定的是，他岳父记录下的成千上万条观测都有强大的商业价值。国王也会不惜重金将它们购买下来。但他又不了解行情，那要怎样跟人交易呢？然而，开普勒一定对此清楚得很。于是，当涅日勒决定在他身边安插一枚间谍。

　　由于当时并不能确定去施蒂利亚领遗产的开普勒还能不能回来，马蒂亚斯·赛法特成为第谷的第二任天文学助理，他与第谷共事才几个月。当涅日勒饱受精神上折磨，他毫不怀疑地认为赛法特想要取代开普勒，他一定会对开普勒的归来感到不满。于是，他把赛法特叫到一边，告诉他紧盯着开普勒的一举一动，并且要全部汇报给他，还自诩说以他现在的财力，他会让赛法特登上皇室数学家的宝座、继任第谷的位置。

　　而赛法特做的第一件事，便是把他和当涅日勒之间的对话说给了开普勒听。这两位天文学家被愚蠢的骑士逗得哈哈大笑，他们无法想象，如果不追名逐利，骑士们可怎么活。他们投入到工作中。整理文件、编目录，一干就是一整天。晚上，开普勒平静地回到校长为他提供的房间里，既不带公文包，也不提小箱子，只是依靠在第谷临终前留给他的那根粗拐杖上——"欧几里得"拐杖。而赛法特依然住在库尔修斯宫，向当涅日勒汇报情况，详细地把他们一天当中的所作所为说给他听，大量的数据，角度，掩星，相对位置，这些专业术语使当涅日勒应接不暇，将他完全淹没在纷繁的星体中。清晨时分，开普勒回到库尔修斯宫，看起来筋疲力尽，似乎一夜没睡的样子，衣服上还沾着墨水。

从第谷去世到葬礼，接连十二天的时间里，他们一直在用这个招数。在这场盛大的仪式结束后的第二天，在布拉赫家大儿子的陪同下，当涅日勒钻进闲置的工作室，这便是两位天文学家探索神奇的地方。第谷三十八年来的观测信息都详细地封存在档案袋里，封皮上还标注着日期。这很容易使当涅日勒相信一页纸都没有少。当涅日勒对此有些失望。他多么希望把盗用文件的开普勒抓个现形。

——蒂厄，依你看，我们把这些文件卖给国王多少钱合适？他问第谷的大儿子。

——决不可以，弗朗兹，不可以，你听清楚了，我绝不会与父亲的毕生心血、与我的父亲的荣耀分开的。我会一直追随着这本著作。正如你所说，我会用这些"纸张"建立起所有陵墓中最为宏伟的、属于第谷的金字塔。别再和我说这个了，我不允许你那样做。

当涅日勒不说话了。他太了解布拉赫家的大儿子了，他无法说服他。蒂厄被前夜的葬礼和杰森纽斯的葬礼祷告词纷扰得心烦意乱。葬礼对于他来说就像是一场默哀。医学院的院长没有提及这位父亲的专制，在蒂厄的整个童年和青少年时期，第谷强行把他的长子关在幽森的汶岛上学习数学，使他厌恶地学到恶心，冰冷的夜，他就睡在寒风里，盯着沉默的星空或是摆弄着刻度尺，让孩子远离无忧无虑的、喧嚣的丹麦贵族的生活。

在葬礼祷告词中，杰森纽斯为第谷树立起英雄的铜像和金像，将他誉为全世界无人不知、无人不敬的知识之神。蒂厄感到自己肩负着追随这本伟大的著作、不辜负第谷对自己期望的神圣使命：我是他的继承人，他生命的延续，他的后裔。

当涅日勒心想，"一年之后，他就不会出现在这儿了。布拉格对意志薄弱的蒂厄有太多诱惑。蒂厄想在寺庙为父亲守灵，但是他很快就会放弃的。至于供奉女灶神的贞女嘛，这件事情我来办好了。"

杰森纽斯和校长芭莎扎克对扮演"小偷"开普勒的同谋乐此不疲，开普勒自己也乐在其中。要说的是，这两个人对第谷也都略有偏见。前者在一年时间里，一直忍受着从丹麦贵族的私人医生队伍中除名的凌辱之痛，后者是因为皇室数学家所征收的酬金已经严重超过了大学的财政开支。另外，"同谋"一词也有些言重了。说成是"誊写者"也许更合适。其实，每天晚上，开普勒都给他们每人一本手稿，他们彻夜抄写。早上，他们的朋友开普勒回来，将原稿拿回库尔修斯宫去。这项工作是于葬礼的前夜才完成的。刚好及时。

——亲爱的约翰，就算报答我吧，我请求你也为我熬一个通宵。帮我撰写一篇葬礼祷告词吧，我可写不出来。我对天文学了解得不多，说不定会说出什么蠢话。杰森纽斯说道。

——可是……你还没把演讲稿交给陛下吗？

——当然交了，陛下还亲手为我修改了几处。可是……

——可是你想让我在祷告词里加入一些诋毁第谷的文字。可别指望我会把死者的思想歌颂得至臻至美。第谷是最伟大、最严谨的观测者，但是他从来都没能从这些观测材料中总结出点儿什么来，也就是说，他没能构建出一个体系。

——好吧，那就照你说的做吧。现在我只闻得到火药味儿。

葬礼祷告词是一篇暗含弦外之音和隐喻之意的小篇幅著作。在听祷告词的过程中，我并没发觉有什么不妥。跟我一同前来的同伴——托马斯·哈里奥特对我解释说，开普勒只用几句话，就打破了第谷·布拉赫的地球日心说体系。

听开普勒和杰森纽斯说完之后，解剖学医生在喝下一大口源自美洲的时髦劲饮——可可，随后向他的朋友问道：

——说说看，你把这么多手抄本运出皇宫、再放回到原处，却没被抓住现形，这是怎么做到的？

——捉住现形？真的会吗？开普勒露出一丝狡黠的笑，说道。很简单……只要计算好每个圆桶的容积就可以了。我只是用欧几里得的立体测量法解决了一个小问题。

然后，他用戴着手套的食指抚摸着第谷留给他的那根粗大、空心拐杖的象牙圆头，它代表狮身人面像的头。

03

　　第谷的葬礼两天后，开普勒受到参赞布拉赫维茨的召见，他要正式授予开普勒皇室数学家的职务。此时，国王还身陷绝望的深渊，因此拒绝接见他所爱戴和崇敬的第谷的继任者。任职是在悄无声息中完成的。

　　第谷的死来得可真不巧，至少，对于国王的精神健康来说，可不是件好事儿。其实，对于鲁道夫二世而言，之前的两年过得很恐怖。大家甚至认为他会抑郁到疯癫的程度。教皇派教廷大使斯皮内利到布拉格前来救援，他称国王被魔鬼附了体。斯皮内利是嘉布遣会修士的首领，这位驱魔法师进入皇宫，耶稣教会会士们对占星师、犹太教神秘哲学家、星相学家和君王身边成群结队的炼丹士的殷勤态度才有所收敛。几个月以来，鲁道夫受够了这些比丘，因此拒绝接见驱魔法师。人们议论纷纷，说每次做弥撒的时候，鲁道夫都会不可抑制地颤抖，如果有人悄悄将祈祷书塞进他的口袋，他便会痛苦得大喊大叫。反之，第谷对此却无动于衷。他本身就有一种忧郁的气质，他让鲁道夫帮他分担所有忧虑和执念，他对鲁道夫预言说，最坏的结果就是将国家统治得一团糟，或者告诉他，最好的结果就是要熬过一些低迷的日子，那段时间什么都不要做了。国王听了第谷的话，呆在隐修院内，国家大事可以勉强维持。君王忠心耿耿的仆人们都说，如果说有魔鬼占据了鲁道夫的魂魄，那么这个魔鬼便是第谷。

　　就在这期间，鲁道夫发现他的一个重臣为了他弟弟马蒂亚斯的利益出卖了他，他想把他勒死。大家制止了他，但是鲁道夫把愤怒转嫁到自己身上，他想要用打碎的镜片割断自己的喉咙。

接着，在第谷死前的几个月，事情一下子都平息了下来。丹麦天文学家这才得知，他最心爱的女儿伊丽莎白怀上了他唯一可以完全信赖的男人——他的秘书弗朗兹·当涅日勒的孩子。流言四起，第谷丢下数学家的工作，开始酗酒暴食。鲁道夫在他身边苦苦相劝，却也无济于事。然而，正是这几个月期间，国家的局势开始好转起来。法国亨利四世国王的一个大使为确保两国与其他各国之间的和平永保无虞，前来布拉格拜访。西班牙的飞利浦三世与他的父亲不同，他似乎并不愿意介入到他的哈布斯堡王朝表兄们的战争之中。最终，土耳其的入侵者撤退到远离维也纳城墙的地方；从那以后，唐西万尼又回到了帝国的怀抱，它的解放者"勇士米歇尔"振翅欲飞，却被来自维也纳的暗箭铲除，国王的弟弟马蒂亚斯早已磨好了刀刃。

随后，第谷死了。要说整个宫廷都陷入悲伤，那可有点夸张。总之，在他尸骨未寒的时候，占星师、预言家和星相学家就在他的陨逝中看到了快乐的曙光；他们对国王预言说，他在位的这些年，王国会长治久安、繁荣昌盛，就像流淌着牛奶和蜜糖的花瓣般的黄金时代。以鲁道夫的才智，他足以让这无稽之谈成为现实，可是他的心情太过幽暗，想到未来，除了最灰暗的色彩，他什么也想不出来。外交和战争的胜利使他的情绪亢奋而激昂；第谷的突然离世又让这位大家心目中欧洲最强大的君主悲痛万分。参赞花了许多力气，才使国王接受了新皇室数学家——约翰·开普勒。

丹麦天文学家第谷的葬礼过去一个月之后，国王召见了开普勒，这么长的吊唁期通常是去世的王后才特有的待遇；尽管不断有人向他引荐配偶，其中不乏英国的伊丽莎白，但是鲁道夫一直拒绝娶妻。参加见面会的人不多，是在君王的一栋私人公寓的小客厅里举行的。鲁道夫惧怕人群，他特别害怕人群中会突然冲出个刺客将他杀掉。因此，除了他的两个主要私人医生，负责炼丹的答丢斯·哈捷克和精神炼丹术的热衷者米歇尔·马耶，听他忏悔的新神甫让·皮斯托诺斯（他从前是改革派，现在皈依到了天主教的门下），威尼斯画家高斯莫·喀斯特尔弗朗格（他是国王钟爱的画家）之外，到场的还有国王的大掌事高哈杜克和财政部的安维扎格。安维扎格担心鲁道夫会因一时冲动许诺给开普勒与他的前任同样多的酬劳。

开普勒知道国王对人的外表非常在意。因此，他衣着的色彩和剪裁都是精心挑选过的。他不想像瘦小的第谷那样出现在鲁道夫面前——猩红色的衣服，怪诞的皱领，奢华的宝剑，这些都会让人想起从前的大庄园主。他也不想穿一条用皮毛披风高高撑起的暗淡白领长袍，似乎严肃和忧郁的衣着可以相应地反映出穿衣人的气质。总之，当时很流行带花边的皱领，再配上一顶翎毛平沿帽，如果不是他消瘦脸庞上那幽黑、深邃、微微有些外斜视的眼神，他看起来就像一位乡下来的质朴绅士，没有人会回头看他第二眼，他留着浓密、乌黑的尖胡子，消瘦的脸颊上的胡子都剃光了。

作为开场白，鲁道夫叹息着说：开普勒先生，真不幸啊，在失去第谷的同时，我也失去了一件宝藏。

开普勒深深鞠躬，回答道：

——陛下，世界和哲学界与您同时失去了他。

正说着，他突然想到刚刚说到的"宝藏"一词，他把最好的那部分宝藏偷走了。

国王接着说：我们的朋友走了，他生前总对我说，在这个世界上，只有一位天文学家可以取代他：那就是您，开普勒。我的孩子，他非常喜爱您，尽管他也指责过您，说您发起怒来根本不分尊卑上下。

——第谷领主不仅是天文观测者，也是人类灵魂的杰出观测师。

——说得漂亮，鲁道夫微笑着说。我很喜欢你，开普勒。比起没性格的人，我更喜欢你的暴脾气。你说是不是，高哈杜克？

国王的内侍咬了咬嘴唇。宫廷上下，没有谁比他更会拍马屁了，即便是他主子最漫不经心的一句话，他也通常能够夸耀个天花乱坠，以至于国王这样评价他："我放个屁，高哈杜克都知道是什么味儿的。"

国王继续说道：勇敢的开普勒，我想要你做的，是为我们整个帝国制作最完整、最精确的星表。哦，我知道这项工作并不轻松。但是我会为你找一位助手的，对吧？

财政部部长插话道：我们对马蒂亚斯·赛法特医生就非常满意，我觉得没有必要换人。

——是啊！啊，安维扎格，如果学者的能力都要由他们为国库谋得多少财富来衡量的话，那么"科学院"就不再是科学院了，而是装满蠢驴的马厩。

——赛法特先生才华横溢，他就如同您这谦逊的侍者一般，对自己的命运很知足，开普勒说道。

他对此再确定不过了，但是他并不想得罪那个手握财政大权的、给他发工资的人。再说，国王对这个话题也不感兴趣，他继续说道：

——我向人询问过您著述的占星术，那时您还是施蒂利亚王国的数学家。您的占星术写得如此出色，它详细记载着这四年来所发生的一切。从前，我虔诚的表哥费尔迪南放走了您，他可真没有眼光。我是说，从前。

让·皮斯托李奥斯神父露出一抹微笑。谁都知道鲁道夫对奥地利大公爵费尔迪南·哈布斯怀恨在心，费尔迪南并不是放走了开普勒，而是在施蒂利亚王国的领地追杀他，所有的路德教教徒也都遭此厄运。

——陛下，您过奖了，开普勒回答道。我觉得，很多人都认为机缘和巧合与我的预言不谋而合。毫无疑问，天体运行会影响到子民和国家，但是，在我们还没能弄清楚宇宙怎样运行之前，我们就不会明白它为什么会这样运行、也不会知道它想要告诉我们什么。如果政府在做决定之前就听信星象学家的预言，这似乎非常危险。

内侍说：那么，难道统治不是预言吗？

开普勒的回答干脆利落：

——当然啦，阁下，但是预言却不是统治。

这巧妙的回答，至少让财政部长安维扎格严肃的脸上绽放出一抹微笑。相反，国王却因这一转换十分尴尬。他抚弄着扇形的浓密胡须，那胡须是用来掩盖他那恐怖的下巴的，自从查理·昆特国王起，哈布斯堡王族就都长着这样的下巴。鲁道夫才智过人，在第谷做他星相学家的近四年来，灰暗而迷惘的预言对他打击不小，他觉得，开普勒来了，事情会有所不同。可是鲁道夫就像个孩子，他不喜欢改变。因此，鲁道夫已经受够了这次会面，他迫不及待地想要躲回到他的忧郁、愁绪中，与他收藏的钟表呆在一起。

他疲倦地说道：开普勒先生，我们希望您可以完成第谷的遗作。我想，在天体运行的观点上，您与他有很大的分歧，但是您有发表您的看法的绝对自由，或者可以就这一主题将您的观点付诸实践，据我所知，您信奉的是哥白尼学说。只要我还在位，您永远都不需要担心。但是出于尊敬，请您完成第谷的遗作。您可以随意使用他那些最好的仪器，我也非常愿意帮助您。

财政部长不时地轻咳。

——安维扎格，您有什么要说的吗？国王问道。

——陛下，说到仪器，那是第谷领主的继承人的财产。他们提议把这些仪器连同第谷的手稿一起卖给您，总共两万泰勒。

——那么，您在等什么，还不赶快买下来？

——国库空了呀！

——去借！

——我们无力偿还。全国没有一家银行愿意借钱给我们。

——那么，去找他的孩子们想想解决办法！我要这个观测台。

安维扎格低下了头。他要同这个生性凶猛的当涅日勒好好沟通一番了，要赞颂他愚蠢的虚荣，要对他施些小恩小惠，同时他也希望任性、异想天开的鲁道夫可以很快忘记此事，并将注意力从星体研究转移到其他怪点子上去。

开普勒自豪地从见面会走了出来。他赢了，符腾堡那座被人遗忘的小城市的旅店老板的儿子，日耳曼民族神圣罗马帝国的国王败下阵来：他夺走了第谷的宝藏。

04

开普勒的父亲喝了酒。母亲也喝了酒。他们互相辱骂起来。毛尔布龙中学的所有学生都围着他们看，并怂恿他们继续吵。这所学校的校长第谷走过来告诉约翰，神学的最后一个学位考试他没通过，需要补考。父亲一巴掌打在母亲的脸颊上，开普勒从梦中蓦然清醒过来。

巴赫巴哈平静地睡在他身旁。她怀孕了。这一次，孩子能活下来吗？五年的婚姻生活中，相继出生的两个婴儿都在出生几个星期后夭折了。从那以后，巴赫巴哈想尽一切办法躲避与丈夫同房。只有布拉赫维茨参赞向她的丈夫正式宣告上任皇室数学家的那个晚上，她才心甘情愿地与丈夫同床共枕。

约翰坐在床边，用两根手指捋着胡须，等待噩梦消散。成年开普勒，一个三十岁的人，不得不参加补考，这样的念头不久便在他的头脑中消失得只剩下回忆。他想，如果我去补考，连最低的文凭也不能保证拿到手。他站起身来。这会儿，他的头脑又灵光起来，洗澡的时候，他无意中想到第谷撰写的光的折射表，前夜他认真研读了这些折射表。他站在办公桌前，将一大块儿面包泡在一碗白菜汤里，决心应该从这里研究起：光学。

他的助手马蒂亚斯·赛法特走进工作室。之前的几个月，他一直不得不忍受着第谷的暴脾气，当时开普勒要回到施蒂利亚去处理岳父的遗产继承问题，最忠诚于天文学教皇的学生隆戈蒙塔努斯毅然决然地从他杰出的同胞的独裁专制中逃脱出来，回到了自己的祖国丹麦：在那里，他至少可以保证不会落入控制狂的手中。

开普勒说道：马蒂亚斯，我们现在是反其道而行之。我们就像还没挖开地基的空穴、就屹立起神庙柱子的建筑师。而这地基，便是光学。

有些人一旦遇到不懂的问题，便勇于承认，赛法特便是这极少数人中的一个：

——我没明白。

——瞧，你明白的！动动脑筋！第谷用尽毕生精力来观测星体。他的第一件观测仪是什么？

——是他亲手制作的雅各布观测筒，据说是这样的。

——不对，是他的眼睛！我们之所以能观测到星体，是因星体发射的光芒传送到我们的眼中。我近视得像只鼹鼠，可我对此却清楚得很！

——可是古人是这样说的，亚里士多德认为，眼睛会看向物体，而气味和声音却会向我们投奔而来，因为鼻子和耳朵为洞状，是凹陷下去的，而眼睛却是凸起的，因此它不能接收事物。

——马蒂亚斯，你很清楚，这些蠢话也就是修辞学一年级的水平。别犯傻了。你真应该去参加一下私人解剖学会议，就是那天，亲爱的杰森纽斯邀请我参加的会议。他在会上解剖了人眼……于是我分析了一下眼球的运转机制：眼球运转起来，就像一间暗室。图像并不如我们所想、呈现在前面的晶体上，而是呈现在后面的视网膜上。图像是倒置的。

——可是我看你并没有头朝下、脚在上啊！

——没错，那是因为你自己会矫正图像。其实，是你的大脑在矫正图像。眼睛是大脑的发射器……

开普勒摘下厚厚的圆框眼镜，这副眼镜将他近视的双眼放大，并将他的斜视渲染得淋漓尽致。他用袖口仔细地擦了擦镜片。

——啊，马蒂亚斯，他戏谑地装作脾气执拗的老教授的样子，说道，你什么时候才能从那纯粹的数学领域走出来、到物理界去看一看呢？第谷把你当成算盘，这并不是你要继续同我共事的理由。光并不是从太阳或星体上笔直坠落下来的，它和重物不一样。更严重的是，帕多瓦那个该死的伽利略从来都不屑于回复我的信件，他一定是在其中发现了什么奥秘……光线不会坠落下来，因为环绕在地球周围的大气形成了一层阻碍，使光线在前行的过程中发生了偏移。正因为如此，我们看到的各个星体，其实与它们的实际位置并不一致。

——是的，这些我都明白，赛法特不耐烦了。我还知道第谷是根据穿过大气层的星体光线的偏移角度来确立这些表格。

——第谷？开普勒冷笑道。亲爱的，你不是在开玩笑吧！他通常只会将前人的发现据为己有。六百年前，一个叫做阿尔哈曾的巴比伦人就已经发现了这些原理。我研究了"受人爱戴的"罗吉尔·培根医生的著作，得知有一位叫做维特里昂的忧郁的波兰哲学家，两个世纪前就创建了这个叫做"光学"的物理学分支。然而，当然了，巴黎评注家当时说这两本著作是抄袭而来，于是历史又回退到凸起的眼睛和凹陷的鼻孔上。想想看，那些弱视的先生们鼻梁上架着瓶底似的、至少和我的镜片一样厚的眼镜抄写着连篇累牍的蠢话！这样的事情持续了三十年，确切地说，是在 1572 年，有人将阿尔哈曾的一本书从阿拉伯语翻译过来；还有维特里昂的一本书，因为这本书本身就是用拉丁语写的，所以不需要将它从波兰语翻译成拉丁语了，这两本书同时出现在法兰克福集市上。

赛法特笑道：这件事就发生在您出生一年后，您这位皇室星相学家一定会为这种关联感到高兴吧！

——马蒂亚斯，学学我好的地方，别学我坏的地方。挖苦人是我的专利，你可别乱用。

赛法特满怀敬意地、戏谑地鞠躬，表现出学生对老师应有的尊重。开普勒让他窘迫不堪。开普勒与赛法特的相处模式就像两个初中生。似乎从任命那一刻起，"新皇室数学家"才变得名副其实，他成为所有基督教徒中最有话语权的哲学家，其影响力或许甚至可以蔓延到君士坦丁堡的苏丹宫廷。当他给同等身份的人回信的时候，比如说皮尔森或斯特拉斯堡的无名而博学的小牧师，他的文章会被当众朗读，王子的宫廷会对他的信件进行剖析，这些他都知道吗？不知道，否则，他就不会与他的通信人开玩笑了，他喜欢自嘲，也会开别人的玩笑，他说这是"讥讽"。

——这样说来，1572 年的时候，有人将这两本光学的基础书籍从坟墓中挖掘出来，当年，巴黎大学的学生们将它们埋在这里。或许是在圣巴特尔米发现的、在他们当年淹死伟大的拉米斯的河里。瞧啊，这些日期要比符腾堡乳臭未干的小毛孩儿过第一个生日有趣得多，你说是不是？

——老师，请您行行好，别跑题了，求您了！

——你说得对。我知道你想把我带到疯马狂奔的笔直街道上去，让马蹄踩烂我的脑浆。我刚刚说到哪儿了？对……第谷，还是第谷，总是第谷！他压在我身上！折磨着我！怎么他死了比活着时候更加折磨人！

——您真那么恨他吗？

——谁说我恨他了？我并不恨他，他与我的观点背道而驰，虽说我理所当然会有一些小憎恨……不，那是因为他愚蠢。他宁肯憋着尿，把自己活活憋死。他生前就是这么愚蠢，固执的想法就像他膀胱里的尿液一样多，我是说他保险箱里的那些观测记录。

——这样的葬礼祷告词倒是古怪，老师，杰森纽斯医生从未说过这样的话。

——可我还是以我的方式在祷告词里加上了一些挖苦他的话。我刚刚说到哪儿了？

——第谷和光学。

——是啊，第谷和光学。他的折射表做得非常完美、精确，他做任何一件事情都是如此。这个了不起的工具可以为我们呈现出星体的实际位置，而不是我们肉眼所见的位置。但是你相信他对阿尔哈曾和维特里昂会有一丝一毫的敬意吗？根本不会！他到处摆着托勒密、喜帕恰斯和哥白尼的雕像和画像，那些雕像难看极了，他无时无刻不在否定着他们。"我，第谷"，"我，我，我！"他的口中只会重复着这些。有一天，我故作愚钝地问他："你时常说'我'，那么这个'我先生'是谁呢？他似乎无所不知。"他没听出来这是个讽刺，回答说，你问的那个"我先生"，就是他自己啊！

开普勒回味了一下自己的口才，这似乎并不像从他口中说出来的话。他从不说谎，除非他想逗乐他的听众。

——然而，我，开普勒，从未研究过光学，因为我的老师马斯特林对此毫无兴趣，有一次我去新亚历山大——施蒂利亚（Styrie）不朽首府的时候，才得以研究光学。我——开普勒，我和第谷，我们决定分头观测1600年太阳的遮光现象，他在布拉格观测，我在格拉茨（Graz）观测。我写了一本小书，那是用暗室模拟星体遮光实验的简单研究，这本书主要研究的是白昼时分，当月亮在星体前经过时，月亮周遭明显的缺蚀现象。当第谷翻阅这本书的时候，我很怕他会暴跳如雷。然而他却气定神闲，甚至有点儿戏谑地问我怎么会对光的神话着迷。总之，他既没和我聊起阿尔哈曾，也没说到维特里昂，甚至连他自己的著作也没和我聊。我很确定，如果他还活着，这个贪吃的大胃王根本不会理睬我的小论文。

——您是想勾起他的兴趣……

——我们只会向富人借钱。说到财富，第谷并不缺少财富。在他的一生当中，他的财富不断增长，可他却从来不问财富是做什么用的，也从不关心怎样花掉这笔钱。而我——开普勒呢，我是知道的。只不过我的情形与他恰好相反。我从前可真是头蠢驴。我觉得只要把他那些卷帙浩繁的观测记录好好理出个头绪，嘿！宇宙的面貌就会呈现在我们面前。我们终于找到了准确的路径，我找到了通往火星的道路，你找到了通往月亮的通途。天地万物中的所有元素，总是完美地相互包容。伟大的天空建筑师向我、第谷乃至全人类提议，要像做游戏那般，重建他修建的自然神庙。

——游戏？

——是的，是个游戏！求你了，别把我拉进神学领域了。这样的事情已经够难解释的了。或者说，第谷为了重建这座庙宇做了什么呢？他只是把砖、瓦、房梁、大理石和石膏随意搭建在一起，将它们乱七八糟地堆放在紧闭的谷仓里。当然，他也制作出了最精良的仪器；他的六分仪、八分仪、日晷仪、罗盘仪也装满了扁担、滑车、篮子和手推车，可是一旦运输完工具，那些运输装备就再也派不上用场了。修建神庙还需要其他工具。此刻，我只看见一个工具，要制造这台仪器，并不需要黄铜、青铜和其他稀有金属，也不需要像前人那样把它做得那么大、不用像第谷那样做。上帝就是用这原始的仪器建起了一切，这仪器就在那里，随处可见……

为了掩盖天花的伤痕，开普勒的双手总是戴着手套，七岁那年，这天花差点要了他的性命，他的手总是在空气中乱抓，就像在捉看不见的苍蝇。然后，他有点儿神情恍惚地朗诵道：

——上帝说："造出光来吧！"于是就产生了光。

随后，他用一种不太浮夸的语气说道：

——亲爱的马蒂亚斯，那是一种从光源发射向四面八方的光，就像水流一样，追随着笔直的光线，直到永远……

赛法特想做一个淡定的年轻人，开普勒激昂的言行和东拉西扯的聊天方式都使他尴尬万分。

——老师，如果我没理解错的话，您是不打算整理"第谷的宝藏"了，国王可等着您把《鲁道夫星表》交给他呢，这个您答应过他，可是您想让国王耐心等待，您要我忘掉月亮，您自己要忘掉火星，这样我们就可以投入到光学现象的研究中了……

——谁说我不打算整理了？自然界中的一切都相互关联，就像相互牵引着的钟表零件。从今以后，我们要关注的是整个机械的运转，而不是其中的某根发条。去吧，干活儿吧，马蒂亚斯，干活儿去吧！

——前一分钟，您还说第谷是贪吃的大胃王！开普勒的助手叹着气说道。

——他在神灵的餐桌上暴饮暴食；而我呢，亲爱的，我在品尝大自然赐予我们的佳酿。

05

　　约翰·开普勒占卜得没错，我的朋友托马斯·哈里奥特在回到故乡十五年后，在他六十岁的时候，"病从口入"，与世长辞。皇室数学家当年发现他的英国同僚有个令人恼火的习惯，那就是用嘴吸吮铜制仪器，后来，铜臭在他的嘴唇上生出一种恶性溃疡，使他生命的最后几个星期过得痛苦万分。

　　鲁道夫国王的星相学家——开普勒为我预测的寿命真的与我的寿命一样长吗？我曾经拒绝从他那里购买我的黄道画像；虽然当时他一直深受财政窘迫的困扰，可他还是向我表示了感谢。相信从这件事上，我赢得了他的尊重。可是如今，我却很后悔。

　　有一天，开普勒对我说：星相学是个疯女儿，她供养着一位叫做天文学的、身无分文的可怜母亲。尽管我是名不虚传的皇室数学家，国王还是经常忘记给我发工资。我是靠占星才得以存活下来。我多么希望您能了解，对于一位深爱哲学的人来说，迫不得已做出那些预言是多么沉重的一件事！

　　——每次占卜前，他都会三番五次地告诫占卜者，反复强调机遇和偶然性所占的比重很大。总之，他将占卜称为江湖骗术，他因占卜习得了一种极其敏锐的判断力，可以迅速地捕捉占卜者的性格特点。此外，他也确信，那些将自己的命运寄托于星体的人，或多或少会在潜意识中按照占卜的预言去描摹自己生活的模样。因此，土相星座的人就会按照土相星座的风格去行事，因为他知道自己受到土星影响，或者说狮子座就像狮子座那样做，天秤座就像天秤座那样做……每当有顾客找他"算盲卦"、想为他挖一个陷阱的时候，这种方法都屡试不爽。"算盲卦"是说，无需得知他们的名字和性格，只要知道他们的星座和上升星座就可以了。

　　然而，我的内心强大，我始终坚信开普勒能够看见事物背后的东西。诗人，占卜者，预言家？随便怎么称呼都成！我坚信普勒就是一个可以预见未来的人。

　　很长一段时间以来，在国家事务、政治和战争问题上，开普勒从不发表任何个人看法。那些重要人物前来咨询，是想掌控宫廷事务，这一点他不用预言也心知肚明。最后他甚至还说服了国王，告诉他星象学家不应参与政治。鲁道夫被众多占星家和预言家蒙在鼓里，他在第谷灾难性的预言中忍受了三年，以此来证实第谷的预言。此外，从那以后，国王似乎对天文学和炼丹术都不感兴趣了，几乎如同对政治一般漠不关心。他更热衷于安装、拆卸仪表大钟，收集宝石、纪念章和古钱币，或者整天把自己关在装满稀奇古怪东西的屋子里，盯着长着五只脚的牛和埃及木乃伊看。有时候，当他感到忧伤或国事危急的时候，他在心爱的狮子的笼子前面一呆就是几个小时，与狮子无声地对着话。第谷曾预言说，他会和这头脱了毛、掉了牙的老兽一同死去。

　　鲁道夫从来都没为第谷服过丧。这位天文学家飘荡的灵魂去同阿尔钦博托、约翰·迪伊、爱德华·凯利，这些现实中或传说中的艺术家、哲学家、占星师和预言家的灵魂欢聚一堂了，第谷深爱着他们，他们一同在城堡中漫步，《圣经》和《荷马史诗》中的国王以及宗教界名流也与他们同游。

　　开普勒的前任就这样游荡在鬼魂之间，开普勒的机会来了。国王从来都不拿开普勒同第谷相比，因为在他的眼中，第谷无可取代。他的新数学家依然能为他做出最准确的预测，这一点没有变。然而随着开普勒制定出占星术、历书、日历以及其他有着越来越多用途的星历表，他对占卜活动的怀疑态度转变成了对宗教的不信任。他还自嘲说自己变成了一个江湖骗子，还说，他的良心不允许他说谎，在占卜的过程中，他试着向人们解释他们自己无法弄清楚的事情；比如说，最好能够实现宗教和平，否则，任何不和睦都会引发战争。不论如何，整个布拉格和整个波希米亚地区都相信这一点。他的星历表遭到哄抢，如果他成为受益者，就会发大财。

我刚从英国的雅克一世的加冕典礼归来不久，一位侍者从花园的过道间把我带到一个亭子里，国王要在那里为我颁发国书。一朵浓厚的乌云从山丘后面升起。侍者指着预示着暴风雨的乌云，惊呼道：

——瞧啊，开普勒的预言成真了！

以前，从来都没有人说过"第谷的预言成真了！"，即便在死去的第谷对天气预测得十分准确的时候，也没有人这样说过，他能够预测准的时候也是屈指可数。侍者这样说，是因为在8月末的季节里，这个忧郁的小丹麦人预言说，在丰收葡萄的前夕，会降临一场摧毁葡萄树的大雪。然而预言在燥热的夏末会降临一场狂风暴雨……在这个错乱的世界，常识还能行得通吗？总之，面对过分的挑唆，这是开普勒做过的最好防御。除了星相学之外，人们也从四面八方前来向占星师求解关于数字的预言，关于世界末日的书籍，犹太神秘哲学，法老时代的建筑师，精神炼丹术……他用最客气、最严肃的态度一一回复他们，并告诫他的联系人和交谈者，这只是一场建立在解释性逻辑基础上的精神游戏，没有必要为某种自然现象寻求解释。这些提醒，他也是说给自己听的；他将这些阻碍与他的诗学思想偏好对立起来，他就像是一匹亢奋的马，一旦发现美丽和有趣的事物，就会激动不已。

然而，这些"游戏"从来都不曾使他改变初衷：通过第谷留下的大量资料重建宇宙秩序，经过论证，这些资料是独一无二的。这种极其狂热的信仰与物理学领域密不可分，物理学又依赖于强有力的数学论证，这些都只是徒劳。在研究光学和天文学之间关系的过程中，他还以为自己成功了，他觉得太阳会释放出三种力量：光、热和磁场，但是怎样才能不接近圣特立尼达呢？开普勒再也不用研究震撼人心的离角了，在他所有的研究中，光学只不过是昙花一现，但那多彩的光芒依然四射着光亮。

他的思想和写作中的热血沸腾丝毫没有影响到论证的严密性。一撰写完光学书籍，他就依据第谷留下的数据，开始计算火星轨道。他想在自然界中搭建起庙宇，光学只是庙宇的地基。他觉得用这地基来支撑建筑物的柱子足够坚固了：这地基便是新天文学。

这一切的关键，便是火星。从地球上看，这个红色的行星看起来就像追随着一条不规则的轨道，根据出现的时刻的不同而时高时低，时前时后，时快时慢。想要解释这完美而规则地围绕着太阳运转的现象，哥白尼和他的学生雷蒂库斯设想过火星环绕的圆环的中心，而这中心不是太阳，而是离太阳不远的一个对等点。包括地球在内的每一个行星的轨道，都有一个看不见的中心。因此便可以确定，就像太阳可以发出光和热一样，太阳发射出的力量可以驱使星体运转，开普勒决定从这个荒谬的对等中心中摆脱出来。说到荒谬，实际上是因为他把这种力量比喻成把弹弓的橡皮筋拉紧到最末端的手：一只在大卫的弹弓圆圈正中心的手。这个对等点也并不能完全解释火星轨道的误差。此外，波兰的议事思铎和他的学生也设想过，火星运行的圆形轨道就像碟子一样轻轻摆动，好比在盘子底下放了一颗弹丸。开普勒是个深信神圣的力学绝对和谐的人，对于他来说，这些偶然的摆动不仅是荒谬的，更是骇人听闻的。

观测火星，多美妙的一件事啊！火星并不在我们所想象的位置上，而且，当我们观测火星的时候，它同金星和月亮一同在天空中形成了一个美丽的三角组合，这个三角组合并不真的在我们认为所看见的地方，因为大气层将我们与这些星体分离开，这就使得我们看到的位置与它们实际的位置有所偏差。这就好比一颗放在装满水的花瓶中的鹅卵石。把水倒出去，或者说，将地球与火星之间的气体抽空，那是不可能的事情。通过所有星体的视觉位置来观测它们的实际位置，第谷一定做过大量运算。总之，或许可以说地球是最坏的观测地点，至少对于观测其他星体不利，是否可以这样说？所以我们应该转移观测地点。应该把仪器都搬到火星上去。我们至少会这样想。

地球是圆的。我们是什么时候了解到这一点的呢……一直以来，或者说差不多一直以来都知道，从毕达哥拉斯开始，从柏拉图开始，从托勒密开始。我们用数学和天文学方法证实了这一点，但是一些愚钝的头脑还是会认为地球是漂浮在浪花上的圆面包片。或者说，自从麦哲伦的充气式帆船跟随着太阳的轨迹又回到了出发的原点，便再没有人认为地球是一只碟子了，那些最愚钝的头脑也幡然醒悟。

第谷至少教会了开普勒一件事：在实践面前，所有理论都一文不值。驻扎到火星上去、在那里观测天空的运行机制是一种简单有效的实践方法。而在他之前，居然没有人想到这一点，开普勒感到很惊讶。他坚信，上帝是自己作品的第一个观众，他邀请人类与他共同观测，只要他的创造物肯花力气去寻找一个比地球更好的观测地点就好。

所以，要换一种视角来观测。希腊人选择用自下而上的视角来描述耶稣受难的酷刑，为了画出效果，就要把人物的腿画得特别夸张地大、把他的头画得特别小。如果艺术家选择自上而下的视角，那么就会获得相反的效果。如果画家在作画的时候把画架放在与他所画人物相同的高度，那么比例就会非常好。开普勒很确定，从火星上观测，地球的运行轨迹不会是哥白尼所设想的完全规则的美丽圆圈，而是朝各个方向摆动的轨迹，这需要运用一些数学技巧。

他蜷缩成一团，想从这个变化无常的行星上跳跃起飞。但是两只小手突然抓住了他的衣襟：他的儿子——弗里德里希降生了。当然，两年前，他有了女儿苏珊娜，这使他确信他的孩子可以打破"活不过几个星期"的厄运。

——什么！是个男孩儿！男孩跟女孩儿可完全不一样……

听到这充满纯真的欢呼，我情不自禁地笑了起来。开普勒睁大眼睛，他感到自己热情得有些丢人，嘟哝着说道：

——好像除了造小人儿，我什么都没做似的！这个淘气鬼可真没教养，他就这样出其不意地不请自来，然而这会儿正是我要确定火星轨道的关键时刻。打下屁股就当为他洗礼了，他不会再打扰到他工作缠身的父亲了！

——哦，老师啊！罗伯特·弗勒德不高兴了，他用手划着十字架说道：不要对一个无辜的孩子说这样的话。

我的医生是个地道的英国人，他不理解我同胞的这种专属幽默方式，反倒很赞同这个施瓦本的开普勒。这时，我们的东道主眼里闪烁着狡黠的光芒。他还会再起哄的，我得叫他打住：

——您说的是火星的轨迹吗？经过这么多年，您终于确认火星的轨迹了？

太迟了！当开普勒想以自己的方式上演一出闹剧的时候，什么也拦不住他。这出闹剧应该取名为《火星与天文学家之子》。在他宴请我们的工作室里，有我、弗勒德和布鲁斯，他喜欢身旁有英国人在，这样他说起话来自由自在，也可以展现他的幽默，他化身为漫画版的哲学家，就像阿里斯托芬画笔下的人物：突起的眼球——突出强调了他斜视的特点——胡须凌乱，不修边幅，说起话来没头没脑。

——如果说驱使行星运动的力量来自太阳，那么为什么太阳不是行星运转的中心呢？因为还有另外一种力量将这种力量排斥开了，那另外一种力量便来自行星本身。

我就此打断他，想让他从中得出结论：在这些情形下，行星的轨道不会是一个完美的圆。但是大家都嘲笑他，说他的样子就像怪诞不经的星相学家，连他自己都把这当作儿戏。他像婴儿那般哭闹，随后，他那手忙脚乱的女佣疯癫地说道：

——"是个儿子啊，开普勒先生，您有儿子啦！""我说了，不要打扰我！"但是先生们，更糟糕的就要来了。联合省的女大使，公爵夫人，男爵，十几位贵妇立即赶到年轻的产妇枕边，她们有的是主意，这位不幸的父亲要接待她们、赞美她们、为她们占卜、奉上一些小甜食、让她们闪耀出无尽的荣光，她们是为自己的丈夫而来，他们都想当莱昂贝格破旧小客栈的老板、格拉茨的磨坊主小孙子的教父。有人说，"亲爱的老师，您出身高贵。我们可以叫您骑士吗？""公爵夫人，虽说要追溯到很久远的时代才找得到我贵族的祖先，但是您的话对于我来说是莫大的荣耀。"啊，先生们！要选择一个教父！这可太伤脑筋了！要选择一个有爱但阴郁清贫、养不起这孤儿寡母的朋友呢？还是选择一个有钱有势，但是很快就会将你遗忘掉的人呢？如果您选择那位有爱的朋友，恼怒的富人便可能用他的势力反对您。反之，这位有爱的朋友损失是多么惨重啊，被利益出卖好痛苦！

这场闹剧逗乐了布鲁斯，烦扰了弗勒德，惹火了我。我明白这个怪人打的是什么主意了，粗心的旁观者也许会糊里糊涂地信以为真，但是这些话会对搞不清状况的人产生出无穷的力量。所有跑题的话语，所有轶事，所有玩笑都是一步一步重建步调的方式，他说，探索真理与他的发现一样引人入胜。或者说，1604 年 10 月中旬的这个晚上，他把"英国朋友"请到家来一同庆祝，并不是真的为儿子弗里德里希庆生，而是要确保这个孩子能够存活下来，我想他是高兴得失去了理智，他说的什么身为父母会妨碍他的工作的无稽之谈，与天文学没有半点儿关系。

　　于是我说：出现在您轨道上的这轮漂亮的粉红色"月亮"，会暂停您探索火星的进程，它是您的敌人，我可以这样理解吗？

　　——亲爱的先生，不是这样的，在研究行星的过程中，这个婴儿只不过是一种消遣方式，我知道应该把精力放在主要任务上。我看了看平静地睡在摇篮中的婴儿，想到了这句歌谣：圆圆的脸蛋儿，团圆的家，为妻子的访客忙得团团转……总之，我倒是忙得团团转。这里所说的圆圈、轨迹，这些完美、神圣的特征，自然界中并不存在。就连地球本身也不是一个规则的球体，因为地球的表面还遍布着山脉和山谷的沟壑……

　　——当然了，弗勒德说道，因为我们这里困窘、杂乱，而天空却是和谐完美的王国，那里有行星的轨道，住着上帝。

　　听到这话，开普勒温和而严肃的面庞紧缩在一起。实际上，在从前的老师托马斯·哈里奥特的影响下，我的私人医生已经成为托勒密系统理论凶神恶煞的支持者，之前他曾坚定地信仰哥白尼理论。然而，他却是一个平凡的数学家。但是布拉格这座疯狂的城市被神秘主义的异教徒和没有信仰的人所折磨，它污染了我的同胞，却丝毫不感到惭愧，它确信开普勒就是巴海赛斯转世。

　　在这次会面的前几天，弗勒德没有征求我的同意就去看望了开普勒，因为他刚刚得知，有人在图宾根大学——皇室数学家的母校，发现了一个施瓦本占星家的装满神秘符号的墓穴，他是玫瑰十字会的骑士。弗勒德还认为，福斯特医生在毛尔布龙的修道院长期生活过，开普勒在那里获得了学士学位，他不需要摧毁符腾堡的大公国这块神奇的土地，有些人的故乡就在这里：比如说福斯特、玫瑰十字会，当然啦，还有开普勒，他们都是你的熟人，他们用神秘力量操纵着世界、天才、天使、魔鬼和神灵。开普勒礼貌地回绝了他，对他解释说，在探索着火星的轨迹的同时，还要保持头脑清醒，已经够难的了。我训斥了弗勒德，并向开普勒道歉，开普勒半开玩笑地说，希望我的身体永远安康无虞，这样就不必劳驾我的医生了。

显然，弗勒德没明白，那晚，开普勒是想拐弯抹角地向我们展示他的一些观测方法以及他发现的新事物。万万不可以让他离开自然哲学的领地、将他拖入动荡的、形而上学的、符号的、神秘哲学的国度。如果弗勒德不牢记这些的话，我就可以因为他无用而免除他的职务：我的身体非常健康。

开普勒还击道：如果我们不知道彗星从何而来，不清楚它们走着直线然后消失掉，那么可以说，您所提到的混乱，天上也有。弗勒德先生，就像您所说的，这个该死的火星围绕着地球运转，而我和其他几个冒失鬼却认为火星是围绕着太阳运转的，它像酒神巴克斯那样移动，而不是像战神那样移动。可怜的雷蒂库斯脑袋曾撞到过墙，他被这个红色行星反复无常的行径搞得有些疯癫。一天夜里，他询问了熟悉的神灵，让神灵为他揭示火星运行的秘密。神灵被他的问题激怒，他揪起天文学家的头发，将他朝天花板和地板轮番扔去，大吼道"看吧！这就是火星的轨迹！"

一阵大笑响彻我们的小会议室——当然，弗勒德没有笑。我想要使谈话变得严肃一些，我转向弗勒德：

——依我看，说圆圈是个完美的形状不过是神学家的推理。

——或者是几何学家的推理也说不定，开普勒更道。不要故作谦虚了，我觉得我可以在这个知识领域尽自己的一分力量。如果我要继续捍卫我对火星的研究，我就要找到新型武器、就要卸下神学的旧铠甲。当心点儿，物理学家先生们！我是个提出假设的骗子，我会侵占你们的物质、矿产、植物、肉体和力学的领域。我要像我的朋友杰森纽斯解剖人体那样去研究天空……

随后，他扮演起奶爸星相学家的角色。

　　——说到这儿，我的小弗里德里希睁开眼睛。本以为我消瘦的面庞和斜视的双眼一定会把他吓哭！然而并没有！他笑了！生命的降临是多么奇妙啊！这是受精的奇迹……卵子，先生们，卵子！椭圆形的！对于欧几里得的追随者来说，椭圆是个不完美的形状，但是对于在自然界中，尤其是在鸡窝中到处寻找这种形状的物理学家来说，却并非如此。

　　弗勒德从座位上站了起来，他非常激动：

　　——宇宙就是一枚鸡蛋，赫耳墨斯·特里斯墨吉斯忒斯*早就这样写过了……

　　——亲爱的朋友，冷静点儿吧，您冷静点儿，开普勒欢快地辩驳道。我只是向您阐述一下我曲折的思路，然而，我想确定火星轨道的运算走进了死胡同，这时，我见证了儿子的降生。椭圆形轨道只是工作上的设想，也许有一天，我还会回到圆形轨道这个问题上来。我甚至情愿承认太阳并不是行星轨道的正中心。我觉得自己是形而上学家，我对费奇诺断言宇宙是个圆圈，它的边界无所不在，也根本找不到圆心。但是天文学家观测到，行星依次远离、靠近太阳。数学家又进一步说道：如果说轨道是圆形的、并且太阳是这个轨道的中心，那么无论圆周的边界在哪里，这个圆圈的光芒永远都是相同的。由此，物理学家观测，行星离太阳越远、距离太阳的引力也越小，它们运行的速度也就越慢。

　　他甚至敢于打破圆圈边界的说法，我感到很惊讶；他能分头扮演好几个角色，这也让我对他着迷。我当时没有意识到，他对我们说的这些，便是后来被称做"开普勒第二定律"的法则。开普勒摘下形而上学家的面具，再摘下天文学家、数学家和物理学家的面具，总结道：

　　这样说来，诗人安慰形而上学家，建议他们都尝试一下蛋形结构，

----

　　* Hermès Trismégiste，古代希腊—埃及文化中的传说人物，被认为是赫耳墨斯学的奠基人。——译注

这样做是非常有意义的。

他的这出小喜剧让我们很是欢欣，他看着我们所有人，像是期待着掌声。于是我问道：

——您有可以证明这些轨道是椭圆形的观测结果吗？

他皱着眉头，声音颤抖，似乎我惹火了他：

——先生，您知道吗，在火星与太阳相对的时候，我接手了第谷的四个观测，希望通过渐进的方法计算出轨道、轴线的方向和这个轴线上的三个中心点的位置，自从我致力于研究火星问题以来，我已经密密麻麻地演算了五百页纸，国库忘记了给我发薪水，我只好省着纸张用。就在这时，我还生起了重病，生命垂危，随后，我的儿子又来到了人世……

我们谈话的小会议厅门开了；十月的北风吹得我们瑟瑟发抖。开普勒的助手，马蒂亚斯·赛法特走了进来；巨大无比的工作量使他的脑袋看起来甚是吓人，依我看，他的健康状况比他那一直处于生命垂危状态的老板还要糟。赛法特的身后跟着一位年轻的大学教师，他时而也会帮助开普勒和赛法特进行运算。

——老师，请原谅我们在这样庄严的场合叨扰您，这位叫做布鲁诺斯基的人说道，一星期以前，我观测到一个现象，我觉得这个现象有点儿像幻觉，正因为如此，我才没有提前告诉您。第二天和第三天，天空昏暗下来。接下来的三个晚上，这个现象也一直存在。我让我的朋友赛法特过来与我一同观测，然后……

——然后，开普勒的助手总结说，我们发现蛇夫座刚刚出现了一颗新星。

在带给第谷荣耀的那颗新星出现三十二年后，又出现了一颗新星！我看了一眼开普勒的脸。他依旧满脸淡然，就像法兰西斯·德瑞克向伊丽莎白女王宣告西班牙无敌舰队覆没的消息时那副表情一样。

——孩子们，别冲动，他用平淡的语气说道。想为这个事件做出定论，一个星期的时间还是太少了，以我们的认知，这颗新星在天文学史上只出现过两次，第一次是在喜帕恰斯的时代，而第二次是在一千五百年之后的第谷时代，也就是昨天……我们去看看吧！

1604 年 10 月 17 日夜晚，我们登上木制小塔楼，那里便是他观测的地方。可以看到摆放在高处的几个铜制观测仪器，我情不自禁地想到维努西亚岛上的大型观测仪器，尽管我知道，在"第谷"新星出现的时候，星光城堡还没有修建好。

一观测到金星闪耀的光亮，不知名的新星就开始快速摆动，放射出变幻的火光，就像阳光下的钻石，发出金色、紫色、红色的光芒，更多时候，它会发出闪闪夺目的白光。就像风吹动下的火炬，火焰时而变长，时而熄灭。开普勒立刻向我们解释说，这些动荡的光影只是受到地球大气的影响，新星就像一位被发热所折磨的病人、一位战士、一个溺水者……或者说，这火焰是从恒星天获得的燃料。实际上，它已经在天空中呆了足足十八个月，后来逐渐隐没，直到 1606 年 3 月才消失不见。

开普勒的助手视力极佳，在他的帮助下，开普勒贪婪地收集着观测结果，与第谷当时观测星体时收集到的信息一样多。他可以证实，与蛇夫座周围的恒星天相比，"他的"新星的位置一丁点儿都没有变，还可以证实它隶属于上述的恒星天区域，就像丹麦天文学家发现的那颗新星一样。不管亚里士多德怎么说，"开普勒"新星并不能证明星体就在固定位置上，相反，它却证明星体是移动和变化的。

四面八方的人们都恳求开普勒。在这个古老的时代，所有大学的学者都给开普勒写信，恳请加入他的观测和阐述。大家忧心忡忡地去拜访他、请教他。最为迫切的请求来自皇宫：皇宫提出让他进行私人占卜，让他预测皇室和帝国的命运，这使他疲惫不堪。所有人都想知道他会如何解读这条神秘信息，因为新星事件是在特殊背景下出现的。实际上，一年前，也就是 1603 年的时候，天空中曾发生过一次极为罕见的木星、土星和火星相遇事件。帝国及各处的普通星相学家对这个闪闪发光的三角做出各种各样的预言，比如，美洲印第安人的皈依，人类向新世界的大迁徙，伊斯兰世界的衰败，或是在这种情况下通常会出现的预言：耶稣即将归来。这颗新星是在天空的三角出现一年后出现的，出现在天空的同一区域，它引起了极大的恐慌。德国极负盛名的星相学家——一位叫做阿尔比努斯·穆勒于斯的人做出预言，他断言说："这颗不可思议的新星比单纯的彗星预示着更多可怕的灾祸，因为它的高度大大超越了所有已知行星的高度，而且在世界初始的时候，学者们并没有观测到它。它预示着宗教界的大变动、预示着一场前所未有的灾祸，这场灾祸会损害加文主义教徒，引发突厥战争，引发王子之间激烈的争斗。暴乱、暗杀和火灾威胁着我们，已经迫在眉睫。"

从那以后，人们在教堂里做祈祷和忏悔的时候都局促不安。开普勒对这些传言感到特别恼火。他一旦认准某个观点，就拒绝做出任何预言；当然了，他相信神圣的旨意，但他又感到自己不配将其阐述出来。据第谷的第一本书——《新星》（那是三十年前的一本旧书了）所言，他很愿意第一时间确认新星，好比彗星，它只具有天空的警示作用，并不能预知未来的事件。他比穆勒于斯幸运，因为与往年相比，那些年的战争、鼠疫、凶杀案、地震和水灾状况也很平稳。甚至还比往年还要少。

新星消失的时候，鲁道夫召见了他的数学家，并与他长谈了一番。开普勒坦诚地向他承认，通过这颗新星他什么也预测不出来，只能看到它与其他星体一同形成一个闪亮的十字。但是，国王似乎被他心中忧郁的魔鬼暂时稳住了情绪，他问开普勒，是否可以说新星并不是停滞了很久才会再次出现的周期性天体现象。开普勒回答说，不论他还是第谷，在他们发现的两颗新星可见的一年半时间里，并没有观测到它们的位置发生改变。看起来，它们似乎位于"恒星天"的区域范围内，没有什么证据能够说明这种现象具有某种周期性。

——这样说来，倒是有这样一句谚语：新星、新帝。国王说道。

——当然啦，陛下，但是历史上的新国王可比新星多得多。您大概是将新星与彗星混为一谈、与您记忆中的伯利恒之星弄混了。再说了，伯利恒之星到底是新星还是彗星？对于我来说，弄清楚耶稣的出生年月非常有用。从喜帕恰斯到第谷，如果有新星出现，人们从来都不会精确地指出新星出现的日期、时刻和准确位置。在过去的两千多年中，我们都觉得快要走到时间的尽头了，谁知道发生过多少没人提起的天文现象呢？如今，我们建立起一套崭新的宗教学说和新法律，巴海赛斯的追随者革新了医药学，哥白尼的追随者革新了天文学。但是，第谷新星与刚刚出现的那颗新星出现间隔时间却很短暂！陛下啊，请您原谅我，我不知道我的这本书会对第谷的《新星》一书有什么革新。

——好吧，我的好开普勒啊，鲁道夫回答道，就把你刚刚对我说的那些话写下来吧。就说在经过几个世纪的昏睡之后，艺术和哲学苏醒了过来；谈一谈近几个世纪以来，古老的智慧是怎样、又是为什么瓦解的；讲一讲近一百五十年来，与智者们同样勇敢的人们是怎样、又是为什么会比先辈们取得更大成就的。在写这些的时候，你和这颗新星要彰显出我的意图，也就是说，至少在我的波希米亚王朝，要对我的天主教臣民、改革派和犹太人发出通喻，说他们可以和平地生活、自由信仰自己的宗教。你听好了，你可以随心所欲地发表你的看法。我只是请你原谅我，不要把我当成新卡利古拉＊。

开普勒跪拜在鲁道夫面前：

——哦，陛下啊，我怎么会那样做呢？您是梅塞纳斯、奥古斯特和

＊ 罗马帝国的第三位皇帝。——译注

所罗门再世啊！

从国王的召见归来之后，尽管国王付给开普勒一部分拖欠的薪酬，但是开普勒依然嘟嘟哝哝、咒骂着新星和国王、咒骂着他自己的妻儿和整个世界，他们都和他作对，妨碍他计算火星轨道。就在这时，他突然想起来，国王对这样一种可能循环往复的自然现象的批注，通常会带来推测与和谐……"这颗新星的出现与大合的时空的巧合，应该看作是偶然还是必然呢？"他一边暗自思忖，一边在某一次国王让他签署的正式占星家的文件上签了字。开普勒是一位总不按套路出牌的占星家，他不愿意预言未来，却宁愿钻进过去几个世纪的黑夜中……是否在占星师看来，这颗星星也是一颗新星、也与一年前刚刚观测到的那颗燃烧着的三角很相似？他计算出这三颗地球轨道外的星体的合，从804年开始是一个周期。这个周期能成为历史阶段中的重大事件吗？总之，1604年是鲁道夫统治的顶峰，800年，查理曼大帝加冕，日耳曼民族神圣罗马帝国就此诞生。因此，公元前5世纪与基督教教义相关也是理所当然……

1606年，开普勒的《新星》一书就很快成稿出版了，可是这本书对天文学并没有产生多大影响；但是这本书的第二部分却对历史进程进行了哲学思考。特别要说的是，从此也有了以开普勒的名字命名的行星。于是，他开始起飞，就像从第谷沉重的魂魄中逃出来了一样。

当然，开普勒从第谷的魂魄中逃离出来，但是却没能从他的家庭的厄运中解脱出来……

06

在布拉格的六年，是开普勒过得最幸福、生育能力最旺盛的六年。儿子弗里德里希出生不到两年，他的妻子巴赫巴哈就为他生下了小苏珊娜，他幸福到了极点。在格拉茨这座苦难的、受尽迫害的城市，他的妻子流产过多次。这一次，他打破了厄运的诅咒。巴赫巴哈在前两段婚姻中有一个孩子，依据黄道论的说法，开普勒的那些孩子是被这个孩子和他的父亲克死的，他到那时才相信这一点。

约翰·开普勒表现出好爸爸的样子。以前，他不能够忍受一丁点儿噪音，打碎碗盘的声音，吃奶婴儿的啼哭声总会使他想起自己的童年——他的父母喝得醉醺醺的，两个人争执不休、拳打脚踢——开普勒对孩子表现得既关切又耐心，对孩子浅浅的微笑也会发出惊叹，当孩子的牙齿冲破粉红色的牙床，苏珊娜疼得哭起来的时候，开普勒也差点落泪，他对弗里德里希也是如此。巴赫巴哈对杰森纽斯医生说，如果可以把她的乳房缝到丈夫的身上的话，就让开普勒给孩子们喂奶好了。

"巴赫巴哈，这个磨坊主的女儿既不是笨蛋也不是丑陋的泼妇"，在迫不得已娶了巴赫巴哈之后，开普勒自鸣得意地这样描述着自己的妻子。当然了，她并不是乌拉尼，但是这个面庞红润、长着一双淡蓝色眼睛的胖农妇总会让人感到友善。总的来说，她还是一个"好姑娘"，在收获时节，开普勒还是想要把她推倒在地，推倒在干草和被马踏过的青草气息中，开始新一轮的亲热。总之，她很会持家，可以为丈夫烧几道乡下名菜，她还有一个特别大的优点，这个优点在没文化、没头脑的人中非常罕见：闭口不言。是她的老公教她这样做的吗？也许吧……总之，在这对夫妻中，我从未见过一丝敌意或是动怒的迹象。当然了，他们也从未像两只被爱情冲昏头脑的鸽子那样窃窃私语过，但是我时常能见到粗俗的示爱的方式，比如，巴赫巴哈会把约翰的一头黑头发弄得乱蓬蓬的，而约翰呢，他会把巴赫巴哈浑圆的屁股打得噼里啪啦作响。总之，这是一家子正派人。

这段日子，神圣罗马帝国处于整体和平时期，只发生过几场与奥斯曼帝国之间时胜时败的战争。至于其他，鲁道夫二世无心理政，他干脆把国家大事交给那些有能力的人去做，这些人要么是罗马教会的达官贵人，要么是路德主义和加尔文教派的绅士和资产阶级，也就是后来被称作"新教徒"的人。连西班牙也在法兰德斯的联合省门前身陷泥潭，只能引火烧身。然而，布拉格却闪耀出别样的光芒，那是在哈布斯堡的资助者鲁道夫二世庇佑下的艺术和哲学之光，鲁道夫越来越多地资助文学艺术，皇帝的本职工作做得越来越少。

和平，幸福……对于我这样一个拙劣的作家来说，这是一种很尴尬的境遇。第谷一家，开普勒一家，伽利略一家，我很愿意说起这些天空建筑师们，想把他们描述成古代英雄，或是莎士比亚戏剧中，用喧嚣、热烈的笔调塑造出的人物。然而，只有在和平环境下或者沉浸在幸福之中，才能将人物塑造得更好，可是我们也只能在这幸福中焦虑地等待着它停息的那一天，大家心想，还是赶快停息吧。

开普勒加快了步伐。他用两年时间完成了光学著作，并谦虚地把这部著作称为《对威蒂略的补充，天文光学说明》。对两个世纪前去世的一位多明我会 * 默默无闻的修道士作品的补充！书的封面很朴素，开普

---

* 多明我会（拉丁名 Ordo Dominicanorum，又译为道明会），亦称"布道兄弟会"。会士均披黑色斗篷，因此称为"黑衣修士"，以区别于方济各会的"灰衣修士"，加尔默罗会的"白衣修士"。天主教托钵修会的主要派别之一。——译注

勒深知自己价值，却表现出一种虚伪的谦逊。要证明这一点，看看开普勒其他作品的名字就知道了：《宇宙的奥秘》《新天文学》《世界的和谐》……那么为什么不取名为，比如说——《光的奥秘》呢？当有人向他提出这个问题的时候，他只是先捋捋胡子，装出一副困惑的样子，说《天文光学说明》只是从前的编纂作者们的作品集，他只是先于其他读者跟着这本书学习了光学而已，再说，他也不是什么力学专家。

　　实际上，《天文光学说明》解决的不仅仅是星体反射光线的天文学现象和日食期间月亮的直径减小这两个问题，还有其他天文现象，比如彩虹现象、透过凸透镜和凹透镜看到的物体扩大或缩小的现象。开普勒研究的主要是圆锥形镜片，开普勒把"焦点"定义为汇聚由这条曲线的另一个"焦点"发射出的所有光线的点，他推断这些椭圆上的焦点，都有各自的属性，它们既传播了光线，也形成了星体轨道……他还为测量工具编纂目录，当然啦，这里说的是第谷的测量工具，他在一系列长长的定义、命题和描述中，或是批判或是支持前人的观点。他与第一本书——《宇宙的奥秘》采用了同样的成功方法：在书中讲述他的运算方法、疑惑、错误和懊悔；与此同时，需要强调的是，他在书中也加入了对于形而上学和神学的思考，粗略读起来，还以为开普勒跑了题，但是对于他来说，这却是探索神圣真理的终极目标。对于我和哈里奥特这样有主见的人来说，这种探索虽是徒劳，可它也揭示出物理学的真相。同时，他也认为世界是三位一体的影像：圣父是核心，圣子是恒星的内表面，圣灵处于核心与内表面之间，由此形成三位一体。在这个庞大的整体中——开普勒似乎不经意间又从形而上学转到物理学上——行星是转动的。于是他解释说，这些星体的内部发散出一种磁场吸引力，太阳发射出来的磁场引力最强大，太阳还会发射出另外一种力量：光芒，光芒追随着没有尽头的直线，从太阳上发射出来，在无法估量的空间中发射出无数光线。

　　当然，我不想把开普勒拉入神学领域。1605 年初，正当开普勒的光学书籍出版发行之际，他在布拉格医学院的一个小房间里召集了几位曾经见过面的外国学者，其中有我、有天文学家托马斯·哈里奥特，我让他从伦敦十万火急地赶了回来，当然也少不了从意大利归来的爱德蒙·布鲁斯。东印度公司出现了间谍，这使我这位维吉尼公司的正派代理人十分尴尬。在读完开普勒非同凡响的光学书籍之后，我开始思考，最简单的办法是不是把开普勒吸引到伦敦来，雅克国王和他的近臣弗朗西斯·培根会在伦敦铺着丝绸的黄金桥上迎接他。

　　实际上，光学与天文学之间的关系与我的秘密任务联系非常紧密：为我的资助者们寻找能够在海上测量船和暗礁位置的仪器，它们比粗糙的六分仪、指南针、等高仪和什么雅各布观测筒可靠多了，那些仪器从克里斯多夫·哥伦布时代开始，就几乎没有革新过。当然了，在《天文光学说明》一书中，根本就没提到给商船做向导的最佳方法。在对真理专注探索的过程中，开普勒并没有为商业发展留出空间。从深层次上说，他与他的自然哲学同僚都与他们遥远的希腊先辈们的想法如出一辙：那些用双手和汗水创造生活的人，都应该被逐出城外。把开普勒带到天文光学的实践层面是很棘手的一件事。还要注意一点，千万不要引起布鲁斯这个无耻之徒的注意，他总是窥探着我的一举一动。

　　我试着总结了一下开普勒的书，原谅了他一千次与天文学毫无关联的跑题，但这些跑题的地方却可以在其他领域引发思考，开普勒不无滑稽地做出谦虚的姿态，声称自己只是编纂了一下第谷的作品并且对第谷心甘情愿留给他的原始资料进行了一下排序。

　　——老师，您说这是一部编纂作品！我说。在给国王的序言里，您不会这样写吧。给您举个例子："我完成了这项庞大而艰巨的任务，这项任务深入到几个世纪以来被忽略的问题的核心，其中每个问题都可以写出一本书来。"

——至少，献词后面的内容您读了吧？他狡黠地回答道。

——是的，您将自己比作反突厥军队的将军。

——……我与所有将军一样，请求王子赐予我弹药和士兵，这样才能帮助我取得胜利。说得再粗俗点儿，我就像一个农场雇工，我对农场主说："老板，您看，我的工作做完了。这样至少可以保证他会把我应得的那份钱发给我。"先生们，因为当我不在编写星象图的时候，我的大部分时间都用在哭穷上，我一间又一间办公室地走，对一个又一个秘书哭穷。促使我这般奔走的，并不是富人的贪念，而是对贫穷的畏惧。

每次接待客人，开普勒都会这般诉说一番，他又非难起国库的吝啬以及国库持续拖欠他的薪水。他是不是希望我们当中有人能为他在鲁道夫面前求情呢？还是想让我们劝他辞职并将他吸引到伦敦去？我发誓，我会建议他那样做的，但我会单独和他说。我看了一眼我的同胞，天文学家托马斯·哈里奥特。他明白了我的意图，于是走到开普勒面前说道：

——亲爱的同仁啊，在如此艰难的经济条件下能够完成这样一份工作，实在是可敬。

——哈里奥特先生，您的赞美打动了我的心。我还不知道我的"老板"是否会在狱中被毒死，我会在牢狱中为他养老送终。

这话暗示的意思很明确：很长时间以来，哈里奥特一直受诺森伯兰郡的公爵——亨利·珀西资助，亨利·珀西是哲学和艺术的保护者。但是这位显赫的人物却反对英国的伊丽莎白女王。也有人控诉他的无神论，如果在这个叫做"夜校"的团体内部、按照与哈里奥特和我之间的神秘关联来评判的话，他也不算冤枉。珀西被关在伦敦的一座塔里，经过几年的漫长岁月，他最终死在了那里。出于对他们的保护者的忠诚，哈里奥特和其他两名学者当初自愿陪珀西入狱，陪伴他咽下最后一口气。大家将他们称为珀西公爵的三位占星家。

当开普勒说出这些含沙射影的话的时候，我一直观察着布鲁斯。他看起来很不自然。当初他还说自己出门旅行就是为了游玩，一年半以前，我们都回到自己的国度去参加伊丽莎白的葬礼和雅克一世的加冕，可是他却没回去。在布拉格接受一份更加重要的外交任务之前，我曾试图加深对布鲁斯的了解，但是，对于这样一个自认为可以在最短的时间内获得每一个我想了解的人的详细信息的人，我屡屡受挫，我对他的了解，还仅限于已知的那些：他是一个富家公子，在和东印度公司做香料生意的时候发了财，他用遗产环游世界，去结识天下豪杰。当我回到波希米亚的时候，几乎都要相信他了，就在这时，又得知他去了意大利。但是，当他突然回忆起诺森伯兰郡的公爵被长期监禁时，看到他也表现出同样的不安，我便确定他和此事也有关联。

哈里奥特和开普勒又围绕着彩虹争论起来。我把双手交叉放到嘴前，这样才能让他们相信我的注意力很集中，其实这么做也是为了掩饰呵欠。布鲁斯粗鲁地打断了两位学者的话：

——在这本囊括了所有光学现象的厚厚图书里，您把汇聚透镜比作眼睛的晶体，然而您却只写了寥寥几行字，这还是很奇特的。在我们帝国的所有集市上，都可以找到四倍放大镜。您看，我觉得您一定会对这种自然魔术感兴趣。

开普勒冷漠地说道：先生，在我的研究过程中，并没有自然魔术的老师教过我怎样从帽子里变出一只兔子来。此外，我也并不经常有时间逛集市。最后，我读书写字的时候一直会戴着圆框眼镜。我和平凡人没什么两样。我能解释出宇宙深处的现象，却解释不清楚架在我鼻子上的眼镜。

随后，他做了一个戏剧式的滑稽动作。他戴上眼镜，眼镜把他的眼球显得无比巨大，更加突出了他左眼斜视的特点。在场的人都哈哈大笑起来。布鲁斯咬着嘴唇。他对他人刻薄、冷酷，但是却容不得别人对他戏弄半分。然而，通过透镜事件，我渐渐明白了东印度公司间谍的意图。我希望他们能够搞清楚我已经明白了。如果他就此收手，那我也会住手：

——开普勒老师，我的视力还不错。很不幸，并不是所有人都像您一样幸运，既当得了荷马又做得了卡尔克斯。

——我既不是预言家，也不是诗人，也不是盲人，他回答我说道。然而，您的话还是有一定道理的。我这双视力衰退的眼睛或许可以使我以另一种方式看事物，我想到什么、就会看到什么。第谷的视力可以明察秋毫。他观察得很精确，但是他却看不到表象后更加深刻的东西。您到底想说什么？

——几天前，我好奇地看到了这个新奇玩意儿，商贩故作高深地把它称作"望远镜"。我让一位仆人站到距离我大约一百米的地方。我从望远镜筒的尽头看到了这个笨蛋的脸，他就像是在我跟前一样。这个无礼小人以为逃出了我的视线，他朝我吐了吐舌头，还对我做了个下流的手势，我本应该打他一个嘴巴。

开普勒被我的糗事逗得开怀大笑，补充说道：

——他活该，我想，您一定教训他了吧？

——那是自然！我站在望远镜后面，情不自禁地朝他扇了一耳光，他真的就如同站在我眼前一般。

——听起来很完美，因为距离——也就是说，阻隔在你们之间的空气，还不足以产生偏差，我想说的是折射，光被它的影像反射回来。尽管如您所说，这个男孩并不是光的影像。但是，再回到天文学上来，奥古斯汀陛下近日命我用望远镜观测月亮——我就与您一样、也把这台仪器称为望远镜吧！我看到了一些甚是奇特的事物。我很怀疑我看到的是不是真的，大气将我们与夜空中的星体分离开，大气是那样厚重。这台望远镜实际上也扩大了由半透光的、螺旋状大气层产生的像差。所以在短距离内进行水平观测时，您的望远镜很管用。然而竖直地观测焦尔达诺·布鲁诺所说的无穷无尽的宇宙，却是另一码事。在意识到这一点之后，国王陛下非常失望。他是因为这个才拖欠我薪水的吗？

他停下来，摘下圆框眼镜，就像往昔第谷在情绪非常激动的时候摘下假鼻子一般。他的目光变得更加迥异，沉浸在自己的世界中，喃喃自语道：

——火星，当然啦……我要到火星上去，在地球上什么也看不到……

他已经朝那个红色的星球飞去了。我们的话题很快停息下来，显然，他已经迫不及待地想要离我们远去了，正常情况下，这个彬彬有礼的人不会这么做。他的助理转身离去，我向开普勒走去。布鲁斯走在我前方，但是我能听到他对天文学家说了什么：

——我是从意大利回来的。我在意大利看见伽利略了。

开普勒喜形于色：

——伽利略！我已经十年没有他的音信了。快跟我说说！

布鲁斯发现我听得到他们的谈话，于是他话锋一转：

——老师，我可不可以到您家去，请您为我算上一卦？我到时候给您讲讲我的意大利之行。明天，您方便吗？

布鲁斯只赢了一局。但却并没有大获全胜。我听说过这位伽利略，他是帕多瓦大学的数学老师。我派到威尼斯英国特使对我说，他曾在帕多瓦大学研究过星体的陨落。显然，开普勒很在意这件事。我还是决心参观一下意大利——这座号称全世界最美丽的城邦。

07

一走出医学院，我就把哈里奥特带到使馆。我命数学家先回英国，让他绕道到联合省去一趟。听说联合省的荷兰眼镜制造商已经配备好了望远镜，使用它们可以窥视到敌军的一举一动，然而宗教法庭却不准许西班牙人使用这些器械，西班牙人认为望远镜是魔鬼的玩意儿、会把人性淹没到谎言和幻影当中。

我和哈里奥特正在为他的返程做最后的安排，这时，传达员告诉我，有一个叫做西门·马里乌斯的人求见，他是勃兰登堡的选帝侯约阿希姆·弗里德里克·德·霍亨索伦的数学家。这个人看起来似乎很急切；他的姓氏"霍亨索伦"（德国普鲁士王室）是一张安全通行证，我让人带他进来。一个三十多岁的男子走了进来，他一身黑衣，神色凝重，似乎一直带着一种冰冷的愠怒，这使他看上去像加尔文派的传教士一般。他的胳膊下夹着一本开普勒的新书，可是刚刚的会议上我却没有见到他。西门·马里乌斯，又名西门·迈尔，这个人确实没有什么特别之处。他称我为英国雅克一世陛下的尊贵使臣，并彬彬有礼地说，对于没有提前预约深表歉意。自然，因为我要回应他，所以并没有立刻请他坐下。

——如此说来，您便是勃兰登堡的数学家啦，我对他说道。与上一次约阿希姆·弗瑞德瑞克大公爵在柯尼斯堡召见我的时候相比，他的身体状况好些了吗？

——忘记说了，阁下。我刚从意大利旅行归来。为了学医，我在帕多瓦大学学习了三年。

——您真是遇上了一位善解人意的陛下，才能允许您游历这么
久……

我本想用这句话给这位自信满得有些自负的人泼点冷水。没想到却
变成了自讨没趣。他镇定地回答道：

——我也是最近回到我的家乡纽伦堡，才得知我任职的消息。

这就说得通了，勃兰登堡的霍亨索伦王族依然同弗朗科尼保持着紧
密的联系。这时，我请西门·马里乌斯坐下。

——我刚刚听说，您加入到了开普勒老师的课题研究中啦？他
说道。

——是什么主题呢？

——望远镜。

——我可以问问您为什么会突然到访吗？

他的面孔让我情不自禁地想到波提切利画的萨伏那洛尔画像，我在
鲁道夫国王收藏的诸多油画中隐约看到过，画上的人物面带微笑，露出
稀疏、暗黄牙齿，很是显眼。他脸上的凝重转化为一种令人生厌的
谄媚。

——阁下，依我看，比起机械学，您似乎对应用数学更感兴趣。然
而，我刚从意大利带回一本书，您的政府或许会对这本书感兴趣：这本
书是介绍一种器械的——一只量规，它可以快速数清无数物品，尤其有
助于测量炮筒里圆炮弹的数量和质量。

——从达芬奇开始，意大利人就成为这种仪器的创造大师，哈里奥
特插话道。我自己也使用其中一种量规，有了它，我便可以省去一大批
枯燥的操作。

马里乌斯认为哈里奥特是天主教教会毕业生中最蠢的一个天主教老
师，他说了句蠢话。

　　他鄙视地说：这个量规要比如今发明出来的任何一种量规都精密上百倍。有人会把第谷的仪器与哥白尼的弩相比吗？

　　哈里奥特用几种粗糙的航海工具游览新世界。为了不使我们的访客感到不自在，我插话说：

　　——如果您说的是真的，那么这个量规的发明者一定是帕多瓦那个著名的伽利略。

　　我刚刚之所以在不经意间提起这个名字，是为了让他提前一小时从布鲁斯嘴里听到这个名字。一听到这个名字，我的访客骄傲顿失。他的脸色本来就很苍白，现在他的脸色灰白，甚至可以说，脸都绿了；随后，他酸溜溜地回答说：

　　——伽利略？这个人只知道窃取别人的劳动果实。不，我想说的是我的朋友巴尔萨扎·卡普拉，他是皇宫内亲王，他也是总船长佩德罗·恩里奎兹·德·阿塞韦多的私人医生，佩德罗·恩里奎兹·德·阿塞韦多是米兰和大西班牙的省长……

　　——见鬼！阿塞韦多，宗教法庭家族中最虔诚的信徒，皮埃蒙特的屠夫，他已经下定决心为勃兰登堡的改革派大选帝侯效劳……马里乌斯先生，您与他之间的关系很奇特啊！但是……您的朋友，王权公爵卡宝拉还是卡普拉什么的，您把他的著名量规的说明书也一块儿带来了吗？

　　他翻开开普勒的书，从中取出一本小册子，那小册子是当书签用的。我示意他把小册子拿给哈里奥特，于是哈利奥特翻开小册子读了起来。这时，我继续说道：

　　——迈尔先生，有一件事我不明白。如果如您所说，这个量规有重大军事用途，那么为什么要把它放在英国皇室，而不是放在您的新领地勃兰登堡呢？

　　——我是打算这么做的。我还要为我那叛教的君王把它送到瑞典、丹麦和法国去。尽管英国教会与我的想法不同，不论如何，它依然是我们对抗罗马和马德里的最强大的同盟。

——……对了，这本小册子已经出版了，您没有必要把它拿给我或是卖给我了；我的手下迟早有一天也会知道有这么一本小册子的。对了，哈里奥特，这本书是在哪里出版的？

——纽伦堡。我的数学家正在读书，他的眼皮抬都不抬一下地说道。

——米兰没有出版商吗？难道一本测量工具的使用说明书也会让人遭受火刑的厄运？迈尔先生，请您直说吧！

我的访客依然不改满脸大理石般的冷峻，他说是的，并陈述起来。西门·迈尔，也就是马里乌斯，是这样一种人，他一旦感觉自己找到一个正当而神圣的理由，就会不惜一切代价取得胜利。而这个理由，便是罗马天主教会的决定性失败。从伦敦到布拉格，再到巴黎，这些年来，主导形势看起来似乎是由各个宗教之间的状况决定的，每个阵营似乎都时刻全副武装。从大使馆那里可以得知和平是多么脆弱。这时候只要出现几个挑拨离间的人、几个极端的狂热分子，欧洲就会成为一片血海。

迈尔是加文教派的狂热教徒，他是个没什么天资的应用天文学家，他决心做些什么促使反基督教者衰亡，也就是当时的教皇，如果我没记错的话，当时的教皇是克莱蒙八世，也就是杀死焦尔达诺·布鲁诺的刽子手。他一拿到医学博士文凭，就装出一副巴伐利亚天主教大学生的样子去了帕多瓦大学。他想在威尼斯人主宰的领域收集到尽可能多的军用装备信息。此外，他在帕多瓦的贵族大学里找到了他要找的那个人，也就是我们所说的列奥纳多的继承人，他是阿基米德转世，是水泵、温度测量仪的杰出发明者，也有传言说，共和国内其他秘密使用的装备也都是他发明的：这个人便是数学老师——伽利略·伽利雷。

于是，迈尔去上这位老师的课。天主教徒伽利略在帕多瓦，就好比路德主义信徒马斯特林在图宾根一样，他正式教授着地心说天文学和亚里士多德学说，如果参议院同意，他也会选择性地传授几个哥白尼理论。实际上，贵族将他们的儿子托付给伽利略，对于选择这些门课程的学生们来说，他们当中的大多数都想从事教士行业。与此同时，伽利略也有权选择两三个愿意接受日心说这样颠覆性观点的学生，然而日心说观点也只能作为一种假设来向学生们传授，用来帮助起草天文星历表。迈尔是德国人，虽然有人怀疑他是异教徒，他却也在老师选中的学生之列，因为马斯特林举荐过他。实际上，图宾根大学教师马斯特林在意大利旅行期间，就曾给年轻的伽利略讲述过哥白尼的世界构想。

　　正说着，我的访客顿了顿，他垂下眼皮，合起手掌，发出忏悔的声音：

　　——我错了。我甚至感到自己罪孽深重。除此之外，我刚刚还污蔑伽利略是个小偷。阁下，您看，这是因为为寻求真理而斗争的途中，我们有时也许会犯错误，而这些错误会使我永世不得超生……

　　——做间谍工作确实要调整好自己的心态，我恶毒地说。

　　间谍……面对此般漫骂，他像是又受到了一顿鞭打的凌辱，他继续讲了起来。

　　在两年的时间里，迈尔从一所大学辗转到另一所大学，就像万恶的保罗·塔瑞斯寻找毁灭性人物一样。他寻找的方法很简单：从互相诽谤的猎物中坐收渔翁之利。意大利天文学家之间的嫉妒和竞争就像耳边挑唆的低语、随时可以引起一场殊死搏斗。

　　——从波兰到罗马，伽利略都树敌不少，甚至在他的地盘帕多瓦也是如此，他对我说。这要归咎于他糟糕的性格，他与同事说话时又生硬又直白。特别是涉及他自己的学科时，他要控制所有人。反过来说，他的发明创造也为他赢得了几位重要的支持者，不论是在威尼斯上议院，还是他的故土——托斯卡那的美第奇一家都是如此，尤其在罗马，在耶稣教会会士之间，他们希望这位心灵手巧的机械师能够为他们创造出可以镇压真正信徒的新型武器。或者说，阁下，您比我更清楚，得到政客的支持是远远不够的。如果伽利略失去了政客的支持，他就会被迫遭到流放、到改革派国家去避难。至于这个，任何一件不谨慎的事都会使他遭此厄运。

去年，当新星出现在天空时，伽利略做了那件不谨慎的事情。这颗超新星依然在蛇夫星座、在同样的地方闪耀。伽利略把这颗新星当作1605 年他在帕多瓦大学的研究课题，并引起了广泛关注。这是他人生中第一次、也是最后一次触及神学与形而上学之间的危险边缘。他以第谷、马斯特林和开普勒这三位改革派学者的著作为依据，满怀激情、强有力地清除了一千五百个亚里士多德学说，他将漂移的彗星和昙花一现的新星归入恒星天的范畴，直到那时，这些星体都被认为是静止的。就着这股冲劲儿，他将托勒密所说的地球静止、无序的古老学说击得粉碎，并用行星围绕着大太阳运转的哥白尼式观点将其取而代之。

在上课的教室后面，迈尔看见一个人气呼呼地站起来并走了出去。他谨慎地跟着他走了出去，并在这个人走下通往植物学花园的前几级台阶的时候，跟他搭起话来。这位古怪的卡普拉先生是一位来自帕多瓦的所谓医生，他到这里来是为了研究草药。实际上，迈尔很快了解到，这位住在威尼斯的米兰人与他的目的相同，但却在为另一家公司谋事：西班牙军队占领了他的故乡皮埃蒙特，这支军队也想从伽利略的新发明中获益。或者说，大家都了解贵族学校的格言："威尼斯人优先，天主教徒随后。"

卡普拉和迈尔一样，也是一位狂热的天主教徒，但是卡普拉很快意识到，与他聊天的这个人是个狂热的巴伐利亚天主教徒：他无法想象，一个异教徒竟然敢到天主教的地盘上来。于是，卡普拉对迈尔表现出绝对信任。他是米兰的西班牙总长官的医生，就像所有虔诚服侍长官的人一样，他被提拔为王权公爵。这个军事头衔使他忘记了希波克拉底誓言；他一心想要杀掉所有不愿拜倒在教皇脚下的人。

迈尔添油加醋地讲完这件事之后，便又回到伽利略的无神论这个话题上，他的意思是伽利略与开普勒串通一气，伽利略甚至向开普勒透露过战争所需武器的计划，而这些武器本应向那些不忠者开火：奥特曼人、改革派和人文主义者。这些狂热的教徒嫉妒人文主义者——那些有了外遇的人：不忠者随处可见。于是，卡普拉对迈尔说起那个多功能量规，也就是那个能够测量出炮管中圆炮弹质量的量规。在威尼斯议院的一再坚持下，伽利略只用意大利语出版了为数不多的几份说明书。卡普拉得到了一份，他把这份说明书送到了一个安全地方——他米兰的家。

——因此，这台仪器现在在西班牙军队的手上，迈尔补充说道。如果我不插手干涉的话，西班牙军队就会给炮兵部队一个巨大的福利。要想在威尼斯共和国得到一台仪器实在是危险重重。我仅用了一个下午，就说服了卡普拉，他同意让我陪他去皮埃蒙特。在他看来，我要做的只是把伽利略的形象描述肮脏不堪：路德主义者、加尔文派教徒或许还是英国国教徒，就像把灵魂出卖给魔鬼的福斯特医生一样，是一个无神论巫师。我同意了。一到米兰，这个耶稣教诡诈之徒的巢穴，我就唆使他把这本小册子翻译成拉丁文，我的意大利语学得不好，可是在天文学上，我却比他厉害，我会就伽利略关于新星的哥白尼理论课程写一篇驳论。这两本书当然会署他的名字。这样一来，我便可以一箭双雕了：通过把这台量规传到改革派国家，我会使各国达到力量均衡；将它授予卡普拉，我就会再次引起威尼斯与哈布斯堡王朝之间的不和。

我点头对这连篇累牍的废话表示赞成，心想，国际事务、战争中的间谍外交，这些事不应该交给没本事的人去做，尤其是狂热的蠢货。我看了哈里奥特一眼，他刚刚翻看完这本小册子。他对我做出手势，意思是伽利略的这个量规意义重大。

——这本小册子您要多少钱？我突然向迈尔问道。

　　他面露不快，辩驳说，他这么做只是为了在异教徒溃败的决战前夕支援西班牙和罗马敌军。于是我想，在经历了十九年的战争之后，搅得我们使团心神不安的事情，是想要取得马德里与伦敦之间的和平。随后，我为他给勃兰登堡的大选帝侯写了一封热情洋溢的推荐信。等他离开之后，我又给柏林领事馆追加了一封通告信，向领事馆声明不要相信阿希姆·弗里德里克殿下的新医生兼数学家。

　　阿希姆·弗里德里克殿下两年后就去世了，他的继任者将封地上的信仰由路德教改为加尔文教派。西门·迈尔，又名马里乌斯——新选帝侯霍亨索伦的医生、数学家，我不知道他是否在这件事上也做了什么手脚。但是我能确定的是，我把老朋友哈里奥特送回伦敦，并在他的行李中放了一台荷兰望远镜、一本开普勒的光学书籍和一台伽利略的量规，我为英国后来成为日不落帝国，也贡献了自己的一分力量。

08

　　1606 年春，我终于决心到意大利去。大公爵费尔迪南一世是佛罗伦萨维吉尼伦敦公司的主要银行家，因此我在佛罗伦萨也有事可做。布鲁斯不断往返于威尼斯与布拉格之间，这也使我愈加困惑。此外，我也得知，旅途中他从未将从法兰克福集市上弄来的这些望远镜送人，然而他却会在意大利的所有宫廷拿给人看。如果他真的是东印度公司的代理人，那么他坚持把这些厉害的航海仪器提供给热拉亚人和威尼斯人，又目的何在呢，他们依然是英国走向日不落帝国征途中的强劲对手啊！

　　当他来找我，让我帮他弄些途经君士坦丁堡、前往圣地朝圣的护照的时候，我更加担心了。拿到护照并不难，因为我们的国家与奥斯曼帝国的关系非常好，当我们想要表现给教皇、西班牙的哈布斯堡或是地中海区域的奥地利哈布斯堡王朝看的时候，便更是如此。

　　——我可不觉得东印度公司会有重走古代丝绸之路的意思。我满载弦外之音地对布鲁斯说。

　　他的眉毛上扬，似乎着实吃了一惊：

　　——您这么看吗？我觉得，公司最会投机取巧。如果换作我是他们的话，我就不会冒这种险。我觉得，绕过非洲更安全。但是，就我对贸易的了解所知……话又说回来，在我虔诚的玩乐之旅中，如果我能对祖国有所贡献，我时刻准备为您效劳。间谍工作使我的长途航行更加刺激。

　　自然，我不会相信这出闹剧，但是我装作信服的样子，厉声说道：

——布鲁斯先生，外交是一件很微妙而且很危险的事情，尤其是在那样的地方。我无意冒犯您，但是我获悉大使馆已经当即任命了一些既有能力又谨慎的人。为了您和他们的安全，我不能告诉您这些人是谁。

——是君士塔里尼和布鲁克吗？他惊呼道。就这两个热那亚人和苏格兰人，他们既有能力又谨慎？他们戴着一口假牙吃饭。您上当了，阁下，您上当了！

随后，他咬了一下嘴唇。他非常想向我展示他在这方面的见识，可是他却掉进了我的陷阱。我要做的便是让他越陷越深。

——是谁告诉你是这两个叛徒的？小心点！领事馆非常清楚君士塔里尼今后要为教皇效力，布鲁克和他的儿子为了自家利益，皈依到穆罕默德教派门下。他们声称自己已经手无实权，这使雅克国王发笑。热那亚人和苏格兰人源源不断地为我们带来迪旺的政策信息，只要把他每次写信给我们的内容反过来理解，就可以得知事情真相。总之……这个方法也并不总能行得通；事情远比这个复杂。布鲁斯先生，您瞧，外交手段总是迂回曲折的，因此我不能信任像您这样一个只对艺术和科学的美感兴趣的人。

——阿斯克鲁，明人不说暗话，他回答说道。我知道您在我身旁监视着我。您这样做没有错，因为我也监视着您。丹巴尔大人也在监视着您，他怀疑您有投奔罗马教会的倾向，他命我观察您在布拉格的一举一动，并看您是否在与耶稣教会的人来往。

——可真是荒唐！我对陛下和对英国教会的忠心无以言表！首先，我想知道这个玩弄阴谋诡计的丹巴尔是怎么搅和进来的？据我所知，他在外交事务上没有任何分量。

我从小就非常了解丹巴尔，当年雅克国王到丹麦成婚、遇见第谷的时候，我们两个都曾是雅克国王麾下的年轻侍从。丹巴尔是一个年轻的苏格兰人，而我是林肯郡世家的后裔。由于我对外交很感兴趣，我选择了外交事业，而他则选择了侍臣的职务。谁更讨国王的欢心，也不言而喻了。但是有些事情，他却做得不太妥当：丹巴尔把他的一大笔财富投资到维吉尼公司，我也投资过一些钱，我们约定，我会好好利用停留在欧洲大陆时间，去寻找一些航海仪器以及可以对英国到美洲的长途航行做出贡献的人，特别是要找到第谷的观测资料。为什么从那以后，他便在布拉格通过间谍布鲁斯找我麻烦？当初，在参加完国王的加冕仪式后，我就离开了伦敦，我确实离开得太久了，伦敦的事情很有可能已经变得大相径庭。在伦敦，先是发生了暗杀天主教徒失败这样的事情，这个事件被称为"火药阴谋"，随后，英国与西班牙的和平条约也使我一个月前忙得不可开交。我觉得领事馆信任驻外的外交官是自然而然的。但是布鲁斯是东印度公司的代理人……布鲁斯相当虚伪地继续说道：

——我向丹巴尔保证过，说您对英国皇室和教会忠心耿耿，但我也还是要对他说我看见哈里奥特——布鲁诺的著名无神论弟子和弗勒德经常在您身边走动。在欧洲大陆的全部时间，他都用来会见自称为改革派的教派，改革派大量充斥在英国，国王想将他们铲除掉困难重重。

我不加掩饰地耸了耸肩膀。

——真可笑！已故的伊丽莎白女王以及随后继任的雅克国王都曾许可过这两位可敬的绅士正式陪伴在我的左右，助我完成外交任务。而且，据我所知，他们两人都已经回国了，继续勤勉地工作着，一个专注于天空，一个专注于人体。您到底想要说什么？

我的愤怒，有一半是佯装出来的。一提到丹巴尔，布鲁斯就试图让我相信，"他的"东印度公司与"我们的"——我和丹巴尔的维吉尼公司之间并不构成竞争。

——我到底想说什么？他终于说出了口。我想说的……当然是开普勒啦！

——开普勒？他与这件事有什么关系？

——雅克一世陛下不惜一切代价想要开普勒成为他的数学家。丹肯写给我的信件上说，所有英国人都抗议他这么做，首先提出反对意见的便是我们的朋友哈里奥特和弗勒德。

——"我们的"朋友，是吗？您刚刚还跟我说他们的坏话呢……布鲁斯，这些我都知道；我还知道国王急不可耐，然而培根大人却比谁都想了解自然现象。我还知道，赛西尔大人掌控皇室财政大权，他目前还没准备好掏出钱来聘用日耳曼民族神圣罗马帝国的皇室数学家。虽然开普勒对工资的要求没有第谷那么高，但是塞希尔大人还是不会雇佣开普勒……

——有了！布鲁斯回答道，他就像突然受到了什么启发一般。我们的岛国有一个贸易公司，它们决定重金聘用这位天文学家，让这位天才的天文学家用他的才智为新航程效力，这样做似乎更合理……

我装出一副对这些小商业公司不屑一顾的样子。难道我不是唯一一个为国王效力的外交官吗？

——贸易公司……请问是哪一家贸易公司？贸易公司可不计其数！

——当然是最富有的商业公司啦。就是您刚刚说的那家，东印度荣誉公司。

好嘞！鱼上钩啦。我要做的只剩下拉线了。

——您优秀的朋友丹巴尔公爵把大量钱财都投入到维吉尼公司，我不确定当他看到您为竞争对手做事时，是否会开心，竞争对手是一家同样"荣誉"的公司，我不知道了。

他的脸色微微变红。我将他想要的所有护照都给了他，并且预祝他的朝圣之旅美好而虔诚。过了几天，当我确定他已经踏上君士坦丁堡的征程之后，我便开始准备自己的意大利之旅。但是出发前，我去拜访了开普勒。实际上，在布拉格有传言说，在开普勒的《光学》和《新星》两部作品出版之后，他正准备修建一个即将震惊整个天文学界的真正建筑。我告诉他我要去意大利旅行，并且问他，在我的旅居期间是否能为他做些什么。这一年以来，我都没法前去拜访他，西班牙与英国安宁得吓人，不论在布拉格还是帝国其他各处，我都不得不采取诸多措施、四处走访。把开普勒吸引到英国并不是上策。此外，目前时机也不对。即便用世界上最有力的话语与他辩论、用财富来引诱他，在我看来，都不可能将一个正处于荣誉巅峰的人拉入到流亡之旅中。

开普勒出生于一个脏兮兮的客栈，他三十五岁那年成为皇室数学家，也就是数学家中的国王。虽然他抱怨国王小气，却也生活得安逸自在。另外，他还可以随心所欲地践行自己的信仰、可以发表最大胆的观点，不必担心哪个教会会找他的麻烦。如果我建议他到英国去，势必会遭到他的嘲笑。所以我要等到他的国家的政治、宗教局势开始逐渐恶化的时候再去说服他。布拉格的局势势必会恶化的，我确定。相比星象学家而言，外交官是更称职的预言家，因为他们可以左右事情的发展进程。比起星体运程，人类与国家的命运在大使馆的走廊才解读得更清楚。

开普勒满不情愿地在工作间接待了我。或许他的不情愿是装出来的。我们永远猜不出这个古灵精怪的男人在想些什么。

——哦，原来是这样啊，您也要到意大利去。是因为英国又要准备发动一场侵略战争吗？告诉我是哪一天，我保证明年为您占卜得最精确！

面对这种嘲讽，我回答道，我外出旅行只是为了消遣娱乐，因为我热切地想要探索这个国家、这个复兴的艺术与哲学之邦。随后，我问他为什么觉得英国又要准备发动一场侵略战争。

——那是自然，您的同胞布鲁斯在布拉格、佛罗伦萨、威尼斯和帕多瓦之间来来往往，从未停息过。他可以准确无误地将各个大学的数学老师之间的争吵说给我听。我可真是搞不懂这些意大利人。我们德国哲学家从来都不会因嫉妒或是为他人之间的争吵而感到困扰。

这话倒是没有任何讽刺意味。这一次，他的坦率不是装出来的。我一直克制着自己，不去提他和第谷之间的争吵，当然啦，他们之间的争吵与天体运行机制几乎没有任何关系。我尽量不要冒犯到他，这样才能了解到布鲁斯的更多诡计。

于是，我对他说：亲爱的老师，您太过谦虚了。可是您忘了，我的同胞调解，是因为那些可敬的学者力图得到皇室数学家的裁决。

——才不是呢！布鲁斯先生说，我才是他们争吵的关键。正因为这样，我并没有在公开场合朗读他的信件。我宁愿把这些信件转交给您，毕竟您是英国皇室派到布拉格来的密使。

我快速读完这几封信。布鲁斯在信上说，波兰数学教师马瑞尼是开普勒在《宇宙的奥秘》和《新星》中所持观点最疯狂的追随者，然而开普勒的帕多瓦同仁伽利略却一边疯狂反对、一边教授这些观点，就像这些都是他的见解似的。马瑞尼发表了许多著作，其中有不计其数的天文星表，这些星表曾经轰动一时，后来大家才意识到它们全部是抄袭来的。至于伽利略呢，他的书籍一本都没出现过。伽利略以机动器械著称，比如说验温器和比例圆规。我暗骂自己蠢货。我确信开普勒的光学书籍和他未来的天文学书籍一定会成为权威著作，他的著作一定可以衍生出对航海和对未来殖民有用的器械来。开普勒的思想如此广博、绚丽夺目，这是我始料未及的。那些对人类最有益的发明——那些最致命的发明——往往比它们所涵盖的理论出现得更早。布鲁斯没有因此受到阻碍。但是他在伽利略和开普勒之间挑唆不和的目的是什么呢？读完这些信件，我抬头看了看一边搓着戴手套的手、一边在屋里不耐烦地踱着大步的开普勒。

——布鲁斯先生认为这位伽利略先生似乎并没有把您放在心上，我低声说道。

他将那双昆虫爪一样瘦弱的手臂举向天花板：

——我不明白了！正相反，我和伽利略两人井水不犯河水。您想想看。

近十年前，那时年轻的开普勒还只是忧郁的格拉茨城里一个没名气的小老师，格拉茨城坐落于奥地利的一个山谷中，开普勒在那里出版了第一本书《宇宙的秘密》。他遵循了他的老师米歇尔·马斯特林的建议，将样书寄给几位天文学家，其中，有两本样书寄给了伽利略。实际上，马斯特林在威尼斯的时候，意大利人伽利略就曾在年轻的马斯特林的课上听过他为日心说辩护。从那以后，伽利略就成为哥白尼学说的信奉者。匆忙之下，伽利略回复了开普勒，话语虽简单，却和蔼亲切、鼓舞人心，还说想让开普勒再寄几本样书给他。伽利略与开普勒同岁，开普勒觉得可以与这个年轻人打打交道，他鼓励伽利略满怀激情地加入战争，他认为伽利略会同样骁勇地为地球自转并围绕着太阳公转的观点辩护。在一封稍长一些的信件中，伽利略反驳说他是从哥白尼学说中获得的启发，为了不与白痴争执，他不会再发表任何意见了。就是这样，开普勒给伽利略立刻寄去两本书，他对意大利人伽利略说不必付钱了、就给他写一封评论信吧，可是他从未得到过伽利略只言片语的感谢。

——我什么都没收到，我是说一个字都没收到！这难道不是对我观点的否定吗！他是谁啊，怎么可以如此蔑视我？无论如何，我也是皇室数学家啊！

他终于发现了……然而，他对帕多瓦教师的愤怒看起来更像因爱生怨，而不像是因为伤害到了他的自尊心。但是所有这一切都没能推动我的工作进程。

——伽利略确实很无礼，这点是肯定的，最后我说道。但是谁知道他的沉默是不是另有原因呢？总之，焦尔达诺·布鲁诺是在威尼斯被宗教法庭逮捕的。或许他是觉得，同一个众所周知的改革派联系太冒失了吧……

开普勒耸了耸肩。

——我和耶稣会的人交往得很好！此外，至于布鲁诺，我们的朋友布鲁斯对人说，伽利略与在圣职部检举揭发布鲁诺的事情有一定关系。这位可怜的殉难者曾是帕多瓦大学的数学老师。那么，是谁接替了他的位置呢？

这一次，布鲁斯扯得有些远了。我对伽利略一无所知；然而，作为巡游大使，我之前仔细研读过布鲁诺诉讼案件的原稿。开普勒怎么能相信那样的诽谤呢？

——亲爱的老师，怨恨蒙蔽了您的双眼。我不愿意贬低我的同胞，但是我请求您不要相信爱德蒙·布鲁斯先生。我还不能为您提供依据，但至少您要注意到他的话语中前后矛盾的地方。在一封信里，他声称伽利略将您的理论据为己有，并教授您的理论，在另外一封信中，他又不断批判和调侃您的理论。

——这一点我可没想到。然而，我杰出的同仁马瑞尼也对我说，伽利略坚决否认自己信仰哥白尼学说，他只教授地心说，正因为这样，他才会当众抨击我。

——马瑞尼是波兰的教师，对不对？伽利略在帕多瓦。这两所大学之间的战争持续几个世纪了？顺便说一下，亲爱的老师，您以前在海德堡学习过……

——海德堡，您说什么？那里尽是些蠢蛋！我是在图宾根大学读的书，上帝啊……

随后，他眼中闪烁着狡黠的光芒，补充说道：

——我打赌，您是在牛津上的学，布鲁斯是在剑桥上的学。或许您说得对，除了自然哲学之外，马瑞尼与伽利略在其他方面也有分歧。但是说到布鲁斯……我就不懂了。

我握住他那双瘦弱的、戴着手套的手：

——约翰，我的朋友，我对您的才智感到无比崇拜。您是我见过的所有男人中的真男人。朋友，我请求您相信我。

开普勒热泪盈眶。得知自己被人喜欢，他是那样高兴！而我见到他演这出喜剧，还有点儿害羞。我继续说道：

——布鲁斯是个危险人物；甚至可以说，他就像一个穷凶极恶的魔鬼。我真不知道他挑拨您与伽利略之间的不和用意何在。但是用不了多久我就会了解的。我不会给您寄信。但是我还会再回来的，到时候我会把我所知道的一切都告诉您。这是最谨慎的做法。在我离开的期间，您要保重，大使馆有流言称帝国目前的宗教和平维持不了多久。马蒂亚斯国王和他的天主教部队很可能会动用军事力量。他们或许会向皇室数学家开炮，我可没夸张。

——这些早已不新鲜了。我已经做好了准备。但那又怎样呢？您和这那位亲爱的布鲁斯一样，你们都想让我逃亡到英格兰岛上去吗？约翰・开普勒，东印度公司的天文学顾问，雅克一世国王独一无二的新星信息提供者，这是多么可笑！

我挤出一丝微笑。这个卑鄙的布鲁斯居然欺负到我头上了。但同时，我的对手也就此摘下了友善的游客的面具。

——东印度公司，真的吗？我用玩笑的语气问道。实际上，我还以为您会在伦敦市场卖丝绸和香料呢。这位阴谋家与这个荣誉贸易机构有什么关系？

——我们走吧，外交官先生，别再试图让我相信您不知道这位侨民是你们国家最重要的商业公司的雇员了。就在他出发去东方之前，至少他也告诉了我这一点，并且他又一次对我说起了伽利略……还有您的坏话。实际上，他对我说，您在为另外一家贸易公司的利益谋事。

如果布鲁斯站在我面前，我一定会当场亲手掐死他。

我以最大的诚意说道：我对您说过了，布鲁斯就是个魔鬼。他总是离间好人之间的关系。

——那就让魔鬼呆在那儿吧！至于苏格兰和英国教会——英国国教和天主教之间的争端，我对这些并不感兴趣。我非常理解一个水手想发展航天事业的心情，比如您的那位同胞。像我这样一个从未见过大海的沉闷的德国人，到船的甲板上能做什么呢？您为什么不去您的朋友哈里奥特那里呢？您知道吗，我和他也保持着联系。哈里奥特能够欣赏我的光学书籍，我的知音不多，他算其中一个。我可以怂恿他放弃那份纯粹的数学工作。他对我说他在研究一种可以放大视野的航海工具。

对于他的建议，我道了谢，然后婉言拒绝了，借口说无论如何我都不会干布鲁斯这种干涉到自然哲学家之间争论的坏事。而在我的内心深处，我也感到十分羞愧：我竟然为卑鄙的利益前来干扰这位探求绝对真理的英雄那深邃的思维……因此，我说为打扰到了他的工作深感抱歉。

开普勒毕恭毕敬地回答道：所有前来拜访我的人，都会让我感到荣幸。随后，他带着不快说道：……但是那些不来探望我的人，才会使我感到开心。

当时我已经走到了门口，开普勒拦住了我：

——顺便说一下，等您看到我杰出的意大利同仁们的时候，对他们说……火星的轨道，既不是圆的，也不是橄榄形的，而是椭圆形的。再见，亲爱的朋友，旅途愉快！

09

　　于是，我动身去了威尼斯。威尼斯共和国的威风早已不如从前，可是它往昔的骄傲和独立的野性依然存在。狡猾的老商人肆意恐吓德国步兵和西班牙僧侣。这群野蛮人没敢前往水上城市的河岸，因为这对于他们有限的智力来说实在太过复杂了。真的太过复杂了，教皇发布禁令，将威尼斯共和国的总督荷纳多驱逐出教会。实际上，保罗·维是罗马教会的人，他是鲍格才家族的一员，他曾对议会说，他的教士不服从共和国的管制。共和国总督回答得很干脆：他拒绝并且不允许教士在他的领地获取新的土地权益。"首先是威尼斯人，其次是天主教人。"这场争论与宗教的关系不大，然而，当时英国的亨利八世建起教会是出于一个女人的缘故，不是吗？

　　我很喜欢威尼斯。我觉得这座城市就是为游览、外交、谈判和娱乐而修建的；总之，为我而建。在运河上、河岸上，在桥的高处和人行横道上，在笔直的小巷中，我们总能感到潜滋暗长的危险，街道上香料的气味浮现起有滋有味的一生。我喜欢冒险，但却不能冒太大的险，这便是我的职责。开普勒和伽利略不喜欢冒险，可他们却非冒险不可，这也是他们的职责。

　　——你们这些英国人三番五次对我说起皇室数学家，你们用意何在？你们的同胞布鲁斯去年教导过我，批评我教授托勒密学说和古老的、让人心烦的亚里士多德学说，而没有教授开普勒多方面修改过的哥白尼学说。现在你们要我谈谈对他的光学著作的看法！我们不在布拉格，也不是在伦敦，不是在一个关于一切、关于任何话题都可以畅所欲言、随意书写的地方！您现在是在威尼斯，先生，这是一片嫉妒和欲望的土壤，一块出卖和阴谋的土地。

实际上，当时伽利略把我带到帕多瓦大学医学系的植物园中，这地方距离威尼斯运河岸边那些喜欢打探是非的人有三古里远。这里到处飘散着祥和的气息；空气中弥漫着强烈的香气和不知名的花朵香甜的味道；我感觉自己像是到了托马斯·莫尔歌颂的乌托邦岛。但是在向威尼斯权威机构递呈国书的前几日，在总督的宫殿、在人们的思维观念中、甚至在建筑中、在来来往往的人们轻描淡写的微笑背后，我感觉都暗藏着一种对我这个外国人不信任的沉重氛围，这倒是真的。他们并没把我当成敌人看，只是把我当成一个商业竞争对手。这点千真万确。

从伽利略的外表和生活方式上看，根本看不出他是威尼斯共和国的阴谋家。何况，他还是托斯卡纳人。强壮有力的身躯，宽大的肩膀，四方而粗糙的脸颊，使他看起来倒像是个战将而不像学者。他的声调高得像士兵，随口讲着脏话，步伐急促。走过四十年人生路，他的头发已经斑白了，但是从他剪短了的胡须可以看出，他从前是红棕色的毛发。听着他低声抱怨，我想他们可能都生错了地方：开普勒应该生在意大利，伽利略应该生在德国。

——是啊，当然啦，他继续说道，在《光学》和《宇宙的奥秘》中，都不乏精妙之处……但是，书中所有杂乱无章的一切都在几何学和形而上学之间摇摆不定……火星轨道到底是完美的圆还是正方形，这与我有什么关系？对于汽车的行进或是球类游戏来说，圆圈和球体是更好的选择，然而如果想修建一堵墙或是制作一枚骰子的话，正方形或是正方体却是更理想的选择。他说自己是物理学家，那么他为什么不把自己局限在"自然学家"的范畴内呢？他在神学家的阵营里捣什么乱？啊，他是德国的改革派！我们罗马天主教徒把属于教士的东西留给了教士，把属于在俗教徒的东西留给了在俗教徒！

伽利略讲着脏话乞求着上帝，即便像我这样一个头脑灵光的人，也模仿不出那一幕。我很容易联想到伽利略是这样一种人：他认为整个世界都联合起来对付他、认为失败是因为受到了厄运的诅咒，他们的心中总是有很多位假想敌。但是，在见过众多意大利知名学院的数学家和天文学家之后，我察觉到，相比帕多瓦大学和波兰大学而言，我们的牛津和剑桥要相亲相爱得多。

名校波兰大学的名师——吉奥瓦尼·马瑞尼是伽利略的死敌。然而他们之间却没有什么对立面，至少在自然哲学界如此，因为他们都是众所周知的哥白尼学说信奉者。他们之间的怨恨源于他们所在的两所古老学院之间的宿怨。他们两人认为伽利略和所有人一样，将发现和发明视为自己的财产，只有他们自己才有权使用。他们的发明只有他们自己，以及为此付出很多的城市才可以使用。成为第一人、成为众矢之的并不是唯一的荣耀，往日因受利益驱使，第谷指控乌鲁斯盗用了他的天体理论。从那以后，骂声四起，抨击性文章此起彼伏；这些人的争论和言辞可不像薄伽丘和贺拉斯的诗歌那样优美！

伽利略在用词上恶毒得毫不留情。因此，他毫不迟疑地对卡普拉的论文作出回应，并说比例罗盘据是他自己的发明："人类恶毒的敌人……毒汁唾液下的罗勒……凶猛的秃鹫扑到新生儿身上，撕裂鲜嫩的肉体……"尽是些诸如此类的话语。

当我们满脸汗珠地从热带植物花园的温室大棚中走出来的时候，我对他说：可是我看这些辱骂太过夸张了，他只不过是窃取了您的比例罗盘而已……

他哈哈大笑，用嘶哑的声音讲着托斯卡那方言：

——啊，好啊你们英国人！"窃取"，这纯粹而简单的偷盗是大逆不道的行为！这条走狗想把我的罗盘送到他的西班牙主人脚下！

——我并不认识这位卡普拉，他只不过是一个我熟识的德国人玩弄于股掌之上的玩物罢了……

——开普勒？

这次换作我哈哈大笑了。他居然想到了我的朋友开普勒，真是太诚实啦！

——当然不是啦！我说的是西门·迈尔，又名马里乌斯。

——这不可能！在这个男孩子前往意大利的时候，年迈的马斯特林吩咐我帮助、保护他。他笨拙地掩饰着自己的改革派信仰。什么？您想怎样，阿斯克鲁先生？您想挑拨我和迈尔之间的不和吗，就像您的同胞布鲁斯对开普勒那样？难道这是两个游手好闲的英国人之间的赌注游戏吗？阿斯克鲁先生，您这可是在用我的生命在开玩笑啊。看来伦敦和布拉格没有让人胆战心惊的、随时准备卸下您的四肢或是想把您送到断头台上的道士，在罗马，他们就是那样对待可怜的布鲁诺的。

他说得对：像我和布鲁斯这样的人，再缩小点儿范围，开普勒，我们离危险都很遥远，我们都感受不到安静无声的环境中潜滋暗长的危险，那种危险蔓延在托斯卡那丘陵的浅蓝色天空中、潜藏在抚弄着维也纳辰砂和赭石宫墙的忧郁雾气中。我抛下所有防备，向他坦诚讲述了我与布鲁斯之间的利益冲突，以及我到他这里来的目的。

伽利略冷漠地回答我说：总之，您不但要求我背叛雇用我的威尼斯，还让我背叛我的天主教信仰。

——背叛……这个词太严重了。再说，您并不是第一个把本民族的才智和文明之光传递到北方部族的意大利人，比如说，我的国家就依然处于野蛮的迷雾中。

——野蛮！瞧啊！我也想坦诚一点儿。总之，依我看，在某些方面，英国教会从我们的教会和瑞士以及德国的教会中汲取了一些不错的东西，这是理所当然的。另外，时光流逝，全天下的君王、以及教皇陛下似乎都变得更有耐心了。哦，我非常严肃地向您保证，我与圣职部的那些打探风声的人八竿子打不着。但是您比我更加了解政治领域的风云莫测。看看你们国家的天主教徒和清教徒是什么样子。不，对我别抱任何期待：要是让我选择的话，我宁愿呆在波伦巴监狱，也不会去你们的伦敦塔监狱。然而，即使在威尼斯，我也感到古里古怪。您瞧，我是托斯卡那人，我将整个花园都种植上了稀有植物，想重新培植出葡萄树和橄榄树。我欢快地离开了帕多瓦大学、到我的家乡比萨的一所简陋的学院中去。那么，如果说英国，您想想看……

橄榄树和葡萄树……伽利略和开普勒……我怎么能奢望把这两个精力充沛的男人顷刻间移驾到我那多雨的小岛国上呢？他们的根扎得太深了。毫无疑问，布鲁斯比我先明白了这一点，他没能把任何一个人带到英国去，于是他便在他们之间散布不和，以此让他们的力量消亡。我决定采用另外一种战术：采摘他们的果实，但是我会促使他们和平相处，既不使用阴谋诡计也无需暴力。我会像娴熟的炼丹士那样，将红酒、油、开普勒的运算能力、他从抽象世界获取精华的天赋以及伽利略把事物浓缩成精华来构建新机制的才智结合到一起。伽利略与开普勒是如此互补。因此，我要忘记自己是英国大使和维吉尼公司的密使，这样就不会认为自己是一个相信人类、偶然性、机遇、命运和天意、可能做出对世界的未来举足轻重事情的人。我卸下自己职责中一切固有的谨慎，对他说：

——您真应该去见见开普勒！

我的热情吓了他一跳。他面朝花园中央的喷泉，在一个石凳上坐了下来。随后，他问我：

——开普勒先生结婚了吗？

——是啊，当然结婚了，他都有几个可爱的孩子了。

——我也是，我也有几个可爱的孩子。但是我娶不到心爱的女人。

我是神职人员，因此一直保持着单身。如果我离开意大利，哪怕离开很短一段时间，都没有任何人可以保护我的家人。他们容许我同居，至少在威尼斯可以，但条件是要我服从他们的命令，也就是说，我不能再关注天空，而是要更多地关注军队建设。我不想违背基督教徒和养育我的贵族家庭的意愿，也不想对抗王公贵族的统治！正因为如此，我现在在波伦巴，而我的心上人玛丽娜却在修道院，甚至可以说在妓院。至于我的孩子们，看到他们在教堂前的广场上乞讨，我不能表现出丝毫难过。

伽利略的这席话使我尴尬万分。这些话就像是对外交官的沉重抨击——我自由，富有，单身，大使的身份可以护送我到任何国家的任何地方去。而伽利略和开普勒只是怀有一些无辜的观点，这些观点并不会损害到王子和教士的利益，可他们却时常生活在被开除教籍、被流放和被处以火刑的危险之中。怎么敢说我的国家就能够为他们提供一处安全的港湾呢，或者，谁知道这个港湾明天会不会也变成地狱？怎么能够要求他们高呼着自己的发现，将他们推向殉难的深渊？没人让布鲁诺高呼自己的发现，可他最后却也遭此厄运。这一刻我对自己、对我的公司都感到耻辱，我真恨不得把世界上所有商业公司、所有布鲁斯、所有丹巴尔都送去见鬼。我这一生究竟做了些什么？我这个人有什么用？我从不相信天意，但是偶然间，我意识到，能够与开普勒和伽利略这两个伟大的灵魂偶遇，并且与其中一人成为朋友、得到另一个人的尊重，这使我的生命似乎都变得有意义了：我成为他们之间的桥梁，别无其他。"创建联系"难道不是一个外交官应该做的吗？

于是我满怀同情地问道：他们对您的监视会侵犯到您信件的隐私吗？

——侵犯？他们甚至不需要侵犯我！是我主动向他们投怀送抱的！在那些迷人的大会上，我把信上的一切都念给他们听，我收到的、寄出去的所有信件。红衣主教、耶稣会人士以及参议员对于我的文字功底赞不绝口、被我的表达方式逗得哈哈大笑。如果是寄给有权有势的意大利家庭成员的信件，我会在信里加上一些冒犯的话语，这会使尊贵的听众用戴着戒指的手套捂着嘴"噗"地笑出声来，但是……您瞧……我这样做了差不多九年，就在这时，我收到格拉茨一位没有名气的数学老师寄来的书籍，他是哈布斯堡王朝王子费尔迪南的天文学家。也就是您的朋友开普勒的著作——《宇宙的奥秘》。他将这本书托付给了一个叫做宝路斯·安贝尔格的人，他是施蒂利亚王国派向威尼斯共和国的密使。从那以后，我就可以完全确信，这位哥白尼学说小册子的作者是与我同样虔诚的天主教徒、他与我同样听命于教皇陛下。

自打我们谈话开始，伽利略就不断声明他信仰天主教。他的态度比我的态度更加莫测，这会使他的坚持看起来更加难以捉摸。

伽利略为开普勒给他寄来书籍表示感谢，并对他表达说自己完全赞同这些日心说理论，还暗示他说，在格拉茨和布拉格可以自由发行的书籍，如果想在威尼斯和罗马发行，却要谨慎万分。开普勒没明白这一点，他带着一股年少轻狂，将伽利略加入到哥白尼学说的争论中，似乎在施蒂利亚的小学院的平凡教员眼中，这位著名的帕多瓦大学教师只是一个胆小怕事的学生。

——在我来意大利前夕，开普勒让我看了这封信的抄写本。我知道这封信会伤害到您的自尊心，但是您本该回复他的，这样才能使那位当年只有二十五岁的男孩子闭上嘴巴，难道不是吗。您比开普勒年长八岁。

——回复他？最终落得跟那位疯狂的布鲁诺一般下场？上帝啊，您根本没搞清楚状况！当我被迫当众朗读这封信的时候，一位听众对我说开普勒是路德主义教徒，我想这位听众是基督徒。当时无论我怎样回答，都会被当成异教勤勉的联络员卷入到宗教法庭的案件中。这样的罪名现在很可能已经成立了。只要我做错一丁点儿事情，哪怕是这几页纸、都可能点燃火刑的柴火。

难道这便是威尼斯春天的芳香气息中的温柔吗？我不会相信这样的死亡和痛苦之云会笼罩住蔚蓝和粉红色的温柔土地。我满怀宽容地想起伽利略，他在这次简短的天文学交易中无足轻重，而且天主教会从一开始就支持哥白尼的理论，这些理论与马丁·路德和梅兰希顿的观点背道而驰。

——阿斯克鲁先生，对于一个窥探细微风云变幻的外交官来说，我觉得您的信息可不够灵通，伽利略挖苦我说道。我敢这样说，只要对新历法的编纂有益，哥白尼就带着一种神圣的气息。但是如今新历法受到考验，它被世界上最强大的力量所采用，除了……

——我知道，很不幸！然而在英国，我们希望主教听话，因此他最终接受了格里高利历法。国王心甘情愿地接受了它，但是许多教派都反对。您瞧，如果说愚蠢无国界的话，那么这历法至少可以支配许多教会……

就在这时，伽利略浓密的眉毛下的眼里闪现出狡黠的光。似乎这会儿他才对我减少了些防备，他继续说道：

——既然格里高利历法在天主教国家和那些最明智的自然哲学家之间得以确定下来，教会就不再需要哥白尼了。更糟糕的是，教会还对此感到畏惧。或者说，这历法使教会感到窘迫。然而，您知道我遇到过多少主教、红衣主教、议事思铎吗，他们断言说我是旧日心说体系的拥护者。只是……圣职部已经抹去了我在意大利长期旅居的所有书面证据。别人不需要了解，只要你知我知就好了。你知我知！以玛丽的童贞发誓！那些伪善的人为什么说哥白尼、开普勒和伽利略是他们的人呢？也就是说，在这一点上他们是对的：只要我们还没能通过证据、通过物理和数学方法证明太阳是绕着地球公转、并且也自转的，那么这个观点就只是个假设，虽然看起来似乎千真万确，但依然只是一个假设，很不幸，这个假设还与亚里士多德和圣书的观点背道而驰。我们要做的是，坐着雷昂纳多的飞行器到高空去看个究竟……

——您是说到天上吗？多有趣的巧合！亲爱的开普勒曾经带着一副不苟言笑的神情对我说过，他是怎样行驶到火星上去确认火星轨道的。

伽利略做了个鬼脸，用刺耳的音调说道：

——他是皇室数学家，他可以有许多闲暇时光。我可没有这种命。那么他从他的征程中了解到了些什么？

——卵形或者说椭圆形的火星轨道，他犹豫了一下，或者说是做出一副迟疑的样子。我确信这个古灵精怪的家伙一定在构思一本比《光学》更加宏伟的新巨著。

——卵形的？真有趣……托勒密、哥白尼和第谷对此也发表过自己的看法。但是毕达哥拉斯、欧几里得和亚里士多德却没研究过这个。阿斯克鲁先生，只有物理学才是真谛！其余的一切不过是过眼烟云。就像他说的火星漫步一样，只不过是想象的结果。我在地球上，脚踏实地看着天空中究竟发生了些什么。您去过那么多国家，您听说过有一种带镜片的、能放大物品的管子吗？

我明显感觉到，他就像一个想要拍卖狡猾农民，他非常清楚自己在说些什么。我对猫捉老鼠的游戏毫无兴趣，于是我坦率地回答道：

——望远镜？当然啦，我有一个。就在我的行李箱里。我希望您可以检查一下看看。您可是声名远扬的力学专家……

——开普勒看到了吗？他怎么说？

这个猝不及防的问题说明他对德国同事的观点很感兴趣，他咬了咬嘴唇。我忍住笑：尽管他们思维广阔，可是做起事来就像高中生一样。如果我是布鲁斯，离间他们对于我来说简直轻而易举。于是我向他讲起昔日开普勒如何为我们阐释光的折射，以及这个不大可靠的机器如何引起补角像差。

——但是我不确定他是否因为这个才拒绝检查这副望远镜。布拉格正处于一种魔幻的、迷信的、招摇撞骗的不理智氛围中，很难保持理性。再说……开普勒的视力非常糟糕，我以做他的朋友为荣，对于您来说，这一点可能是微不足道的。此外，他那可怜的歪曲的双手除了写字之外，什么也做不了。

伽利略热泪盈眶。这头熊居然也会动感情！他嘟哝着说道：

——哦，好的……您打算什么时候把望远镜拿给我看？

——我不拿给您看。我把它送给您。但是，为了您的安全，也为了我的安全起见，请不要对任何人说这台仪器是我送给您的，因为一位英国外交官送给威尼斯共和国一台对战争有益的仪器很不妥当。这种行为即便算不上背叛，看起来也相差不远。

他握紧我的手，他那粗糙的外壳就像阳光下的冰雪一样，融化了。

——先生，我不知道您究竟为什么送我这台仪器，这大概与您对哲学的热爱没什么关系，但是请您记住，我永远感激您的这份礼物。从我开始寻找这台望远镜开始！相信我，我会好好使用这台仪器，我会与开普勒甚至全世界共同分享这份礼物。三天后，一个朋友会去帮我拿这份礼物。请您不要感到意外：我的信使是教会的人，他跟我一样，都是虔诚的天主教信徒。

他诡异地会心一笑，随即迈着骑士一般的步伐，扭动着肩膀消失在黎巴嫩雪松后面。此时此刻，我对自己的工作感到非常满意。我比布鲁斯略胜一筹，布鲁斯这个傻瓜把自己的望远镜拿给马瑞尼，却遭到拒绝。我赢得了伽利略的信任，并且我想，有那么一天，像他和开普勒那样坚强、自由的人一定会落荒而逃，在英国皇室的庇护下找到最佳栖息之所，为我们从印度、远东和西方归来的装满金子和香料的船队做事。

然而，在战争、流血、狂热的年代，他们宁愿置身于祖国的危难之中，生活在苦难、监狱和火刑的威胁之下。四十年后，我裹在被子里、坐在烟囱前、远离金戈铁马的声响，在阿拉斯通庄园里写下这些行文字，可如今我依然想不明白这是为什么。

10

月亮浑圆，月光映射在笔直斜坡小路的泥泞水洼中。又高又窄、没有窗子的破屋子紧密地一个挨着一个，这样相互支撑着才不至于坍塌。或许它们这般拥挤着是为了接近简陋的、还没完工的犹太教堂，这座教堂如同死胡同一般，阻塞在阴暗街道的尽头。

大卫·甘斯停下脚步，他伸出手臂，指着这座建筑说道：

——您来到了新耶路撒冷，先生们，这是所罗门的新庙宇。

天气寒冷，冻得开普勒鼻涕直流，他的脚就像踩在开凌的河水中，可是开普勒还是忍不住笑了起来：他很欣赏犹太人开自己的这个玩笑，因为这也像是在开他的玩笑一样。相反，他们的伙伴，年轻的阿尔布雷希特·冯·华伦斯坦领主轻蔑地耸了耸肩，抚弄着当时巴黎流行的小尖胡子：他在信件的结尾看到这些文字。二十五岁的华伦斯坦，是波希米亚最富有的继承人，自从皇室数学家给他算了一次盲卦，说他会拥有财富，荣誉和权利，他就开始醉心于开普勒。但是开普勒琢磨着为什么当大卫·甘斯向他提议去拜见一下帝国最著名、最睿智的犹太教教士的时候，他坚持要华伦斯坦陪着他们去。华伦斯坦非常傲慢，学识渊博、也非常迷信，这让他不禁想到了第谷，虽说这位神情愉悦、身材修长、自恋的绅士与丹麦天文学家那沉重的身躯、粗犷的轮廓并没有什么相似之处，但他简直就是死去的天文学家转世。大卫·甘斯是一位杰出的犹太教神秘学家和犹太哲学家，为了使摩西五经与哥白尼对于宇宙的新概念和解，他曾与开普勒进行过漫长的辩论。

这三个男人最终走进死胡同，在死胡同深处，屹立着一栋房子，与其他房子相比，这栋房子墙皮脱落得没那么严重。甘斯把嘴唇贴在钉在门框右侧的一个小盒子上，然后没敲门便走了进去，就像走进自己家门一样。在底层的一间客厅尽头，只点着一个七根蜡烛的烛台，一位着长胡子的老人坐在一摞书和很多卷手稿后面：拉比·犹大·勒夫·本·比撒列，也就是"我们的教员，雷夫·勒夫"，用希伯来语讲是莫若奴·哈尔瓦·勒夫，简写为马哈拉尔，亚伯拉罕人民分散在世界的各个角落，不管是老居民还是新居民，都统称为"马哈拉尔"。

老者身后的壁炉里烧着旺火，壁炉上沸腾着一口锅，映照着老者带着神圣光辉的雪白的头发。他就像是圣经时代的族长，也像是法官。尽管华伦斯坦的高等官衔赋予他无上的骄傲，但是在这位犹太老者面前，他也情不自禁地深深鞠躬。

马哈拉尔用富有磁性的声音说道：开普勒，祝你平安喜乐；还有你，华伦斯坦，你好！

老者用希伯来语问候，开普勒也用同样的语言回敬问好。

——他说什么？我到这儿来做什么？华伦斯坦问道。

没等开普勒开口翻译这两个问题，老犹太教教士用希伯来语回答说：

——如果您想腾飞，就要让相对的力量连结起来，让光明和黑夜交织，让生与死并行。开普勒，你是行动中的真理之光，而华伦斯坦只是一个愚蠢的书呆子。他还年轻，而你肩负着整个世界的历史。开普勒，你才是人生，而他将死亡镌刻在自己的宝剑上；你谦虚，他虚荣。你贫穷，他富有。

——这最后一组对立，我倒是心甘情愿与他交换，皇室数学家回答道。

——他说什么？华伦斯坦又一次问道。

——阁下，他说您会协助我的，您是旅途中最佳伙伴，开普勒沉着地翻译道。

犹太教教士的笑声在一阵虚弱的咳嗽声中渐渐消散，他用颤抖的、长着斑点的手拄着扶手，从椅子上费力地站起身来。老者站起身，他只是一个干瘪、正直的小老头，开普勒都可以管他叫爷爷了，开普勒想起自己的爷爷，魏尔德尔塔斯特的市长兼皮货商、经常光顾妓院的酒鬼。老者的身躯完全佝偻了，关节凸显出来。马哈拉尔拿起烛台，拉起一片发霉的门帘，门帘后显现出形状不均的台阶。他示意三位参观者跟上他。他们沿着台阶一直走到谷仓。谷仓里应有尽有，家具腿长短不一的家具，被蜘蛛网贴上封条的旅行箱，支离破碎的花瓶和罐子，被蛀虫腐蚀坏了的衣物以及一些其他东西——素不相识的以斯帖勒夫女士和巴赫巴哈·开普勒女士不约而同地将这些物品描述为："从不知道是什么，但却可以一直使用的东西。"至少，他们爱打趣、心意相通的伴侣是这样认为的。墙角堆满落着灰的旧书。奇怪的是，其中两卷古老的书籍中夹着一束耀眼的兰花，另一个架子上摆着一个装满新鲜水果的托盘。马哈拉尔走到隔墙左边的角落，将手伸进去；图书馆立刻像屏风一样折叠到一起。可真是障眼法！

——这幅画的作者是著名的朱塞佩·阿尔钦博托，他是在陪同国王陛下前来拜访我的时候画的，老人一边用德语解释着，一边将这个假图书馆合上。

——什么？华伦斯坦惊呼道，国王陛下到……

——到犹太人家里，年轻人，到犹太人家里，您可以说"犹太"这个词，马哈拉尔说道。我并不觉得这是一种侮辱。同鲁道夫国王的会面比往昔斐洛·亚历山大与卡里古拉的会面更加有成效。请跟我来。

开普勒没想到自己会被邀请到露天阳台上，谷仓的隔板移开，阳台也就此揭开了面纱。从阳台往下看，便是布拉格的犹太区，屋顶相互交错，也有迷宫似的、通往美丽花园、果园和菜园的街道和小路。据说，这条被墙壁和蜿蜒的莫尔道河环绕的小路就坐落在城市下游的中心，就像坠落在泥塘里的一片秋叶。

在露台中间，屹立着一栋高而瘦的木屋，就像公园和花园放耙的地方一样。马沙拉尔打开交错的木板门。在门里，一尊拙劣的、可以大致看出人形的黏土雕像占据了全部空间，这个雕像光着身子，令人毛骨悚然，他的脸庞都挤烂了，紧闭着眼皮。

——这是犹太民间传说中赋有生命的泥人，开普勒惊叹道，原来真有这回事！

华伦斯坦冷笑着，试图掩饰自己的恐惧：这个家伙太丑啦，雕刻他的那个人在卡斯泰尔夫兰科韦内托的课上一定没有认真听讲吧！

——没错，犹太教教士回答道。米歇尔·昂热还说，他从没教过我这么差劲的学生。万能的造物主托梦给我，说让我塑造这个新亚当，他并不惧怕我的竞争。大卫，帮我个忙……

甘斯服从了命令，在假人面前折叠开一把小板凳。玛哈拉尔踩在华伦斯坦的肩上，费力地登上三个台阶。然后，他从兜里掏出一把银刀，命令道：

——先生们，请你们退后几步。大家都不知道他想要做什么。

然后，他在雕像凸凹不平的额头上刻出几个希伯来字，并解释说：

——"Emeth"这个词在希伯来语中是"真理"的意思，华伦斯坦先生。

神像开始微微摇晃，它张开大嘴、伸出舌头。犹太教教士迅速将一张纸放到神像白色的性器官下。

——这张羊皮纸上写着四个字：Yud, Hé, Vav, Hé, 它们代表造物主不可言喻的名字，马哈拉尔一边解释，一边匆忙从板凳上走下来，同他的三个伙伴聚集到一起。

神像睁开眼睛。

——黄色的眼睛，有舌苔的舌头……杰森纽斯医生会诊断为消化不良，开普勒假充好汉，声音略带颤抖地说道。

——或许吧，我虔诚地希望你们观察得再仔细些，要注意的是，马哈拉尔先生对他进行了割礼，大卫·甘斯放声大笑，却也非常害怕。

——该死！华伦斯坦不想再充当什么好汉了，他补充说，不管他是不是受过割礼，我在宫廷里认识几位贵妇，她们都愿意接受这富有情人的爱意。

——安静！别动！老犹太教教士低语道。别惊吓到他。

于是，这个怪物一般的神兽抖动着身躯，就像从水塘里跑出来的大狗一样，小木屋被它撞了个粉碎。它向前迈了一步。开普勒、华伦斯坦和甘斯后退了一步。相反，马哈拉尔却向他走去，他展开双臂，张开手心，用尽全部肺活量大声喊道：

——神像，别乱动，听我的命令！我是你的主人，我是犹大的狮子。抓起那两个人，把他们带到火星上去，你往日送走别人是怎样做的，这次就怎样做。但你还是要把他们送回来的。服从我的命令吧，神像！

于是怪兽迈着笨拙沉重的步伐，左右摇摆着身体向开普勒和华伦斯坦扑去。它轻轻抓起开普勒，将他夹在右臂下，就像鸟儿在翅膀下庇护着幼崽一般，怪兽将华伦斯坦夹在左臂下，这次没有那么小心翼翼了。

——别忘了带上欧几里得拐杖，甘斯将拐杖递给开普勒。

神兽用它那黏土脚沉重地拍打着土地，飞走了，而这两个小傻瓜就在它羽翼的缝隙里蜷缩成一团。

华伦斯坦向下看，开普勒向上看。太阳出现在地平线上，大地上形成了一片新月形的光芒。他们掠过月亮，过不了多久，月亮就会变成镶嵌着一圈白色光边的黑色圆盘。但是这两个游客没有时间欣赏美景了。

神兽疯狂地奔走，他们不得不时常紧闭双眼，以避免彗星的灰尘进入眼睛导致失明。突然，他们感到一阵猛烈的撞击，黏土巨兽颤抖起来。巨兽张开双臂，于是两位游客重重地坠落到红土地上。

开普勒迅速站起身来，举起沉重的拐杖指向神兽的额头，用拐杖的圆头刮去马哈拉尔刻在神兽额头上的第一个字母。

开普勒对华伦斯坦解释说：好啦！Emeth——"真理"这个词已经变成了 Meth，"死亡"。现在，它睡了。在我们游览火星期间，它不会打扰到我们了。

——我们在火星上？但是……你瞧，那儿有一座城……

开普勒眨了眨眼睛，一边在兜里翻着，一边嘟哝道：

——我把眼镜放哪儿了？我问你呢！皇室天文学家近视得像一只鼹鼠。看来我对皇帝提出抗议并没有错：我的视力这么差，本就该去做神学家！我应该去巴黎，不应该待在布拉格！

他拍了拍脑门，打开欧几里得拐杖的圆头，从里面拿出一个眼镜盒。他终于可以戴上那副圆框眼镜啦。

——一座城，是的，您说得对……不，不是一座城……是我眼花了！

在一条笔直的、长长的小路尽头，显现出一排炮塔、小尖塔和大教堂，旁边围绕着两座金字塔。星光之城！这便是第谷当年在丹麦岛上修建的无可比拟的观测台的真实再现，但是规模更加宏伟，第谷死后，国王命人将这座观测台夷为平地。正如这个故事所说，神兽被抛弃在他们身后，继续站立着睡觉，开普勒和华伦斯坦迈着大步向这个奇特的、满是不规则建筑物的地方走去。这里一丝风都没有，尽管红日当头，天气却非常寒冷。太阳的周边看起来更小，太阳的颜色似乎更暗。

他们走进一个巨大的圆亭建筑物，顶棚是敞开的，石板代表身处正中央的太阳，其他行星画着完美的圈、围绕着太阳运转。

——这次旅行费尽周折才找到哥白尼的日心说世界体系模型，开普勒大喊道。

——原来是格拉茨的小老师在嚷嚷啊，一个讲着希腊语的声音说道，这声音似乎是从天上飘落下来的。

开普勒惊讶得跳了起来，他转过身去，抬起头。这个声音……第谷用胳膊肘支撑着圆形建筑物前廊的栏杆，正看着他笑。第谷，有血有肉的第谷！不，他看起来既没有骨头也没有血肉，他活着的时候，身上可从来不缺肉。

——别害怕！上来，到我们这儿来，第谷的影子继续说道，他一直在讲希腊语。让这位年轻的美男子也上来吧。

——他说什么？华伦斯坦问道。

——他说他迫不及待地想要结识您这位青年才俊。你们快互相认识一下吧！他可从不喜欢等待。

他们三步并作两步走上红色大理石台阶。当开普勒面对第谷的魂魄时，他感到非常窘迫：张开双臂拥抱他？还是抓住他的手？他宁愿选择问他一个愚蠢的问题：

——你为什么对我讲希腊语？这可挺新奇！

——当然是为了让其他人都能听懂啦！

——其他人？什么其他人？

——他说什么？华伦斯坦问。

——我忘说了！只有当你再次回来，并且永远待在这里的时候，才能看到他们。但是如果你的笨蛋同伴可以不磨着牙齿一直重复着问"他说什么？"，你便可以听到他们的声音。

——他可真够冷酷的，听开普勒翻译完，华伦斯坦感叹道。

于是，开普勒与华伦斯坦都闭上了嘴巴。他们伸长耳朵，开普勒似乎听见几个音符从往昔时光里穿越了回来。

——这是亚里斯塔克·萨摩斯的声音，第谷解释说。他在欢迎你的到来。他祝贺你拥护日心说系统，他开创了日心说，他觉得你值得拥有我遗留给你的那根手杖，这根手杖是他亲手做的：欧几里得拐杖。

接下来听到的是喜帕恰斯的歌声，最后是托勒密和哥白尼的声音……这些歌声都歌颂他们活在人间的兄弟。

——这是行星的音乐，开普勒说着，眼里蒙上一层泪水。

——是啊，亲爱的，这是行星轨道的音乐，从今以后，行星就以我们的名字命名啦。亚里斯塔克代表土星，喜帕恰斯代表木星……

——你呢，第谷，你一定是火星吧，你总是任性地折磨着你的助理，开普勒说道。即便是在这样一个场合，他也找不到一个好听些的词语了。

——你搞错了，第谷的魂魄冷静地回答道。火星以托勒密的名字命名。别发笑，而我呢，我只是金星，而哥白尼一定是地球和月亮。

——那水星呢？

——水星啊，水星是你呀，因为你使用了我们留给你的一切，也包括我们所犯下的错误，你离真理、光芒、上帝和太阳都是最近的。但是请你不要成功得太快！你未来的探索之路依然漫长，并且危机四伏。或许你的生命太过短暂，不足以实现这一目标。我们也都没有完成这一目标。但是，你现在就低头看看下面的这个由伟大的建筑师们建起的广场。

开普勒照他说的做了。他看到一个巨大无比的大厅，大厅有几百扇水晶窗，在白日的光线下显得晶莹剔透，大厅里装饰着精致的画，画中描绘着宇宙的样子。在大院子中央，金色的太阳照耀着。排列在太阳周围的，是用宝石制成的行星：金星绿油油的，是宜人的绿宝石制成的，地球是乳白石的，火星是红宝石的，当然了，其他星体也是用贵重的材料制成。众多珍宝，会让埃塞俄比亚感到羞愧，会让印度自愧穷困。更加非比寻常的是，行星的轨道是用银块绘制成的，但是由于歪像，轨道并没有呈现出完美的圆形，这是当时的画家圈子中非常流行的一种绘画手法，根据观察者所处位置的不同、通过改变视角来骗过观察者的眼睛，轨道会被拉长、从而形成椭圆形。

亚里斯塔克、喜帕恰斯、托勒密和哥白尼不见踪影的魂魄突然同时合唱起来。第谷的声音是最低的，为其他人的声音加上了一缕最美的复调，比最神圣的赞美诗还要好听。在这曲歌声中，行星交相辉映地运转起来，它们转动的速度随着距离太阳的远近而变化，时快时慢。在这些行星的四周，是一个由贵橄榄石装饰着的高高在上的圆圈，在恒星天的位置上发着光。它是唯一不动的。在这场庄严的矿石芭蕾中，闪耀着千万盏灯，没有哪两盏是对称存在的，然而一切都运行得井然有序。

这便是大自然最大的奥秘：它的美不仅体现在几何形状上，更体现在万物和谐上。连运行着的最小的行星，也像一个天使。这是永垂不朽的灵魂乐章。在这篇乐章里，只缺少两个音符，一个是开普勒所代表的水星，另一个便是太阳。那位将整个宇宙的奥秘点亮的未来天文学家会是谁呢？

11

　　玛丽-赛希儿·布拉赫是第谷最小的女儿，她带着满眼崇拜凝视着开普勒，这使其他听众都感到很尴尬。当演讲者讲述着不可思议的火星之旅、刚刚提到她爸爸的时候，玛丽的姐姐玛德莱娜也不再是一副冷冰冰的样子了。随后，她又摆出女猎人月神狄安娜的姿态，总之，有点儿萎靡不振。

　　巴赫巴哈·开普勒得知玛德莱娜也会去，便拒绝陪同丈夫到第谷的孩子家去。

　　——我真不明白，约翰吃惊地说，虽说当时布拉赫夫人折磨过你，但是你们之间的关系还是很密切的。好吧，我把雷吉娜带去。总之，我的继女也到了走出去看看世界的年龄。虽说第谷一家人并不是我最中意的，但也是时候给她找个老公了。

　　巴赫巴哈大叫起来，她大骂丈夫幼稚，还说他看不到人类的卑鄙无耻。于是，在第谷去世的第八年，开普勒只身一人赴约骑士当涅日勒突如其来的邀请，并终于感到解脱。当涅日勒是死去的天文学家第谷的女婿。如今，当涅日勒成为这个家庭的主人，开普勒称这家人为"第谷家"，八年来，尽管皇室数学家一直穷追不舍，但是第谷家一直阻挠着他出版那本书，开普勒就像航海中的苦役犯，只要一遇到海上战争或是一阵狂风，他就会终止下来。开普勒有了两个儿子，新星出现又消失了，学者，好奇的人们，轻浮的基督教信徒，深沉的牧师以及狡猾的犹太教教士，都从帝国的四面八方赶来，向他询问耶稣出生的真正日期，问他新历法是否合理，或是向他咨询司法和国王年表，所有从布拉格经过的举足轻重的人都会找他占卜，他要步步紧逼地与国库的公务员抗争才能领到一星半点儿的酬劳，所有这一切都进行得井然有序。然而，当涅日勒这样一个下流无耻的傻瓜竟敢带着阴险而傲慢的神情践踏在开普勒辛勤耕耘的星田上，这件事，对，只有这件事，让开普勒感到恼火。同时，这也使开普勒的内心激荡不已、为偷走他们父亲的作品而受到悔恨所折磨。

自从第谷死后，当涅日勒就把布拉赫家的房子据为己有，他就像是一个熬成了老鸨的老妓女，终于出头了。他张口闭口离不开道德。他改变了信仰，开始信仰天主教了，并且把他的妻子伊丽莎白也拉进了天主教阵营，还有伊丽莎白的哥哥蒂厄，死去的天文学家第谷将全部希望都倾注在蒂厄身上。正是由于此般种种，冒名顶替的当涅日勒才得以在法庭的议会中获得一席之地，然而他却对法律却一无所知；这份差事使他拥有大量闲暇时间，并可以捞到些许钱财。他甚至还成功地将第谷那些奇异的仪器和第谷的档案卖给了国王，并获得了一笔两万泰勒的巨款。是卖给了国王，而不是国库，国王每年返还给他一千泰勒。因此，他不费吹灰之力地从他的司法界新同事那里得到已被查封了的整个天文台，他觉得这会为难到他厌恶的新皇室数学家——约翰·开普勒。但是，约翰·开普勒没经观测便完成了著作。实际上，施蒂利亚的小老师（当涅日勒这样称呼他）的著作从第谷未经出版的成千上万分资料中汲取了养分，对于这点，他也不加掩饰地承认了。

一个骗子发觉自己被愚弄了，没有什么事情比这更加残忍了。当涅日勒大喊："抓小偷啦！"整个宫廷爆发出一团哄笑，炸开了锅。他可不想成为人家的笑柄。可是太迟了。于是他决定找开普勒解决一下这个问题，他给开普勒寄去一个召见通知之类的东西，信函上说，要为第谷的孩子们举办一次第谷去世周年的集会。为了不让第谷家的大儿子——蒂厄参加，当涅日勒把他支开了；另一个儿子赶了过来。有人一个星期前看到了蒂厄，他浑身散发着酒气和女人的气味。反之，第谷的二儿子乔治或许对他有用：当涅日勒很贪婪，而乔治却是个吝啬鬼。所以，在与开普勒的交谈中，当涅日勒倒显得慷慨了。至于第谷的女儿们，当涅日勒觉得她们无足轻重：他已经利用她们获得了成功，于是对于他来说，这些姑娘便是可有可无的存在了。

　　因此，1608 年夏季的一个晴天，皇室数学家约翰·开普勒只身前往这个他非常熟悉的、"作风败坏"家庭。他的《新天文学》一书已经完成一年了，但是想到这个自命不凡的当涅日勒，他宁愿延缓出版。他本该给这个捉弄人的投机者一些威胁。当然了，这个人对他来说非常有价值，却也让他感到心烦：布拉赫集团的首领转信天主教，当涅日勒的法庭议员身份，这些都迫使开普勒不得不配合当涅日勒的诡计与和解计划，在布拉格，这便是"政治"。由于开普勒身居要职，凭借他在宫廷中的倚仗和声望，他本可以像托勒密的《格式塔心理学》和哥白尼的《天体运行论》一样，将手中的书籍作为自己的著作出版。为孕育这本《新天文学》，开普勒付出了那么多汗水，那么多热情，长过那么多疖子，他理应获得自由出版的权利，既不需要法官也不需要检察官，既不需要主教也不需要在他的床头装成男助产士的牧师，甚至都不需要装成教父的国王。他不需要狮子，也不需要老虎和秃鹫将新生的作品撕得粉碎。至于当涅日勒这只乌鸦，开普勒相信拔光它的羽毛易如反掌。

　　互不欣赏的人们交换了一下繁琐的礼仪，随后，作为一家之主的当涅日勒要求开普勒为他们总结一下他的下一本书，就像让一位世俗诗人朗诵他的最后一首哀歌。天文学家本可以像在他的同僚面前一样，做出枯燥、复杂的解释，或者让那些讨厌的人滚蛋。但是在这里，他的听众绝大多数都是女性。在布拉赫家的女人们面前，他也只好继续上演法国人所说的"老好人儿"。演讲者才智过人，他即兴讲起了火星之旅的荒诞故事。说是"即兴演讲",也许有些夸大其词,因为在演讲前,开普勒还是有一些时间准备的,但是他的思路确实很敏捷,因为亚历山大城美丽的希帕蒂娅也在红色行星住过,然而火星却不像传说中所说的那样荒芜……在那里,他看见了苏格拉底的忠实追随者雷提克斯和毕达哥拉斯……

　　开普勒的声音温柔而严肃,时而还带着家乡符腾堡的浓厚口音,当他夹杂着一两句方言的时候,这口音就会尤为明显。他时而还会自嘲并拿自己的外貌打趣,这样才能更好地戏弄死去的第谷,比如当他讲到第谷取下、安上自己的假鼻子的时候,他会用丹麦口音或是面部的抽搐来表达。在他给我们讲述的故事中,泥像神兽——那个自以为是的笨蛋,就是当涅日勒的化身,开普勒用这个隐喻猛烈追击,在他这样一个一贯和蔼、谦恭的人身上,这种愤怒还从未出现过。开普勒在故事中,将华伦斯坦说成布拉赫,这么说虽然有失公平,但也确实很机智。华伦斯坦年轻,富有,得宠,时尚,这位大领主将要迎娶最佳配偶,他也是帝国的首富。而当涅日勒这样平庸的探险家只有景仰和羡慕的份儿,就像老鼠敬仰和羡慕一头狼一样。与此同时,开普勒在故事中每一次提到华伦斯坦的时候,第谷家的这条寄生虫都会放声大笑。

　　——那么,华伦斯坦做了什么?听开普勒讲完故事之后,当涅日勒问道。

　　——可怜的朋友,开普勒先生并不是在给我们讲西班牙小说,他是在用一种有趣的方式告诉我们火星和其他行星的轨道是什么样的,他的老婆伊丽莎白鄙视地给丈夫泼了盆冷水。先生,我想,通过我们的父亲的观测结果,您已经得出了椭圆形轨道的结论。但是,至少,您将这点论证出来了吗?

　　——美丽的女士,我用的是排除法。如果我们承认行星围绕着太阳规律运转的话,那么轨迹只能是椭圆形的。没有其他可能性。相反,行星运行的速度却是不规则的。第谷领主的所有观测资料都可以证明这一点。也并不是说"不规则"。实际上，在这条狭长的轨道上，当行星远离中央星体的时候，它们运行的速度就会减慢。

是否要为他们介绍一下星体内部和太阳的吸引力呢？没时间了，高冷的玛德莱娜插话说：

——开普勒先生，我想您说的这些轨道、您主张的哥白尼学说与我父亲生前所想如出一辙。

原来玛德莱娜才是寺庙的守护者，开普勒预想错了：他之前预期的效果是让女士为他倾倒、让男士心悦诚服，可事实恰好相反。他希望从玛丽-赛希尔和乔治·布拉赫那里得到什么呢？玛丽-赛希尔那漂亮而暗淡的眼神早已把他看穿，乔治·布拉赫这个长着长鼻子的胖子，做出一副思考者的模样，神色骄傲得不可一世。玛德莱娜的评论令人十分尴尬：在《新天文学》一书中，开普勒大量引用第谷精确的观测结果，他对世界体系并没有做出什么贡献，还笨拙地妥协在托勒密与哥白尼之间。为了迈出这尴尬的一步，他夸张地说：

——您可别忘了，亲爱的伊丽莎白，第谷领主和您谦恭的仆人在这一点上的看法截然不同。但是在一个主要观点上，我们还是达成了共识：我们没有在探索真理的途中屈服。我们有时会出错，但从不弄虚作假。这会冒犯到您对父亲的记忆，我不想让听众认为我用某种方法证实了他的论文。

——瞧啊，这就是绅士说的话！玛丽-赛西尔喊道。

一阵沉寂。这会儿，父亲的身影在这三个女儿的脑中飘荡吗？乔治·布拉赫低声嘟哝着，一屁股坐在手扶椅上，向四面八方晃动着椅子。

他浓密的胡子遮住嘴唇，低声说道：先生，您已经得到了我父亲用毕生心血所著的书籍，您觉得这本书触手可及，就将其他书籍都扔掉，这是不劳而获的行为。

——天空不属于任何一个人，布拉赫领主。

这辛辣的回答倒使乔治又坐回到手扶椅上，就像是漏了气的羊皮袋一样。当涅日勒觉得是时候插话进来了：现在大家谈论的话题，他更加熟悉。

——亲爱的开普勒先生，天空或许不属于任何一个人，但是我死去的岳父的天文学星表却是他实实在在的财产，他拥有这份星表的支配权。

——亲爱的骑士，请允许我纠正一下您的观点。我们说的并不是天文学星表，而是一系列无法发表的观测结果。

——别打岔了！您是否在没有得到我们允许的情况下、就使用了我们父亲的劳动成果编写您自己的著作呢？

——是的。

——在法律上，这叫做非法窃取遗产，当涅日勒颐指气使地带着一副皇室法官的腔调宣判道。

——您应该询问一下国王鲁道夫二世会如何裁断，开普勒温柔地说。国王陛下一定可以处理好现任数学家和前任数学家的继承人之间的关系。

——亲爱的约翰，可别把事情弄严重了，我们一起来寻找一个解决办法吧。

——亲爱的弗朗兹，我洗耳恭听。

当涅日勒深呼吸。他高傲的眼神依次打量着他的小叔子，小姨子们和开普勒，但是忽略掉了他的妻子伊丽莎白。最后，他以庄严的语气宣布道：

——我要在您的书籍前面写一篇序言，写明哪些是第谷·布拉赫的功劳。这样，自然，我的名字也会出现在您的名字旁边。

这一番话本会引起哄堂大笑。可是大家只剩下目瞪口呆的份儿。开普勒好不容易才忍住了解脱的叹息。开普勒想要的就是这个！对于这条寄生虫来说，虚荣心已经超过了贪欲。他感到内心一阵狂喜。他要好好庆祝一番！当涅日勒扔给他的这个武器，他正好可以用来消灭他：那便是荒谬。伊丽莎白是第一个从惊讶中回过神儿来的人，她丈夫的虚荣心已经蔓延到整个家庭。

——骑士弗朗兹·当涅日勒·冯·坎普先生，亲爱的老公，可是你对天文学了解什么，又怎能对天文学写出只言片语呢？

"亲爱的老公"！这样称呼，她对丈夫是有多少爱啊！可事实并非如此，是因为她对丈夫心存鄙视，才会说出这番话来。当涅日勒气得涨红了脸，他站起来，立直了身子：

——可怜的伊丽莎白，我在维努西亚待过十年，在贝纳提基待过四年，在这期间，我一直听命于你父亲、并从事着科学研究工作，难道你忘了吗？

——你是待在他的几个女儿的裙子底下吧，玛德莱娜唏嘘说道。

——……和他的两个儿子的短裤底下，乔治冷笑道。

玛丽-赛希尔朗声笑道：亲爱的哥哥，嫉妒可不好。不过我真的很嫉妒，当涅日勒是觉得我太温柔了、才没招惹我吧？

开普勒发现布拉赫家的另一个女儿不见了——她叫什么名字来着？他无理地猜想，"那她们的母亲呢，难道她也投入到了这个自负鬼的怀抱了吗？"

——拜托，拜托，当涅日勒在这场唇枪舌剑中被撕扯得粉碎，他呻吟了起来。

正当开普勒起身离开时，伊丽莎白命令开普勒说：请留步，我们应该解决一下这个问题。刚刚您在给我们讲述这个有趣的故事的时候，既然您已经承认您神奇的发现是借助于我们父亲的劳动成果，那就应该把他的名字也加到这本书上，还有您未来涉及他劳动成果的所有书籍。但不幸的是，我们可怜的父亲已经去世七年了，唯一有资格代替他名字的，只有他的孙子，也就是我的孩子，鲁道夫·第谷·当涅日勒。

一个七岁的孩子！第谷的儿子都是蠢货，他的女儿们都是十足的疯子。现在是时候从这个马蜂窝里出来了。或许他们都是为了钱吧……

最后，开普勒说道：《新天文学》这本书应该署国王的名字，毫无疑问，这样便可以超越死亡的界限将两位天文学家联系到一起。您知道的，国王陛下从来都不吝啬赞扬和称颂，如果将这本书署上他的名字，他一定会对我们称赞有加。

——哦，这样啊，您说得很有道理！胖乔治叹息着说道。

——第谷于1565年回到丹麦，并在丹麦一直居住到去世，三十六年来，他从未停止过对天空的探索。从我卑微的角度看这件事，多亏有了这些观测结果，我才得以用八九年的时间最终确定下火星和其他行星的椭圆形轨迹。也就是说，我比第谷少用了四分之三的时间。这样说你们同意吗？

——您到底想说什么？乔治怀疑地问。

——我想说，布拉赫家的人，不论是谁，想要分享这本书的荣耀都无可厚非，因为这本书的四分之三的功劳属于他们的外祖父，四分之一的功劳属于我，国库给予第谷领主观测器械的补偿金，我每年也可以领取四分之一。

这番貌似有理的话，让开普勒自己都差点笑出声来。这时塞希尔发出一阵笑声，那笑声就像解冻的河流一样清澈。玛德莱娜对这桩偶然事件表现得很蔑视，却只说了一句"有何不可呢？"

——有何不可？伊丽莎白重复了一遍，这时她已经想到了儿子的荣誉，想到了她曾经受过的耻辱，在未来的几个世纪，她儿子的名字就要印刷在这本书的封皮上啦。

然而，乔治的脸色却变得绯红，像极了他死去的父亲，只是多了一个鼻子，他用微微颤抖的声音说道：

——什么？先生，这个家庭已经够不幸的了，您想把它拉入悲惨的深渊吗？别提这件事了，快把您的书出版了，给我们留点儿清净吧！

——一直以来，我想要的就是这个呀！开普勒欢呼道。只有一个问题亟须解决，解决完，我就离开这儿，让你们全家安享幸福喜悦……

正说着，他看了一眼塞希尔，塞希尔面色绯红，她用孩子的一双小手掩饰着自己的笑容。开普勒继续说道：

——我承认，我用不正当手段获取了第谷的观测资料。为了补偿你们，也为了还清本时代最伟大的天文学家的债务，我建议你们将这位伟大的逝者最有价值的书籍出版了：也就是你们刚刚提到的那些星表，这是他用尽毕生心血的著作。这样我们便可以完成第谷热切的遗愿：Ne frustra vixisse videar——我多么希望我的一生没有虚度。

当涅日勒本以为自己是这个家庭的主人，但是刚刚遭到家庭成员的猛烈攻击之后，他就变得沉默，沮丧，这时他又突然反击起来。他刚刚意识到，开普勒这个"小老师"居然掌控了局面，这对于他来说是不可容忍的。

——先生，正如您所说，这些星表是我们的财富。第谷的两个儿子对他们荣耀的父亲的后事并不感兴趣，那么就由我，也只能由我来完成这项神圣的使命。此外，开普勒先生，我想为您的著作写一篇序言，在这篇序言中，我要写明这本书中哪些是第谷先生的功劳，哪些地方他与您有分歧。

这次，没人想笑。当涅日勒疯了吧，他是被魔鬼附体了吧？一定是的。被写作之魔或是未出版的书籍之鬼附了体。一直以来，当涅日勒只是依附在第谷身边的一条寄生虫，他根本无法了解这本书的价值，可他却要将自己的名字写在这本书的封皮上，这简直是暴殄天物。他身旁的开普勒决定接受这个荒谬的请求，不只是因为他想尽快完成这本书，也因为他自己有负罪感。他为第谷窃取他的观测资料感到罪恶，也为这部作品没能带给他的前任足够的荣耀而感到罪过。另外，还有一个原因：钱，他一直缺钱。

于是，他对当涅日勒说道：自然，我非常愿意接受您赐予我的荣耀，当然啦，出版书籍产生的费用我们均摊：印刷、再版，等等。

——啊？我认为国库会负责这件事的呀。胖乔治惊讶地说道。

——可怜的朋友，你可真天真，当涅日勒冷笑道，让国王也掏些钱吧！就这么定了，开普勒，这么做很公平。

开普勒说道：还有一件事，您得抓紧啦。来年 5 月份的时候，《新天文学》必须出现在法兰克福书市上。我希望到时候可以卖出足够的数量，这样我才能还上欠您的债。还有，海德堡的出版商——欧内斯特·沃格林让我在秋初的时候将手稿交给他。

——海德堡！当涅日勒又疑惑地说道。布拉格没有别的好出版商了吗？亲爱的朋友，看来您迫不及待想要离开我啊。

——我并不是想要离开您，而是想离开国王。您大概是忘了，他不允许皇室数学家在没有得到他许可的情况下印刷书籍、甚至把任何样书拿给出版商。您想不到《新星》一书为我带来了怎样的麻烦。我不仅要远离国王，还要远离他的会计、秘书和官员。远离布拉格，让他们还我清净。但是如果您不信任我的话，那就跟我一起来吧！虽然我长得丑，但我真的是个好旅伴。

当涅日勒犹豫了一下要不要同意，他是那么不信任这个冒失鬼。可是，他已经身陷布拉格这个诡计多端的世界了，离开布拉格，会对他造成巨大的损失；他认为自己已经将第谷一家牢牢掌握在手心里了，然而将第谷一家扔下几个月不管，便有可能丢掉这笔财富，他还要靠他们养活呢。于是他自负地说道：

——目前我还不能离开这儿。这会儿，有许多政治事宜牵扯着我。但是，当心点儿，开普勒先生！千万别跟我耍什么花样。

塞希尔说：亲爱的弗朗兹，我倒是有一个主意，自从我们的妹妹索菲嫁给老男爵罗森菲尔德以来，我们就再也没有见过她，当初是您把她推进了男爵的怀抱。我和玛德莱娜可以跟随开普勒先生前行，并且可以关照家族的利益。

——家族的利益，她的姐姐尖刻地重复了一遍。小婊子，你知道我的身体状况是不允许我出行的。你可真够聪明的！

——够了，当涅日勒打断他们。我看塞希尔的主意非常棒。

开普勒并没有察觉到这些话语中所流露出的淫荡意味。他没明白为什么胖乔治也坐在扶手椅上傻笑起来。他没看到玛德莱娜向他投来的愤怒目光，也没有注意她的小妹妹湿润伤感的眼神。当时最伟大的哲学家、天文学的预言家，他可真够天真的！

12

为了写那篇序言，当涅日勒可以说吃尽了苦头，他用自命不凡的大字体书写，这篇序言只占一页篇幅。出于同情，他的妻子伊丽莎白想帮助他，可他拒绝了，伊丽莎白的这种同情也只不过是往昔对当涅日勒盲目热情的遗留物。开普勒和塞希尔也催他加紧。他慌乱不堪，草率地写道：

读者朋友，你们好！我早想就几个观点致你们一封信，但是近日的政治事宜比往日更加繁忙，我脱不开身……

——繁忙的政治事宜！塞希尔放声大笑起来。读到这儿的时候，整个布拉格都会在一片哄堂大笑中地动山摇！

第谷那辆带有雕花车门的漂亮大汽车驶出皇都西门，当开普勒看到这一幕的时候，他意识到自己已经将近十年没有离开过这座城市了。说自己喜欢旅行也许是言不由衷，其实他并不喜欢旅行，每一次上路都是迫不得已。但是这个夏日的清晨，有玛丽-塞希尔·布拉赫这样一位聪明漂亮的年轻女士陪伴，他可不想扫了兴致。他怀疑这位女士是当涅日勒设下的陷阱，他决心坚决不要掉到里面去。无论如何，他还是觉得不能告诉巴赫巴哈有这样一位有魅力、伶俐的女士陪伴着他。

——玛丽-塞希尔女士，请您继续读吧。

——亲爱的朋友，请您忘掉"女士"，忘掉"玛丽"。我姐夫强迫我和姐姐们改变信仰的时候，他给我取这个滑稽的名字，他觉得这个名字很好。

"可怜的孩子啊"开普勒对这位被迫信仰天主教的妹妹产生了一丝怜悯。这位甜美的殉道者继续读道：

——"我们的开普勒此时此刻要动身到法兰克福去，他几乎没有为我留下写作的时间。"这个"我们的"叫得可真够亲切的。

——我们是奥西安德*，我们罪有应得，开普勒叹了口气，戏谑地说道。

开普勒对无知的塞希尔讲起了那位粗俗的神学家的故事，奥西安德在没有得到作者允许的情况下，就私自在哥白尼的《天体运行论》中加入了通告，这份匿名的通告中说，哥白尼的日心说只不过是一种纯粹的数学假设。据说，正是这篇文章致波兰天文学家于死地的。但是同时，很长时间以来，也有人说，哥白尼出于对天主教和路德主义的恐惧，在开普勒和他的老师马斯特林发现这场骗局之前，自己写下了这篇简短的序言。

开普勒总结道：你要知道，我和我的老师并不信服他的学说，或者说，我们这个胆小怕事的时代宁愿把这位叫做哥白尼的伟人看成一个懦夫。

塞希尔说：才不是呢，奥西安德是一个狂热的崇拜者；我亲爱的姐夫只是一个懦弱的爱慕虚荣之辈，他不可以玷污您和我死去的父亲的著作，我继续读给您听：

"这就是为什么我要用三言两语告知你，不要对书中开普勒与布拉赫有出入的观点和陈述感到震惊，特别是在物理学领域，自从世界诞生以来，抒写自己的观点便是哲学家们习以为常的自由。但是这些对鲁道

＊ 安德烈·奥西安德是《天体运行论》的编者，他在一篇匿名导言中暗示，应把地球的运动理解为仅仅是一个方便的假说，这种干预常常被视为教士阶层的卑鄙阻挠，奥西安德的评论未署名这一点更增加了其罪过，因为这欺骗了读者相信这些评论出自哥白尼本人。——译注

夫星表没有丝毫影响。"

——物理学！开普勒低声埋怨道。在物理学方面，这位亚里士多德派学者想干什么？再说，第谷并不急于研究这个领域。是我把物理学引入到天文学领域的。

——当然啦，赛希尔说，但是我父亲构想的宇宙的秩序与您的看法完全不同。我的姐姐们坚持要提到这一点。至于我，依我浅薄的妇人之见，我还是相信哥白尼学说的。当我读了您的书之后，说不定我又信仰开普勒学说了，谁知道呢？

开普勒觉得这话说得漂亮，赛希尔继续朗读的时候，开普勒想到她那天真、大胆的说话方式，简直跟她爸爸从前一样，她用手势和眼神告诉他，她想得到他；他真后悔当时没有娶了塞希尔，这不正是摆脱第谷纠缠的好方法吗，即便第谷死后，面对当涅日勒这个蠢货在中间纠缠也不用害怕了：

塞希尔继续读道："战争和革命的动乱对写作造成严重干扰，历经三番五次拖延，开普勒的这本卓越的著作终于出版面世……"我亲爱的姐夫把您呈交给国王的献词里末尾的一段摘抄过来，在献词中，您把探索火星轨道比喻成战争。可笑从来都不是他的过错。作为骁勇的文学战士，他还是会对此感到痛苦，正如他自己所写，战争和革命的动乱确实妨碍他完成鲁道夫星表了。他总结道："读者们，请与我们共同祈祷——幸福的时光与善良伟大的上帝同在，这样，这本万众瞩目的书才能迅速出版。"

——什么？当涅日勒想过出版……？

——是的，他想过，但是他无法出版。他在国王身边自吹自擂，这使国王一度从忧伤的情绪中走了出来。随后，他跑遍整个布拉格寻找可能会帮助他完成工作的数学家。可是他们都拒绝了，他们怕惹您不高兴。

——没想到在这件事上，大家居然会怕我……

——怕您？哦，不是的，亲爱的开普勒先生！他们是爱戴您、是爱您。

最后几个字，她说得特别温柔，泪水模糊了这位天文学家乌黑硕大、近视的双眼。塞希尔拉起开普勒的双手，把他拉到自己身边。开普勒当时三十七岁，而玛丽正处于女性风华正茂的年龄。他们立刻拥抱在一起，水乳交融。他们相亲相爱，汽车颠簸着、抚慰着他们的心。

在十二年的婚姻生活里，约翰一直对巴赫巴哈保持着忠诚，再说了，这位路德主义家庭德高望重的父亲也不可以在探索真理的途中因无聊而犯下通奸之罪。也是因为没有机会吧。以前，他还会因自己犯下的一点点错误而苦苦折磨自己，这些都会使他联想到自己童年时做过的蠢事，并因此感到内疚，而现在，他对那些事情不会再有任何罪恶感。何况，他娶格拉茨磨坊主的女儿也是心不甘情不愿、不得已而为之的。可怜的巴赫巴哈，二十四岁的时候就已经当了两次寡妇，那么这第三次婚姻对她而言，何尝不是一种折磨呢？

晚间，他们一同嬉戏，随后，每到一处驿站，皇室数学家就很自然地声称塞希尔是他的老婆，因此得以通行。塞希尔的言谈和衣着都与她所陪伴的博学的人相得益彰，他们受到各个大学的高等学院以及皇家学院的接待。他遗憾地觉得自己以前上学的图宾根大学离海德堡大道太远了，这样就没法与第谷的女儿一起到他从前的老师马斯特林面前秀恩爱了。塞希尔教会了他自由恋爱。在塞希尔娴熟的臂弯中，在瞬间的欢愉满足后，他明白了，男欢女爱不是个不得已而为之的任务。与她在一起，一切都像游戏那样有趣，到处都可以找到欢乐。

当他们走出纽伦堡的时候，开普勒惊讶地发现，汽车并没有选择最短的路程，也就是南面的路程，而是选择了驶向北方的路，从法兰克福走。塞希尔对他解释说，她的姐姐索菲住在这座城里，她也想把名字加在开普勒的书中。如果在正常状态下，开普勒一定会大发脾气、把她赶下车，让她自己走着去。可他这会儿却沉默不语了，生着闷气。她轻轻抚摸着开普勒、安慰着他。开普勒爱上了她。开普勒这个蠢货。

　　一直到法兰克福，开普勒的聪明才智才苏醒过来，早上，他在男爵冯·若桑伯格屋子的一个漂亮的房间里见到了第谷的小女儿，索菲。他的东道主参加过第谷的最后一次饮酒会，这使若桑伯格男爵在国王面前失宠，他也因此失去了索菲，大概从第谷去世时起，事情就是这样了。开普勒一开始试图拒绝塞希尔的这份热情，因为这样便会坐实他和塞希尔的通奸之名。住在城里就不会有问题，法兰克福学院的数学老师——大卫·托斯特，又叫欧瑞噶诺斯，很愿意为这位尊贵的同胞提供住宿和衣物。但是，在布拉赫家女儿们的坚持下，开普勒并没有抵抗多久。雷昂伯格旅店老板的儿子、胖墩墩的磨坊主老板娘的老公、格拉茨贫困潦倒的小老师，他有太多的仇要报了。

　　吃夜宵的时候，两个女人争奇斗艳起来。开普勒心不在焉，内心却自我膨胀着，就像一只年轻的公鸡，开普勒充分发挥着他那杰出的演讲天赋。然而，若桑伯格男爵还是喜欢大肆饮用烈酒，他醉倒在壁炉前。当然，大家说笑着谈论到当涅日勒的序言，随后，又随意聊到了这本书的作者。突然，索菲神情凝重，满脸惆怅地说道：

　　——可怜的爸爸啊，她叹息着说，我对他的记忆怎能被这桩卑鄙的抄袭事件所玷污？不，这绝对不行！

　　她起身去拿独角小圆桌上的一本书。

　　——《天文学改革序篇》，她说道。这是第谷的最后一本书。也是他的遗嘱。我准备了一个新版本，它会出现在下一期法兰克福书市上。

　　开普勒的额头前飘过一朵云。他看到关于恒星天的第一卷的末尾处，夹着一个书签带。索菲翻开到这页，读了起来：

　　——杰出的天文学家第谷·布拉赫致天文学耕耘者们的鼓励，为

《恒星天重新排序》题词。

开普勒读过这首六十多行的拉丁语诗文，这首诗就像它的作者一样浮夸，它号召年轻人走在天文学轨道上，这些轨道使几个世纪以来走不通的道路变成通途。第谷本人正是这样：爱慕虚荣，浮夸，同时也很懦弱，他夸奖哥白尼学说出身尊贵，却在书的空白页上用狠毒的文字批评他，这些话语会使天空翻转过来，迫使"天穹的巨神阿特拉斯和特遣队的大力士踉跄地将整块土地抬起搬走，就像搬走一块巨大的废墟，这是野蛮的营地，是无知的母亲……"然后，他让年轻的一代去质疑无神论者，去与下地狱的人抗衡，日心说把他吓成了这样。

虽然索菲读得抑扬顿挫，但是开普勒已经被激怒了，因为他了解到，坟墓那头的第谷的攻击目标居然是他。

听姐姐读完，塞希尔叹息着说道：这诗篇写得多美呀，你看，约翰，他质问的是你，他是这样写的："透过隐藏在广阔天空下多种多样的、让人爱慕的奇观，可以了解到造物者的心意，这次会轮到谁因知识而被烧死呢？"啊，"引用"一下吧，把这首诗放在你的卷首插图上，就像是在回应他的召唤。

开普勒刚想辩解说他的书内容非常丰富，从一本已经出版了的书上摘抄一段文字根本派不上用场，这时，索菲比她的姐姐更添枝加叶地说：

——是啊，开普勒先生，您观测天空四十年，就如同他在这首诗里所写的一样，您使用了第谷"无数精细的成果"，这是给您的最高敬意啦。

——"引用"的意思是"抄袭""偷窃"，塞希尔在他耳边温柔地悄声说道。

最终，开普勒明白自己掉进了一个圈套。第谷家的女儿是不会放过他的。她们和她们的父亲一样，当第谷猛烈追击他的前任乌鲁斯、指控他偷窃和抄袭的时候，乌鲁斯筋疲力尽，被诽谤中伤，被迫背井离乡。乌鲁斯从前做过猪肉管理员，他被人从皇室天文学家的位置上驱赶下来，绝望而死。于是，开普勒在这两只披着羊皮的母狼面前感到害怕了。他屈服了。他将第谷的诗写在《新天文学》的另一个封面上。

为了安抚开普勒，塞希尔在房间里将开普勒迷得神魂颠倒，使他忘却了一切。半夜时分，开普勒突然醒来。塞希尔在他身旁平静地睡着。他试着让自己重新入眠，但是半睡半醒中，他清晰地听见第谷对他说：

"这些无能之辈的儿子想要攫取我毕生的劳动果实吗?"

那一幕还像昨天一样历历在目。那是在贝纳提基城堡，在一场没完没了的宴席接近尾声的时候，开普勒又遭到当涅日勒和矮子吉普的嘲笑，还是围绕着同一个话题：打赌用八天时间找到火星轨道。开普勒又一次要求第谷将观测资料交给他；丹麦天文学家大肆嘲笑了他。于是开普勒失去理智发起怒来。当他发疯了似的走出大厅的时候，他听到了这几个字："无能之辈的儿子"。

当时，约翰认为世界上最著名的天文学家不过是一个不愿与别人分享自己观测资料的吝啬鬼。不是的！他搞错了！第谷对人的评判带有社会等级的偏见，布拉赫领主只想与跟他同等身份的人共事，皇帝、国王或者王子。在这首诗中，他将自己比做卡斯蒂利亚的阿方斯十世，诗的字里行间都表现出他对伟大的哥白尼的崇敬，阿方斯十世是亲王-主教瓦尔米的侄子，他战胜了条顿的骑士。但是这些无能之辈的儿子，比如猪肉管理员乌鲁斯、图宾根大学的奖学金获得者开普勒、将欧几里得拐杖卖给他的无望年轻贵族马斯特林、他的出气筒、奴隶、玩物蒙塔努斯……

玩物！开普勒正是第谷家人手中的玩物，睡在他身边的这个女人将他玩弄于股掌之上。如果他现在还不行动，塞希尔就会将玩物摔碎，然后整个家庭都会践踏这玩物的碎片。他轻轻起身，将自己锁在隔壁的工作间里。他用打火机点燃两根蜡烛，他翻开《天文学改革序篇》第一卷的第 295 页，第谷的诗便在那里，他仔细品读了起来。然后，他靠在椅子上，双手十指交叉放在脖子后面，深深地呼吸。他的思绪已经将困意一扫而光。他的皮肤上还留存着塞希尔身体的温热，这依然会使他浮想联翩。他展开一张白纸，拿出一根羽毛，沾了沾墨水："作者之回应。"从他多愁善感的童年开始，他就一直尝试着写拉丁语诗文。这对于他来说，就像是另一种天赋。他用长短格和扬扬格遣词造句，就像一位无需测量，就知道向一锅炖菜里放多少盐和香料的大厨一样。相比之下，第谷写过的诗篇几乎和他做过的天文学观测一样多，他是达诺·韦泽尔虔诚、用功的学生，只知道埋头苦干，达诺·韦泽尔做过他的家庭教师。

"哦，英雄啊，你身世不凡，你出身于卓越种族，古老的种族准许你把种族观念带到他人的灵魂中去……"

这篇回应，开普勒越写越激愤。不公正是由出身决定的，这使他成为"无能之辈的儿子"，他穷困潦倒，然而当第谷还在摇篮中时，他便拥有了财富和尊贵的出身，这使他暴跳如雷。他的讽刺越来越辛辣。第谷英年早逝，开普勒当时流下的泪水，也是为第谷没有活得足够长来意识到自己的错误而感到遗憾。于是他把第谷加入到哥白尼的《沉睡在德国真理大师身边的被遗忘的知识分子群体》一书中。

对于开普勒来说，这么做还不够。他曾指出过第谷的错误，然而并没能说服他。现在他想，哥白尼的对手一定是畏惧他。布拉赫领主命人在贝纳提基和布拉格绘制、雕刻了大量波兰天文学家哥白尼的画像，并且恰到好处地将他自己画在了哥白尼身边。然而，当他讨论到哥白尼的唯一一部作品的时候，他却生气了，争辩着说我们不能通过一些仅有的假设来构建世界，嘴里还不断重复着他的朋友拉米斯经常给他写的：哥白尼以一些错误的动机为基础，建立了一种新天文学，甚至连他自己都承认这只不过是一种假设、一种思维游戏。开普勒翻了翻他随身携带的本子，在上面找到了拉米斯的引文，那是拉米斯的《数学课》一文的节选。这位法国哲学家在圣巴尔代莱弥遭人杀害，他并不清楚这篇没有签名的序言是否出自哥白尼之手，这片序言是哥白尼不知情的情况下由奥西安德起草和印刷的。马斯特林从他的老师雷蒂库斯那里得知了这件事，雷蒂库斯是荷兰的议事司铎的学生。开普勒对此很确信，因为他有证据可以证明，雷蒂库斯的另一个学生——瓦伦汀·奥索到布拉格把《天体运行论》的原稿交给了他。他试图把这故事说给第谷听，但也只是白费力气。第谷并不愿意听。现在是时候公布真相了。他拿出一张纸，在纸上重新抄写了一遍拉米斯的引文，并在下面写出回复，他在答案里揭露了奥西安德所写的虚假序言属于欺骗行为。墨迹渐干的时候，他打开文件夹，将自己的手稿和对拉米斯的回复装了进去，放在了标题的下一页、他给国王的献词的前一页。

　　现在，一切都应该结束了。读者应该相信，出于虚荣心、出于作为无能之辈的儿子的痛苦，开普勒看不起自己的祖先们。他应该对第谷满心崇敬。不是因为他是领主，而是因为他是观测大师。

　　"我依照工作和布拉赫的印章，写成一首哀歌：占星术"，他的每一字每一句都令人费解："当我向上看时，其实我是在向下看。"当时的注释者、犹太教神秘哲学家、星相学家和炼丹士却满心欢喜地将其向各个方向曲解成一千零一种含义。开普勒并不是最后一个用这种文字游戏为自己谋利的人。这会儿正值深夜，可以感受到清凉，就像夏季睡过一个长长的午觉一样舒畅。这首哀歌是用一根羽毛写成，绽放出一语双关的花火。这首哀歌是为第谷而写，或许也是为托勒密而写，为哥白尼而写，为太阳而写，或许也是为上帝而写。"我能成为现在的自己，我未来会成为怎样的人，都要归功于你的恩德……""从前若是没有你，我只是一个影子，未来我会是您身后的灵魂，父亲！"第谷的恩德？行了吧，开普勒，你这是说给谁听呢？首先，题目中并没有写明你所指的是他。不，这篇哀歌，或者说这篇友谊的见证，不是写给上帝的，也不是写给第谷的……它是写给马斯特林的，当然啦，是写给你的图宾根大学老师的，你真正的父亲。它也是写给你的先辈，尼古拉·哥白尼的。或许也是写给被诅咒的天文学家——亚里斯塔克·德·萨摩斯的，你是未来时光的预言家，你这样宣言：

　　我从高处凝望地球的轨道，

　　从御夫星座的峰顶看它急促的步伐；

　　身处中央的太阳啊，你更加巨大！

　　当我们拒绝通往行星的另一条途径的时候，

　　哦，人类的工作啊，徒劳，无功。

　　于是，他又指责起第谷来。在第谷奄奄一息的时候，他问自己这一生有没有虚度。你们之间的争吵永无休止吗？还是原谅他吧，开普勒。他用一生时间收集观测资料，您在他逝去的床头将这些资料拿走，并肆意使用了这些资料，他是否真的虚度了一生？于是，对于第谷·布拉赫的成就，你写下如下短诗：

　　第谷描述了太阳和恒星天的运行轨迹，

　　又将月亮的运行轨迹加入其中，随后，他离去了。

　　这首诗确实短了点儿，可还有什么好说的呢？天色渐亮。开普勒整理好手稿的顺序并重新标注好页码。首先是题目那页，随后是写给拉米斯的回复，接着是匿名地感谢两位给予他支持的真诚的朋友，接下来是写给国王的献词、第谷的诗、他的回应、他的哀歌，然后，在讽刺诗的底下，是当涅日勒写的十八行沉闷、笨拙的话语，就像一条华丽的地毯上，粗心的仆人没有清扫干净的灰尘一样。

　　接下来的一页，是开普勒早已写好的真正引言，其实在写这些既定的散文和诗文之前，他就已经写好引言了，引言的开头是这样写的：

　　如今，编写一本数学书实在是太难了，尤其是天文学方面的书。

开普勒微笑着，低声说道：

——亲爱的约翰，你可真有先见之明啊！早知如此，你真应该去做预言家、完成你十岁时的梦想。

然后，他仔细将手稿收拢起来，悄悄回到房间，穿好衣服，拎起小手提箱，将《新天文学》塞到里面，走出这间睡意正浓的房子。天蒙蒙亮。他朝邮局走去，在邮局，他得知前往海德堡的邮车要整整一个小时之后才会出发。这样再好不过了！他还有时间，他自由了。他终于战胜了第谷、也摆脱了世界上所有布拉赫家的人。几乎布拉赫家所有人吧，他的鼻腔里还飘荡着塞希尔身上香气，这香气如同歉意一般，他的心情很沉重。

13

当涅日勒收到从海德堡寄来的六本样书的时候，骄傲得不得了，似乎这三百八十页满是线图和表格的书都是出自他的手笔一般。他的名字用拉丁文写着："弗朗兹·甘斯·耐博·当涅日勒，皇室参赞。"几天后，他终于按捺不住了，他把书夹在胳膊底下，在皇家城堡的走廊和花园的小路上炫耀起来。他在布拉格一直没有朋友，只有自己的老婆，第谷死后，她就迅速消瘦下去，这应该很容易使他相信那滑稽的皇室参赞头衔有一定影响力。鲁道夫二世对死去的天文学家满怀敬意，这使他的儿女们受益匪浅，可是显然对当涅日勒这个骗子没有丝毫影响。国王或许是疯了，可他并不傻。当涅日勒在改革派贵族中也树敌不少，他们永远都不会原谅他把第谷的家人拉入到天主教阵营。然而在天主教这边，大家也对这样一位刚刚皈依的虔诚的异教徒心存极大鄙夷。

那一天，我和佛罗伦萨大使心事重重，我们想铲除这个傀儡。1609年的美丽夏天，传言四起，说法国、西班牙与日耳曼的哈布斯堡王朝要开战了。布拉格宫廷窸窸窣窣地响起秘密会议的声音。于连·德·美第奇支配着托斯卡纳王朝，作为家庭代表的他是一位必不可少的谈判对象，因为他的姐姐玛丽是亨利四世国王的妻子。佛罗伦萨大使是一个非常难以捉摸的人物，我还是娴熟地充当着从前的角色。会谈的时间很长，我们的神经难以承受。一走出会场，我们便决定在城里找个地方大吃大喝一顿，不管世界上发生什么事情都不再理会，因为那些事情已经占用了我们太多时间。公园的小路上挤满绅士和贵妇，他们大多在谈论着酷暑来临之前，什么时候离开布拉格合适，哪所避暑的府邸可以合乎礼仪地接待他们。

当涅日勒金黄色的、高大的身影出现了，他就像被踩到尾巴的猫一样、竖起了胡须。他的手中挥舞着一本新书，就像挥舞着武器一般。没有人跟他打招呼，但是当他走过的时候，大家都带着嘲讽和安静的微笑转过身去看他：撒克逊探险家就像一位令人生畏的剑客。

——您没看见他在《新天文学》开篇拉下的鸟屎吗？我问美第奇。我还没有时间阅读我的朋友开普勒的新书，但是……

——我也没读。再说，这本书也不是为我而写的，它是为未来的托斯卡纳皇室数学家、一个叫做伽利略的人而写的。听说，他也是您的朋友……但是，先不说这个了。你瞧啊，当涅日勒走过来了，他洋洋得意的，我们要跟他打声招呼呢。我们去逗逗他吧。

随后，他提高嗓门：

——皇室参赞当涅日勒先生……

骑士在我们面前深深鞠躬。周围的朝臣都窘迫不堪地围了过来。美第奇——显赫家族的后裔、英国皇室的代表——他会对当涅日勒这样一个被人鄙视的人说什么呢？

洛朗·玛尼菲克的后裔重复道：我以共和国的名义发誓，参赞当涅日勒先生简直是布鲁内莱斯基，雷昂那多，费奇诺和米歇尔·昂热在世，您使自然哲学取得巨大飞跃，我能做的，只有对这本《新天文学》的作者表达敬意。

骑士深深鞠躬到地下，谦虚地说：

——所有荣耀都属于我死去的岳父第谷·布拉赫，他走得太早了。如果没有他的前期工作，我不可能完成这本书。

托斯卡纳的大使如此认真地说出这番恭维话，倒使观众团团围绕下的当涅日勒拿不定主意了。作为英国皇室的代表，我绷着脸说笑的功夫应该比这个佛罗伦萨人更胜一筹。我以英国人特有的方式向他致敬：

——殿下，我们别纠缠这位博学的参赞大人了。近日来，诸多政治事宜烦扰着他，何况他还要编写《鲁道夫星表》呢，这些都使他得不到一分一秒的清闲。而且现在开普勒先生不在他身边，听说开普勒先生一直协助着他完成艰巨的工作……

这一次，围绕在我们身边的八卦的人们爽朗地笑出声来。当涅日勒迅速直起身来，满脸通红，手握剑鞘，向他们投去令人生畏的目光。

——你们在嘲笑我吗？

朝臣们后退了一步。

——是的先生，我们是在嘲笑你，我冷冰冰地说。

当时，他把刀刺向我简直轻而易举。

——我们嘲笑的是自命不凡、贪财、愚蠢的人，于连·德·美第奇又进一步补充说道。

当涅日勒脸色灰白，他迟疑了一下。他并不害怕决斗。可是同美第奇决斗……他两眼直勾勾地盯着我，嘴里嘟囔着：

——先生们，我们走着瞧，我们走着瞧！

他雄赳赳气昂昂地走开了。我一直等着他露面。可是他再也没去过法庭。就像在三十多年的战争风暴中消失的人们一样，当涅日勒也消失得无影无踪了。他的序言使他在御前失了宠，因为新梅塞纳斯不能忍受他的数学家的丰碑下出现这种耻辱。

几周之后，开普勒回到布拉格时，大家几乎忘记了这一码事；于是又有人对他旧事重提，恭喜他把这么可笑的人留在自己身边。但是大家对于《新天文学》的真正内容，却几乎只字不提。那么，有谁读过这本书呢？开普勒重置了天空的顺序，哥白尼在他的时代也重置了天体的秩序。但是，都有谁读过《天体运行论》呢？时至今日，在那些读过这本书的人当中，又有多少人了解这本书有多重要呢？

　　要说的是，开普勒并没有为此做过什么。他已经远远不是写第一本书——《宇宙的奥秘》时那个昙花一现的年少的开普勒了，在那本书中，他为自己创建出和谐的宇宙幸福不已，书中说星体的轨道呈现出完美的多面体，也就此延伸出对世界秩序的看法、对形而上学的思考、犹太教神秘哲学的公式，所有这一切都带有一种充满活力的、无以名状的幸福感。《新天文学》没有任何别出心裁的地方。当然，他给国王的献词写得就像军事战役的檄文一样。在取得胜利之前，他如同将军一般，虽然总司令并没有为他提供充足的弹药，但他还是为火星进行了旷日持久的战争。但是在经过与拉米斯，第谷和当涅日勒的几次交锋之后，他终于笑了。

　　开普勒的引言很长，字迹密密麻麻，是用一种比其他字体更小的字体印刷出来的，它就像对整本书的简单总结，这样，懒惰的读者就不用再往下读了。我们当中有不少人是这么做的呢！在引言里，他也像身处一场战役之中，但并不是为火星而战。他先是抱怨自己没能使用希腊文写作，而是不得不使用拉丁文，这是为了方便大家阅读，希腊文不会使他在数学上讲个没完，他做出一副天文物理学家的样子。如果他想论证数学领域的事情，那么他就会从物理学角度对这件事情做出相应的推论，就像医生推断哪一种器官或者哪一种药物会起到怎样的作用一样。论证和推论，这样的词语在引言中反复出现。这些词语便是他用来打败托勒密和第谷的天体系统、让地心说大获全胜的武器——建立在数学基础上的物理学和依托于论证的推测。

　　一说完这些，开普勒就飞翔起来，他把我们带到月球上。他通过潮汐现象向我们证明，所有星体都存在"万有引力"，也就是说，星体内部存在一种磁力，这种力量因星体的体积和质量的不同而不同，它使得星体相互吸引，也相互疏离，就像一块磁铁的两极一样。这就是为什么星体移动的速度会随着它们相互靠近或是远离而变得或快或慢。这样看来，如果我们承认地球围绕太阳公转并且本身也自转的话，那么它在靠近中央的太阳的时候就转得快，在远离太阳的时候就转得慢。

开普勒的演说正是基于这样的观点，他的篇幅更加短小、节奏更加紧凑。有人担心一旦说地球是运转的，就会得出圣书说谎的结论，开普勒同情地将话锋转向他们。接下来是三页圣经注释，参考了摩西、约布、圣经传道书、圣诗作者，甚至维吉尔的观点。开普勒的辩论与所有同类型的辩论相同，神学、哲学和文献学论断相互交织、交相呼应，虽然有时也颇具争议，但观点总是很与众不同。随后，他身上的预言家苏醒过来，他满怀激情、报复心十足地说："无法理解天文科学和天文学发展的愚蠢读者，或是那些智力有限、不能坚定不移地信奉哥白尼学说的人、说哲学语言有罪的人，我建议他们管好自己的事，不要再来干涉宇宙运行这样的大事了，还是回家耕地去吧……"在此之后，他更加狡猾地把自己说成平庸之辈，说自己对布拉赫的天体体系很满意——在这个永恒运转的世界中，地球是唯一不动的。最后他平息下来，却没有忘记向教会的教父——天主教会和权力机构放箭，比如："圣拉克坦斯否认地球是圆的；圣奥古斯丁承认地球是圆的，但他否认地球有两极；本时代的圣职部否认地球是运动的。"随后，他以特有的方式讽刺道："我对教会教士满怀敬意，地球是圆的，它有两极，它的身材娇小，但它心甘情愿，它对于身处天体中央感到心满意足。"

引言就是这样写的。开普勒又对我们解释了一番，就像已经准备离开，却又突然想起忘记了一件很重要的事情一样：行星轨道的面并不是结实的水晶状，太阳的引力把它们吸引成漩涡；太阳本身也自转，"就像陶轮一样"。开普勒将军，您应该在火星轨道问题上大获全胜，要相信您对国王说的话吗？于是，他做出这样一个骇人听闻的假设："行星在天空的运行轨迹并不是一个圆，而是完美的椭圆。"

接下来的大约十页篇幅不仅使宇宙地动山摇，还使宇宙重新归位，使宇宙就像一台完美的机械，又运转了起来。由此来看，太阳不在别处，它只能身处中央。更确切地说，太阳处于椭圆形轨道的一个焦点上。向光透过锥形镜片的法则致敬，开普勒近来在《光学》一书中做出过阐释；还要向普卢塔克致敬，他曾把太阳称作"宇宙的焦点"。太阳自转，通过这种运转产生了力，星体们也围绕着自身的轴、围绕着太阳运转。这些星体都拥有各自的磁场引力，它们时而向太阳靠拢，时而远离，却永远逃离不开它的引力。星体只是远离了太阳而已，这个时候，它们的运转速度就减慢下来。引力暂且赢得了战役，这时，行星之间相互靠近，开始加速，以此类推，它们的完整路径是围绕着太阳的一个椭圆。不需要什么技巧，也不需要小旋回和对应点。也不需要再去看表象。这便是天空崭新的真理。托勒密的《天文学大成》一书被击得粉碎；哥白尼的《天体运行论》沦为畏缩的序言！至于第谷嘛，他把天空的秩序完全搞错了。除了形而上学之外，神学家们还要做其他事情，他们费尽力气说出各式蠢话，就像说地球是平地或是没有极点一样愚蠢，成为子孙后代的笑柄。

　　开普勒能做的只有信守诺言、在接下来的篇章里证明他的假设是真实的。紧接着，是一张目录，它就像继续阅读的线索。实际上，开普勒把自己比喻成出海的水手，这些水手并不知道要去哪里，也不知道自己会有什么样的发现。他写道："重要的并不是单纯地让读者们知道我要说什么，更重要的是我为什么会这样说，要他们了解我的小心机，以及哪些幸福的偶然使我有了这些发现。当克里斯多夫·哥伦布、麦哲伦，这些西班牙人讲述他们在旅途中误入歧途的经历的时候，我们不仅原谅他们走了弯路，还很遗憾没有为他们记述下这些，如果没有那些经历，也就失去了乐趣。"

　　然而，这个来自黑森林的孩子从来没有见过大海。开普勒是天文学的流浪汉。他徒步走过那些遍地石块儿、陡峭的路。《新天文学》是向天空真理迈出的一大步。它的作者讲述着危机四伏的旅行，流浪汉为了省些脚力所使用过哪些小把戏，宽广、笔直的道路突然在他面前开阔起来，但却只遇到死胡同和泥坑。有时候，他会惊呼："从前我是个多么冒失的人啊！""我以前怎么没明白呢……"多新奇啊！在那个时代，他并不知道后来出版的塞万提斯的《唐吉诃德》一书，但是依然可以想象出，在星体的论战中，第谷庞大的身躯在他身后碎步小跑的样子。如今重新读起来，我觉得自己读懂了他，他那滑稽的动作使我惊讶得发笑，他用手掌拍了一下前额，近视的朦胧的眼睛里闪现出一丝狡黠的光，坚硬的胡须后面露出一抹狡猾的微笑。

但是，在这本游记、这本小说的背后，在思考自然事物的方式上暗藏着一种对自然哲学的出色的颠覆。天文学家开普勒放弃了形而上学。因为，他还经常需要沿着他在天空出游的轨迹折返回来，重新开始那些"枯燥的运算"。啊，可怜的苦行僧表示惋惜，他呻吟着。但是不要上当：扰乱他心绪的是纠缠不清的事情，是别人和他自己身体。最微小的痛苦，最轻微的头疼脑热，也会使他倍感痛苦。家庭生活中因误解而引发的最荒谬的争吵，他的职责范围内不得不做的事情，制作得越来越机械的历书和星象图，他的联系人在各式各样话题上的挑唆……他对于这一切的回应都尽可能小心谨慎，这些不过是不断遮住望眼的浮云。

至少，在做运算的时候，他会心花怒放。这种无声的喜悦在《新天文学》中随处可见："通往知识的道路与知识本身一样神奇。"在这些路途中，他很孤独，可是至少他还有助理。但是马蒂亚斯·赛法特却对布满繁星的苍穹奇观更感兴趣；一次又一次复杂的操作，汗水浸湿了纸张，他可不喜欢这样的运动。在这本书里，开普勒说错误在于他自己、并在书的结尾以一种神奇的方式将那些错误化解掉，这些到底是不是他的错误呢？很有可能，因为我从未见过我的朋友开普勒公开批评过他的下属，然而，他从来都不会宽容那些有能力的人。无论如何，在写完七十篇论文之后，他得意扬扬地宣布说，他在第谷指定的十个位置中，找到了火星的准确位置。

但是，啪嚓！在火星的推测位置与实际位置之间，存在十分钟误差。无法对此进行调试。物理是容不得含糊的。为了使运算结果表面看起来工整，托勒密和哥白尼可以很好地处理事实，调解错误，处理角度运算中的十分钟误差。可是开普勒却不会这么做。第谷一丝不苟的观测记录不允许他这么做。第谷从未做过开普勒的老师，但这却是开普勒从第谷身上学到的唯一一件事情："善良的上帝让我们的第谷成为一位忠诚的观测家。我们应该对这份神圣的恩赐心存感激，并且好好利用。"恩赐！就算现在他与第谷已经阴阳两隔，开普勒也不会原谅他。他继续读道："我们已经推翻了建立在第谷观测基础之上的高楼大厦。遵循昔日伟人们那些被大家拍手称赞、但实际上错误的法则，是对我们的惩罚。"

于是，这位流浪乞丐天文学家把大家奉若神明的毕达哥拉斯、欧几里得、亚里斯塔克、阿基米德、亚里士多德、柏拉图、托勒密、哥白尼的雕像通通扔进壕沟。从那以后，他独自一人向上攀登，赤身裸体，只挂着一根空心旧拐杖，他将偷来的第谷观测记录藏在这根拐杖里。他终于登上了峰顶：火星。他在火星上建起观测台。在低处，可以看到地球绕着太阳运转。其他星体也是如此，这种运转并不是匀速运动。当地球远离太阳的时候，它的速度就会减慢；当它靠近太阳的时候，就会加速。但是，如果说太阳是行星轨道的真正的中心、这个轨道呈现出完美的圆形，那么，那些所谓的行星便不会远离或是靠近这个中心，因为每个圆的半径都是相等的。是否需要重提一下哥白尼的假设呢？据哥白尼的假设所言，圆圈的中心并不是太阳，而是太空中距离太阳一定距离的看不见的一个点。这个对应点应该就像一块黑色或是透明的磁铁……更糟糕的是，六个行星中的每一个，都有各自的对应点吗？哎呦，多么混乱，多么不和谐啊！开普勒，歇歇吧，你又掉进神智学里了。别忘了，你只是一个物理学家。你要仔细解析天空，就像你的朋友杰森纽斯在布拉格的医学院解剖绞刑犯的尸体一样。你的解剖刀，就是第谷的观测资料。而这些观测资料显示，星体的运行轨迹并不是同心圆。

实际上，如果说火星的轨道是个圆的话，使用唯一的方法、通过三个位置就可以确定出这个圆，因为通过圆周上的三个点，就完全可以确定出一个圆。根据这个规则，你考量一下第谷在三个不同日期观测到的火星的位置；你可以使用圆周公式。但是，当你把这三个位置中的其中一个换成另外一个日期的观测数据的话，你就会得到一个不同的圆周。你的所有论文都提到了这一点。你总结道："亲爱的读者，你已经明白了，我们要从头再来了：我猜这个轨道并不是一个圆。"

开普勒，你终于打破了圆的神话！哦，这对于你来说是怎样一种撕心裂肺的感受啊，因为圆是一种神圣的美，它是造物者设想的画面。但是，再想一想杰森纽斯的解剖学课程吧。如果说上帝是按照他的构图来造的人，当你的医生朋友打开一个大肠小肠相互交织、鲜血淋漓的惊悚的肚子的时候，说真的，这画面并不美丽！可是这样的器官构造却可以运转。至于行星的轨道嘛，用鸡蛋来试一下！这个形状非常好，具有标志性。哎呀，不行！鸡蛋拒绝我们这么做，它鼓起气来，变得鼓鼓囊囊的，丑陋极了，如果轨道是这样的形状，那我们要找新的对等点了。你生气地叫喊起来：椭圆！椭圆不过是一车大粪！

开普勒，别绕弯子了，从一开始你就知道是这样，你有一部分运算甚至就建立在这个形状之上：椭圆。我们之前阐释过，星体并不是在轨道上匀速运行，而是通过一种矢量光源的方式与太阳连接到一起，同时扫除相同的面，它们的轨道不可能是别的形状，只能是椭圆形。现在，你可以白纸黑字地写——不是以假设的方式，而是作为结论：星体的轨道是椭圆形的，太阳是它们的一个焦点。

做弥撒了吗？不！两条物理法则支配着星体的运行，这两条法则走到一条崎岖道路的尽头，它们只是两根宽阔的广场大门的柱子，从这里又分出几条宽广的大道来。应该选择哪条路呢？最吸引人的，也最危险的，便是万有引力。太阳发射出一种磁力，比如阳光。这不是假设，而是推测。包括太阳在内的所有行星都具有这种吸引力和推斥力。星体本身就是一块磁铁。"如果将两种引力放在空间中的某一点上，除了到达第三个物体的力量之外，它们以引力体的方式相互靠近，在中介点上，每个物体都按照第三个物体的体积大小向另外一个靠近。"同样，如果地球和月亮在轨道上没有受到任何非物质力量牵引的话，它们就可能会汇合到一起。

物理天文学家的预言在他的国家没能行得通。他的朋友，读者和联系人，都请求他回归到先人们所说的圆形轨道上。开普勒不放弃自己的观点，那些人便不再提这个话题了。就像我们喜爱的人做了件蠢事，大家都在尴尬的安静中面面相觑。大家在短暂的一段时间里都不说话了，随后便转换了话题。比起面对问题，我们更喜欢逃避。《新天文学》本应是一阵猛烈的激流，带走流经之处所有陈旧的信仰。然而它却像一条小河，很快消失在日耳曼的土地，很久之后才在别处，在法国、英国，再次喷涌而出。

还有一些其他事情掩盖住了开普勒的声音。一个动作，一个简单的动作。1609 年，日耳曼民族神圣罗马帝国的国王翻阅了皇室数学家新书的前几页，那会儿，他叹息着说自己所剩的时间不多了，读不懂这本书了，伽利略将望远镜望向威尼托的幽暗的天空。

Ⅱ 星际使者

14

　　有时候，时间晕头转向，它疯癫狂乱，飞快逝去。从哥伦布靠近新世界的海岸，到麦哲伦远征中的幸存者靠近西班牙海岸，已经过去了三十年。从阿美利哥韦斯普奇在书中说西印度只是一块土地，到马丁·维尔德西姆勒制作了第一张西印度地图，只用了十年。这段时间非常短暂，还不足以使地球表面发生天翻地覆的变化。

　　从 1609 年 9 月开普勒的《新天文学》问世，到来年春天伽利略的《星际使者》出版，只用了七个月时间。开普勒又用了七个月最终证实了伽利略的发现，并确立了一个新的知识体系：折光学。因此，开普勒和伽利略用了一年零两个月时间，证实了宇宙并不是我们从前所看到的样子，也不是从前学校教授的那样。最让人吃惊的是，他们都忽略了彼此的发现。

　　1609 年秋天，驻威尼斯的波希米亚大使乔治·福格向伽利略呈交了一份带有开普勒亲笔题词的样书，伽利略态度粗犷，他说请大使放心，他一读完这本书就会亲自回复这位作者。他的答复并没有特别客套，这令使者非常不愉快。伽利略有一种招人恨的本事，正如开普勒很招人喜欢一样。

　　《新天文学》的问世打扰到了伽利略，对于他来说，这是一个非常重要的时刻。他知道，近十年来，皇室数学家掌握了第谷的观测资料，并且不辞辛劳地确定出火星轨道。在读序言的时候，他发现开普勒做到了，其实他也只读了序言。他暗自庆幸开普勒的研究范围在物理学领域，而伽利略的研究范围既包括椭圆形，也有对星体坠落的演示，他们的研究范围多处重合，具有一定的相似性。同时，德国人开普勒讽刺教父们的亚里士多德信仰，这也使意大利人伽利略感到愤怒和恐惧，开普勒最开始讽刺的是圣奥古斯丁教派，最后又说到圣职部。在不受任何威胁的情况下，随心所欲地写当然很容易。因此，如果伽利略胆敢冒险写出任何一句感谢开普勒的话，都可能有朝一日把他送进牢房，或是让他身受火刑之灾。特别是当他决定迈出那一步之后，他便没有退路了。

两个月以前，也就是 1609 年 8 月 21 日，伽利略宴请参议院的重要议员到圣-马克塔上去参观他的新发明，他坚信这件东西会对保卫威尼斯起到非常大的作用。贵族们都热情洋溢：透过这个可以把物体扩大九倍的、带有放大镜的纸盒桶，可以看见停靠在慕拉诺岛上的荷兰渔船，这些渔船似乎距离总督的宫殿只有几臂远。如果有一天，一支柏柏尔国的舰队进入海湾，那么，在它驶入基奥贾的时候，我们一看到它就可以提前通知。参议院毫不迟疑，两天后，伽利略就获得了一笔雄厚的资金，他在帕多瓦大学的工资也翻了一倍。伽利略四十五岁了；他的伴侣玛丽娜为他生下三个漂亮的孩子，只要他谨慎做人，威尼斯共和国就可以容忍这种同居关系存在；总督甚至还很欣赏他这么做；"力学专家"的称谓派不上什么用场了，林叩斯学院刚刚把他收编为自己的一员；他觉得自己从此所向无敌了，身边只有一些嫉妒者和抄袭者。

他最好的朋友是一个僧侣、一个有影响力的人。这位叫做保罗·萨比的兄弟是十人议会的一员，他以王公贵族的名义在罗马出头。一天晚上，他在从圣阿波罗尼亚回到十人议会的途中挨了几刀。萨比奇迹般地养好了伤。他继续斗争，但是从那天开始，伽利略就感到自己身处威胁之中，他只有一个愿望，那就是离开威尼斯，回到自己亲爱的托斯卡纳。至于萨比，他不断劝阻伽利略回去：萨比在圣·马克塔的顶端举行了意义非凡的会议，这次会议震惊了天文学界。至于伽利略，他于 1609

年 8 月 21 日倒退着走上了最著名的钟楼的楼梯。

几年来，放大镜在世界各处为人所熟知，在法国和布拉格的宫廷，很多时候，娱乐的把戏都会用到它。最初是荷兰人发明了望远镜，但是荷兰人很快放弃了它的航海和军事用途，因为对于我们想要观测的事物来说，这根圆筒能够带给我们的视野实在太狭小了。如果透过望远镜只能看见几个士兵在战鼓上丢骰子，那么我们又怎能了解敌军部队的行动呢？在英国，我的朋友托马斯·哈利奥特将望远镜望向了月亮，但是镜片的质量太糟糕了，他无法对观测到的形状和阴影做出结论。作为力学家，这个老牛津人并不称职，但他却是一个好数学家。我敢肯定，对于开普勒来说却恰恰相反，但是当我把这台叫做"望远镜"的东西献给他时，我不需要告诉他这东西不可靠。他有世界上最好的玻璃工匠——慕拉诺岛的玻璃匠。

开普勒立刻制造出一种新型改良版望远镜，通过反复探索和多次实验，他为这些玻璃加上凸面和凹面，又将它们拿掉，他从来都没有将理论应用于实践过。开普勒的光学书籍依然在图书馆里落满灰尘。圣马克广场上的演示为他带来了安全感。参议院给他足够的时间，让他随心所欲地发明创造。他当机立断地让慕拉诺的玻璃合作商负责此事，让玻璃商制造出六十余台望远镜，其中许多台望远镜都质量堪忧，这些望远镜将在意大利四处散布开来。他甚至没花费力气写一份器械说明书来声明一下它的生产厂家是哪里。他又制作了一台新望远镜，这次做要仔细得多，这台望远镜甚至可以将物体放大二十倍。他对这个结果很满意，为了迎接新学年，他以一个一丝不苟的、虔诚的教师的身份回到了帕多瓦。

没有什么比南方的寒冷更加难熬了。也没有什么比一个阴沉着脸的意大利人更加冷漠了。在伽利略一次又一次地检验、重新检验那些关于黑夜和白昼的分界线的时候，没有人知道他是怎样想的，他把这条线叫做"明暗交界线"。他注意到白色的塞勒涅月神表面并不像象牙球一样纯净光滑，与我们从亚里士多德年代开始就坚信的观点不同。相反，在月球上我们可以看到巨大的、跌宕起伏的山峰的影子，这些山峰或许绵延在狂怒的海洋上。当银河——彗星的长长的拖尾分解成千上万的星星、希腊神话中的猎人奥利安拥有众多剑和盾牌的时候，他会发出惊叹的叫喊声吗？当木星周围出现又消失了一颗、两颗、三颗、四颗小星星，就像围绕着地球的月亮一样，他会为哥白尼唱一首光荣的赞歌吗？他会迎着圣诞的晨光，回到威尼斯的玛丽娜的住所、用激动得发抖的声音、趴在他那还沉浸在梦境中的伴侣耳边，低语着他在星际间非同寻常的旅行吗？没有人知道答案，或许他的助理和他为数不多的几个朋友会知道，但是伽利略让他们为他保密，这些人永远都不会说出一个字。或许是因为他们对此也没有什么好说的。

冬季的夜晚，很多时候，他都用这根管子凝望天空。他的样子并不像水手，而像个殖民者。他不是在星际中旅行，而是在丈量。

1610 年 3 月 5 日，威尼斯的许多印刷商都出版了一个二十四页的八开小薄本，这个小册子开门见山地介绍了这些杰出的发明：大家习惯性地将这本书的题目翻译为《星际使者》。这里所指的使者当然是伽利略。但是，题目是用拉丁语写的，在正规罗马语中的意思是"有分歧的观点"。与以往的天空秩序有分歧，与托勒密和亚里士多德有分歧。或许也与同威尼斯共和国有分歧，谁知道呢？

之所以这样说，是因为在这本书出版仅两周后，伽利略就走在了回到他的故乡托斯卡纳的路上。要相信，这只是短暂的休假，是他向旧主美第奇附庸的致意，他将木星的四颗卫星都奉献给了美第奇。在这个居住着他的伴侣和孩子的威尼斯，在这个带给他荣誉和金钱的威尼斯，在这个把他当成自己人并保护他躲过圣职部攻击的威尼斯，谁能想到这个匍匐爬行在罗马和西班牙的身影准备回到佛罗伦萨去？

　　在这个 4 月初的夜晚，伽利略宴请了托斯卡纳大公爵，这位公爵曾是他的学生，他请大公爵通过望远镜观看天空。在碧提宫的大露台上，天气寒冷，寒风凛凛。曾经在威尼斯落下的风湿病使他疼得叫了起来。他的小弟弟柯思梅二世和他的两三个表兄也相继到来。大公爵只有二十岁，却裹着皮毛大衣，看上去像个老人似的。伽利略要视而不见才行，装作不知道这座城市的光辉将要熄灭一般。年轻的王子用他那半透明的手指、滚烫的手掌，握紧他从前的数学老师那粗大、僵硬的手指。

　　——老师啊，我知道，在我的统治光辉之下，您很愿意以我的名字为您这非同凡响的发现命名。或许接下来您就会这么做。

　　伽利略深深鞠躬，询问了一下怀孕的女公爵的近况。

　　——我们是瞒着我亲爱的妻子和虔诚的母亲克里斯汀·德·罗海娜秘密前来的。实际上，她们觉得这根管子和它的发明者是撒旦的帮凶。这就是为什么佛罗伦萨会变成现在的样子，它是由穿着衬裙的萨沃娜霍罗所统治的。走吧，我的好老师，给我们看看你称作柯思梅的木星的卫星吧。宇宙……宇宙的，文字游戏做得很漂亮，但是我不知道我们的子孙后代能否领会你对你的得意门生的敬意。依我看，如果这四颗卫星都用我的名字来命名，那可有点太多了。你想给这些木星的卫星取什么名字？

　　——殿下，我把它们分别命名为王子、胜利、菲尔迪南和美第奇。我在每个词后面都加上了一个后缀，"灯塔"。

　　——"美第奇家族取得胜利的王子菲尔迪南，木星的灯塔。"这对于我死去的父亲来说，是崇高的敬意啊！当你用戒尺打我手心的时候，你可不像现在这般阿谀奉承！不，这可不行。就叫美第奇吧，把第四座灯塔留给我就好，我就心满意足了。我的好老师，恭维并不意味着谄媚，当你重返皮斯讲台的时候，你还会取得更多进步。

　　伽利略再次鞠躬。于是木星的卫星就叫美第奇了，至少，从《星际使者》的第二版开始，就这样叫了。

那天晚上，在碧提宫的露台上，大公爵就会看到以他的名字命名的星星了，但是他对此几乎无动于衷。还是地球身边的月亮最让他叹为观止。这颗星星并不永远纯净、圆满，它或者呈现出弓形、羊角状，或者呈现出月亮女神之圆、平滑而丰满，也不像月亮与狩猎的女神阿耳忒弥斯那样怯懦，也不像司夜和冥界的女神赫卡特那样，时而阴郁，时而鲜血淋淋；它是地球的就是一部分、是漂浮在摇摆着的天空中的一座多山峰和积雪的脏兮兮的灰色岛屿，被银色的细线撕个粉碎。漂移的天空、无序的天空，当伽利略把他的望远镜望向银河、随后又望向猎户星座的时候，天空的穹顶却不再是那个镶满钻石的黑色丝绸了，而是一片无穷无尽的混乱。

于是，柯思梅二世夺过望远镜观测起来，他转向伽利略，用与他的祖先洛朗·玛尼菲克同样强势的语气说道：

——亲爱的老师，从今以后，你在任何地方都危险，只有在佛罗伦萨才是安全的。尤其是在威尼斯。你还记得焦尔达诺·布鲁诺吧，仅仅经过一次检举，他就败下阵来。但愿历史永远都不要说美第奇家族的一员，甚至说美第奇家族中最弱小的人，没有保护好您这位声名远扬几个世纪的人。

伽利略跪在大公爵面前，亲吻了他的双手。他终于要回家啦！他已经在威尼西亚生活了十八年，他在这里有一种背井离乡的感受。然而，这却是一场金灿灿的背井离乡，他发明的计算罗盘、水泵、测温器，以及现在由议会高价卖出的望远镜，还有那些给为军队效劳的年轻人提供的特别的军事计谋课程，都帮他捞到了金，别忘了，还有他在帕多瓦大学的双倍工资。相反，大学对他的约束却很少。当然啦，在帕多瓦大学，他教授的一直都是亚里士多德的物理学和托勒密的宇宙志。但是无论在天主教大学还是新教大学，世界上所有数学老师的命运都是如此。

这样的事实对于他的意志也算不得摧残，他与马斯特林不同，马斯特林总是热情洋溢地向年轻人传授新知识。

在皮斯*的时候，伽利略曾经心惊胆战地教过一段时间，他不耐烦地打了大公爵菲尔迪南一个亲戚的儿子几巴掌，这使他失了宠。他记住了这个教训，在帕多瓦大学，他的权威课程很干脆，简洁，明了，没有任何辞藻修饰。他从不试图弄清楚他的听众是否听懂了。然而，教室依然人满为患，他课堂的听课笔记在欧洲广为流传。当有人问起他为什么不谨慎地教授新理论的时候，他冷静地、毫无诚意地说道：只要地心说还没有从数学和地理角度得到证实，那么教授地心说就是毫无意义的，他宁愿不去解释地心说还没有物理和数学上的证据。此外，就像他表现得那样，其实他并不真的忧虑。总督之城需要他和他的机械发明。与所有外国人一样，只要他不参与政治和宗教，就可以得到安宁。他所感受到的威胁和监视，不过是想象的产物。

他在心爱的佛罗伦萨逗留了一周。他的《星际使者》一书在所有宫廷都遭到哄抢，大学里，大家都把这本书藏在大衣里悄悄阅读。波伦亚的敌人马瑞尼缄口不言，伽利略觉得他肯定是筋疲力尽了，他在佛罗伦萨做的第二份望远镜样品很成功。柯思梅任命他为托斯卡纳大公爵的数学家，除此之外，还授予了他皮斯大学教授的职位，而不需要他教授任何课程。然而，没有什么是约定不变的，嫉妒他的也不只有同事：在王子的家庭，伽利略也遭到了强烈的排挤。伽利略的政治目光还没有他的鼻子长，他觉得这只是一个亟须解决的家庭问题：作为母亲的公爵夫人克里斯汀·德·罗兰娜不允许伽利略的威尼斯伴侣——玛丽娜·贡巴前来。实际上，只要世俗从来都没给过他祝福，他就像所有的天主教老师一样，依然保持着单身状态。这荒谬的习俗要追溯到只有僧侣才可以教

* Pise，城市名，位于意大利中部托斯卡纳区。——译注

课的年代，在这个尊崇维纳斯的意大利也许只会引人发笑，在意大利，所有的红衣主教均出自大家庭，他们用在夫妻生活上的时间比用在祈祷祭拜上的时间多多了。但是表面上看起来很和谐，大家都对此心照不宣。在威尼斯，像伽利略与玛丽娜这种情况，只要他们不住在同一个屋檐下就可以了。伽利略沉醉于成功的喜悦，女公爵克里斯汀对他的作品感兴趣，这使他冲昏了头脑，他相信这个伪君子最后一定能容许他这位朴素的威尼斯人住到偏远的托斯卡纳丘陵的漂亮房子里，允许他将与情人所生的三个孩子养大。不幸的人啊！他觉得爱情就像真理一样，最终一定可以战胜仇恨和谎言。神灵想抛弃谁，就会先蒙蔽他的双眼。离开威尼斯到佛罗伦萨，伽利略就像跳进了罗马母狼的口中，不必拥有他死去的同胞马基雅维利那样清醒的头脑，也可以明白这一点。

15

临近 4 月末的时候，乔凡尼·马瑞尼的助理到威尼斯求见国王驻威尼斯共和国的大使，乔治·福格公爵。这位叫做马丁·霍尔基的人出生于波希米亚，他也是意大利的主要德国学生代表。他借口说有一个行政问题前来请教，其实他是想请求外交官秘密地为他弄一台伽利略的望远镜，交到波伦亚大学的数学老师手上。实际上，这位王公贵族并不希望这台具有高度战略性的、要花费重金才能从它的发明者手中买到的仪器落到外国人手上，何况这个人还是他教育界的竞争对手。

威尼斯的皇室大使痛快地接受了这个请求，并自告奋勇地亲自到波伦亚去协助马瑞尼写望远镜方面的论文。他去了慕拉诺岛，自掏腰包从伽利略的玻璃制造商手里买了一台望远镜。他与玻璃商密谋好，故意挑了一台质量最差的，这台仪器根本就无法观测天体。

乔治·福格公爵出身于显赫的银行家家庭，他们成就了查理·昆特的权势，随后又成就了查理·昆特的奥地利和西班牙的哈布斯堡王朝的继承者们，这些人为他创造财富。但是同时，他们的金钱对于世界事物的影响，也削弱了帝国的势力。他们当然没什么可抱怨的，但是不论马德里还是布拉格，都无法还清这个著名的财政兄弟机构所欠下的巨额债务。福格的主要竞争对手的直觉更加敏锐——佛罗伦萨的美第奇银行却没那么有钱，他们把信贷提供给表面上看起来不那么具有偿还能力的权力机构：比如法国和英国。是的，如果做了托斯卡纳的大公爵，把女儿嫁给国王或者王子就容易多了。对于信仰宗教的人来说，这两个天主教王朝一点都不害怕因给异教放高利贷而入地狱。同时，美第奇家族与伦敦的维吉尼公司也有业务往来，我也投资了一些钱财，而福格家族却决定对能产生确定收益的事务进行投资——东印度公司的香料。也就是那家英国公司，我的同胞埃德蒙·布鲁斯是那里的职员。布鲁斯从巴勒斯坦所谓的朝圣归来，回到威尼斯，他陪伴着福格大使——他的波伦亚银行家。要彻底使伽利略和他的发明失去威信。

实际上，尽管许多交易都是秘密进行的，布鲁斯从他的间谍那里获悉伽利略正打算回到托斯卡纳。他马上通知了他的伙伴福格。对于天文学家伽利略来说，这只是一种想要回到故乡的热切的愿望，然而对于银行家和他的伙伴来说，却意味着巨大的损失：这位杰出的力学专家未来的发明从此以后都要归美第奇家族所有，而且，他用望远镜新确立的星图也只能为竞争对手航海公司所用。

于是，布鲁斯陪福格去了波伦亚，并在那里游玩了一番。人类愚蠢和恶毒的景象，就像无穷无尽的消遣之源。他会受到很好的接待。

马瑞尼是威尼斯人。自从伽利略这位当时还没有名气的皮斯人被任命为马瑞尼的母校帕多瓦大学的数学系教授之后，他就对伽利略恨之入骨：他希望在自己的家乡、在世界上最古老也最胆小怕事的大学完成自己平庸的事业，而不是在波伦亚。至于其他，马瑞尼本来是托勒密学说和哥白尼学说的支持者。从前，他曾试着构思出自己的天空体系——由十一颗行星构成的地心说，但是，他的同胞们尴尬的沉默和天文学教皇、耶稣教会的克拉维于斯的警告，都使他更加谨小慎微；他谨慎地回到三角函数领域、回到托勒密的注释和意大利的图形学问题上。在开普勒做第谷助理的时候、在开普勒与丹麦人第谷吵架的时候，开普勒就曾想与他共同探讨火星的观测问题，但是他当时谨慎地保持了沉默。但是当这位格拉茨小老师被任命为皇室数学家的时候，马瑞尼成为他最勤勉的联络者。现在，他应该试着建立起反对伽利略的联盟啦。

马瑞尼只是一个装腔作势的伪君子。在他的行为举止中、他的穿着中、他的声音中，都有着不可置疑的威信。在这种情况下，他未经深思熟虑就从开普勒的书籍中炮制了一篇有关于凹透镜的小论文，这使他成为伽利略的望远镜最权威的裁判。当福格将带回的望远镜安置在波伦亚大学的天台上时，他甚至不屑于用这台望远镜来观测，他将观测这件事交给自己的助理。他很快受到了助理的指责。镜片不仅不光滑，而且也太小了，月亮没有圆度，看起来像是蜷缩在一圈银灰色的光环中。裁判员走了下来：

——伽利略从这玩意儿里什么都没看到。他搞错了。或者说，根据我对他这个人的了解，他是想让我们上当，我浪费太多时间了。霍尔基，为了对得起良心，你继续探索银河，明天早上我要看你的描述书。

——霍尔基？这是捷克的摩拉维亚的名字吧？布鲁斯问马瑞尼的助理。

——能做您的侨民，我感到万分荣幸，助手回答道，他还以为布鲁斯与福格是同国人。我做马瑞尼的老师快四年了，我的内心深处一直渴望着回到故乡，协助皇室数学家阁下约翰·开普勒进行黄道预言。

——真有志向！布鲁斯惊叹道，他发现这个小大人是个理想的猎物。我和马瑞尼阁下会是开普勒身边是强有力的支持，我们是与您一样有能力的助理。

第二天，在一群看起来年龄和古老的学校一样大的教师学者的陪伴下，霍尔基做了个关于伽利略的望远镜的报告。演讲冗长而浮夸，可这位演讲者似乎只在这根著名的管子后面看过一眼。他甚至都没有描述望远镜的内部构造。他只对《星际使者》做出了辩驳，似乎这本手册只做了一个假设，而且这个假设没有任何观测依据。他的演讲可真是无聊透顶，但是即使没有这样的演讲，这些头发花白的听众也可以昏昏欲睡，快到吃中午饭的时间了。过了一会儿，布鲁斯对我说："你听，礼堂后头，真搞不清是哪个部位发出那么大的声响：是他们的肚子咕咕叫还是鼻子发出的鼾声呢！"因为亲爱的老布鲁斯很热爱史诗，他说起话来总是夸张！总之，波伦亚大学不需要被人说服：帕多瓦大学的对手所说的一切都是错误、大逆不道的。随着隔壁教堂响起十二声钟鸣，评审团的商议戛然而止。评审团允许霍尔基将他没有阐释完的观点发表出来，这支老者的队伍匆忙向食堂走去。

只有福格大使对这场会议的结果不满意。对于他来说，重要的是，伽利略反对圣经和亚里士多德学说，他希望美第奇的新数学家的现在和未来的新器械永远被人瞧不起，会议上也没有说，世界上任何一支军队都不会再到佛罗伦萨去买他的任何发明。他追上马瑞尼，可是马瑞尼正匆匆走向食堂，对他用一种不客气的语气说道：

——亲爱的教授先生，我希望您别呆在这儿了，您去给威尼斯的参议院写封信，对他们说，伽利略的装备不好用。

马瑞尼站直他那矮小的、胖乎乎的身躯，不快地说道：

——波利亚大学的天主教老师不应该妄自菲薄地探讨机械问题。

——也不应该冒险伤害尊贵的开普勒先生，不能夺去他的帕多瓦大学教师的职位，您觊觎这个职位那么久了，布鲁斯插话道。

——您冒犯到我了，我不想再听您多说一句话。

马瑞尼转过身，左右摇晃着身体走开了。

布鲁斯叹着气说道，我真是搞不明白，开普勒这么杰出的人怎么会对这个傀儡那样尊敬。

——开普勒，当然啦！我怎么没早些想到这一点？福格惊呼道。

16

　　1610 年春，风和日丽的一天，布拉格大使馆的信使只为我们带来人世间最令人担忧的消息。战事越来越迫在眉睫，战争是由德国两个身材特别矮小的公爵——克利夫斯和于利希的继任问题而起，但是他们身处莱茵河和马斯河这两个战略汇合处。法国的亨利四世支持的新教徒王子们已经决出了胜负；河岸对面，在巴伐利亚公爵的支持下建立起圣联盟，天主教的王子们也建起了联盟。鲁道夫二世试图平息竞选者之间的纷争，他效仿南特诏书颁布了一道圣旨，但却把事情搞得更加糟糕了。在莱茵河的另一端，军靴的声响震耳欲聋。

　　因此，那天，美第奇家族的于连刚从意大利回来，就受到了国王的单独召见。我还以为这次会见是要商讨为他的表姐玛丽加冕为法国王后的事宜，因为当时亨利四世的妻子刚刚去世。自然，我在宫殿的会客厅徘徊，希望我的朋友——托斯卡纳大使在他的会谈结束的时候为我透露些许信息，他的会谈持续了很长时间。或者说，他完全可以在走出议会大厅的时候为我做一个手势，然后再悄悄溜掉。会谈的时候，宫廷的参赞马蒂亚斯·瓦克在场做助手，他异常激动地大步向我走来：

　　——啊，亲爱的阿斯克鲁，真惊险、可真惊险啊！

　　——怎么了？你是说战争吗？国王他……

　　——与这些一点儿关系都没有！我们去找开普勒吧，要让他知道……

　　——开普勒？我不明白了……

——请允许我把这个非同寻常的消息转达给他，可真是新鲜。

不等我反驳，他就把我拉到四轮马车上，整个途中，他都对车门大喊大叫，催促马车夫快点儿，因此我根本无法得知国王在召见他的时候到底说了些什么。总之，马蒂亚斯·瓦克是自然哲学爱好者，为人热情且啰嗦，但是涉及政治问题的时候，他沉默得就像一块墓碑。

听到马车的声音，开普勒匆忙出来迎接，他觉得男爵一定是为他带来了什么坏消息。瓦克手舞足蹈地走出马车，差点从他仆人摆放的蹬梯踩空、摔个狗啃泥：

——开普勒，开普勒……帕多瓦的伽利略……他用一根望远镜管子观测天空，并发现了四颗新星……

——到我的工作室来吧，您慢慢说……您好，阿斯克鲁先生。

开普勒夫人拿了些小点心来。男爵的情绪一平稳下来，就讲了起来，在国王的私人会面快结束的时候，佛罗伦萨大使向国王陛下呈交了一份伽利略的作品，这部作品刚刚从威尼斯的出版社出版，书名叫做《星际使者》，大使还将书的内容对国王做了概括的介绍。

——那为什么伽利略没有给我寄一本？开普勒又惊讶又恼火地问道。

——我忘记问他了……瞧啊！亲爱的老师！在当时那样的场合，我也无法向大使提出这样的问题……

国王对这台器械很感兴趣，他向大使询问了一下望远镜的情况，用美第奇的话说，这只不过是伽利略制作的能将物体放大三十倍的荷兰眼镜罢了。至于其他，大使对帕多瓦大学教授的发现只提供了部分信息，他特别强调了一下在木星附近发现的四个新星体，木星——朱皮特是以他的姓氏命名的。

对于我们所做的事情长篇大论地讲述好久，真的很非比寻常。瓦克虽然信仰天主教，但是在宇宙的问题上，他却与遭遇厄运的焦尔达诺·

布鲁诺观点一致，这也使他遭到了开普勒的嘲笑。他认为星星是填满无限宇宙的太阳，伽利略发现的四个星体围绕着宇宙星体中的一个运转。开普勒不接受"无限"这个说法，他争论说，我们不能从物理学上进行论证；他也不能接受那些美第奇星体可以与其他六颗行星相提并论，因为这会摧毁他曾在《宇宙的奥秘》一书中阐释的完美的多面体理论。基于这种想法，他认为这四颗星体就是木星的四个卫星，这非常不可思议。对于我来说，我扮演的是圣·托马斯的角色，为了避免暴露我的真实身份，要掩盖我曾经给予伽利略第一台望远镜这个事实：不同的外交任务总是使我保持着谨小慎微的态度。此外，我也经常对开普勒说，在通信的时候不要提及我的姓名。他总是遵循我的意愿行事。如今，我对此有些抱歉。

于是，我给我的两个朋友留下个悬念，我对他们说，等我一有机会见到佛罗伦萨的大使——于连·德·美第奇，我就会试着弄清楚的。开普勒试图挽留我；我拒绝了，我没明白他是想向我征求意见。我错了：他做了一件蠢事。

实际上，为了不错过发往意大利的信件，他匆忙给驻威尼斯的帝国大使乔治·福格写了一封信，让乔治·福格给他寄一本《星际使者》的样书，为了咨询望远镜的相关事宜，他又寄了一封信给波伦亚大学的教师马瑞尼。当然，没有必要直接站到伽利略面前，他最终果断地认为这个意大利人就是一个崭新的第谷。因为他们都信奉亚里士多德学说，并且他们都对从前格拉茨的"小老师"心存鄙视；这两个人都逃避哲学思辨，似乎他们都很害怕哲学领域似的，他们宁愿栖身于机械和各种各样的仪器里。从那以后，开普勒就觉得这两个人差不多，做事都畏首畏尾、弄虚作假。

他迫不及待地等了两周回信。他试着从国王那里得到一份《星际使者》的手稿，但是鲁道夫毅然决然地拒绝接见他的数学家，因为他害怕开普勒跟他提拖延酬劳的事情，也担心开普勒拒绝通过观测天象来预测他的统治命运。在开普勒面前，国王就像一个小学生，总是害怕受到老师的责罚。

开普勒最后通过外交途径得到《星际使者》：福格从威尼斯寄给他一本。伽利略在其中加入一行可爱的文字，为这本迟来的书表示抱歉，理由是他迁居到了佛罗伦萨。开普勒所有的怨恨一下子都瓦解了。他只用了两个小时，就迫不及待地读完了这本书，他潦草地写下了一些笔记，一边阅读，一边发出喜悦的呼喊。

"某一个著名的哲学派别认为月球表面并不是完全光滑的，有一点凹凸不平，是一个规整的球体，其实不然，就像地球的表面一样，月球有许多不规则的地方，月球上遍布着窟窿和隆凸……"

——伽利略，说得好，好极啦！

哈利奥特已经对他说过这些了，但是他对观测工具的质量表示怀疑。国王也通过望远镜观测过月亮了，但是很早以前，开普勒就对他指出，这是畸形的镜片造成的幻觉。这样说来，这本在城里出版的纸制出版物有力地证明这样一件事，乔尔丹诺·布鲁诺在这里等待了那么多年酷刑……不，伽利略不会说谎，他也不会搞错。他的确观测到了。"就像地球的表面一样……"遭遇不幸的布鲁诺说得也许是对的，他想象着天空中有其他住着人的世界，而且这个世界并不远：住在月亮上！

——约翰，你可别再诗情画意了，约翰，继续读吧……

"天空中还有无数我们之前从未见过的星体，这些星体的数量是我们已知星体的十倍之多。"

——可怜的第谷啊，他还以为所有星体都已经被他记录在册了。在读这些的时候，该冒泡的不是你的膀胱，而是你的大脑！

伽利略将他认为最主要的发现一直保留到最后，他有理有据地写道：四颗新星，或者说四颗围绕木星运转的卫星，"从世界起源开始，就从未被世人发现。"开普勒合上了书，他用力地瞥了一眼自己刚刚记下的笔记，将它们揉皱、扔进垃圾桶。很矛盾，四颗卫星这样不可思议的发现，表现出"使者"的真诚。这种事情捏造不出来！伽利略从他发明的望远镜中看到的幻影使他成为受害者吗？或许是的……他只是用一种暗示性的方式描述了他的器械。他应该对此多做些说明，难道他没有参照皇室数学家的光学书籍吗，或者说是利用他的成果做了草图。对于一个以机械才华而著称的人来说，能写出这样的书籍是不是很奇特……开普勒感到自己的怒火冒上来了。

——我活不了那么久，看不到他所描述的景象了，他低声说道。

开普勒握紧拳头，捶了捶肋骨，想驱散那些不好的想象，他打开其他信件。他和乔治·福格在布拉格只见过一两次面。自然，开普勒对支持鲁道夫的主要银行家的后裔说起了拖欠他工资的事情。为了哄他开心，开普勒为他算了一卦，说他会前程似锦。从那以后，福格就不再见他了。在信中，金融家肆无忌惮地批判伽利略的书：这本书对于他来说，不过是"没有任何哲学依据、纯粹自吹自擂的狂言"。所有观点都值得尊敬，当然福格的观点也不例外。但是大使猛烈追击伽利略，就像高利贷者向一个不雅致的欠债人追债似的，让人琢磨不透是真是假。

于是开普勒继续读布鲁斯的信件。我已经三番五次地告诉过开普勒要防着点儿布鲁斯了，可他还是表示怀疑。开普勒特别惊讶：布鲁斯用了六个月时间便读完整本《新天文学》，并宣称他和哈利奥特是为数不多的几个可以了解到这本书的价值的人。开普勒微笑着思考了一下，他应该有一个远房的英国祖先，然后他黯淡下来。总之，由布鲁斯来处理所谓的"伽利略事件"。他重申了一下几年前提出的控诉，他说帕多瓦大学的老师现在教的是《新天文学》的内容，并私自盗用了他人的劳动成果。为了声援开普勒的谴责，英国人布鲁斯为他讲述了"望远镜事件"，他想指出，帕多瓦大学的教师伽利略不过是一个小偷、抄袭者。

他还列举出所有在伽利略之前、利用凸透镜和凹透镜的组合成功放大物体的案例。最开始说的是乔凡尼·黛拉·波尔塔，他现在依然住在故乡那不勒斯，因巫术而遭到教皇的流放。波尔塔确实提及过这一现象，但是，思考一下我们从未提及过的"自然哲学的米兰多顶峰"是怎样一种景象岂不是更好？布鲁斯还提到了荷兰玻璃商里伯斯海，他的发明途经法兰克福，从阿姆斯特丹引进到巴黎……

"很奇怪，布鲁斯忘了说他的同胞哈利奥特。布鲁斯跟我说的这些都是我已经知道的事情，他用意何在？"开普勒暗自想道。

最终，他打开马瑞尼的信件，希望就伽利略的行为和他的书籍能找到一个更具有说服力的解释。可是他失望了，信中只有一些抨击而已。他在信中谈到了七宗罪。波伦亚的大学老师马瑞尼断言说，他表示不同意用这根管子进行天文观测，因为那只是个娱乐大众的玩意儿而已，他才不会成为这个江湖骗子的受害者。同时，他的助手马丁·霍尔基给皇室数学家寄去一份对这台仪器的检测综述。最终的结束语是，"马瑞尼为福格男爵和布鲁斯先生转达问候。"

——请进，门开着呢！啊，阿斯克鲁先生，您来得正好。我有一个重要的问题想问您。

我愣了一下，与世界上我最崇拜的人打了招呼：

——请讲，亲爱的先生，但是我不知道自己是否能够给您满意的答复。

——阿斯克鲁先生，您说我是傻子吗？

——我荣幸地、满怀喜悦地与您交往了九年，我真的没有这样觉得。但也许我错了……

——好吧，读读这个，您会发现，有些人可不这样认为。

这可真是求之不得的！对于其他外交官来说，这封来自意大利的月信是取之不尽的情报，而且，我们并不总有机会这样光明正大地被人邀请阅读信件。于是，我非常认真地读了这几页信件，在信中寻找着与我负责的事情最相关的蛛丝马迹，并没有关注天文学那方面的信息。布鲁斯与福格之间的勾结，使我印证了东印度公司与德国银行之间的关联。但我还是没明白，他这么猛烈地攻击伽利略是怎么一回事。虽说威尼斯已经成为印度大道的附属地带，可是疏远自己最优秀的力学专家，我在想，这样行事的人是有多蠢。这里面一定有什么猫腻。把我想到的这些说给开普勒听似乎毫无用处。

读完信件之后，我说：不是的，正相反，他们并没有把您当做傻瓜。您是皇室数学家，您在这些领域拥有最高权威。您也是书籍的作者，这本书使您在科学和自然哲学方面成为最掷地有声的人……

——我是最掷地有声的人，但我的书籍却不是被阅读得最广泛的。他无比辛酸地打断了我。

——……也不是最好懂的，我更进一步说道。总之，您喜欢用战争来作比喻，他们向"星际使者"宣战，他们请求皇室数学家当他们的战争首领。

——老天啊，我明白了！我似乎是这样的一个人，我注意不到天空中不知不觉发生的事情。似乎所有人都知道这一点，只有伽利略不知道。至于马瑞尼那帮人，他们让我在审判帕多瓦教师之前就治他的罪。然而在马瑞尼的话语中，我只听得到侮辱。这可不是对于天空秩序的神圣争论，而是渔夫之间的争吵！他的终极目标是让我对伽利略的真诚产生怀疑！

他几乎瘫坐在扶手椅上，喃喃自语道：

——如果换成第谷，他会怎么做？

——哪个第谷？随后我自问自答地说道：如果您说的是丹麦岛上的乌拉尼宫殿的领主的话，他就会不惜重金把伽利略请来，然后再让他倾家荡产、把他扔进海里。相反，全能的皇室数学家会调动一系列玻璃商、力学专家和工匠，让他们建造一台比布拉格最高的钟楼还高的巨型望远镜。第谷会把这项发明据为己有，恼羞成怒地将帕多瓦大学的教师杀掉，就像当初杀掉乌鲁斯一样。亲爱的老师，这才是您应该做的：发明一台属于您自己的放大镜。

他挑起眉毛，额头黯淡下来，目光骇人。

——您冒犯到我了，先生。如果伽利略以作者的姿态教授我的理论，那么他在我的理论中肯定也掺杂了他自己的意识。我不会像他那样剽窃。我从未做过那样下流的事情。

我觉得他侮辱到了伽利略的人格，这么做有些过分了，于是我决定杀杀他的锐气：

——啊，亲爱的老师！您忘了，您不是也将第谷的观测资料据为己有了吗。

他就像偷吃果酱被抓了个现形的小顽童一样滑稽，我差点笑出声来。

——啊，但是这可不一样……伽利略不是当涅日勒……而且，第谷那么迷信，他永远都不敢往这魔鬼的玩意儿中望上一眼……总之，国王不会给我一分一文这台仪器的制造费。够啦，打住！我能做什么呢？我需要在双方之间进行裁决，可是这双方中的一方——伽利略，发疯了似的嘲笑我的观点，另一方马瑞尼没有为我留下一丁点对抗他的线索，他的那些含沙射影的话，我觉得都是恶意中伤。总之，我没有判断的依据。

不难看出，虽然马瑞尼对开普勒傲慢无礼，但是他的心绪和理智，都倾斜向了伽利略。我也不清楚是什么造成他的这种态度。当然了，这个托斯卡纳人伽利略也不是软骨头；他的自尊心太强了，他不愿意向他人求助，但是觉得，如果他对开普勒表现出尊重的话，开普勒就会与他同伍。尽管如此，我还是决定为伽利略辩护：

——亲爱的老师，我以人格担保，伽利略确实看到了在他的《星际使者》一书中所描述的事物。我非常了解他，可以确保这个人不会说谎。

——谁说是谎言了？很简单，或许是他的镜片骗了他。再说，这并不重要。他的行动，才是帅气、神圣和有胆识的。就像克里斯多夫·哥伦布迈出的第一步一样神圣勇敢：解缆起航。热那亚人觉得自己到达了印度海岸又怎样，我敢说，那只不过是一块新大陆。伽利略觉得自己看到了木星的四颗卫星又怎样？也许那只是因为他的一个镜片出现了偏差。好的，如果伽利略是哥伦布的话，那我就是马丁·玛德斯穆勒——他的地图测绘者。我不会把他的发现命名为阿美利哥韦斯普奇，我要用他的名字：乔凡尼·马瑞尼来命名。"伽利略卫星"还能和基督教扯上一点儿关系，这不会污染到异教的专业词汇天空。我要通过这一步采取防御！

他允许我离开；我站起身来。他又对我说：

——亲爱的朋友，我要带给你一个坏消息，但对于我来说却是个特别好的消息：我的女儿要出嫁了……实际上，我说的是我的继女，漂亮的雷吉娜，您一定会在她身后叹息着心碎……

——我？但是我从没……

——真的吗？难道是因为她不合您的胃口吗？或者说，您是不是厌恶她不明的身世？

——瞧啊，开普勒，我不允许您……

有时候，开普勒会把你置于尴尬的境地，你还搞不清楚他是否高兴，这可真讨厌！当然啦，他所说的继女长得很招人喜欢，看起来也很机灵。她有着十六岁女孩的容光，除此之外再无其他。我还不至于要做一个觊觎青葡萄的老头儿。再说了，我绝对不会因为雷吉娜和她的监护人而扰乱自己的节奏，我永远都不会做这种蠢事。

看到把我弄尴尬了，开普勒却高兴了起来，他露出一副狡黠的神情，继续说道：

——亲爱的朋友，无论如何，能邀请您到婚礼现场，对于我来说都是莫大的荣耀。您看，她未来的丈夫是一位出身显赫的医生。是最古老的巴伐利亚家族的一员。从此以后他就在奥地利的林茨行医。

随后，他趾高气扬地跟我说起了一个我转身就会忘掉的名字。一周之后，他去了皇室印刷厂。十天之内，《与星际使者的对话》就要出版。

那是一件技艺精湛、带有讽刺意味的、有诗意的小珍宝。首先，开普勒把自己比作启程征服天空的骑士伽利略的侍从，同时，也是一场对抗那些"认为自己不知道的一切都是不可能的，以及将与亚里士多德常规学说产生分歧的观点都看做亵渎圣物的忧郁的落伍者"的斗争。他故意颠倒了等级。为了哄伽利略，他还想夸赞一下伽利略高贵的出身吗？开普勒觉得伽利略是另一个第谷，他和第谷一样傲慢和骄傲。在这种体例的文章里，很难分辨出开普勒的风格。实际上，开普勒表现得就像一个老好人，他用一种带刺又很自然的笔触继续写道，他自己试着不去回应邀请，并补充道："我不觉得像我这样的德国人有义务对伽利略这样的意大利人阿谀奉承，因为对伽利略阿谀奉承会以伤害真理和我内心最深处的信仰为代价。"他又提醒伽利略，曾经，在《宇宙的奥秘》出现的时候，"在连续十多年的对话中"，他寻找支援的请求一直没有得到回应。相反，这些初步的储备构成了表达判断客观性的一种保障，并且为接下来的论断增加了更多分量。

"或许大家会觉得我将您的论断信以为真很草率，他继续说道……但是，我怎么能不信任您这么称职的数学家呢？语言的艺术本身就证明了论断的公正性。"接着，他承认这位星际使者的功绩是缩减了堕落的陆地世界与天际之间的哲学距离。总之，他让帕多瓦大学的老师为他所探究的事物提供证据。他自己才是新时代的第一本光学书籍的作者，他了解这个领域的所有知识，他详细说明伽利略并不是望远镜的发明者，在伽利略之前，许多先辈都曾经发明过望远镜，这么说是为了杀杀这个意大利第谷的锐气……

天文学家开普勒对伽利略的评断干脆利落，也保留了一些新证据，预言家开普勒自由发挥想象，他宣称有朝一日，人们会发明出飞行器去参观美第奇的卫星，或许那里很适宜人类居住。他的热情已经淹没理智了吗？如今，他把殉难者焦尔达诺·布鲁诺也加入自己的队伍：

"让我们发明出适宜太空飞行的航船和帆吧，那里的人们不会被宇宙的阴暗与广袤所惊吓。与此同时，我们为这些果敢的宇宙航行者准备好了星体地图；伽利略，我做这件事是为你和卫星，也是为了木星。"

大家会对这首慷慨激昂的抒情诗忍俊不禁吗？作为维吉尼公司的代理人，我在这些未来的美梦中听到了另一个召唤：有了这些星图，地球上的真实航行者便可以开路了，他们盯着由开普勒和伽利略悬挂在真实位置上的灯塔、路标和信号灯，再也不用担心迷路了。

17

1610 年夏天，我回到了意大利，然而这并不是出于对天文学的热情。当然，我带上了《新天文学》一书，以便在旅行期间闲适地继续阅读，我还带着一封开普勒让我亲手交给伽利略的信件。一个非常重要的事件迫使我离开了布拉格：亨利四世刚刚被杀害了。当然，法国和西班牙之间的战争威胁暂时得到了缓解，但是在哈布斯堡王朝面前，英国和改革国家从此便显得孤零零的了。其次，这也没能处理好维吉尼公司的事宜，维吉尼公司很希望在莱茵河和埃斯考河两岸能发生些争端，然而大公海却对我们的军舰开放了。在旧陆地作战的时候，法国不应该惦记着加拿大。还应再耐心一些。正在此时，从马德里到莫斯科，途经伦敦，雅克的匕首在大使馆引起了一阵奇特的骚乱。呆在布拉格也是无用的：国王已经形同虚设了。

英国贵族沃顿，是英国的雅克一世派到神圣罗马帝国的全权代表，他委派我到佛罗伦萨去监测柯思梅二世大公爵，并估测一下他对自己的表妹玛丽·德·美第奇能够产生多大的影响，从此以后她就是法国的女摄政者了，她的臣民们都亲切地称她为"大银行家"。我们今天才知道，在这个很少流泪的寡妇身后，佛罗伦萨人将会在未来的七年间统治着巴黎，至少在表面上看是如此，因为他们不过是托斯卡纳的美第奇家族的创造物。卢浮宫将会成为佛罗伦萨银行的分行。尽管柯思梅二世年纪轻轻、身体虚弱，可他却很清楚地知道，如果说在面对哈布斯堡王朝和其他波旁家族的时候，他的大公国不过个侏儒，那么他的银行对于所有皇室客户来说，却是一个巨人。同时，他也让他虔诚的母亲忙于政务和宗教的无聊琐事，这样，他就可以和叔叔们将精力集中在更加严肃的事情上：财政。

在这个方面，柯思梅的光辉祖先没有什么值得他羡慕的。二十岁的时候，他就了解了关于操纵金钱的一切，此外，他还竭尽自己所能，继承着家族保护艺术和哲学的传统，尽管新达·芬奇和菲森偏爱于更加稳定的朝廷，也就是那些离罗马最远的宫廷，比如巴黎、布拉格和伦敦。同时，佛罗伦萨被女人所控制。被女人和宗教所控制：大公爵的母亲——克里斯汀·德·罗海娜和大公爵的妻子——奥地利的玛丽-玛德莱娜，是两个虔诚的宗教信徒，她们把将托斯卡纳改造成修道院当成首要任务，那里还游荡着萨伏那罗拉可怕的影子。耶稣会人士大量涌向罗马，就像一块诱人的奶酪上爬满了黑苍蝇一样。

当然，我没有任何布拉格大使的国书，因为那时候，做异教——阿诺河岸的英格兰教的代表并不好。我只是伦敦维吉尼公司的一个办事员，我只是试图在美第奇的银行获得更多贷款。我与柯思梅就这一议题的会面，令人非常满意。我对大公爵提到一个大有希望的地方，这个地方是由哈得孙的叛徒在对抗荷兰的时候发现的，并将此地命名为新阿姆斯特丹。他是一个刚刚被调职留用的哈得孙人，他现在为我们的航行效力，他在法国裘皮商行附近寻找西北通道，亨利四世的死也许会使他清闲下来。

因此，我的商业任务结束了，但是我要留在佛罗伦萨，因为我还想搜集一些法国国王被杀的细节。我们一伙人在所有重要的城市里四处搜集信息，我们想弄清楚是谁为雅克提供了武器。然而，我的情形变得非常微妙。我的任何细微举动，最平常的一句话，都会被传到继承亡夫遗产的女公爵克里斯汀那儿去。这就是为什么我延迟了与伽利略的会面——为了不使他受到牵连。在我到达佛罗伦萨一周后，是他前来找的我。

我无所事事地在维奇欧大桥上闲逛，逛了一家又一家珠宝店，我想找一枚戒指，这枚戒指是我的一位女性朋友拜托我为她带回布拉格的。突然，我身后一个洪亮的声音吓了我一跳：

——阿斯克鲁先生！您已经放弃了玻璃制品、转而研究金银器了吗？难道研究天文学是为了发展炼金术？

说话的人正是伽利略。尽管脱去了优雅的威尼斯衣物，穿着一件朴素的黑色长袍，伽利略依然容光焕发，神情愉悦，像是年轻了不少。他大声说着话，什么都不担心，就像曾经在帕多瓦的花园中一样，每个间谍都听得到他说的话。因为感到有人监视着我，我便提议让他跟随我到银行借给我的公寓，以便把开普勒托付给我的信件交给他。

——那么，这位优秀的开普勒一直纠结在形而上学的多面体中吗？他说道。

没等我回答，他低声和一位与我们擦肩而过的妇人打了声招呼，他对我讲了讲他的家谱，并强调说那个妇人是他的远房表妹，这样说是为了提示我他有亚里士多德血统。我想对他说，比起托斯卡纳村的公鸡，我更喜欢四年前在帕多瓦公园见到的熊，他现在却变成了这只公鸡。我用一首他爸爸创作的歌曲赞美了他。他的脸色阴沉下来。在我的工作室中，总是不断低声抱怨的伽利略打开了开普勒的信件，从中拿出皇室数学家几个星期前编纂印刷的小册子：《与星际使者的对话》。他并没有打开，甚至对献词看都没看一眼。

——我读过了，他说。于连阁下已经把它带到了布拉格。奇怪的是，不到一个月时间，一份意大利文版本从波伦亚流传到了那不勒斯……

为了向我表达他才是原创作者，他爆发出一阵狡猾的傻笑。

——总之……他继续说，皇室数学家太不严肃了！他想象着制造出适宜太空飞行的帆和船，我和他会成为地图绘制者！天文学或是诗歌，只能任选其一，不能两者兼得！

于是这个大惑不解的男人不断在我耳边嘀嘀。开普勒无论在学识上还是在哲学上都要比伽利略胜出几筹，开普勒掌管着世界天文学领域、然而却在独自一人支撑着，再说，开普勒还是我的朋友，我觉得这种讽刺的蔑视不可容忍。

——先生，如果您冒犯开普勒的话，那就别怪我冒犯您了！这就是您偿还欠他的债务的方式吗！相信我，那是一笔巨额债务！您的新主人是一位银行家，您要清楚这一点！

伽利略气得脸色通红，对我吼道：

——那您呢，英国间谍先生，您应该了解，您的那位没有指望的开普勒，在他还没有对飞行器发狂的时候，他给马瑞尼这位荒淫无耻之徒写信，对我大肆辱骂！

他几乎要把那两页手稿摔在我的脸上了。我让自己冷静下来。无论如何，我都不会与这个因风湿病而行动困难、年长我十五岁的人打架。如今想起这件事的时候，我都还会不寒而栗：如果当时我用宝剑刺穿伽利略的胸膛，那会怎样？我捡起掉在我脚下的两页纸。那是8月初的时候，开普勒写给马瑞尼的信件的复印件。开普勒在信中言辞生动地抱怨说，尽管他对伽利略一再请求，但是伽利略还是不屑于为他提供证据以及他通过望远镜所观测到的天象的证明，并断言说，他觉得自己是被人愚弄了。读完信件，我抬起头。伽利略阴沉着脸，就像一个赌气的大男孩。我的态度柔软下来，我对他的怒气就像阳光下的积雪一样融化了。可真是两个孩子啊！这两位思想可以遨游得像星星一样高远的学者，不过就是两个孩子啊！我羡慕他们的纯真，因为这对于他们来说，是最坚实的盔甲。

——您确定这封信是出自开普勒之手吗？

——当然啦！"他们"才不可能犯错。"他们"机灵着呢，才不会出现这样的差错。他们很笨，也很机灵，这两者并不是不可兼容的。

——您不读读他给您的信吗？这些在您看来有些恶毒的话语……或许在他自己的说法里，您可以找到一个解释……

——恶毒吗？您想说的是我骂他的话吧！他把我叫做"帕多瓦的贱货"！暂且不说"贱货"，但是"帕多瓦"这个词是我不能忍受的！我出生在比萨！他至少应该了解这一点……

我大笑起来。我终于明白了。

——这个该死的开普勒！我惊呼起来。帕多瓦的贱货！相信我，您真的应该读读这封信！他当然知道您是托斯卡纳人！此外，就在我出发前夕，他得知您要回故乡还很担心，他觉得您在威尼斯共和国的保护之下最安全。

伽利略轻蔑地耸了耸肩：

——那他这个布拉格贱货，他了解意大利的情形吗？

——他是符腾堡人。

——我清楚得很，我对耶稣发誓！别把我当成一个……上帝啊！

他的脸色突然明亮起来；他用右拳击打了一下左手掌：

——当然啦！帕多瓦贱货说的不是我，而是马瑞尼！而他真正想寄信的人是我！他让我给他邮去一副望远镜，这样他便能仔细检查，并且可以观测我所见到的那些证据了。但是他觉得我在佛罗伦萨有危险，所以他选择了这条迂回曲折的道路……这样说来的话，开普勒是装出一副毫无心机的老实巴交的德国人的样子，他采取一种迂回曲折的方式，将信件转交给基督教大主教——贝拉民教皇！我要满足他的要求，我要感谢这唯一的、唯一支持我的人，是的，我亲爱开普勒。他一直支持着我……

总之，虽然伽利略一直充当好汉，可他也并不确定回到佛罗伦萨是否是个好主意。但是这头蠢驴脑袋永远都不会承认这一点。当然了，马瑞尼和福格戴着年轻的马丁·霍尔基的面具对伽利略发起攻击，可他们最终陷入滑稽的境地。可怜助手没有明白，这场争吵本该围绕着望远镜的可靠性进行争论，也就是说，应该在物理学和光学领域。同时，霍尔基偏离轨道，陷入对于天文学和神学的思考中。他写道："星象学家们根据天空中移动的星体，绘制出星象图。所以，美第奇星体毫无用处，上帝不会制造无用之物，这些星体不可能存在。"这种经不起推敲的推论把所有人都逗笑了，只有马瑞尼没笑。在意大利的大学中，学生们都议论着霍尔基是否存在，因为他毫无用处！还有的人说，木星的卫星至少对一件事还是有用处的：那就是让波伦亚大学老师的助手大说蠢话。除此之外，在福格的推动下，这个傻瓜在《驳斥星际使者》一文中，参照着开普勒的文章，声明伽利略说谎，并断言说，他才是望远镜的发明者，那个帕多瓦贱货从来没有发明过望远镜。开普勒回应给他的终极凌辱是这样的："只要公正还存在，它与友谊就不能相容。"自然，这里所说的友谊是皇室数学家曾经对马瑞尼的友谊。马瑞尼醒悟过来，他将霍尔基扫地出门，或者说，是把他扔进了历史的垃圾堆。

这武器来得就像网球一样快。伽利略抛出的"使者"这个球刚刚滚到挡板上，开普勒就将它捡回到"对话"这个球拍上，并且又把它打到墙上。福格和马瑞尼让霍尔基奔跑起来，让他追上这个球，但是霍尔基却在地板上摔了个狗啃泥。

5月末的时候，由于开普勒的功劳，伽利略觉得自己已经打垮了那些"小个子"和"诽谤者"，他扣上皮箱，出发到佛罗伦萨去了，然而，他比萨的教授的职位还没有着落。他只有柯思梅的口头承诺，这对于他来说就够了。只有放弃身负盛名的帕多瓦大学，他才能到比萨的一个普通小学院去，他的身后有许多不满的声音，而且他在托斯卡纳，还引起了诸多不安。比萨的老师在佛罗伦萨的政治方面比他更有见解，比萨的老师联合起来对抗他，并密谋想弄死他。不是在大公爵身边弄死他，而是在他的母亲克里斯汀·德·罗兰娜身边，或者更明确地说，是在她的星象学家弗朗西斯科·辛济身边。克里斯汀从她的祖母那里得知，这个令人生畏的法国皇后卡特琳娜·德·美第奇是由黑寡妇养大的，在没有征求权威方意见之前，还不能够将她铲除。就连她的儿子都会在她的面前颤抖，在阻止她的儿子柯思梅聘请伽利略做数学家之前，她询问了一下基督教老神父克拉维于斯，他是罗马学院的校长，他在整个教会的科学方面都享有权威。大家都把这个巴伐利亚人叫做"新欧几里得"，这么说倒是有点儿夸大其词。他是那个叫做"格列历"的新历法的创始人，这一历法是根据日心说理论创建的；然而他却是反哥白尼人士。在梵蒂冈，克拉维于斯不费吹灰之力就造出了一台与伽利略的望远镜质量如出一辙的望远镜，并且他遗憾地指出，《星际使者》所描述的都是实情。他犹豫着要站到哪个阵营里。

开普勒的声援——他的《对话》一书——使克拉维于斯下定了决心。克拉维于斯读过异教路德主义的所有书籍，以及路德主义信徒与他的基督教同胞的通信。公司总是希望把皇室数学家带到罗马教会的管辖区域。相反，拥有伽利略这般名声的人在改革派的天空下出卖自己的才华，这实在是不妥。同时，克拉维于斯请求克里斯汀不要在佛罗伦萨做出任何反对她迷失的孩子复位的举动，而是要严密监控他。

——阿斯克鲁先生，就是这样，我得以回到家乡，多亏了最强大的基督教人士克拉维于斯，以改革派世界最重要的天文学家开普勒！

在说这些话的时候，伽利略容光焕发，就像他独自一人愚弄了罗马，维滕贝格和日内瓦似的。一个问题灼烧着我的嘴唇，我终于忍不住问了出来：

——您依然与您爱的阵营相距甚远。如果您呆在帕多瓦，由朋友保护着，被总督支持着、被家庭环绕着，那样您就永远都不会遇到这样的尴尬境遇，您就可以安心工作了。那么，您为什么要离开威尼斯呢？

——因为我的风湿病啊！

——什么？

——我的风湿病！您觉得我们这些自然哲学家思想纯洁吗？您的朋友开普勒忍受不了一丁点风寒吗？

——真不幸！如果您早知道……

——我患风湿病有十五年了，在帕多瓦的两个朋友的帮助下，我精准调试了一项我最引以为傲的发明：验湿计，它可以测量出冷热程度。由于操作失误，这台仪器打碎了。从此我们三个都得上了重病，我不知道这其中是否存在什么因果关系。我是唯一一幸存下来的人。我曾经引以为傲的健康也受到了损害。到岁数了……或许您也注意到了，威尼斯是一个特别潮湿的城市……

我抱歉地点了点头。但是在我的内心深处，一个厚颜无耻的声音在窃窃私语：回到佛罗伦萨，在维吉尼公司最主要财源的保护之下，伽利略散布起新星的消息会更容易，这也可以使我们的航船找到更精确的航线。

——我从大公爵那里得到了我想要的一切，他又啰啰嗦嗦地继续说道。但是我所在的阵营却不能给我这么多。要让年迈的女公爵相信，我的工作与宗教没有任何关系，要让她知道，我并没有试图弄清楚"怎样到天上去"，而是"天空是怎样运行的"。我要平息她身后的基督教公司的所有疑虑，这个基督教公司在罗马，它对我的每一句话都字斟句酌。开普勒的《对话》对我来说是莫大的援助，它使我大学里的敌人哑口无言。但是从今往后，在罗马，他便不会再支持我了，因为绳子会将他勒死。关于他的飞行器，他在《新天文学》序言中对教皇和教会的攻击，还有他对日心说洪亮的辩护，如果除了约定俗成的感谢之外，我还胆敢回复他别的什么，那么这些都会成为对我不利的充足论据。或许在布拉格、伦敦和巴黎，开普勒被人看作新哥白尼，但是在罗马，他只是一个异教徒。如果有一天他想去旅行的话，千万别建议他去埃斯库里亚尔修道院和阿尔罕布拉宫。

——我不觉得他有什么旅行计划。总之，您要相信，与开普勒结成联盟会使您受到很大威胁。您大概是忘了，他是一个十足的路德主义教徒，天主教教会中的一些达官贵人非常听他的话，居于首位的便是巴伐利亚的王子主教欧内斯特。这使他受到一些教友们的怒斥。除此之外，可别低估了他。如果你们不提供出证据的话，皇室数学家一定觉得您骗了他，而您的《使者》一书只不过是一些未经证实的论断。请您相信我，我能够理解好好先生的愤怒。与他相比，您是温柔和平静的天使。此外，如果您与开普勒为敌，您真的相信在您的大学，那些基督教徒对您的不信任情绪会瞬间消解吗？

伽利略陷入良久的沉默。我观察着他。他那木星般的面具逐渐产生了裂纹。比起开普勒那张生动、丰富的面孔，我更容易读懂伽利略的灵魂。意大利人伽利略可没有德国人开普勒那样会演喜剧。有些人认为每个国家的人的性格都是恒定的，这可真是漂亮的反击！于是我明白了，他对《新天文学》作者高傲的洒脱只是表面现象。是出于对开普勒的世界性权威的恐惧吗？还是出于对皇室数学家把所有实践经验转化为理论的权威学院的崇敬？是出于对开普勒享有的极大的写作和出版的自由的嫉妒吗？或许这其中都有一些原因，但特别是由于他清醒地意识到他们自己是这个矮子时代的巨人，而且他们二人是互补的。只有他那盛大而正当的骄傲，妨碍着伽利略意识到他需要开普勒、开普勒也需要他……

——巴伐利亚的欧内斯特，您说的是列日的王子主教吗？最后我回复他说道。

——是的，开普勒对很多其他王子也很尊敬，不论他们是哪个阵营的人。

他做出一副狡猾的样子，这副神情显现在他的脸上正合适，就像兔子的腿上带着绒毛一样自然：

——红衣主教阁下欧内斯特让女公爵克里斯汀·德·罗兰娜为他弄到一台望远镜。女公爵还没有回应，因为她猜他投身于各种各样的活动一定有着正当的理由，不管是炼金术还是别的什么，在她眼里都是魔鬼。还有关于犹太教神秘哲学和圣书的翻译与开普勒的交易……但是或许您，我们说您这位外交官有点儿特别，是由英国国教的增加部分来负责，当您回到布拉格的时候，您不用担心这份特别轻的包裹？巴伐利亚的欧内斯特经常到那里去，但是他也会时长小住在列日的主教管区。您可以趁他不在的时候，去借我要拿给开普勒的仪器……

我终于达成了目标，但是我还是不想让这个笨蛋觉得他可以操控我；

——大师，把那样重要的东西交给英国间谍，我觉得您很不谨慎，把您刚刚评价我的话说还给您听。该轮到您的日常代理人——您的朋友于连·德·美第奇阁下出场啦。直到目前，他都谨慎地将信件和您让他与开普勒交流的暗号交给了他。

在这般抱歉和辩解中，他的情绪显得有些尴尬。当我认为把这位骄傲的伟人的傲气打压得足够低的时候，我这个英国小绅士、商人兼间谍碎步小跑在历史大道的马路边，我终于同意将伽利略要拿给开普勒的望远镜装入自己的行囊。

18

　　1610 年 8 月 31 日晚，皇室数学家邀请了七位客人，夜宵前，大家围绕着一张长方形桌子默诵着餐前祝福经。大家用天主教、路德教、加尔文教、犹太教以及……英国国教（如果算上我的话）祈祷着，为了终止这团乱糟糟的声音，主人要求大家安静下来。实际上，这里除了绅士约翰·阿斯克鲁先生、仆人和国王的天主教宫廷参赞——马蒂亚斯·瓦克这两位人文主义者兼自然哲学启蒙爱好者，除开普勒之外的其余五个人都是德高望重、知识渊博的医生，但是他们的信仰却各不相同。

　　首先，是耶稣会的神父保罗·古尔丁。从维也纳到布拉格，我与他一同游历了三十余年。伽利略对我说，这位修道士是把望远镜交到开普勒手中的最佳人选。他的望远镜，或者说科隆的选帝侯欧内斯特的望远镜，应该拿给皇室数学家。实际上，由我这样的一个外交官来充当中介还是挺稀奇的。但是，我很快就明白了为什么托斯卡纳的天文学家会选择保罗·古尔丁那样的耶稣会人士。这个出生于圣-高尔的瑞士人，是由改革派抚养成人的。当他到合适的年龄，父母就把他送到图宾根去学习。马斯特林教授注意到这位业士在数学方面的天赋，谨慎而慷慨地为他讲述了天文学学说，十几年前，他给另外一个学生开普勒也讲述过，但这一次更加谨慎，因为路德主义大学在对待曾被墨兰顿封禁的日心说理论方面，远不够灵活。马斯特林也远离了这个新学生，因为这个学生也是满腔热情，他把这个学生介绍给了格拉茨的年轻数学老师，异教分子、他曾经的学生——约翰·开普勒。

　　古尔丁的新老师比他年长六岁，他很少可以找到机会了解到他的新老师的见识。因为当时，他的新老师正挣扎在婚姻问题与他的第一本著作——《宇宙的奥秘》的出版中。当格拉茨的学院关闭、一部分施蒂利亚的改革派被驱逐出来，古尔丁认为哥白尼想做弥撒，于是他反而转向了开普勒的阵营。开普勒对自己绝不妥协，可是对他人却表现得完全宽容。他甚至建议他的临时学徒不要盲目做事，要回到正轨上来：在他看来，耶稣公司的教育是天主教国家里最好的。我是在维也纳认识的他，古尔丁穿着黑色教服到意大利求学，到马瑞尼所在的波伦亚大学、伽利略所在的帕多瓦大学和克拉维于斯所在的罗马大学求学，随后，他便成为了维也纳的数学老师。

　　在整个旅行期间，古尔丁都将我交给他的装着伽利略望远镜的盒子放在膝盖上，视若珍宝。这个亲切、博学的修道士一再对我说，他与皇室数学家的关系非常紧密，他说服了他的老师克拉维于斯，使其相信伽利略的观测结果是合理的。尽管这个耶稣会士始终坚持第谷的理论，可他却是坚定的日心说信奉者。

　　我还认识开普勒的另外一个宾客，因为他与著名的解剖学工作者杰森纽斯有关系，他是布拉格医学院的院长。一个稳健的路德主义教徒，因为匈牙利人最希望的是，属于他们祖国的王冠从哈布斯堡王朝的国王马蒂亚斯的脑袋上掉下来，马蒂亚斯的王冠就是从他的哥哥鲁道夫国王的脑袋上扯下来的。除了勇敢和心直口快之外，在开普勒的眼中，他还有一种非常重要的品质：一种粗糙却无瑕的友谊。

　　我还认识西门·迈尔，美第奇说，这个人偷走了伽利略的罗盘以此来为改革派的军队提供便利，他还因此晋升为勃兰登堡总督的数学家，我很好奇怎么会邀请这样的人。当时，我觉得向开普勒揭穿这些转弯抹角的阴谋诡计不好，因为这些诡计中还掺杂着间谍，宗教和自然哲学。新星，当涅日勒和火星轨道的事情，已经够他忙活的了。

在同桌进餐的人中，最令人肃然起敬的、也最奇怪的人：虽然已是七十多岁的高龄，大卫·甘斯却依然保持着年轻人一样的好奇心和敏捷的思维。很久以来，他一直都是布拉格犹太教大教士——马哈拉尔的学生，传说他建造了一尊新的赋有生命的犹太神像。他根据一百二十年来已有的天才发明改写希伯来人的著作，无论是关于天文方面还是地理方面，但是除此之外，这位杰出的犹太教法典信奉者再无其他野心。为了改写著作，他一直都是第谷和开普勒的忠实听众。此外，甘斯很想见见其他犹太教哲学家，但是当时，犹太人到天主教国家旅行不太好，在新教的榔头和天主教的铁毡之间，只能勉强呆在鲁道夫二世的布拉格。

这顿晚宴中最年轻的小孩儿叫做……本杰明。他是开普勒的新助手，只有二十三岁；他把他的姓氏"本"翻译成了于希诺斯，因此，他的主人恶毒地散布传言，特别是在布拉赫家人身边，说这小子是死去的乌鲁斯的私生子，是第谷的敌人。他其实谁都不是；实际上，精于计算的天才本杰明·于希诺斯是马斯特林从图宾根大学送来的学生。

这顿饭吃得平淡无奇：巴赫巴哈·开普勒已经把她的女儿送到林茨——她的新丈夫家里，这位家庭主妇主要是想借这个机会放松一下。我们甚至没有品尝到女主人的特色菜，那道菜名叫"何当斯特"，是施蒂利亚的国菜，是用黑色的小麦面粉和猪油精妙混合而成，加入南瓜子油制成的调味沙拉酱，使这道菜的味道更加浓厚。此外，他不确定大卫·甘斯是否愿意将猪肉与这道农村菜一起吃。

想到我们即将共同度过的夜晚，大家都非常激动。让我们陷入如此状态的，既不是我旅行期间从托斯卡纳带回来的红酒，也不是古尔丁神父的雷司令干白葡萄酒。而是因为，一会儿，我们大家都要第一次站在望远镜后面去观测天空，或者说，坐在伽利略的飞船上去遨游星际。只有开普勒保持着一种冷静的沉默，这与他以往的风格很不相称。当然啦，话题是围绕着这位望远镜的发明者，他与我们大家在这里相会。从伽利略回到佛罗伦萨之后，我是第一个见到他的人，因此有时我也会成为谈话的焦点，尽管我觉得他们讲话的方式有些客套了，但我还是尽可能地让自己习惯那些赞美之词。我要谨慎一些，不要忘了，保罗·古尔丁虽然博学多才、热情洋溢，可他依然是耶稣会人士。同时，我描述了托斯卡纳人伽利略情绪不稳定、行为古怪的特点，这似乎是所有意大利人共同的性格，我想讨好一下这支日耳曼队伍。众所周知：这位是日耳曼人，那位是拉丁人……

——似乎你们英国人都喜欢趴着睡觉，这是真的吗？大卫·甘斯轻声打断我。

——不是的，您为什么会这样说呢？我傻乎乎地回答道。

——因为您的尾巴。法国人说您像猫狗一样，也长着尾巴一样的器官。

——我很好奇，我想解剖一下这节外生枝的尾骨，杰森纽斯说道。阿斯克鲁先生，到我的手术台上去了吧，您准备好了吗？

我的笑声最大，内心深处暗骂着，这些哲学家真的比最机灵的外交官还难以对付。只有开普勒没有笑，在开玩笑这方面，他总是要进行总结陈词……在其他事情上也是如此。

——可是这位伽利略依然为我带来不少麻烦。最后，他叹着气说道。

他把话停在这儿。由于我和古尔丁神父也在场，西门·马里诺斯直到现在都表现得非常谨慎，他认为这会儿该轮到他说话了。

——他们觉得佛罗伦萨人的敌人们并没有错，因为他们觉得佛罗伦萨人假充好汉，是个江湖骗子……

我刚要插话、告诉这个抄袭者讲话要注意分寸，但是古尔丁对我眨了眨眼，使我打消了这个念头。马吕斯继续说道，他一直在对开普勒说话：

——先生，虽然您一再请求，但是他从来都不屑于为你寄来一台望远镜来证实一下他的话。您需要请求王子主教欧内斯特，然而这位大人还要管人世间的事儿，人世间的事情可比天上的事情多得多。没有人想揭穿这位胆小怕事的加尔文教徒含沙射影的话语，他在天主教阵营里身居要职。对于我来说，我很高兴开普勒没有告诉这个像马吕斯一样危险的人他是怎样费尽周折才把望远镜带到自己身边的。

——亲爱的同胞，我想说的并不是这个问题，开普勒冷冰冰地说道。望远镜已经调整好了，片刻之后，我们就会心知肚明了。但是这个该死的帕多瓦人……

——托斯卡纳人，我更正道，这个该死的托斯卡纳人……

——不管怎样吧，如今，这个疯狂的伽利略给我寄来的那些所谓的发现成果，都是以字谜、改变了顺序的单词以及其他伎俩书写的信件，好像大公爵拦截了他的信件，并且想利用这封信来对付他。

——大公爵或者……

——马吕斯先生，请安静，不然请您现在就离开我家，开普勒打断他说道。现在是品尝美味的寻常时刻，我在做数字和字母游戏，但是说实话，我们已经扯远了。两个星期以来，我用尽全力来寻找答案。同时，先生们，我们相约在这个夜晚，伽利略之窗背后的秘密即将为我们揭晓，还剩下短暂的一个小时，请你们与我共同解开这个谜吧。最可爱的于希诺斯，拿笔墨纸砚来——如果先人们在搬去林茨之前还为我留下一些笔墨纸砚的话。

年轻的助理正执行命令的时候，开普勒摇起了铃铛。一个女人走进来收拾桌子。说是一个女人，其实简直是一只恐龙啊！庞大的身躯，长着胡须，胡须掩盖着嘴角一颗突起的巨大的痣子，闪着油光的下巴上，长着一根长毛，让人忍不住想要把它拔下来，这位女厨师是皇室数学家家里的唯一一位家仆了。巴赫巴哈·开普勒缩减家仆的数量并不是由于经济拮据，相反，她花钱大手大脚着呢。而是因为在她的专制下，仆人们都待不过两周；至于这位厨娘，嫉妒的女主人把她留下来，可并不是由于她在烹饪上有天赋；只是因为她的样貌丑陋，她可以确保她的丈夫不会与女仆之间擦出爱的火花。

最终，助手在每个人面前都放置一支笔和一张纸。四个墨盒放在触手可及的地方。开普勒为我们朗诵了下列文字：

SMAISMRMILMEPOETALEUMIBUNENUGTTAURIAS

我总是很害怕这样的游戏，或许是因为我从来都猜不出答案。我试了几次，可也就只看出几个下流淫荡的词语，我放弃了，用这时间来画我朋友的讽刺漫画。当时，我手中有一支漂亮的羽毛笔。我斜眼看了看我身边的瓦克参议员的纸张，我发现，我很满意地发现，另外一位"见多识广"的天文爱好者也萎靡不振：他在一堆杂乱的几何图形中央，画着一双流露出无聊的大眼睛。

——找到答案啦，我觉得我已经找到答案啦，开普勒最终欢呼起来。

——他玩儿赖。杰森纽斯半喜半忧。你研究这个改变字母顺序的词研究了多久？我只用了十五分钟时间，这真是太简单啦。

——那又怎样？我有权利这样做，这一谜题是出给我的。

我真想摇铃铛告诉他们游戏已经结束了。开普勒带着强调的语气说道：

——*Salve umbistineum geminatum Martia proles*！你好，热情的双胞胎，我们火星上见。这是多么通俗的拉丁语啊！当然了，伽利略可不是什么诗人！好的，这是说火星有两个卫星吗？我肯定，这点我非常赞同：金星没有卫星，地球有一个卫星，火星有两个卫星，木星有四个卫星。多么漂亮的几何递进啊！这样算来，有一天我们会发现土星有八个伙伴……

大卫·甘斯腼腆地举起手指。

——嗯，我刚刚找到了另一种解释，他说：*Altissimum planetam tergeminum observari*. 我观察到，最高处的星体由三部分组成。

——不错，开普勒回答道。这样说来，是土星有两个卫星，并且只有两个……我们一会儿观察一下看看。来吧，让我们记下第二个改变字母顺序的词……

华克公爵用拳头暴躁地凿着桌子：

——哦不，愚蠢至极，你们闹够了没有！我们去观测吧。

与开普勒讲话的不再是一位可敬的朋友，而是有着支配欲的宫廷参赞。我是第一个服从命令的人，我从桌子旁站起身来。其他人纷纷效仿。

这些令人生厌的字母游戏一定会让读者感到厌烦，就像那晚的我一样厌烦，对于这个可怕的字谜，大卫·甘斯总结道：伽利略确实看见有两颗卫星围绕着土星运转，它们离最遥远的星体非常近，它们三者的位置如下：o0o*。第二个字谜虽然更加清晰易懂，但今天还是要感谢瓦克公爵不与我们计较。

今天，我要告诉好奇的读者：

Haec im matura a me jam frus tra leguntur oy

这句话的意思大概是"这些事情还没有定论，读了也是白读"。

在推敲过一千零一种组合之后，开普勒最终败下阵来，他服输了，他请求伽利略给他一个解决方案。他给伽利略写道："您要知道，与您共事的是勇敢的德国人。"总体上来说，这话不算恶毒，但言外之意是，他也不会和狡诈阴险的意大利人为伍。用语文的精湛技艺就可以胜过皇

---

* 当然，这里所说的是土星的光环，1656年的时候才看到土星光环的真实模样，也就是这位虚构的叙述者去世一年之后。——译注

室数学家，在证实了这一点之后，伽利略终于决定把问题的答案告诉开普勒，但依然是通过拐弯抹角的方式：美第奇家族的于连把答案告诉了国王，国王亲自将答案告诉了瓦克，瓦克又转达给开普勒。这群小淘气鬼！这是一项与木星的卫星具有同样重要意义的发现：

Cynthiae fi gu ras aemulatur mater amorum

"月亮女神辛西娅的位相与爱之母——金星如出一辙。"

金星的周相与月亮相似：玄月，半月，满月；它始终围绕着太阳运转。第谷总是质疑哥白尼学说，如果这不能算是哥白尼的完全胜利，那也完全算得上是托勒密的失败。我们正准备离开吃晚餐、玩字谜游戏的那间屋子，长得像恐龙一样的女厨师拦住了门，叫嚷道：

——先生，有一位女士要见您。

随后她试着侧身让那位女士过去，一位被香气和花边所环绕的女士出现在大家面前，她非常优雅，戴着一袭面纱。

——塞希尔！开普勒惊叹道。您来这儿做什么？

布拉赫家的小女儿掀起面纱。她美得明艳动人，只是，在这样一个男士集会的场合出现一位女士，我倒是觉得有些不合时宜。她用天使般的声音回答道：

——亲爱的先生，这样一个历史性事件，第谷家一定要派个代表来参加啦。您是更希望我姐夫来参加吗？

——是谁告诉你的？我很快就会像伽利略一样，发现自己身边到处都是阴谋和间谍！

年轻的本杰明·于桑诺斯上前一步，他的脸一直红到耳根，嘟哝着说道：

——我……先生……是我告诉她的……这位女士特别坚持……

开普勒绷着脸说：

——啊？好吧，总之，多一个见证者也不算太多。别耽搁了。

当我们穿过院子向观测的木塔走去时，瓦克对我低声耳语道：

——开普勒先生的助手也对布拉赫的最后一颗行星的位相问题很感兴趣吗？

——什么，公爵先生，您觉得这颗丹麦金星只有两颗卫星吗？

——请允许我这个医生来诊断一下，杰森纽斯插话说，我们年轻的朋友于希诺斯还停留在处女座，他还没有走到白羊座中去。

我们想知道伽利略到底看到了什么，这些年轻贵族含糊其词的玩笑只是安抚了一下我们的渴望与恐惧。

在木塔的高处的在露台上，围绕着一台高大的独脚小圆桌，已经摆放好八把椅子，小圆桌上放着一根纸板做的管子，直径有一个拇指那么宽，长度有一肘那么长，管口指向天空，管子的底下是一个铜质的旋转底座。这便是伽利略的望远镜！

我的心怦怦直跳。我并不信仰神秘主义，我的内心充满神圣的恐惧。毫无疑问，我的伙伴们也是这般既激动、又害怕的心情。只有平时总是热情洋溢的开普勒，却保持着惊人的冷静。就像在一场决定性的战役之前，将军向他的官兵发布命令一样，他宣布道：

——女士们、先生们，我们这样做：于桑诺斯已经在每把椅子上放了一块石板和一支粉笔。他会按照我的指示把望远镜转向天空，望向伽利略发现新奇事物的那一点。你们轮流通过望远镜来观测这一点。然后，你们在石板上记录或者画下你们所看到的事物。但是悬请大家在观测期间尽可能保持安静。不要发出惊叹声，也不要做出评论。也不要把你们记录在石板上的东西拿给其他参与者看。我不希望大家相互干扰。每一次观察之后，你们都要把石板交给于桑诺斯，他会把大家的文字和草图重新抄写下来、记录在册，并且会大声宣读出来。尤其需要注意的是，不要触碰这台仪器。如果它稍微偏斜了一丁点儿，我们都要花费时间来重新调整、才能将它指向目标处。我也不会告诉你们将要观测什么方位，这样做是为了使大家的判断不要受到之前读过的《星际使者》干扰。当然啦，除了月亮之外，因为我想，大家可以很容易辨认出月亮。

对于这个玩笑，没人发笑。他对于桑诺斯耳语了几句。于桑诺斯紧紧盯着笔直的管子末端，他微微抬头望向天空，将望远镜的管子精准地左右调整了一下。他重新站好：

——先生，我找到了。请您检查。

正当于希诺斯在小石板上潦草地书写时，开普勒透过望远镜倾身观测起来，但是他并没有观看太久。

——非常好，他以平静的声调说道。为了不因礼节问题伤害大家的自尊心、也为了避免其他争议，请大家按照名字的字母顺序进行观测。阿斯克鲁先生，您先请。

——我吗？但是……女士优先吧……

——阿斯克鲁先生，请您按照我所说的去做。

我服从了开普勒的命令，站起身来，两腿颤抖着，我的睫毛触碰到望远镜的目镜。那一刻，我感到很失望，因为我什么都没看见，或者说几乎什么都没看见：在一个非常黑暗的圆圈中央，只有一个极小的黄色圆盘。当然，那并不是圆点，但是它的图像模糊不清并且微微颤动，就像跳着快步舞曲。然而，几秒钟之后，我的眼睛开始适应了。在经过了最初的激动之后，我能够辨认出三个明亮的小点，它们就分布在刚刚所说的行星旁边，并且，它们呈一条笔直的线分布着：木星的卫星，没错！尽管它们与其他星体大小相同，但是它们更加闪耀。

我咬住嘴唇，以免在如此美丽的景象面前发出惊讶的呼喊，我试着把我所看到的一幕刻画在脑海中。我完成了观测，回到我自己的位置上坐好，就像一个乖巧的小学生。我画下我所见到的景象，其实只是记录下了一些关于颜色和大小的词语。当轮到塞希尔·布拉赫倾着身子观测的时候，她的身体流露出绝妙的风景，透过半圆形的衣领，可以看到两颗晶莹洁白的行星……

在我之后观测的是甘斯，古尔丁，随后是杰森纽斯，他站直身子说道：

——该你啦，约翰。

——不，开普勒回答道，我是裁判，不是见证人。此外，我们美丽的朋友，这位不速之客占用了我的石板。

很奇怪……开普勒老兄这句深情的玩笑听起来很刺耳。他只在望远镜后面观测了片刻，似乎对此并不感兴趣。然而，在那晚之前，他并没有机会使用望远镜，因为古尔丁教父当天下午才把望远镜交付于他。于桑诺斯比较了一下我们石板上的答案，开普勒告诉我们，所有人都看到了《星际使者》中所描述的：木星的确有卫星。

那天晚上，我们一直观测到很晚。月亮，猎户星座，银河，都滋长着我们的感受、激动和新思想。黑夜中闪耀着的星体呈现出发光的星角。我第一眼就注意到，它的昏暗部分和明亮部分的分界线，并不是沿着弧线延伸的，而是一条不规则的线条，高低起伏，蜿蜒曲折。在明暗交界线以外，昏暗处闪耀着几个斑点，然而另外一面，昏暗的部分也向明亮的地方逼近。除此之外，被太阳光完全照射的区域筛分着许多黑色的小斑点，这一切都像孔雀的尾巴，在大家蔚蓝的眼眸中各有不同。

随后，我们观测了拥有不计其数恒星的天空，这些星体都是先人们所不知道的。我记录下行星和恒星在外观上的显著差别：行星的球体呈现出完整的圆圈和圆周，看起来就像被照亮的小月亮，恒星与我们肉眼看到的样子相同，它们向四周投射出强烈的光线。但是，这些星体在闪耀的光芒中变大，第五大的星体用肉眼几乎是看不到的，可是透过望远镜，它看起来有天狼星那么大，比所有的恒星都更加闪耀。

最终，我们看到了银河，那些含糊不清的东西只是一堆一堆的小星体，赏心悦目地散布着，由于它们非常小也因为它们之间相聚得非常远，每一个单独的小星体我们都是看不清的，它们聚集在一起的光辉构成了这光芒流溢的纯白，就像晨曦的光芒一样，直到现在，我们依然认为银河是天空中最稠密的一部分。

开普勒的助手每一次调整好望远镜的方向，开普勒都需要看一眼验证一下。就这样，我们证实了伽利略的所有发现。随后，天空黯淡下来。

——现在，是该休息一会了，开普勒命令道。请大家两天后回来，签署一下本场会议的观测记录。

他咳嗽了一声清了清嗓。在做总结的时候，他热泪盈眶：

——我们已经看到了，所有的一切都是以几何学法则规则排列的，几何学是唯一的，也是永恒的，是上帝思想的真正光芒。既然我都看到了，我便安心了。

然后，在塞希尔·布拉赫的搀扶下，开普勒走下观测台笔直的楼梯。其他人都紧随其后。

——阿斯克鲁，你走吗？瓦克公爵问我。

——亲爱的朋友，如果您允许的话，我情愿再在这里停留片刻，我想看看布拉格的日出。我感到很震撼，我需要平复一下思绪。

于是他也离开了。我在那里停留了很长时间。最后，我也走了下来，穿过院子，走到安静的住所。想了解一个人，除了观察他的外表之外，便是参观他的屋子。我打开了这一层的几扇门，但是我的好奇心却遭遇了失落：开普勒的住宅与任何一个勇敢的布拉格贵族的住宅都没有区别。从楼梯前走过的时候，我听到楼上的一阵窃窃私语，像是在啜泣。为了不要弄响台阶，我小心翼翼地爬上楼梯。真的是有人在啜泣。是开普勒。我把耳朵贴在门上，那应该是卧室的门。塞希尔用温柔的声音低语道：

——朋友啊，亲爱的朋友，您可别为难自己了。明晚您自己再试一次；您一定可以看到的，我保证。

　　——很遗憾呀，塞希尔，很遗憾啊！皇室数学家声嘶力竭地说道。您把身体给了我，把爱给了我，或许还有您的心。但是您永远都无法把眼睛借给我。近视、斜视的皇室数学家约翰·开普勒，在伽利略的望远镜中什么都没看见！

Ⅲ 异教徒和女巫

19

"既然我都看到了，我便安心了。"接下来的几天，开普勒时常重复
这句话。开普勒没有说谎。他强大的想象力，他对事物的洞察力，他先
知者的精神，他那剃须刀一样锋利的头脑，都可以帮助他看到那些他的
双眼所看不到的东西，比那晚有幸与他一同出席会议的、可以通过远镜
观测到天体的人看得还要清楚，甚至比伽利略看得还要清楚。

本次观测会议简短的会议记录出版发行，会议记录证实木星的卫星
确实存在，他把木星的卫星正式命名为"卫星"，他详尽描述了望远镜
的构造，这些事情本该由伽利略做，在表达了对托斯卡纳天文学家伽利
略的崇敬之情的同时，他也为世人上了生动的一课，他写作的速度几乎
和写一本新的光学书一样快，他在会议记录中阐述了这台"天文望远镜
的原理"。在一百四十一条数学定理中，他描述了所有"光透过镜片系
统所历经的路线"的原理，探讨了真实的和倒置的影像，以及放大率，
并且证明出"可见的物体是怎样借助于两片凸透镜，变得更大更清晰、
却呈现出倒置的影像的。"

这本会议记录出版之后，他便不用在其他作者身后躲躲藏藏了。比
如维特里昂。关于光学这个主题，他写了一本开门之作。我们总能发
现，他在《折光学》中所阐述的一切，在《对维特里昂的补充》一书中
已经产生了萌芽，同理，《新天文学》也可以看作《宇宙的奥秘》的第
二卷。也许我们会觉得他的作品飘忽不定，刚采完这朵花的蜜就去采那
一朵，可实际上，他的作品却像蜂箱一样建立起了体系。他用《新天文

学》和《折光学》中严密而精确的几何学解答了《奥秘》和《维特里昂》两本书中的大量新概念和神秘诗歌，他在新出版的书籍中热情洋溢地称颂道："哦，望远镜啊，你知道那么多事情，比统治者们知道得还要多。在神圣的书籍中，将你握在右手的人既不认识什么国王，也不认识什么先生。"

在几个月的热情创作的同时，他也散布了一系列稀有的、令人张皇失措的珍珠，既深入浅出，又寓教于乐，其中很多颗珍珠只是以手抄本的形式流传出去。同时，《新年礼物——六边形的雪花》，是他于1610年送给他的朋友瓦克参赞的新年礼物。在书中，他长篇大论地对雪花的几何形状开着玩笑，他惊叹大自然的形态如此丰富美丽，他又将话题延伸到石榴的菱形果实上，在他看来，石榴的菱形果实是在已有的球状外壳中经过最恰到好处的挤压而形成的；然后，他又同蜂房中的蜜蜂一起酿造蜂蜜，他指出，蜂房底部的棱柱是六边形的，这是规划空间的最佳方式；最后，他又探讨到如何堆放球体才能使它们所占据的体积最小，并且推测说最佳的解决方法是水果商们本能的摆放方式，并由此介绍了货架上橘子的摆放方式……

除了这些智力游戏之外，还有经过简单的排列后晶莹的雪花，小球体，石榴果实以及水滴，都可以为自然界中观察到的不同形状作出解释。对于开普勒来说，哪里有物质，哪里就一定会有几何学，也一定会有关于"和谐"的大自然的物语。

对开普勒作品的补充文字，几乎都是以小册子的形式出现的，这些小册子是用马丁·路德的语言写成，为星体预测提供了合理依据，形式上也采用了宗教改革家马丁·路德的《桌边谈话录》的格式。首先，他将这个尖酸的讽刺用在自己身上，还评价自己的发现说："若是谈及我研究的成功，那么天空中有什么标志可以证实我的成功或失败呢？我所说的星体并不是表面上与火星呈现出月玄的第七栋屋子的白昼星体，然而哥白尼与第谷·布拉赫却没有用到我对光源的观测，他们将永远身处阴影之中。土星并不是水星的主宰，但是尊贵的鲁道夫和马蒂亚斯国王却是我的主宰。我所说的行星的屋子也不是土星的天牛座，而是上奥地利省和国王的宫殿。"

这些表面看来毫无意义的小作品，就像装饰品、雕塑、绘画和毯子一样，有朝一日都会在渐渐屹立起的大自然神庙中找到自己准确的位置，开普勒还兼任建筑师、水泥匠和手艺工匠。

还有梦的那一部分……开普勒的小说——《开普勒之梦》，又叫做《月球之旅》，是一部奇特的小说，小说中的主人公是冰岛人杜哈高特斯，讲述了他到遥远的勒瓦尼亚岛旅行的故事：也就是月球。开普勒写道，"我梦想的目标，是给地球的运转提供有力论据。或者以月亮为例给人类固有的反对意见画上句点，人类拒绝接受这一点。我还以为这个无知的老妇人已经死了，聪明人也已经将她彻底忘掉了，但是她依然活着，这位老妇人就存活在我们的校园。"

将近四十岁的时候，几何学家、物理学家、形而上学家、历史学家、诗人、作家、预言家开普勒达到了思想上的完全成熟。在一封最天真的信件里，他打开了一个小洞，告诉人们还需要建造什么：支配着星体内部相吸和相斥的法则、光的法则、天空的乐章……在作品中，开普勒通过一句拐弯抹角的话或是卷尾注解不时抛出这些问题；如果这些问题的答案没有镌刻在约翰·开普勒灵魂的迷宫中的话，很快便可以揭晓……"既然我都看到了，我便安心了。"安心，或许吧，但是他从未间断过工作。

开普勒在星辰中飞得太高了，他对雪花的晶体形状也研究得太投入了。那么，这位小宇宙和大宇宙之间的漫步者又怎能眼看人世间潜滋暗长的火焰吞噬一切？

哈布斯堡王朝的马蒂亚斯使用阴谋诡计达到了目的：他剥夺了兄长

鲁道夫的所有皇权——皇冠和政府。奥地利、摩拉维亚和匈牙利都已被他收入囊中。只差布拉格和波希米亚没有得逞。鲁道夫国王的身体受溃疡和梅毒所侵蚀，他光着身子，浑身溃烂，独自一人躲在深宫之中。他的老狮子刚刚死去。他马上就要随它而去了，因为第谷曾对他预言过，这头猛兽的死期便是他魂归之时。为了不违背他无比尊崇的第谷的预言，他拒绝接受医生的治疗。或许正因为如此，他身体上的痛苦才持续了这么久。

马蒂亚斯认为胜利的果实很好摘采，并且这果实已经熟透了，他终于展开了复仇行动，由于他智力低下、品味粗俗，他的父亲马克西米连已经将他忘掉了，出于同样的原因，他的兄长鲁道夫也看不起他，并将他排挤出哈布斯堡王朝氏族，甚至不允许他结婚。狼那下垂的嘴唇又翘了起来。角逐的号角响起。

天主教同盟拉拢起大多数大选民，决定在两个傀儡国王中选一个出来，最好是选一个操控起来得心应手的人。他们选择了另一位哈布斯堡王朝的人——年轻公爵提洛尔·利奥波德，他是斯特拉斯堡和帕索的主教，他抡起军刀比使用洒圣水的器具更加娴熟，因此他成为一支肩负着闯进布拉格的使命的雇佣兵首领。马蒂亚斯亲自统领的常规部队远远追随着这支外族部队。

——走吧，约翰，我们走吧！他们会将我们赶尽杀绝的，我是说你，我，还有我们的孩子们。我们到林茨去吧！雷吉娜在那儿等着我们呢。

巴赫巴哈轻轻发出一声惊叫。大街上又是一阵炮火轰鸣。

——炮火的扫射声越来越近，约翰冷静地说。

巴赫巴哈跪下来，哭喊着，抓着她早上花了一小时才打理好的头发。她刺耳地、断断续续地呜咽着，就像满月的夜晚发情的母猫一样。她的丈夫打了她一个耳光，她跌倒在地板上，低声呻吟起来。

——爸爸，怎么了？妈妈病了吗？

九岁的小苏珍将她的两个小弟弟——弗里德里希和路德维希抱在怀中，出现在她爸爸工作室的门前。

——没什么，苏珍。妈妈牙疼。回你自己的房间去，读圣歌给你的小弟弟们听。

开普勒对孩子们有一种温柔的威严，但是却很专横。在父母的争吵中，苏珍听过太多哭喊和巴掌声了，于是她也学乖了。等孩子们走出去之后，开普勒费力地扶起巴赫巴哈，让她坐到扶手椅上。他也为自己搬来一只脚凳，把手放到妻子的膝盖上，轻声说道：

——别担心，美丽的磨坊主老婆。我们在这里不会有任何危险的。我们是小人物，再说，我们还有坚强的后盾，比如我们的朋友瓦克，他向我们保证，无论发生什么，我都会继续任职皇室数学家。古尔丁神父也向我保证说，国王的首席参赞马蒂亚斯——红衣主教克里斯留对我的工作非常重视，至少在布拉格他会保持信仰自由。老婆啊，我们现在上路逃亡反而会更加危险。好了，放过我吧。我还要继续工作。去安抚一下孩子们吧。

巴赫巴哈吸着鼻涕、叹着气，她是一个胖墩墩的农民，穿着贵妇般的长裙，像她的祖先一样顺从地服从了命令，她的祖先曾无数次遭受过雇佣兵、土耳其、天主教和新教军队的侵袭，每次侵袭都很暴力，烧杀抢掠，杀害了她无辜的同胞。

对于她的丈夫来说，奥地利和匈牙利军队的到来是一桩令人生厌的意外事件。最近，《折光学》一书的出现为大家对望远镜的争吵画上了句号，这是日心说阵营取得的伟大胜利。伽利略也打消了所有疑虑，他终于明白，开普勒就是他最有力的支持。在给开普勒的信件中，伽利略无比真诚地表达感谢和友谊，这对于他来说几乎是不可能做到的。美第奇家族的于连大使甚至对开普勒说，下一次他还要从托斯卡纳到布拉格去，因为这样的会面比任何一次王子的会晤都要好。马蒂亚斯的军队拦住了他。在他们短兵相接的时候，所有外国外交官都逃离了帝都，来自意大利和别处的信件再不能穿越城市的壁垒。

站在观测塔高处的开普勒调试了一下望远镜，来适应自己糟糕的视力，开普勒什么都没看到，他只看到自己生活了十二年的宽容、和平的世界正在土崩瓦解。他的脚步片刻不留地经过市郊，他清醒的头脑和逻辑的思维都是天赋使然，他的星象图被人夺走，他还不明白，这个新纪元才刚刚开始，他梦想中受哲学和自然启示、像真理的神圣曙光一样的新世纪，只不过是最灰暗仇恨的夜晚，血淋淋的黎明只能被柴火的微光照亮。

改革派的朋友都让开普勒跟他们一块儿走，但是开普勒断然拒绝了他们，他说当战争鸣响、国王的宝座动摇的时候，哲学家们应该比和平年代更加坚定地去完成自己的使命。阿基米德、开普勒，这两兄弟相隔几个世纪……开普勒非常清楚，鲁道夫等着咽气，他的弟弟马蒂亚斯即将登上皇位，可是他所关心的问题只有复仇。虽然为未来的国王提供一台望远镜可以确保他在国王的统治期间享有荣华富贵，也可以确保他继任皇室数学家，但他还是拒绝了。还有传言说，马蒂亚斯支付给开普勒的工资比他哥哥还要少。对于这些，开普勒都充耳不闻，他断言说，他会永远忠诚于赋予他工作并且给予他充分出版自由的人。话是这么说，可是一写完《折光学》，他就像一只小心翼翼的蚂蚁，以自己的书信集为基础着手编撰年历，还准备着一本基督编年学方面的书籍。

——先生，先生！士兵来啦！就在楼下！他们要见您！

葛若达冲到开普勒的工作室，也就是那位胖厨娘，她对开普勒一家一直忠心耿耿。匈牙利的佣兵涌进布拉格已经三天了，战争的喧嚣和受害者的叫喊声不绝于耳。

——巴赫巴哈呢，孩子们呢？开普勒呼喊道。

——在观测塔上呢。夫人把孩子们带到塔上去观战了。我试图拉住他们，但是……您是了解夫人的。

——她真是疯了！开普勒转向助手说道，在此般情形之下，他的助手也不愿意离开他。开普勒说道，于希诺斯，去把他们找回来，葛若达，还有你，去把她带回来，如果必要的话可以采取强制措施。你们躲到瓦克参赞的宾馆去。从厨房的门走。后面的小路荒无人烟。然后，你们走那条隐蔽的小路……

——先生，我认识路，于希诺斯回答道。但是我留下来。您走吧。您的生命比我的生命珍贵多了。

——快走，听我的，这是命令。我们没时间可以浪费了。我会尽力拖住我们的客人。

没等于希诺斯再多说一句话，开普勒已经走下楼梯，一边自言自语着，他也许会和阿基米德死得一样惨——死于战争中的罗马军团之手，或者说死在匈牙利的佣兵手上。

门厅处只有一个佣兵，他的头盔捧在怀中，手枪别在腰带上，手枪旁垂挂着一把军刀。他强壮的肩膀上披着皮毛披肩，红棕色的胡须荆棘丛生，他的眼睛是浅蓝色的，这位士官虽然长得很高大，可看起来就像一位温和的学者。

开普勒平静地说：先生，如果您要钱的话，那您敲错门了。但如果您要的是我的性命，那我请求您再给我一点儿时间，容我祷告一下您将要带我去见的上帝。

军人放声大笑起来，流露出一抹乡音。

——约翰，约翰，我不是该隐，你也不是亚伯。什么？难道你不认识自己的小弟弟了吗？

——克里斯……克里斯多夫？

——说错啦，长兄！海因里希·开普勒下士为您效劳，教授老师先生啊，难道您认不出自家的小弟弟了吗！来吧，我们还是拥抱一下吧！

海因里希粗犷地把哥哥抱在胸前。开普勒闻得到汗渍的味道，德国烧酒的味道，旧皮草的味道和火药的味道。约翰轻轻抽出身来，为了掩饰厌恶，他做出一个大大的微笑。他把双手搭在小弟弟的肩膀上，装作温柔的样子打量着他。他刚刚看这位士兵还很高大强壮，可实际上他还没有自己高呢，他又矮又壮。他在士兵的轮廓上寻找着与他们的父亲相似的地方，可是没找到。他们的父亲是位佣兵，他抛弃了他们；随后，开普勒又看了看这位士兵长得像不像他们的祖父——那位追逐女色的老酒鬼。没有什么痕迹能够让人想起从前那个红脸蛋儿的农村小鬼，那个被卖到面包店的少年，佃农的奴隶，以及弹得一手好西班牙吉他的街头歌手。

——你一点儿都没变，约翰装模作样地说。你……你一直都是音乐家吗？

海因里希又发出一阵狂野的笑声，这阵笑声最终转变为一阵夹杂着痰声的咳嗽。然后他指着枪托，说道：

——我现在了解的唯一一种音乐，就是这玩意儿！那么，现在你可以把我的侄子们介绍给我认识认识了吧？他们肯定迫不及待地想要见见自己的叔叔啦！

——他们和妈妈在朋友家。明天才会回来……

——哦……妇女和孩子在城里乱跑可不好。我的上尉说得对，战争中，大街上到处都是士兵和妓女。但是大家也不能在这儿等死啊，不是吗？你家没有什么喝的吗？

约翰像是失了神；他不知道该说什么，他怕自己对这个雇佣兵无话可说。上帝的声音在他脑中回响："该隐，你对兄弟做了什么？"他拉起海因里希的胳膊，把他拉到隔壁接待室的小房间里。走到门口，海因里希后退了一步：

——天杀的，哥哥，你的生活居然这么奢靡。但是，我的上尉告诉我，想看酒好不好、服务员热不热情，要到配膳室去，不应该在教堂里看。

开普勒顺从地把弟弟带到厨房。开普勒环顾了一下四周，嘟哝着说道：

——我不知道家仆……我的妻子把吃的、喝的东西都藏到哪里了。

海因里希毫不迟疑地从壁橱中翻出一瓶酒、两只杯子，火腿和面包。最后，他坐在板凳上打趣地说道：

——你要相信，勇敢的士兵可比当事人更加了解资产阶级的房子。

——你参加了……

——是啊！上尉说得对，如果不需要考虑填饱肚子的军饷，在第一声炮响之前，世界上所有军队都会饿死。至于小腹……

——拜托……你现在是下士，你打算干什么？我在宫廷里认识些人，比如说，我认识有权有势的领主阿尔布雷希特·冯·华伦斯坦，他应该需要你这样的勇士来保卫他的人身安全。

海因里希像喝水似的干掉一大杯烈酒，他用袖子的背面擦了擦嘴，用鼻子嗅了嗅，最后低声说道：

——感谢你提供的工作，可是我的事业终结了。布拉格是我的最后一场战役。我要回乡了。如果你同意的话，我会从妈妈手中将旅店接管过来。我来这里找你，就是为了这个。我年纪大了，不适合征战了。

虽然海因里希比开普勒小四岁，但是看起来却比开普勒年长十岁。他将杯子倒满，喝干，低声说道：

——说这些也没什么意义了。老人已经死了。那还有什么好说的？

——老人？

——如果你想知道的话，告诉你，我们的无赖父亲没了。孩童时代，我应征入伍，是因为我想找到他、想把他杀掉。他应该为他对妈妈和对我们全家所做的事情付出代价。但他对你却很好，你是他最喜欢的孩子。你还记得他像卖奴隶一样把我给卖掉了吗？我到处找他，到法兰德斯、摩拉维亚、米兰……可是依然一无所获，似乎这个人从未存在过。然后，有那么一周，在布拉格的墙下，我上尉的两条腿被圆炮弹打坏了。临死之前，他把我叫了去。他问我是否是国王的星象学家的家人。我说你是我哥哥。我不知道他是否相信我。总之，他让我告诉你，很久以前，为了偷走军饷，他亲手勒死了我们的父亲。他应该是把你当成了牧师，聆听忏悔的神甫，或者类似的什么……

海因里希没有时间多说了。前厅的房门响了起来，脚步声响彻石板地，随后是上楼梯的声音以及一阵叫喊声："出来，举起手来！先生，先生！您在哪儿？开普勒，快出来！"佣兵从板凳上跳起来，从腰带上取下手枪。一位举着明晃晃军刀的皇宫侍卫出现在厨房门前，对他喊道：

——放下武器，否则我弄死你！

海因里希没发一句牢骚，他的嘴角浮起一丝微笑，他将武器放下。两个侍卫急忙向他走去，将他身上的武器拿走，并毫不留情地将他拦腰押住。

——等等！开普勒喊道，这个人是我的……

可是已经太迟了！侍卫押解着海因里希的后背，推着他，他就这样从配膳室消失了。一个侍卫在约翰的肩膀上拍了拍。

——谢天谢地，学者先生，现在您安全了。恐惧和痛苦都结束了……您的屋子里还有野蛮人吗？

——中尉，请您放开我，开普勒一边喊，一边试图挣脱开他强有力的手掌，你们带走的那个人是我弟弟。

——尊敬的学者，我们都有真诚的信仰，官兵贴着开普勒的耳朵低声说道。多可敬的字眼！这是怎样的勇气啊！但是这个该死的天主教徒会罪有应得的：一颗子弹射进他的头颅，他就像一只狂躁的狗。

蠢货！皇室数学家发了疯似的走出厨房。前厅，一个衣着富态的年轻绅士正挥舞着阅兵剑，像挥舞着花边和羽毛一般轻盈，看到突然出现的开普勒，他喊道：

——啊，亲爱的先生！向乌拉尼和八位女神致敬，您的才智属于全世界！在您助手的陪同下，我们的朋友瓦克公爵通知我前来视察未来的宫殿。您的前辈——欧几里得在亚历山大死于刀刃之下，赦免您的死对我来说是莫大的荣耀。

——阿基米德在锡拉库萨，开普勒忍不住更正道。华伦斯坦殿下，求求您啦！您的士兵要杀死我弟弟海因里希，我妈妈的儿子……

——他是您弟弟吗？华伦斯坦发出一阵鄙视的惊叹。我还以为您出身名门。哪天您给我讲讲这件事吧，好让我从诸多烦恼中娱乐一下……

——殿下，求您了……

是时候了。在大街上，海因里希被人按跪在地上，双手被捆绑在身后。一位士兵已经将火枪的枪筒顶在了他的颈背处。

——住手！整个帝国最为富有的人喊道。在皇室数学家约翰·开普勒的要求下，你们的将军宽恕了他。

海因里希被松了绑，士兵们将他扶起来，这可比把他摔跪在地上时客气多了。他拍了拍肩膀上的灰尘，就像只是摔了一跤似的，将手臂从士兵的前臂中抽离回来，向他哥哥和华伦斯坦走去，狂野的胡子下方的嘴唇上浮现出一抹讥笑。约翰很欣赏这种勇气，这是他自己所缺乏的，任何伤害他自尊心的事情都会使他陷入烦恼。海因里希走到大门前的六蹬楼梯前的时候，浑身紧绷起来，踩着脚后跟，鞠躬九十度角，又站直身子喊道：

——总司令，摩拉维亚军队的匈牙利补充军队第三军的下士海因里希·开普勒向您报到。

华伦斯坦迈着军步走下台阶。他戴着假发、身上还有花边装饰和枪支弹药，他身上的一切看起来都像上流社会的年轻富豪，像王子的朋友、公主的情人，然而这一切都不重要了。站在皇室数学家面前的是战争的首领：

——下士，您是费尔多湖的人吗？

——带人物和两道伤疤的方形王旗还在光荣榜上。长官，听您的吩咐。

华伦斯坦转向开普勒，他一直都高高在上地站在台阶上，字正腔圆地说道：

——亲爱的先生，您对兄弟可真是大公无私。

他讽刺地强调了一下"兄弟"这个字眼，让人听到他没有上当，让人确信佣兵不过就是个粗人。他继续说道：

——我的私人护卫队需要他这样的军官。您愿意把他交给我吗？

——阁下，您听我说，虽说他是我弟弟，但是我对他人的命运也没有支配权。

——啊？可是您对他人的命运已经做过那么多睿智的预测。这样说来，您跟他谈谈吧。亲爱的先生，答应我好吗？等事情渐渐平息下来，我在布拉格新居修建的观测台还需要您的建议呢。我们会与学者朋友们共进晚餐。当然啦，漂亮的巴赫巴哈·开普勒也会是其中一员。现在，我应该让你们一家人团聚一下。我会安置两名士兵守候在您家门口。而且您身边还有这样一位骁勇的弟弟，你们什么都不用担心。再见啦，亲爱的先生！

海因里希隐蔽在哥哥的屋子里，待了一个星期。屋外的世界依旧是一片烧杀抢掠的景象。约翰天真地恭喜海因里希没有加入到抢匪的队伍中去，然后对他过去的所作所为进行了一番漫长的说教，因为他过去的做法对开普勒信教的同胞兄弟不利。而他的弟弟只是以奸诈的冷笑做答。自从他看到他的哥哥与华伦斯坦将军"十分亲密"之后,他就对哥哥怀有一种恐惧,夹杂着一种可以称之为"尊敬"的敬仰。

第二天,在瓦克公爵家仆的严密护送下,开普勒夫人和孩子像佣兵一般闯了回来,在这艰难的时刻,家仆中有两人选择留下来同他们一家人待在一起。巴赫巴哈第一次见小叔子,她轻蔑地打量了他一番:形单影只的雇佣兵,衣衫褴褛,悲惨不堪。而海因里希却蹲坐在脚后跟上,张开双臂,愉悦地说:

——来呀,侄子们,来认识一下你们的叔叔海因里希!

巴赫巴哈一手牵着苏珊娜,一手牵着弗里德里希,转身离开了这个房间,小路德维希抓着妈妈的裙摆,任由妈妈拖着他在地板上滑行。

——海因里希你可别介意,约翰说道,她近日受到太多惊吓了……

——别担心我,我已经习惯了。我知道哪里才是我的地盘。

他的地盘是配膳房,在那儿可以调戏葛若达,也就是那个恐龙妹。女厨娘对海因里希说,她想勒死女主人,磨坊主的女儿跑到她面前装贵妇人,并且折磨着您哥哥,"先生是那样温柔、谦逊、学识渊博。"晚上,海因里希就睡在马棚。只是这样的安排让约翰遭了殃。一天晚上,海因里希将大包斜挎在肩上,走进约翰的工作室:

——兄长,我是来跟你告别的。我要回妈妈的旅店了。

——怎么会这样,现在就走吗?但是……天黑了啊。

——影子陪伴我这样的单身汉正合适。

随即他便离开了,没和约翰拥抱,连手都没握一下。约翰透过窗子,看着弟弟的身影消失在街角。他终于明白了,其实海因里希是一个逃兵。就和他们的父亲一样。

20

马蒂亚斯回到布拉格，他到那儿去只是为了确立自己的最终地位，让他的兄长签署让位协议，免除兄长的国王职务，现在他们两人谁都不是国王了。随后，他去了维也纳，只给他的哥哥留下了查理·昆特的桂冠和城堡。听说他启程的时候，鲁道夫只说了如下几个字：

——你终会成为孤家寡人！

除了城墙以外，什么都没有变。城里到处持续传来死讯。除了兵刃，战火，水和绞索之外，大兵还带来了鼠疫和斑疹伤寒。这种传染病叫做"匈牙利热病"。格拉德辛的高墙也没能阻止腐烂的疫气飘散进来。

海因里希离开的第二天，开普勒意识到他的家人只有住在皇室的官邸才能确保安全。那里有一间小公寓留给他用，但是他平时基本不去，只有受职务所迫时才会去。实际上，格拉德辛依然是布拉格最安全、治安最好的地方，它由听命于华伦斯坦的常规军队保卫着：马蒂亚斯国王不想留下手足相残的骂名，他宁愿让事情顺其自然地了结；顺其自然，也就是说让国王自生自灭。

花园，漂亮的住宅，教堂，宾馆都空空如也。士兵在覆盖着白雪的错综复杂的街道上巡逻，每一扇门前都有哨兵把守。二十年来，那些以艺术和哲学之火点亮布拉格的人们都逃到维也纳和雷根斯堡去了。只有极少数的忠诚的臣民留在被人夺去皇冠的国王身边，还有几个固执地想要修好咯吱作响的国家机器的公务员。

瓦克公爵留下的四个家仆牵来一辆大车，大车上堆放着几行李箱的生活必需品，巴赫巴哈将路德维希抱在怀里，苏珍和弗里德里希发烧打着寒颤，他们蜷缩在被子里。开普勒走在前面，挥舞着一把连子弹都没装的滑稽小手枪，他情愿让马匹待在马房，那样便不会让雇佣兵和忍饥挨饿的人们眼馋。皇室数学家有通行证，因此，车队毫无阻碍地进入到格拉德辛的城堡中。城堡前面和以前不同了，所有的入口都被严密地守护着。树木后，隐蔽的暗道处站着一位老看守，他认出皇室数学家来，他毕恭毕敬地说自己要去找人。他们等了很久，开始下雪了。最后，出现了一位威严的绅士，他严肃的神色如同改革派一般，皇室数学家很熟悉这个人：他叫托拜厄斯·舒尔特斯，是国王的财政长官，在开普勒试图争取到一点儿酬劳的时候，在贪婪的人中，他也算是最斤斤计较的。总之，在开普勒的餐桌上无食果腹时候，他是最糟糕的敌人，此外，他对拉丁诗文自鸣得意，还毫不迟疑地向开普勒征求音律学上的建议，当然，他不会出一分钱。

——啊，亲爱的先生，让您等了这么久可真是抱歉！您和您的家人怎么可以在这么冷的天气中等候！我们还以为您已经离开布拉格了呢……

——哪有钱离开布拉格啊？开普勒忍不住回答道。

舒尔特斯装作听不见的样子。

——您不能待在这儿。我不准您进入城堡。剩下的木材是给国王的房间取暖用的，活在城堡中的人正在渐渐消亡。此外，厨房和别处都已空无一人。但是我知道您可以到哪儿去……库尔提乌斯宫……

——什么？住到第谷家？抱歉……当涅日勒家？您想都不要想。

财政长官本想微笑，却做了个鬼脸：

——马蒂亚斯国王的军队还没有撤离奥地利，布拉赫家那些凶狠贪婪的秃鹫就已经到维也纳去啄食新尸体了。由于杰森纽斯医生在那里避难，库尔提乌斯宫成为另外一所林西学院。我把您带到那去。

　　巴赫巴哈呻吟着，痛苦地从马车上走下来。她从包裹里拿出一件厚实的熊皮大衣。

　　——舒尔特斯先生，这么冷的天气，您穿这么少怎么行。快披上这件皮袄吧。

　　——夫人，千恩万谢。亲爱的先生，您有最美丽、最体贴的妻子。如果您之前派她来找我，就算抓破国库的空钱柜，我也会满足她的要求的。

　　——亲爱的朋友，您想怎样，巴赫巴哈一边说着，一边试图触碰他戴着手套的手，我的丈夫说我是个笨蛋。我已经很久都没有见过您的妻子了。孩子们怎么受得了这可怕的考验。

　　——我把他们送到安全的地方啦，他们在我的家乡萨克森。

　　——我想您的故乡是莱比锡吧？

　　——确切地说，是奥斯次特兹。博学的朋友，我允许你犯这个小错误。

　　——妈妈，我冷！路德维希哭喊道。

　　——我们走吧，别冻坏了脚，开普勒嚷道。

　　开普勒气愤不已，首先，他是生巴赫巴哈和她可笑行为的气；其次是生舒尔特斯的气，他发工资的时候斤斤计较，在他老婆面前居然装出一副热心肠，他都这把年纪了！再次，他也生自己的气，在忙着出版《折光学》的那段时间，他没预料到如今的局面，也没能把家人庇护起来。他骂自己自私。路上，舒尔特斯对他说，布拉格所有人都相信开普勒上周就已经在弟弟的陪护下逃离了这座城市，到符腾堡避难去了。华伦斯坦应马蒂亚斯的召唤去了维也纳，临行前，他也亲自向舒尔特斯确认了这一点。

　　杰森纽斯将库尔提乌斯宫改造成收容所，那里曾是第谷的观测台和居所。除了城堡壁垒中的伤员，在战争的受害者中，大部分长卧不起的病人得的是"匈牙利热病"。神医与开普勒相拥在一起。当时最著名的解剖学工作者将布拉赫家族奢华公寓的第一层留给了他的天文学家朋友及家人。

开普勒一屁股坐在扶手椅上，他已经冻僵了，情绪很激动，在第谷·布拉赫死去的房间门前，开普勒对往昔不再怀有一丝怨念。他看着面前的画像，上面画着丹麦天文学家第谷，第谷的身旁围绕着托勒密和哥白尼，他叹息着说他们之前在无谓的争吵上浪费太多时间了，碎碎念着误会了伽利略。既然死去的第谷将这三个人聚集在一起，超越了比阿尔卑斯山还高的不信任，那么他们终将共同开启宇宙的大门，然而，皇位坍塌下来，宗教仇恨潜滋暗长，战争在地平线上一触即发。

——上帝啊，他大声乞求道，你为什么在我追求真理的道路上设置了这么多的障碍？

隔壁的房间传来一声尖锐的叫喊，就像是上帝对他的回答。开普勒从手扶椅上一跃而起。他脸色苍白，头发竖起，巴赫巴哈正站在孩子们的两张床的床脚。

——匈牙利热病，她叫嚷着。真该死，不称职的父亲，是你把我们带到这里来的！

开普勒俯身向女儿的床头看去：苏珍的脸上长满红色的痘痘，她的眼睛看起来比以往更大、更黑、更清澈。另一张床上，哥哥弗里德里希的脸已经完全化脓，睁不开眼皮了。他轻声呻吟着。在他身边，是小路德维希，面部光滑红润，吸吮着拇指，平静地睡着。父亲急忙跑了出去，在杰森纽斯医生的陪伴下，又很快回来了。杰森纽斯的第一个动作，便是从哥哥的床上将最小的弟弟抓起来，放到另外一个房间里。然后他命令巴赫巴哈用一块儿湿海绵将路德维希的全身清洗一遍。巴赫巴哈没动，像没听见似的，最后还是开普勒动手给孩子洗的澡。

整个晚上，杰森纽斯都尽心尽力地照看两个生病的孩子，开普勒尽可能地为他打下手。巴赫巴哈虚脱地坐在椅子上，时不时地念叨着：

——不称职的父亲，你为什么让我们离开家呢？

杰森纽斯试着对他解释孩子们患病已经几天了，可她还是不依不饶地说："不称职的父亲……"巴赫巴哈不埋怨，可怜的约翰也已经很自责了。开普勒很确定是他的弟弟海因里希将匈牙利热病带到家里的，他弟弟自己也患上了匈牙利热病。开普勒已经走到了荣誉的巅峰，他本以为这个家庭可以幸免于难，本以为让他的孩子们可以免于病痛。是因为他骄傲地探究上帝的作品，遭到了上帝的惩罚吗？还是上帝对他根本不感兴趣，怕他破坏了自己杰出的创造物？

直到清晨，开普勒才找到了答案，杰森纽斯从弗里德里希的床上站起身来，以医生平静的口吻说道：

——都结束了，热病赢了。

于是，开普勒感到一阵撕心裂肺的痛，如同他自己的身体被砍成了两段。这种无法言说的痛苦流露在唇边，转化为无声的哀痛，比随处可以听到的痛苦的叫喊还要强烈，拷问着沉默的上帝的人性。他站起身，看着这具小尸体浮肿的脸颊。在这恐惧背后，那个欢笑着、学着爸爸的样子背诵七的乘法口诀的小家伙哪儿去了？他的大儿子是他的骄傲，是他的希望，可现在却像一块死肉一般。上帝犯下这样的罪，伽利略一定会杀了上帝的。开普勒祈祷着。

葬礼于第二天在格拉德辛公墓举行，弗里德里希的棺材是那天从库尔提乌斯宫运出来的六个棺材中最小的一个。几天过去了；苏珍的温度降了下来，痘痘像施了魔法一般消失了。为了防止苏珍抓挠，巴赫巴哈把她的两个手腕绑到了一起，而她并没有将这些告诉她的丈夫和杰森纽斯。自从苏珍的病好了以后，妈妈对她就不再关心了，对四岁的小路德维希也是如此，因为他已经证实了自己的身体很棒，可以抵抗流行病，任由葛若达厨娘看护着他待在房间里，也就是那个下巴上长着长毛的温柔的恐龙。

　　巴赫巴哈独自一人待在大儿子过世的房间里。曾经暴饮暴食的她，现在滴水不进。她曾经是那样爱打扮，买贵妇装花费的钱财不计其数，在宫中也讲排场，如今她虚脱地待在空床边，穿着一条又脏又破的衬裙，喃喃自语着，谁都不认识了，连两个活下来的孩子也不认得了。当小苏珍央求妈妈吃点什么，或者试着抚摸妈妈一下的时候，妈妈都会恐惧地将她一把推开，就像是她哥哥的死都是这个孩子的错似的。

　　春天来了，那一年，随着大地回暖，匈牙利热病与雇佣兵一同离开了布拉格，维也纳的常规军队随即到来。就像什么都没发生过一样。鲁道夫国王依然禁闭在城堡中，没有人知道他是囚徒还是自愿被囚禁的。开普勒又回到自己的老房子，街区的房子几乎都被洗劫一空，而他的房子是为数不多的免遭劫难的一所。巴赫巴哈待在房间里再不出门，而开普勒则把自己关在工作室中。他闷闷不乐地在工作室中重新编撰起基督编年史。这总归能让他赚到些钱……此外，财政长官托拜厄斯·舒尔特斯对他那不幸的教友一家深表同情，他承诺会处理好拖欠给皇室数学家的工资。

　　在维也纳，瓦克公爵和耶稣会的古尔丁在马蒂亚斯的主要议员身边活动，这样，在任鲁道夫退位的时候，开普勒便可以保持地位稳固。布拉格的其他人建议他到天主教国家去避难，至少要等到事情见得到分晓的时候再回来。但是，即使他想这样做，他也做不到，因为他没有钱。何况，带着两个孩子和一个抑郁、精神衰弱的妻子，他怎么能旅行，他在内心深处，他的妻子就是"一大块儿猪油"。

　　然而，在欧洲的所有宫廷，即便最小的公国，人们也纷纷按照开普勒描述的模型制造望远镜了，而他自己的望远镜一直都放在皮盒子中。因为再没收到过伽利略的来信，他不知道伽利略在佛罗伦萨发现了从太阳前面经过的黑点，它们或许是行星。他也不知道，法国人尼古拉斯·

法比·德·贝斯克在猎户星座的腰带处观测到模糊不清的亮点，实际上它分解成由许多小星体构成的星云。由于雇不起助手，他把于希诺斯解雇了，或者至少可以说，他把于希诺斯推荐给了大学校长，这样一来，这位年轻的数学家就可以在空荡荡的教室里上课了。

日子一天一天过得很慢，可是一个月接着一个月却过得飞快。开普勒刚刚发现自己已经四十岁了。他又修订了一份新的星象图，比二十年前制作的那份更加忧郁和绝望。冬天又来了。那一年过得顺利吗？这个寒冷而明媚的早晨，开普勒一直待在一家简陋的印刷厂里，这家印刷厂会给他一个友情折扣。随后，他去了城堡，托拜厄斯·舒尔特斯要将去年拖欠他的工资全部发给他。财政长官对自己的功绩非常骄傲，但是他神神秘秘，不说在这个空荡荡的皇宫，他是怎样、又是从哪里得到这么一大笔钱的。

这笔钱可不是个小数目，开普勒的大衣塞得鼓鼓的，他的精神稍微放松了些，开普勒决定去库尔提乌斯城堡与杰森纽斯一起吃点小点心，在杰森纽斯那里，他总是可以大吃大喝。为了保持身材，杰森纽斯医生还是会注意一些饮食的，但实际上，对于布拉格的新教信徒来说，第谷的老宅变成了避难所和密谋的基地。杰森纽斯并不是最不积极备战的，马蒂亚斯身处皇位，这场战斗注定很艰苦。

——约翰，我们的小路德维希还好吗？朋友一来，杰森纽斯便问道。

——但是……开普勒惊讶地回答道，如果从这个小淘气鬼在我的手稿上乱涂乱画的字迹来判断的话，他就像中了邪一般。

——啊？今天早上巴赫巴哈来过我这儿，她对我说她感冒了。这样看来，我觉得你的妻子已经从可怕的抑郁症中康复了。我从没见过她如此调皮、喜悦，容光焕发。

——巴赫巴哈容光焕发，那怎么可能？

——用一年的时间来哀悼，我看这就够了。

——一年？是啊，今天是儿子去世一周年的忌日……但是，巴赫巴哈在哪儿？

——她离开有一小时了。天啊，我让她去药剂师那儿看看……

开普勒和杰森纽斯在宫殿的走廊和楼梯上奔跑起来，朝老化学实验室走去，那里曾是第谷与他的儿子乔治一起做实验的地方。当他们突然闯入配药室的时候，老药剂师吓了一跳。

——您给开普勒夫人拿了什么药？杰森纽斯问道。

——医生，是您给她开的药啊。那是一种混合灭鼠药，她对我说，她家谷仓中老鼠的噪音太大了。

——天啊！是砒霜！快点儿回家，约翰，也许现在还不迟。

路上，开普勒喘息着，小声说道：

——如果她足够虔诚、笃信宗教的话……她便不会那么做的！那可是致命的罪孽……

但是如果她想把孩子们也拖入绝望的深渊怎么办？他不敢想了。当他看到苏珍在前厅的镜子中打量着自己的时候，他一下子释然了。

——你妈妈呢？

她耸了耸肩膀，轻蔑地撅了撅小嘴回答道：

——噗！跟平日一样，在她的房间呗，嘟哝着她的祈祷词。爸爸，您希望她在哪儿啊？

换作在平日，苏珍一定会结结实实地挨上一个耳光。他父亲三步并作两步跑上楼去。巴赫巴哈躺在床上，缩成一团，面色发紫，两唇间吐着白沫。在床脚，有一只打碎的杯子。

杰森纽斯立刻注意到了死者。他闭上慌乱的眼睛。开普勒叫出声来，并不是痛苦的叫喊，而是愤怒的叫喊：

——可怜的疯子！你这个罪犯！

随后他走到窗边，背对着床，双手背在身后，安静地向外望了很久。他想整理一下思绪。在弗里德里希死后，巴赫巴哈便一直沉浸在忧伤之中，这使她结束了自己的生命，而自杀在世俗和宗教中都被看作是最糟糕的罪过。尸体被送到法庭审理，法官要么会把它悬挂起来，要么会把它烧掉。皇室数学家和他的两个孩子就像被自杀的母亲遗弃的鳏夫和孤儿。难道这就是巴赫巴哈想要的吗？杰森纽斯似乎猜到了朋友的心思，他轻声说道：

——约翰，如果你知道我和我的同事们记录在册的上吊、服毒、跳楼和溺水者的数量的话……

——除了追求真理，我再没有其他热情，一直到死，我都要活在这谎言当中吗？

——但是，我们一直都是这场阴暗、神秘的自杀事件的同谋。家人、医生、牧师、神甫，我们骗不了任何人。

国王鲁道夫二世的死，也骗不了任何人，他是于1612年1月20日去世的，也就是巴赫巴哈·开普勒去世十天之后。

21

　　林茨躲在城墙后面，城墙潜在水底。上奥地利首都的身后，倾斜的丘陵上显现出城堡和教堂的尖顶。但是同巴拉格这个四通八达的触手相比，林茨这座城还是太小了！

　　——巴赫巴哈生前非常喜欢林茨，开普勒对雷吉娜说。以前，我们被迫逃离格拉茨的时候，曾到那里参观过。你还记得吗？开普勒一边说，一边在长凳上坐下，汽车停在跨越多瑙河的旧石桥的入口。

　　——噗！他的继女说道。除了吞进肚子的砒霜之外，我看不到还有什么能让她高兴的。

　　——你瞧，宝贝儿，可别这样说你死去的母亲，艾恒医生、她的丈夫不满地说道。她那么爱你，她经受了那么多苦难。

　　——女婿啊，请允许每个人以自己的方式进行悼念。开普勒说道。如果你们愿意的话，我们就步行上桥吧。我想活动活动腿脚了。

　　他们从艾恒的汽车上走了下来，汽车全副武装。那是 4 月的一个阳光灿烂的清晨。河流下方的板岩黑得闪闪发亮，红色的瓦片唱着正午的歌。

　　——吉娜，砒霜是什么？小路德维希一边问一边抓住比她大十五岁的姐姐的手。

　　雷吉娜又变得温柔而顽皮，她回答道：是奶油和面粉做的大圆球，里面塞满果酱。哎哟哟！可真是好吃……但是不乖的孩子不可以吃哦！

　　——吉娜，我很乖啊，我特别乖……孩子认真地回答道。

　　走在前面的开普勒挽起女婿的胳膊。海关人员深深鞠躬,让菲利浦·艾恒医生和约翰·开普勒通过,前者是林茨最引人注目的显贵,后者是皇室数学家,他现在是自己人了。

　　——您已经做出了最好的选择,医生说道。您是怎么带着两个这么小的孩子在布拉格生活的? 对于您来说,林茨这个地方的乡土气息或许太重了,但是在这里,您的才智能从容绽放,远离兵刃、战火和血腥。

　　——亲爱的菲利浦,兵刃、战火和血腥从来都不遥远。虽然我成为了巴塔哥尼亚的数学家,但是我觉得他们会一直追杀到那里的。并不是我想来这里的。您岳母的死使我迫不得已这样做。在她死前的几周,一位耶稣会会士——古尔丁教父来访过,他是一位非常好的天文学家,他要我到维也纳去投奔马蒂亚斯,可是马蒂亚斯现在还不是国王。几位教友说,如果到维也纳去的话,我的官职会与他们相当。您能想到吗,一位公务员,一位财政长官,向我提议了这项中期解决方案,他是我所认识的财政长官中发工资最不痛快的,但他也是世界上最诚实中肯的人:通过奥格斯堡条约,皇城也归于改革宗教所有了。之前我还等着巴赫巴哈从沮丧的情绪中走出来,让她在这个列表中选择一座城市。她选择了林茨,当然啦,这是为了让她同女儿住得近一些,也因为林茨离她的故乡叙利亚更近一些,她总是思念家乡。很遗憾,我们不能在大冬天出行啊,她死得太早了……

　　桥中央,他们的胳膊支着栏杆,看多瑙河翻滚着朝远处的黑海流去。他们身后的雷吉娜牵着小苏珍的手走了过来,苏珍非常健谈,她想要对父亲的年轻助理——忠诚的本杰明·于希诺斯讲讲数学上的见解。

　　在菲利浦·艾恒的装载着武器的汽车和两辆装满行李的马车旁边,大块头厨娘——葛若达正在对马车夫和马车随从发号施令,他们都被葛若达士官一般的样子吓坏了。现在她已荣升女管家,因此说起话来理直气壮。

——爸爸，您刚刚说的那位财政长官，是不是就是为您的《圣经编年学文集》祝圣的那个人，是不是托拜厄斯·舒尔特斯?

——是的，当然啦。一个英国朋友曾经说过，宁可同银行柜员做朋友也不要同银行家做朋友。这位亲爱的舒尔特斯，不仅把去年的工资全部现金发放给我了，而且还把以前拖欠我的工资全都补上了。

菲利浦·艾恒是一位富有的绅士，他对这些话感到很窘促。由于路德主义的缘故，他不得不逃离自己的故土巴伐利亚，而这并不是钱的问题。他宁愿换个话题：

——您看见城根那儿、右手边的第三栋房子了吗? 是城市委员会给您发放的这笔钱。您看，那里的视野好极了。对您来说，那里可是最好的观测台。

——哥白尼的脚下有维斯瓦河，我的脚下有多瑙河。这样再好不过啦。

他的女婿没说谎。他的新住所，是一处古老的防御基地，尽管外观上看还有一些军事化的特点，却非常宽敞舒适。在露台上，可以对这座城市以及周边的郊区进行一百八十度的环视。这是一处绝妙的观测地点，在其下方，开普勒建造了图书馆和工作室。他借口说自己旅途劳顿，并假装发热，在这个地方赖上了一周，在那里懒洋洋地整理着书卷和论文，慢吞吞地重读着文章和书信，然而雷吉娜却催促着他去拜访城里的名门贵族。他的心还没有离开布拉格，也没有舍弃对于林茨的上流社会的社交活动。首先，他还在服丧，他的老婆才刚刚去世四个月，在这个时候有艳遇，还是不太好吧……

——爸爸呀，您这忧伤的鳏夫演得可真假! 还是诚实点吧! 您还是承认在经过这么长时间之后，您的悲伤已经平复了吧……

——雷吉娜，求求你了，你妈妈或许真的有错，但是她爱你超过世上的一切。

——您觉得我还会对她死亡的情形耿耿于怀吗？这个话题到此为止吧。明天早上，市长会在市政府前等您，与您会面。晚上，我们要到列支敦士登公爵家去用晚餐，下周，公爵夫人冯·韦尔斯会在他乡下的住所为您举办一场舞会。

——一场舞会！为我举办！公爵夫人……！葛若达，立刻盖上箱子！而你，该死的马夫，给我的马装上马鞍，我要回布拉格。不，或许……从林茨发往大汗共和国的下一班航船是什么时间？

——爸爸，您可别闹了！您都多大了！

——什么，我多大了？就像你说的，你小时候，我这样玩闹总是会把你逗得哈哈笑。是不是婚姻让你变得如此不堪？实际上，我并没有看到你安排时间约见牧师。在这座美丽的林茨城不需要领圣体了是不是？尊敬的……谁来着？

雷吉娜板着脸，掩饰着自己的尴尬，她最终说道：

——尊敬的丹尼·希茨利尔，但是……

——先生点名了吗？

仆人葛若达突然出现了，把整个大门结结实实地给堵住了。

——没什么，葛若达，雷吉娜回答道。您了解的，我父亲只是在……

她摆了摆手，就像摆动着手臂的木偶似的，伸出舌头做了一个可怕的鬼脸。

——我看出来了，女管家一边说着，一边用两根手指搅动着下巴上的那根长汗毛，就像骑士捋胡须一样。对于先生这么大年龄的人来说，这可不理智。

——又是我的不对？你们俩之间一定是串通好了！

——直言不讳地说，我们真的没有串通好。既然先生已经离开了布拉格这座肮脏的城市，身旁围绕着爱他的孩子们，先生或许应该考虑一下再婚了。像先生这样的人，孤独终老可不好。

开普勒哈哈大笑起来。随后，他用戴着手套的双手伸向葛若达的大屁股，色眯眯地朝她走去，这使他的斜视更加明显了：

——葛若达，我要娶的就是你。别等了，就现在吧。

——哦，先生，先生，瞧您说的，她像小姑娘似的低声抱怨着。

葛若达像一头小象一般跑下楼去，发出处女般撩人的尖叫。雷吉娜高挑纤细，可以说，这位年轻女士还是挺漂亮的，她赞许地微笑着，在继父的脸颊上贴了一下，她那光滑的脸颊被开普勒的胡须刺出几个圆点。

——爸爸，您可真是个孩子。你是认真的吗？明天去市政府结婚？

——我会去的，我的小可爱。那么星期五的舞会……你去找几件比服丧时的衣服亮堂些的衣服来。现在让我一个人静一静。

她一出门，开普勒就一屁股坐到扶手椅上，坐在堆成小山的文件的大桌子后面。他叹了口气，但是他的大脑却被一阵可怕而沉闷的呐喊撕裂："弗里德里希，我的孩子，你为什么要离开我们啊？"他双手抱着头，强迫自己去想苏珍，那个优雅、乖巧的苏珍，她才十岁，可是她的行为举止已经像个小大人儿啦，自觉担负起长姐的责任。路德维希六岁了，他眼睛灵动，目光狡黠，童言无忌，当他把别人逗笑的时候，就会甩一下头，把那一绺几乎挡住了眼睛的金黄色的头发往上一甩，有点儿担心地问："爸爸，我搞笑吗？"这些孩子过着怎样的生活啊！弗里德里希的死、他的离去，是对这个家庭造成了怎样的影响！

于是，开普勒试着去想，情况也许没有那么糟。他漂浮在林茨的上空，就像图宾根的一缕香气，图宾根是他上学的地方，他在那里度过了生命中最美好的年华。当然啦，现在在这个地方，他只有一所破学校，这座嘈杂的城市中的商人比学生还要多；但是，总之，这里的生活却比不近人情的布拉格要鲜活得多。他已经乖巧地度过了许多夜晚，炉火在壁炉中发出轰响，开普勒手中拿着大啤酒杯，与他的医生女婿和牧师热忱地谈话——牧师叫什么来着？随后，他从这平静的谈话中获得了力量，他回到自己的塔楼中，就多瑙河的水流量、行星的音乐写上几页文字，歌颂一下死去的孩子，哦，弗里德里希，我可怜孩子，上帝会听到这些歌谣，开普勒就世界的维度以及永无止境的祥和所做的诗篇，只有通过想象力才能构思出来，这比最厉害的天文望远镜还要强大。

——但是不要占卜！哦不，我再也不要占卜了！关于我未来妻子的事情我也不要占卜了，列支敦士登的女公爵。或许有这个可能……

他微笑起来，甚至可以说是玩世不恭的冷笑，他嘟哝着说道：

——说到底，为什么不试试呢？这个主意我觉得不错。在这件事上，我还有什么怕失去的？

他拿出一张白纸，用手掌仔细将纸抚平，他削了一根羽毛笔，沾了沾墨水，写道：

哦，你啊，你在我所有记忆中，最温柔也最暴烈……

他叙述起巴赫巴哈生前最后几个月，当然，他并没有提及她的自杀，他只是说自己逃难到林茨，述说着自己的孤独，最终的结论是他想求婚。

当然，塞希尔·布拉赫一直都没有回信。

22

尊敬的牧师丹尼尔·希茨利尔坚定地等待着虔诚的新信徒。开普勒竟敢反对他，他想报复这位开普勒，在格拉茨，他这样一位摩西人想让人民远离施蒂利亚和法老——奥地利的反基督教者菲尔迪南的迫害。从那以后，他便成为皇室数学家最忠实的读者。在开普勒的所有作品当中，从《宇宙的奥秘》到最近出版的《编年史》（这本书和历史关系不大，是一本书信集），他寻找并索引其中任何一丁点儿质疑路德主义教义的文字和最细微的加尔文主义、教皇主义、甚至是无神论的倾向。这项任务并不难，希茨利尔可以找到一箩筐这样的证据。但是他并不满足于此。他还想了解最著名的天文学家的私生活，总有一天，他会写一本小册子，而他收集到的一切证据都会成为反对开普勒的有力武器。

当他敌人的女儿雷吉娜随她的新婚丈夫到达林茨的时候，他什么都没有表现出来。艾恒医生是城里举足轻重的人物，他不想在牧师面前抨击自己的岳父。牧师还算走运：他的一位图宾根大学的校友娶了皇室数学家的妹妹玛格丽特，在开普勒毕业几年后，这位校友也在图宾根大学读的书。他毫不费力地找到了他，因为这位乔治·宾德在雷昂伯格作为牧师主持宗教仪式，雷昂伯格是他的敌人开普勒的故乡。在斯图加特的一场新教会议上，他们相遇了。宾德并没有把他那有名气的姐夫放在心上，他详细讲述着开普勒的卑劣行为：开普勒是天主教徒和背弃者，是唯利是图的父亲和哥哥，开普勒的母亲会采集简单的草药，会接骨，可能还会点儿巫术……一回到林茨，希茨利尔就得知皇室数学家流亡在外，在他的领地避难。他等着开普勒到来，就像鬣狗等着受伤的狮子前来一般。

开普勒的身边围绕着他的两个孩子，身后跟随着葛若达和于希诺斯，一进入神殿，他就往后退了一步。他刚刚认出那是格拉茨的狂热传教士丹尼尔·希茨利尔，他们两人曾经差点儿大打出手。关于这个人的一切，他都是听雷吉娜说的，她说他的牧师声音非常好听，并且写了一本和平契约。他安慰自己想道，如果音乐可以使人的情绪变得柔和，那么他或许已经将他们之间的争吵遗忘掉。

遗憾的是，从格拉茨开始，这位牧师就开始咄咄逼人。但是在施蒂利亚，他使他的兄弟们流亡在外，在这片昏沉而宽容的上奥地利土地，他猛烈抨击加尔文教派，加尔文教义否认圣体同在论，也就是说，否认基督真实地存在于圣体中。

开普勒耐着性子，琢磨着这场布道怎么会在天主教教堂发动大规模反对改革派的进攻的时候进行，无论改革派是路德主义还是加尔文主义，布道都有些不合时宜。这是所有兄弟都需要的联盟，他们不能分裂。突然，他跳了起来：希茨利尔刚刚引用了他《编年史》中的一句话，他带着演说家的小心翼翼，探讨着路德主义思想——基督的普在论。

——写下这段亵渎宗教的文字的人，这个怀疑圣体同在论的人，就在我们当中，就在这个圣殿里。开普勒兄弟，我们还能神圣地称呼你为兄弟吗？我不能准许你散布这样的言论，你否认基督的肉体存在于这些墙壁之间。只要你还没有通过书面形式公开放弃你的观点，你这日内瓦式的离经叛道的行为，在这里都不会找到一席之地。

信徒们发出惊愕的叫喊。开普勒面无血色地站了起来，用绝望的眼神望着四周的人们。被驱逐出教会就像是在他脸上打了一拳。一个女人喊道：

——尊敬的神甫，您真可耻！如果您想把我们的兄弟开普勒驱赶出圣殿，那您就把我一起驱逐出去吧，我是施塔勒姆贝格的女公爵。

——那样的话，请你也出去，我的姐妹！这里没有女公爵也没有皇室数学家。在上帝面前，人人平等。

女士走到开普勒身边，无比庄重地做了一个手势，她挽起开普勒的胳膊向出口走去。葛若达追随在他们身后，怀中抱着哭闹的小路德维希，她身后的于希诺斯拉着哭啼啼的苏珍。以雷吉娜和她丈夫为首的信徒都没有动。走到大街上，开普勒便愣住不动了，他张大着嘴巴，目光惊恐。

——我被逐出教会了……

——醒醒吧，教授先生，女公爵有些惊讶，用抱怨的语气说道。为了表达对上帝崇敬，我不能回城里领圣体了。今天要不是我出面，那些萎靡不振的人一定会让疯狂的希茨利尔活剥了您的皮。但是，请相信，不论表面发生了什么，我的介入还是有一定分量的。这位狂热的牧师对信徒们恐吓加震慑，就像一只捕食的蟒蛇。等他们一回家，躲在紧闭的百叶窗后面，就会立刻站到您的阵营这边。现在您打算怎么做？

——我并不清楚，女士，我不知道。在我生命中，还是第一次不能领圣体。

女公爵伊丽莎白·冯·施塔勒姆贝格大概只有三十岁，但是她的身份地位，她指挥人的习惯，以及她既专横又热情的举止，让人无法评价她是否漂亮，是年轻还是年老。大家更愿意将她描述为"一位了不起的女士"。看到开普勒慌乱不堪，她像男子一般在开普勒的肩膀上拍了一下：

——好吧，到我的村庄来领圣体吧。加尔诺伊基兴距离这里只有一小时车程，它在河岸的另一边。不管耶稣是不是无所不在的，基督还是会等我们一下的，不是吗？

——哦，公爵女士啊！

——我们的牧师可没有希茨利尔这头乱叫的小狗演说家般的才华，他说话甚至还有点结巴，以他的年纪，您想啊……但是，他与我们有着共同的信仰，我们那里不会像其他组织那样，对天使的性别纠缠不清……再说，待在乡下对您的两个孩子也没有坏处。看来他们是被吓坏了。他们多久没到牧场里蹦蹦跳跳啦？可怜的布拉格人啊，你那样忧郁，我会为你们安排几个仆人，她们都是大圆脸的农民！站成两排，走吧，出发！

女公爵急切地把这群惊慌失措的人群带上她的四轮马车。两个孩子，他们的父亲和父亲的助手坐到马车柔软的横排长椅上，葛若达到跟在马车后的带篷推车上、勉强坐在两个仆人中间，女公爵打开一包金纸，里面是一块淌着奶油和蜂蜜的圆蛋糕。

——公爵女士，我们还没领圣体呢！开普勒感到不快。

——那又怎样？如果当时不是我在场，您会空着肚子一直等到希茨利尔发善心吗？还是会服从他的安排？您的思想那样深邃，您觉得上帝会喜欢饿着肚子的小天使吗？我们这个时代最伟大的哲学家是个死脑筋的父亲吗？

——爸爸，求你啦……

他低声嘟哝着，"这次就这样吧，但是不要养成习惯"，两个孩子狼吞虎咽地吃起来的情景真是让人欢欣，开普勒看在眼里，掩饰着内心的喜悦。路德维希把奶油都吃到了耳朵上。

路上，女公爵没有再提起希茨利尔的话。她宁愿说说六年前在布拉格结婚时候的事情，当年，这对年轻的夫妇与皇室数学家会面、让皇室数学家为他们算上一卦。

——亲爱的先生，很长时间以来，您对星体的推测我都表示怀疑。但是您说服了我：您之前对我们预测的一切好事都是偶然。在生了好几个女儿之后，今年年初的时候，我终于生了一个王子。我到林茨来，为的就是这个：安产后前来答谢。

开普勒先是惊叫了起来，说他还记得之前的那次会面。他说谎了，因为当时他正在火星轨道大战的胜利途中，正在编纂星象图，现在刻画在他的脑海中的，是一场无法忍受的徭役，在他的记忆中，他早已将那次会面忘得一干二净。随后，他温柔地断言说，只要施塔勒姆贝格女公爵能品尝出幸福的味道和生活的喜悦，就可以预测她的前程似锦。他并没有说谎。

加尔诺伊基兴是一座雅致的小村庄，欢快而整洁，与他童年的故乡雷昂伯格大相径庭。信徒们从神庙中走出来，那是一座古老、朴素的教堂，白色与赭石色相间，牧师是一位老先生，也是一名医生，他很愿意为女公爵重新开始仪式，特别是为这位"开普勒兄弟，真正信仰的光辉与骄傲"。仪式很简单，但是背井离乡的开普勒却在仪式结束的时候欢欣雀跃，就像将一身凌辱都清洗干净。女公爵建议开普勒步行去城堡，也好活动一下腿脚。

——我不想走路，爸爸，我肚子疼，路德维希央求道。

——儿子啊，这是上帝在惩罚你。尊敬的神甫，在领圣体前，旅行期间公爵女士给他们吃过甜点，您还记得吧？

——这可真是个大错，牧师回答道，但是他们一块儿都没给我留，这个问题更加严重。

——好吧，上马，小魔头！于是开普勒说道。

看似文弱的开普勒，却做出了一个力大无比的动作，他抓住儿子将他扛在肩膀上。

施塔勒姆贝格的新城堡栖息在一座小山岗上，小山岗脚下盘旋着一条美丽的河流，看起来与屹立在多瑙河周围的壁垒无异，它们都是用来保卫大河、使其免遭土耳其军队侵袭用的。这个沉重的城堡主塔上只建有一幢高大的白色直角大房子，房子有不计其数的窗子，屋顶覆盖着瓦片。

雅各布·冯·施塔勒姆贝格公爵只比他的妻子早几分钟到达城堡。得知妻子突然回来，他很不耐烦，因为他饿了。开普勒已经认不出他来，这个五十多岁的男人身穿打猎的服装，俨然一位优雅绅士的样子，他曾经经常现身于皇宫和学者的社团。他离开布拉格撤回自己的领地并不是被婚姻所迫，而是因为作为一支强大的新教队伍的长者，他在布拉格会有生命危险。他接待了开普勒，就像是一个流亡的同伴到他的住处避难，他还友好地拥抱了开普勒。露天舞台已经在外面搭建好了，顶上罩着一块遮阳板，这样，宾客们就不会被恶毒的太阳晒到。放眼望去，可以看到林茨和蜿蜒曲折的多瑙河。开普勒为一同进餐的人们的质朴到震惊。除了家庭教师，他的妻子和两个像路德维希一般大的女儿，皇室数学家和他的两个孩子，于希诺斯牧师和他的妻子，还有城堡的监管员，他有点儿像猎场看守，公爵称他为"牵着猎犬的大猎人"，还有一位年轻漂亮的女士，神情谦逊。一位穷亲戚照看着女孩子们，开普勒听见她与女公爵说起话来很亲密，她直呼女公爵的姓名，并且以"你"相称。

在晚饭期间，女公爵讲起了在林茨的神庙发生的事情，开普勒为她的叙述做着补充，并解释说，他与希茨利尔之间的争端，从格拉茨时候就开始了，那是在十四年前。

——亲爱的先生，您承认吧，公爵总结道，您是整个帝国最权威的哲学家，您并没有为此投入全部精力。您否认耶稣普世论，但是您却说自己对路德教是忠诚的。还有，您别遮遮掩掩了，您勤勉地同耶稣会的首脑保持联络。请您坦白回答，不要怕：您到底站在哪个阵营？路德主义还是加尔文主义？不得不说，我对此有些困惑……

于是，开普勒一下子发了火：

——公爵先生，您问我站在哪个阵营？我是站在真理阵营的！我看到三只乱党，是的，三只，天主教把真理扯得粉碎，我的心都碎了。哲学家的职责便是到处拾集这些碎片，然后将它们拼接到一起……每一次，只要能够真诚相处，我都会试着调解这些阵营，这样我便可以同每一个阵营保持联系……但是我所谓的敌人们只对一个阵营感兴趣，他们觉得在这些阵营中只有分歧和不可调和的争斗。至于我的态度，上帝听得见，我属于天主教阵营，至于他们是什么阵营的，我可不知道。

他沉默了片刻。随后，公爵赞许地吹起了口哨：

——调和这些阵营！就连大力士也无法胜任这第十三项工作。王子和福音联盟的盟友不断争吵，我知道自己在说什么……教师，神学家，研究人员……这些人就像一群疯狗，撕扯着一具腐烂的尸体。我的文字武器比最好的宝剑还要锋利。

——先生，如果您需要贴身侍卫的话，我可以来做，我会听命于你，老牧师插话道。但是现在，您打算怎样对付希茨利尔呢？

——问问图宾根大学的符腾堡福音议会该怎么办吧，我们俩都是那所大学毕业的。即便是在上奥地利避难，皇室数学家说的话也还是有一定分量的。我很清楚他们不能以法律惩治希茨利尔，但是他们还是能吓唬他一下。

——我对此表示怀疑，牧师回答道。希茨利尔强迫你们承认耶稣普世论，图宾根大学才是声称要拥护这个信条的始作俑者，实际上，这信条并不是强制性的。在我这里，我拒绝这样做：总之，思想自由也是改革的必要。反之，在林茨，希茨利尔已经通过威逼的方式让所有人承认这一信条，首当其冲的便是您的女儿雷吉娜和她的老公——我的同事菲利浦·艾恒。

——好吧，我让图宾根负起这个责任。女士们，我打个比方而已，请别介意，如果猫在您最漂亮的毯子上撒了泡尿，您会把它的鼻子按在毯子上打它一拳吗？

这个比喻让同桌进餐的人都忍俊不禁，那位"牵着猎犬的大猎人"拍着大腿哈哈大笑起来。开普勒就像一个丑角，从来都不拒绝对他心怀仰慕的读者，他讲起《开普勒之梦》中自己到月亮上的旅行，但这次所有人都听得懂，不管是孩子还是不了解科学的人。他描述了奇幻的风景，那里的山峰比地球上的山峰还要高，那里的植物疯长得令人头晕目眩，当天生长、当天便会枯萎，那里生活着巨型爬行动物。他看着爬行动物成群结队地环游在月球上，有的用长长的爪子奔跑，有的借助巨大的羽翼飞行，有的甚至坐着船追逐着水流。它们海绵状的皮肤一天就会干枯、成片脱落……

只有他十岁的女儿苏珍，毫不掩饰地打着哈欠：她爸爸每天晚上哄她睡觉的时候都给她讲这个故事，她已经听过太多遍啦。与女公爵家的两个孩子一样，苏珍已经不是个小孩子了！私底下，她叫爸爸的助手于希诺斯"本杰明"，她总对本杰明有一种特别的关心，但是她知道自己还是个小孩儿。何况，于希诺斯的眼里只有那位身材高挑的女管家……

晚饭过后，公爵站起身来，声称自己要去"小睡片刻"。管家和"牵着猎犬的大猎人"也忙着做自己的事儿。牧师和他的妻子都休息去了。

——我们去河边散散步怎么样？公爵夫人对开普勒说道。

那根本就不是邀请，而是命令。她挽起开普勒的胳膊，把身体向开普勒靠得很近，近得有些越矩。他举着一把女士小阳伞，撑在两人的头顶。两个女儿中较高的那个从等距的过道飞快地奔跑下来。年轻的女管家一手抓着路德维希、一手抓着她女主人的小女儿，像红嘴鸥一样拖拽着两个孩子。于希诺斯闷闷不乐地跟在队伍后面，身旁是小苏珍。"这个小鬼，可真粘人啊"他想。如果换作漂亮的女管家陪着他散步，那他会有多开心啊！

——好吧，亲爱的，可以说，你真的很会俘获芳心，公爵夫人对开普勒说道。

——夫人，我保证，如果公爵先生对我们之间的交谈没有意见的话，我会是这个世界上最幸福的男人。

——朋友，你提起我丈夫做什么呢？再说，也请您忘了什么"夫人"吧。就叫我伊丽莎白吧，可以吗？

"长点儿心吧，"开普勒暗自想道，"可别身陷这乡下的马蜂窝了，到时候想出都出不来。"一面是希茨利尔，一面是伊丽莎白，在这里他有伊丽莎白。"夹在仇恨和欲望之间，我可真是难受啊。"

——当然啦，我的朋友，雅各布很喜欢你，公爵夫人继续说道，是这样的，干得漂亮。但是……您做得更好。整个晚饭期间，苏珊娜的眼睛一直追随着您。

——苏珍，我女儿吗？

——不是啊，书呆子！苏珊娜，我的亲妹妹，她和你家的小路德维希一起装傻。啊，我是多么嫉妒啊，嫉妒她对您投来的羡慕目光。

公爵夫人的手指稍稍用力抓了一下开普勒的前臂。

——我认为这个年轻女孩非常聪明，他像老头子似的嘟嘟囔囔地说着。我这位老汉觉得她魅力四射。但是，我的岁数有她的两倍大了。

公爵夫人用扇子拍打了一下开普勒的脸颊：

——下流的马屁精！说实话，苏珊娜只比我小一岁，她二十三岁。她是我的亲妹妹，我跟您说过的。

苏珊娜·若丁格尔是磨坊主家的孤女，她为公爵夫人的父亲效劳，也就是出身于巴伐利亚的旧贵族家庭的男爵冯·坦豪森。她被男爵夫人收养，让她陪伴女儿伊丽莎白。两个孩子是吃着同样的饭长大的，玩着同样的游戏，接受同样的教育，十八岁的时候，伊丽莎白嫁给了比她大二十五岁的施塔勒姆贝格公爵，年轻的公爵夫人带着她的乳妹一起去了布拉格，随后又辗转到林茨。

——苏珊娜很喜欢孩子；她与我的女儿们一起玩耍时，耐心得像个天使。但是，我还是要想着给他找个老公。要符合她的口味，也要符合我的口味。约翰，你是个男人，你懂的，我和他结婚六年了，远离宫廷，我丈夫想换换口味了……我希望他摇着安乐椅舒服地躺着，我可不想看到他不怀好意地在我的小妹妹身边徘徊……

——您想给苏珊娜找一个如意郎君当然不费吹灰之力，开普勒回答道。对于我来说，很抱歉，我老婆才去世不久，我还不能心安理得地续娶。

他们就这样边开着玩笑、边散着步、边采集着植物标本，走了两个小时。随后，为了能让宾客在天黑之前赶回城里，她借给他们一辆车。汽车颠簸行驶，孩子们都睡着了，于希诺斯强挤出一抹微笑：

——好吧，先生，全世界都说您是举世无双的数学家、哲学家，但是我没想到，在爱情上，您也是一个可怕的竞争对手。

——本杰明，你想说什么！

——别装傻了！您俘获了公爵夫人和她侍女的芳心，您的手段可真是一门举世无双的艺术。

——年轻人，你被嫉妒蒙蔽了双眼，这一切我都没有察觉到。你是喜欢上漂亮的苏珊娜了吗？

那一晚，那样崭新的一天，被驱逐出教会的开普勒带着一种无比释然的心情安然入睡。

23

　　尽管开普勒觉得自己的计划很有可能会落空，但他还是给符腾堡的新教议会寄了一封热情洋溢的请愿书，要求希茨利尔改变主意。他努力鼓吹意识自由，说在面临来自维也纳和罗马的巨大威胁的时刻，路德主义和加尔文主义可以团结在一起。可是他的请愿书却迟迟没有得到答复，然而，他却从老教师马斯特林那里收到了一封信，在得知弗里德里希和巴赫巴哈的死讯时，马斯特林都没有寄过一封信表达慰问。开普勒认为这是老年人的自私，他们会刻意回避其他人的死，生怕得知别人的死讯会加速自己的死亡。

　　马斯特林曾经对皇室数学家卑躬屈膝，他以老师慈祥的声调为学生提供建议，但是现在他却比从前更爱叹气了。马斯特林断言说开普勒的请愿书一定是惹议会的人不高兴了，很久以来，他们一直把开普勒看做加尔文派，只是开普勒自己从不承认。就连他的连襟乔治也与他决裂了——乔治是符腾堡的牧师，是希茨利尔在图宾根大学真正的同窗。议会对开普勒的请愿书既没有赞许、也没有废除林茨的牧师将开普勒逐出议会的决议，总之，马斯特林觉得这是一个好消息。随后，老师恳求他从前的学生不要重蹈自己年轻时候的覆辙，不要再管神学上的事儿了。相反，他鼓励开普勒重新加入到日心说斗争中。罗马已经对哥白尼提出诉讼，改革派权力机构中，越来越多的人已经忘记了路德和墨兰顿对日心说的指责。从那以后，马斯特林便正式教授起了日心说，"我的朋友，借助于你的椭圆轨道和望远镜。"开普勒同意按照老师所说的去做。对于他来说，反对狂热崇拜、怯懦和愚蠢的斗争是完全盲目的。于是，他决定去找加尔诺伊基兴聊聊。周日的散步会非常有趣……

至少可以说，数学家在林茨的职责无足轻重。至于皇室数学家的职位呢，哈布斯堡王朝的奥古斯汀陛下马蒂亚斯一世似乎已经忘了还有这么一个职位。国王就让他安静地呆着；不用制作星历表，不用编纂历书，也不需要绘制什么星象图。林茨只有一家印刷商负责出版天文学书籍，开普勒很愿意将这项任务交给他做，并且对他说，有一天他会再来看望这位实在的工匠。在此期间，他忙于宏观的工作，撰写一本哥白尼学说的天文学专著——正是按照马斯特林建议的那么做——完成耶稣教义编年学的论文，在这本论文里，他以天文学星表为支撑，证明耶稣比基督早生了五年。最终……我明白。总之，开普勒懒惰下来，他对这种闲适的生活感到十分惬意。

林茨是一座小城，他经常会在大街上遇到希茨利尔。他们挥舞着帽子相互致意："你好呀，尊敬的神甫""教授先生，为您效劳。"但是有一次，当希茨利尔从开普勒身边经过的时候，开普勒对他身边的随从说，"可怜的疯子"，"可怜的蠢货！"还有其他一些不中听的话，他或多或少希望这位将他驱逐出教会的人再骂回来，直到两人大打出手。但是希茨利尔并没有反击回来。他挺直身板儿向前赶路，显得神气十足。

其他人装作开普勒被逐出教会的事情没有发生过一样。林茨的所有名流贵族都为能把这位认识鲁道夫二世、第谷·布拉赫、并且与帝国的名门贵族都有来往的学者邀请到自己的餐桌而竞相争吵。开普勒也是施塔勒姆贝格的公爵们的宠儿，与列支敦士登同处上奥地利的最高级别。还有雷吉娜，在他到来之前就为他的名声做出了大量努力。格拉茨磨坊主家的孙女还以为她的继父出身贵族，即使开普勒被封为贵族，拥有一个万能的骑士的头衔，也是自从他就任皇室数学家开始的。

但是林茨的名门贵族从来都不在开普勒和希茨利尔之间选择阵营。

在这个封闭的阵营中，万万不可树敌。大家总是到神庙去聆听牧师的教诲，但是他从来都不会说起这个话题。牧师觉得自己赢了这一局，其他信徒都走着正道，因为他们害怕也会遭遇与初来乍到的开普勒同样的命运。

对于开普勒来说，他的伤口远比我们看到的要深。当他离开这座城市、去到与这座城市近在咫尺的乡村领圣体的时候，在他的灵魂深处，被开除教会的沉重就如同一位患麻风病的患者喋喋不休地说话一样难以承受。他害怕自己会被大家遗忘，也希望众多有影响力的朋友可以帮助他摆脱精神上的漂泊，然而他对此也不抱什么希望，他与所有曾经有求于他的人都通了封信。他的信件在欧洲的各个角落飘扬：布拉格，维也纳，巴列丁奈特，普鲁士，法国有，荷兰，意大利，英国。回信也蜂拥而至，至少，他可以看到大家比他想象中更爱戴他、崇敬他，他对此非常满意。因为在这里，皇室数学家为他们做不了什么。总之，所有人都建议他不要冒险回布拉格，布拉格被马蒂亚斯抛弃，并要去捉动乱的草民，为了将鲁道夫的统治画上了句点，马蒂亚斯打压去世的国王身边的人：占星家、炼丹士、巫师……

他还收到了一个大信封，里面装着红衣主教克里斯留的武器，他是马蒂亚斯的主要参赞。他的首府是他的白金汉宫。这封信是传唤他回到雷根斯堡的，国王命他捍卫、阐释格列高利律，这样，整部历法便可以在整个帝国推广开来。开普勒一直都是历法的拥护者，但这也没能改善他与教友之间的关系。现在情况更糟了。但是他也别无选择。再说了，等他以后回去以后，从帝国获取自己应得的钱财便更加顺理成章了。他觉得部长对他设有陷阱。但是所谓的"掉入陷阱"，到底指的是指接受传唤呢？还是不接受传唤呢？他也只好走着瞧。

在坐上回多瑙河的驳船之前，他意识到，做单亲爸爸也没有那么好。显然，在这漫长的一个月中，雷吉娜拒绝照看她的弟弟和妹妹。随后，路德维希到了上学的年纪。

——女儿啊，你赢了，给我找一个伴侣吧。所有事情都走上正轨了，我的悼念也应该结束了。

开普勒是一个月之后回来的，他的情绪非常糟糕。他只得到漂亮的许诺作为报酬，红衣主教克里斯留还提醒了他皇室数学家的职责：除了每年的星历表之外，他还要求开普勒根据格列高利律出版覆盖整个帝国的天空的鲁道夫星表，也就是说，要将第谷的观测结果最终归纳成型。他一定早有这个计划了，从那以后，天文学事件就都加快了进程。他找到了行星运行轨道和速度的物理学法则。至于伽利略……突然，死去的丹麦天文学家第谷也回到天文学乐土的位置上，跻身于众多先人当中。出版星表会带给他荣耀，就像将托勒密的《天文学大成》重新翻译了一遍似的，但是这项工作任何一位天文学家都可以胜任，只要做事小心谨慎，不嫌事情繁琐忙碌就好了。他并不缺少这些。

在雷根斯堡，开普勒受到红衣主教克里斯留的接待，克里斯留被一群基督教学者所包围，他们一个比一个学识渊博。只有一个人没有应召而来：他的朋友古尔丁。两年前，在布拉格，古尔丁曾经与开普勒共同著述关于伽利略望远镜的论文。现在他成为施蒂利亚的皇室数学家，这曾经是开普勒负责的工作，他没能离开格拉茨。这看起来非常像挑拨离间。至于老克拉维于斯，在某种程度上说，他履行的是罗马教皇的皇室数学家的职责，他于年初去世。

在那样一场大集会中，开普勒决定违背自己的性格行事，因为在对真理提出质疑的时候，他的性格总会把他拉到论战中。这一次，无论什么他都会说好。因为这关系到他的工作、他的薪金。不必成为梵蒂冈过道中的用功学生也可以明白，在保罗五世的大祭司的管辖之下，居里已经决定让天文学家回到祭具室，伽利略曾试着通过观测、开普勒曾试着通过数学和物理将天文学释放出来。从那以后，由于世人缺少伽利略顽强的信念，也没有普勒那样信仰异教教义的人，日心说的古老秩序愈加难以维护。但是想要了解地球的运转，罗马教会不能接受基督降福罗马城及全世界的观点。因此，他们觉得路德主义的第谷提出的解决办法是最好的方法，他们期待基督再次降临到人间。

这就是为什么开普勒会气急败坏地回到林茨，跟自己呕着气，他恨自己居然在真理问题上做出妥协；他也生第谷的气，恨他为什么在坟墓那头还要折磨他；他强迫自己盯着一连串的数字看，眼睛都要累瞎了，然而他曾经多么希望自己把时间用在哲学思辨上啊；他生着所有国王的气，不管是活着的还是死了的，他们不仅吝啬还忘恩负义。他真想对所有穿着黑衣服的人、对这个该死的红衣主教说，只要拖欠他的酬劳还没有全部发给他，他就不会写一页星表。他还想对他们说……

——爸爸，我给您介绍一位女士好吗？

——没有彩礼，我可娶不起什么女士！女儿啊，你安排的那些教社交活动烦死我啦！

雷吉娜没有搞清楚他继父的精神状况就贸然闯进图书馆，这可真是个错误。她真应该先去找他的助手。或者说，于希诺斯殷勤而笨拙地追随着她。她并不是对年轻的于希诺斯感情冷漠，只是林茨这个地方特别爱散布流言蜚语，因此，城市中最受医生们追捧的女士只能安分守己，不能出现任何差池。

——我坚持要这样做，爸爸，爱尔马特夫人认识所有上奥地利人，她会给您提供好建议。

——啊，她可是个媒婆；你怎么不早说？让她上来吧。或许她可以带走我的疲惫和忧伤。让她为我选择未来的心上人！希望她对彩礼的要求不会太高。但是我要告诉你：我不想让你插手这些事情。你知道我和你可怜的母亲是怎样结婚的吗……

——妈妈对我讲了好多，雷吉娜带着一股怨气回答道。

——那我的耳朵为什么没有嗡嗡作响，开普勒讽刺地说道。

随后，他感到很羞愧，充满爱意地抚摸着继女金黄色的辫子说道：

——宝贝你要相信，我一直爱你，就像自己的亲生孩子一样，我对你与对你的弟弟妹妹没有区别。既然你那么坚持，那就把这位女士带来吧，记住，管好你自己家里的事就好了。如果你生一个孩子的话，我会做一个很像样的外祖父……

——爸爸，如果您想选择站在哪个阵营一边，她会给您建议的，我想跟您说一个朋友……

——一会儿再说，宝贝。我们有的是时间。

——爸爸，您只要一装出这副样子，我就知道您脑中有想法了，我也知道您要做蠢事了。发发慈悲吧，别坏了我们的名声！

爱尔马特夫人看上去就像个媒婆：一位经受过苦难的可敬的夫人，她什么都不稀罕，只想为别人做些好事。

——美丽的女士，事情进展得如何啦？

——很不幸，教授先生，以我们目前的状况，不会有什么好消息。谁都不会在林茨结婚。去别处找找吧。我一定要为您引荐一位德行高尚的寡妇……

——要是希茨利尔牧师的老婆就好了……

——您可说错了。尊敬的牧师身体非常健康。再说，他还是个单身汉。如果有一天我嫁给他，那我一定会非常绝望的。我从来都没见过这么难缠的人！

——比如说！他像天皇教徒的牧师那样、决心过清苦日子吗？他喜欢男孩子吗？我要向新教教会检举他！毕竟，我要保护我的儿子！

媒婆睁着牛一样的大眼看着他。没有穷追不舍问下去的必要了。

——爱尔马特女士，我刚刚是开玩笑的。好吧，您继续做寡妇吧。别招惹牧师先生，求您了！

——在这一点上，教授先生可以完全相信我。听说您认识冯夫人。她在布拉格生活了很久，她同您死去的妻子关系很好。

——我很可能认识她。对于名字我倒是没有什么印象了。或者说，名字和脸我对不上了。

她没领会开普勒的意思，坚持说道：

——我保证，您和她很熟悉。她的两个女儿都到了适婚年龄。

——我要找的是老婆，可不是后宫妻妾。我可不是土耳其人！

——我说的可不是这个。再说，我已经给姐姐找好了另一半。您可以在母亲和小女儿之间选一个。

这种状况使开普勒的好奇心激增。他已经决定拒绝这位配偶，但是在他约会、以及初次拜访林茨的名门贵族的时候，雷吉娜没有让他与她妈妈的朋友相见，这使开普勒感到很震惊。这位女士离开林茨了。开普勒只见到了管家。管家向他介绍了小女儿，小女儿只有十六岁，用拉丁语对他说，地球围绕着太阳运转的观点罪孽深重。这种大胆使追求者忍俊不禁，他决定向前再走一步。返程的时候，开普勒去了她妈妈家。开普勒认出她来。她是格拉茨妇人，出身于施蒂利亚的前总督之家，当时开普勒还在任。自然，六年前到布拉格的时候，她就见过开普勒了，巴赫巴哈醉心于开普勒。巴赫巴哈是磨坊主的女儿，她同这位总督家的后裔亲如姐妹！还有人对他说，由于巴赫巴哈有这么一位贵族朋友，那么她便也是贵族出身，可以叫做巴赫巴哈·穆勒·冯·穆莱克。至于约翰，他并不是个体贴细腻的人，他对妻子说，她的新朋友有口气，对于他来说实在可怕。这次到林茨会面，开普勒也不禁与她保持距离，然而这位女士就像昔日一样，在他的鼻子底下说话。开普勒对她解释说，她的女儿还太年轻了，无法担当起两个孩子妈妈的角色。女士反驳说，这不是问题，她说开普勒也可以同女儿的母亲结婚，那就是她自己。这样一来，在他家里就既有贤妻、又有年轻的女主人了。如果这些依然满足不了他的胃口，他还可以拥有自己的大女儿。他非常委婉地拒绝了这一提议。他快活而凌乱地回到家中。首先要做的，便是狠狠训斥雷吉娜一番：现在，整座城市都知道开普勒去过这失节的三头饿狼家了，她们对牧师希茨利尔的布道和基督普遍存在说的疯狂拥护者又非常勤勉。

他大讲特讲起"三个疯狂的处女"的故事，城里所有人都知道她们，但是所有人都缄口不言，随后他会见了爱尔马特女士。爱尔马特女士对这样的事情崩溃不已，于是她向开普勒介绍了一位非常年轻的、来自布拉格的女士，她的家谱复杂得就像黎巴嫩的雪松。有许多增添的旁枝。但是开普勒很快就发现，这位年轻尊贵的小姐在三年前，已经与一个放荡的人订过婚了，想要告别自己的单身汉生活，没有什么比让妓女怀孕更好的办法了，当然，是在布拉格，不是林茨。这个魅力四射的年轻人的监护人，林茨的另一位显贵，不久前向皇室数学家引荐过那位堕落的教女，他觉得开普勒很有才华。开普勒没有同意这一请求。

开普勒缄默着，他决定见见雷吉娜说的那位追求者。把自己的继女牵扯到这场游戏中，使他有点尴尬，但是谁让她和她的丈夫在开普勒被逐出教会这件事上没有提出一点异议呢。雷吉娜所说的那位年轻女士还是很漂亮的，出身贵族，嫁妆不菲，但是……但是爱尔马特女士不想失去开普勒这个客户，她挖出这个家庭的一个不光彩的秘密，女士的哥哥改变信仰信奉了天主教，叔叔是个贪污犯，表姐朝三暮四，但是给开普勒介绍的这位未婚妻却集世界上所有优良品质于一身。这次轮到雷吉娜在这个寡妇身上找一个缺点、好搅黄这桩婚事了。

——亲爱的朋友，施塔勒姆贝格女公爵说道，你要注意，玩笑可别开大了，这些翻滚的烂泥最终一定会溅在您身上的。

——哦，我有什么好怕的？我不是已经被开除教会了吗？

——我很清楚你究竟想要干什么。但是恐怕没人能让希茨利尔牧师反悔。您指出他队伍中的害群之马也是白费力气，对于他来说，您才是害群之马。其次，在这件费力不讨好的事情上，您至少会成为受害者，一个无辜的受害者……

公爵夫人谨慎地指了指她的乳妹苏珊娜，她正在一旁刺绣。她那张精美的脸上一贯挂着喜悦，可现在却交织着无尽的悲伤。自打开普勒来，她连看都没看他一眼，一句话都没有对他说。

——哎哟，我很了解，开普勒叹着气说道。

女公爵狡黠地问：皇室数学家也会爱吗？

——我都这把年纪了，您问我会不会爱，还真是可笑，不是吗？

——我的朋友，爱情从来都不可笑，尤其当两个人相爱的时候。相反，您那孩子般的躲躲闪闪才可笑。您不表白还在等什么？

——您准许我这样做吗？

——瞧啊，现在可不行！请允许我为您准备一场幸福的氛围。

——我还要回绝两三个求婚者。

——皇室数学家先生，您可真是个自命不凡的人。

开普勒给他最亲密的朋友写了封信，这封著名的信件佯装成婚礼请帖的样子，讲述了自己历经十一位求婚者、直到遇到真命天女的过程中，他所经历的种种苦难，这封信在布拉格、维也纳、雷根斯堡和其他地方的沙龙都被大家广泛阅读，比《新天文学》和《折光学》还要受欢迎，这便达到了作者的目的。这是一部一本正经的小著作，以他自己的科学方式，通过尝试，怀疑，回推，最终才违心地得出正确结论：一日不见，如隔三秋。这是唯一的结论。椭圆，丑陋的椭圆，它不如圆形高贵，不朽的先人们早已认定火星的轨道是圆形的，椭圆也没有本轮的价值，但它却有最谦虚的品质，那便是与所有观测完美契合。开普勒开着玩笑说抱歉，他说正因为如此，他才会违背公众的观点和常识，最终选择娶一位没有财富，没有贵族头衔，也没有辉煌的祖先的姑娘为妻，但这位姑娘却有最朴实的品质——与皇室数学家一直以来寻求的东西完美契合……自然，至于不幸的竞争者们，开普勒谦恭地说，他不想留下心爱姑娘的姓名，但是大家可以去问爱尔马特女士，她是解开谜团的唯一线索。这是开普勒留给读者们的一个游戏，这个游戏叫做"她是谁"？在华伦斯坦将军崭新、巨大的布拉格宫殿中，大家纷纷进行赌注，林茨和林茨城的居民不断成为乡下人茶余饭后的笑柄。为了打赌，有些绅士甚至还会做些手脚，把间谍送到当地向媒婆打探这桩婚事。开普勒想看到的事情发生了：许多人到林茨来，他们并不是想帮背井离乡的皇室数学家操办婚事，而是出于好奇，为了在这件事上有发言权，甚至是为了赢一些赌金。这些显要人物的出现，大大平息了之前由于拒绝和推诿婚事而使当地人对他产生的敌意。大家不敢质疑他的选择，虽然大家会觉得这件事是个丑闻，但也都宁愿缄口不言。总之，就像对火星椭圆形轨道的态度一样。

于是，约翰和苏珊娜结了婚，他们在一起生活得很幸福，并且生了很多孩子：七个，其中有四个孩子都幼年夭折了。关于开普勒生活的故事，我们宁愿这样结尾，就像童话故事一般，再在故事里加入几个他未来的作品就完美了。如果说开普勒能携手娇妻走好后半生，那还是要归功于强烈的雄性荷尔蒙。

24

　　莱昂贝格下了一场雪，雪花落到地上就融化了，年迈的客栈老板卡特琳娜·开普勒声嘶力竭地咒骂着那些进客栈前没将脚上的污泥清理干净的顾客。她最喜爱的儿子海因里希从战场归来后，回到母亲身边疗伤，如今，他的音容笑貌仍在，他于去年去世了。

　　从那以后，村民和顾客都不像从前那般尊敬这位老妇人了。大家在她的身后冷笑，孩子们都很怕她。她的另外一个儿子——克里斯多夫是年度锡工，虽然他有军队中士军衔，但也无法保护他的母亲：他忙着拍行政官吏的马屁。她的女儿玛格丽特自从嫁给牧师，就骄傲不已。这位年迈的妇人指责她的儿女们不孝顺，但是她的大儿子约翰会时不时地给她寄去一些钱，这点她不会忘记。但是，对于她来说，国王的天文学家似乎属于另一个世界，像是天堂，很高，很远，莱昂贝格的小人物是无法企及的。可是卡特琳娜还是忍不住会对过路的陌生人说，从她身上掉下来的一块肉就呆在王子和国王身边。有时候，会有一些看上去非常富有的游客光临客栈，他们几番周折来到莱昂贝格，就是为了看一眼皇室数学家母亲的面容，并在她的屋檐下睡上一晚。

　　这是一座住着四百户人家的小镇，开普勒一家就散落在乡村里，躲避在围绕着城市的墙壁后面。开普勒一家算得上是名门贵族了，妈妈是客栈老板，女婿是牧师，一个发达了的儿子制作锡器，他的哥哥住在国王的宫殿里。这无疑会引起大家的嫉妒。

　　雨水夹杂着雪花，下得更大了。客栈大桌子旁的男人们谈论着，在封斋期结束后，如果不会出现迟来的结冰期，夏季收获的粮食一定会非常好。大门打开了。一位女士走进来，她披着一袭水流般的斗篷。

　　——就拿兰博女士来说吧，她可真是个荡妇！开普勒夫人说道。同桌进餐的人都冻僵了，他们正喝着热酒。至少她自己在进门前把鞋子脱下来了。

　　当提到玻璃小商贩妻子的时候，顾客们连头都没有抬，她老公是城邦的一位举足轻重的工匠，与镀锡匠克里斯多夫·开普勒齐名。贵妇们有时会小心翼翼地向客栈老板打探兰博女士的事情。好女人的故事……年轻的尤苏尔·兰博与年迈的卡特琳娜一样，也有一位有实力的家人：那便是他的哥哥乌尔班·寇特林，符腾堡的大公爵让·费帝力克的儿子——阿喀琉斯王子的外科医生兼理发师。兰博夫人悄悄走过大厅，走进毗邻的一个小房间将自己关在里面，这个小屋里会时不时地召开女性神秘会议。

　　卡特琳娜从酒桶中舀出葡萄酒，盛到她儿子铸造的锡制酒壶中，她拿出两只大口杯去和那位女士相会，随手关上了这个神秘房间的门。这间屋子与大厅不同，既整洁又雅致。在一张漂亮的独脚小圆桌上，还摆着一只装满干花的花瓶。墙上满是搁物板，上面整齐地摆放着装满草药和浆果的罐子，罐子上还贴着标签。

　　——你真不应该在那些人面前直呼我的姓名，兰博夫人说道。我拜托给你的事儿应该是我们之间的秘密才对。

　　——不用担心，碎嘴婆。他们已经忘了。他们现在正喝得半醉。那么，你要向我打探什么秘密吗？没什么可说的吗，嗯？敞开心扉说说吧。

　　——你认识我的丈夫马丁吗？好吧……那个……他已经三年没有碰过我了。

　　——这个我可无能为力。我不是什么魔法师，我也不会配制什么春药。我所有的药方，都是救死扶伤的良方。

——哦不，我要问的不是这个。我对他已经没有兴趣了。但是我还年轻，我的身体还有需求。我做了一件蠢事，我去别处寻求安慰了。

卡特琳娜没有表现出幸灾乐祸。她想让尤苏尔住口，尤苏尔可真是个自命不凡的人……那么她自己呢，她丈夫已经抛弃她近三十年了，她一直恪守妇道。这并不是因为忠诚，也不是因为没有机会，而是由于没有胃口。或许有过那么一两次，她曾与一位过客发生过性关系，但那也是很久以前的事情了……

——尤苏尔，那么你是和谁缠绵到一起了呢？你应该一五一十地讲给我听，否则我根本帮不了你。

于是尤苏尔加足马力，滔滔不绝地讲了起来，就像一场会使她遭到天打雷劈的忏悔：

——是年轻的赫伯特，他是我丈夫的学徒。我怀了他的孩子。我去了趟斯图加特，我哥哥乌尔班是阿基利王子的外科医生，他帮我拿掉了这个孩子。

——你为什么不来问问我？我有可以打胎的温和良方。自从发明这药以来，我从来都没失手过。

——很不幸啊，尤苏尔·兰博叹着气说道。在莱昂贝格，这件事会招人口舌。我们这个地方什么事情都瞒不住。身处这样的环境，我不能那样做。

她又急忙补充道：

——我甚至对你也不放心，长舌妇，我知道你会保守秘密的。自从堕胎以来，我的生活就举步维艰，我会出血和发烧……

——我可以给你一些东西。但是……这药很贵。

卡特琳娜将一个皮质袋子装满草药，从搁物板上取下一只装满绿色药膏的小壶。尤苏尔身上没有带钱，卡特琳娜很说赊账也可以。如果欠债不还的话，那么在长舌妇之间……

　　如果说之前卡特琳娜偏离了轨道，那么现在生活又转起来了。总之，在符腾堡，在新皇帝让·费德里克公爵——让一世的统治之下，一切都进展得井井有条。那么为什么，1615年春天，整个地区都得了一种奇怪的热病呢？封斋期刚刚结束，因为冬天很温暖，腌肉缸和谷仓里还有不少存货；既没有战争，也没有饥饿，所有国民都是路德主义信徒，与大公爵拥有同样的信仰。然而……

　　然而，在毗邻的城市魏尔德尔塔斯特，平民强奸了两个大姑娘，她们是库平格家天真无邪的女孩，她们住在树林深处的窝棚里，以采摘果实和打猎为生，村民没有经过诉讼程序就，把她们活活烧死了。莱昂贝格不想树敌，铲除掉一些忧心忡忡的穷女孩。村民将她们也给烧死了。这种疯狂在整个国家蔓延，就像一场火灾。很快，公爵决定插手主张正义，这样做并不是为了熄灭燃烧的柴火，而是想为这些女人创建完好、公正形式的审判程序。否则，这场流行热病就很可能转化为农民起义。在违禁打猎期间，王子们总是很喜欢打猎，不管是围猎还是巫术。

　　卡特琳娜觉得这些事情与她无关。当然啦，将她抚养成人的姑妈因巫术被处以火刑。但那是很久以前的事情了，谁还会记得？再说，谁敢惹她这样的女人？她的大儿子是国王的朋友，她的女婿、特别她的女婿，是莱昂贝格的牧师。有一天，牧师让她到家中布道。布道之后，牧师对卡特琳娜说，希望她不要再做没有行医执照的医生了，希望她把客栈后种植草药的苗圃给拆除，比方说，可以在那儿种些菜。卡特琳娜非常愤怒，她吼叫着，解除人们的病痛并不是什么坏事儿，用荨麻和浆果的汤药治疗肚子疼比世界上所有的祈祷效果都好。随后，她离开了女儿和女婿家，比起老泼妇的人身安全，他们一家更担心自己和自己的名声。

　　自然，卡特琳娜不会放弃。在她忧郁孤独的一生中，采集草药、研制新药方是她唯一的乐趣。她对此非常擅长。从女婿家走出来，她遇到一个十二岁的衣衫褴褛的小孩儿，正费力地拉着一车砖。虽然从外表上看，客栈老板并不是个细腻的人，但她也会时不时地对别人表现出同情。她亲切地笑着，说道：

——小朋友，你的主人可真够坏的，他怎么让你拉这么重的东西。

作为回应，小孩儿吐了吐舌头，对她反复说道：

——老开普勒，老巫婆，老开普勒，老巫婆！

于是，卡特琳娜抱怨起来：

——没错，我是个巫婆。小调皮鬼，所有魔鬼会将你扑倒！你的手臂会结成冰，你的双腿再也不能支撑你走路！

她做出一些神秘兮兮的手势，并做出一个可怕的鬼脸。恐惧使女孩的脸庞变了样，她放开砖，撒腿跑着逃开了。她扭到了脚踝跌倒在地。卡特琳娜为自己吓到了小女孩感到很满意，她一边傻笑着，一边碎步小跑回到客栈。

她确实应该快点走。就在那一天，实际上，莱昂贝格发生了一件大事：在号角的鸣叫声、马蹄声和犬吠声中，阿基利王子的护卫队从大街经过。是大公爵的儿子打猎归来了。这个庄严的王朝最喜爱的猎物并不是巫婆，而是熊。他"亲手"杀死了一头母熊；狩猎的随从将熊绑在一根长长的棍子上，扛在肩上行进，被活捉的小熊幼崽在笼子里呻吟，等待着在符腾堡公爵的城堡中结束生命。意外收获是，市场的广场上的开普勒客栈人满为患。

尤苏尔·兰博的哥哥是阿基利王子的理发师和外科医生，在这次狩猎过程中，他一直为他的主人保驾护航。乌尔班·寇特林获得批准到他那做玻璃匠的小叔子家去休几天假。自从他为妹妹堕胎后，他妹妹的状态就没好过。他很担心，其实并不是为他妹妹担心，而是为他自己担心。他知道自己犯了罪，虽然有他主人的庇护，但也不足以使他逃离司法的判决。他真希望这个白痴女人——这个同自己丈夫的徒弟做爱的女人碰巧死了。至少她自己是可以保守秘密的吧？他耐着性子问他妹妹。她呻吟着回答道，卡特琳娜·开普勒卖给她一剂缓解疼痛的药膏。也就是说，有第三方知道此事。一定要除掉这个老旅店老板。依据他妹妹为他制定的方案来看，这件事并不难做。

他和城里的司法长官——路德鲁斯·艾因霍恩很熟悉。小时候他们一起到树上去掏鸟蛋，有时候还会在学校的长椅上把裤子磨破。随后，一个孩子学了法律，另外一个孩子学了医学，经过短暂的学习，他们都成为了自己想要成为的人。同时，莱昂贝格的市长和阿喀琉斯王子的理发师在市里的一家小酒馆相聚了，城里一共有三家小酒馆，这家是最有名气的。他们倾诉着自己的童年，讲得口渴了。于是他们都喝多了。市长很关心兰博夫人的健康状况，于是理发师认为，没人会怀疑造成她妹妹痛苦的真正原因。

——我可怜的妹妹胡言乱语着，她在我耳边不断唠叨着客栈老板，她叫开普勒，或者跟这个名字很相似，她给我妹妹下毒了，要么就是给她施了魔法……你认识这个不知廉耻的女人吗？自从我离开莱昂贝格为殿下效劳以来，我就经常认不清人！

——卡特琳娜·开普勒，怎么又是她，艾因霍恩用审判官一样的语气说道。这个老疯子，我已经注意她很久了。但是她受到严密的保护。首先便是她的牧师女婿。其次，尤其是她的儿子，莱昂贝格的骄傲，我们这里的荣耀：马蒂亚斯国王的天文学家。你要我这样一个小小的市长拿她怎么办？她可以随心所欲地配制各种药水，她施魔法或是使用其他法术都可以，我对这样一位身居高职的先生无能为力。

——你想说约翰·开普勒吗？在殿下的宫殿里，大家都谈论着他。或许他真的很厉害，但是在我们这儿不行。据说他到加尔文去了，或者说去了罗马。总之，他被逐出了教会。总的来说，皇室数学家似乎并不在意他的母亲。否则，他怎么会让她呆在那间小破屋子里呢？

市长觉得他的酒肉朋友说得鞭辟入里。他又进一步，肯定地说，牧师才不会出面维护那样一位声名败坏的岳母。至于他们的哥哥，克里斯多夫·开普勒，镀锡工匠，他是军队的中士，是他的下级。他只能依法行事。

大法官路德鲁斯·艾因霍恩是一个循规蹈矩的人。他能预测到自己很快就会升为市长，因为，之前的城市管理者现在已经很老了。当统帅押送、审判所有疑似与魔鬼有交易的人的时候，莱昂贝格的法官总是热情洋溢。让他感到骄傲的是，莱昂贝格的诉讼案和火刑比别处更加频繁。于是，不管这个人是否叫做开普勒，巫婆就是巫婆。正直的法官已经盯了她很久了。她应该受到审判。现在有理发师——大公爵家族身边的人撑腰，他可以行动起来了。艾因霍恩站起身来，试着让自己的身体保持平衡，他喊道：

——我要前去与军队的人汇集，我要去逮捕开普勒老太太。

理发师明白过来：大法官醉了。但是原告紧张起来。

——逮捕这么一个小老太太你还需要护卫队吗？他冷笑道。大家可能会觉得你怕她和她的家人。我一个人陪你去就行了。

夜幕早已降临。市政府的大钟鸣响了九次。他们迈着军步向市场广场走去，在一阵喧哗声中出现在客栈里。几个顾客还在吃夜宵，有的在桌子上倒头睡了过去。楼上的房间客人已满。客人大多数都是阿喀琉斯的狩猎随行人员，他们没有随其余部队回斯图加特。卡特琳娜站在柜台后面，擦拭着锡制啤酒杯：

——今天满客啦，到别处找找看吧。

随后，她转过身来。

——啊！您就是大法官先生吧。是什么风把您给吹来啦？

——开普勒·卡特琳娜女士，我要逮捕你。不要抵抗，跟我走吧。

——不抵抗？一个顾客带着假惺惺的崇拜说道。这回可有看头了。

理发师决定采取行动。如果她将事情的真相说出来可怎么办……他抽出宝剑朝她走去，并威胁道：

——巫婆，你毒害了我妹妹。要么就是你对她施了什么魔法。你现在就治好她，立刻马上，不然的话，有你好看的。

旅店老板惊得目瞪口呆，她还没有认出这侵入者是谁，只是说：

——我吗？我可没有毒害过任何人。有客人投诉我的饭菜不好吃吗？

宝剑抵在老妇人筋疲力尽的胸膛上，理发师威胁说要捅死她，刚刚说话的那位客人站起来调停：

——先生，住手！我不知道这位女士是否真的有罪，但是杀人也不能在人家里啊。

大法官呆在门口。看到这一幕，他幡然醒了酒，他决定拿出政府官员的庄严来。

——现在，够了。开普勒女士，请您跟我走一趟！

大法官和理发师一人架着一只胳膊，进来调停的撒玛利亚人跟随着他们，把这个干瘪的小老太太一直送到黑鹰监狱，那是一间高大的房子，是加固城市要塞用的。这栋威严的大房子既是法院、又是监狱。也是大法官路德鲁斯·艾因霍恩的家。两位站岗的民兵只让罪犯和威严的护卫队通过，不允许外国游客通行。

大法官推搡着卡特琳娜的背，将她推到空旷的法庭中。外科医生理发师自荐顶替记录员，记录员本人肯定已经睡着了。路德鲁斯·艾因霍恩别无选择，但是他感到非常尴尬。他学过法律，也处理过许多巫术的案子，他觉得这桩案子的开端并不理想。他让老妇人坐在小木凳上，他自己站在大讲台后面，似乎坐在一个人满为患的大厅前面。

——卡特琳娜·开普勒，您涉嫌从事魔法和巫术，他发话了。

——我？我是巫婆？那只是些流言蜚语罢了。

随后，她就像受到了什么启发似的。她指着临时记录员，说道：

——我认得您，您是兰博的哥哥。理发师……非法堕胎者！

听到这话，临时记录员脸色灰白，重新拔剑出鞘，向她走去：

——快承认吧，承认你是个巫婆！

——如果你高兴的话，我可以任你宰割。但是我否认自己是巫婆。

这一次，大法官又清醒了起来，他觉得现在是时候结束这场可笑的审判了，这场审判只会带给他烦恼。他叫来了侍卫，让他们把卡特琳娜·开普勒送到地下室，送到监狱中。

正在这时，撒玛利亚人得知这一消息。他去叫醒牧师和他的妻子，通知他们卡特琳娜被捕了。大家将镀锡工匠从床上拉起来，召开了一场家庭会议。

——总之，她就是自找的，谁让她弄那些魔法草药和药水呢，克里斯多夫低声抱怨道。现在，但愿她自求多福吧！

——别忘了，你说的可是你的母亲，那个赋予你生命的人！他的姐姐玛格丽特反驳道。

——你说生命！是啊，多好的礼物啊。

——克里斯多夫，别说亵渎神灵的话，牧师插话道。如果我们的母亲有罪的话，你现在应该闭店出逃。而我呢，我也应该到别处去、对别的灵魂布道。我们应该进行防御。我们应该对法官的诽谤污蔑提出诉讼。

——你会交付诉讼费吗？克里斯多夫冷笑道，我啊，我可没钱。

——把客栈卖了吧，玛格丽特提议道。

——这个啊，亲爱的姐姐，这可需要得到国王的许可。

——国王的许可？你说什么呢？牧师问道。

——我想说的是约翰·开普勒一世国王，天文学界的国王，他生活奢靡，可是他的家人却捉襟见肘。我想说的是我们的大哥哥，亲爱的姐姐，我们的家长。

——我早该想到这一点啊！玛格丽特惊叹道。通过人脉，约翰一定会分分钟摆平这一切的。

——但愿开普勒陛下会给我们答复，克里斯多夫尖酸地补充说道。

撒玛利亚人——那位前来游玩的外国游客，一言不发地目击了整个事件，他的神情既忧伤又怜悯。他介入到这件事中，他说自己要到雷根斯堡去，并自荐从林茨绕道将这封信亲手交给开普勒。他解释说，这给他再见一次世界上最著名的天文学家的机会。

25

在与温柔多情的伴侣幸福地一起生活了四年之后，开普勒之前的孩子们都长大了，他与新婚妻子又生了几个孩子，约翰·开普勒本可以像一位平和的乡村哲学家，安于这种平静，享受着身后的繁华。他的一个小女儿在幼年时期不幸夭折了，当然，这还是对他打击不小。但是，苏珊娜的另一个孩子活了下来，并且他们马上又要有一个孩子了。自从在林茨生活以来，开普勒就没出版过任何书籍，或者说出版得很少；只有这本基督教编年学，这也只是他的通信人的编纂作品。尽管世界各地都一再要求，但是他并没有重新启动编撰鲁道夫星表的工作进程。他只要一工作，一打开成堆的发黄纸张，一种沉重的疲劳感就会占据他的身体。他的精神从前是那样严谨，如今只是在铁轨的枕木上游移。他又拿出《开普勒之梦》的手稿，他到月亮上旅行的游记，他改了改，在书旁做了些注释，然后，他就到城里散步去了，依靠在第谷留给他的粗大古老的拐杖上——欧儿里得拐杖。

他经常会停在半路上，与工匠和商人聊天。在这个古老的国度，大家总是以自己家的职业来命名，这使他很震惊。他想，所有人都是黑暗时期在上奥地利的土地上扎了根，在这里与他们的祖先从事着同样的职业。

——您好，葡萄酒先生！今年葡萄的收成挺好吧？

——是啊，开普勒先生，葡萄商回答道。我刚刚还和我的伙伴酒桶先生说起这个呢。他马上就有活儿干了，他要生产木桶和大酒缸啦。但愿您像去年一样，还会在我们这儿订酒。我承诺会为您提供一种今年冬天喝的新酒，它一定会让你欢喜得想唱歌的。

——我信得过你，我会记得的。但是不要像我婚礼那天一样偷奸耍滑啦，那天你给我的数量可不足。是不是，酒桶先生？

虽说开普勒是半开玩笑说的，但是对于这个评价，与他说话的箍桶匠却露出非常严肃的神情。

——啊！每个人都会犯错的。您的星象图，就永远不会出错吗？

——说得对！也会出错的……你们都有成为几何学家的潜质。像木桶这样的特别形状，你们到底是怎样测量容积的呢？做这种习题，我还是很擅长的，但是，在一些情况下，您能做到的事情我却做不到。

——相信我，这是习惯问题。要用恰当的工具，恰当的量规和眼睛。教授先生，您记得，不要提太多问题。

开普勒匆忙回到家。不要提问题，多么荒诞的想法！葡萄酒商是想以酒桶的容积找碴，好跟他吵上一架。那么，酒桶是什么呢？木质的大桶，要么是满的，要么是空的，客栈老板是想这么说。开普勒心里暗自想道：是把两个圆锥体连结在一起。一定有办法测量这样形状的容积。要找一个方法。他很后悔去年辞退了助手于希诺斯，并不是因为他对于希诺斯不满意，而是因为在林茨这个地方，他的运算才华实在难以施展。此外，也因为开普勒要节省开支。他投入到工作中。所谓工作，不过是游戏。他总是以这种态度工作，他自己是知道的。当然啦，计算酒桶的容积与探索天空的奥秘之间没什么关系；这只是漫长旅途中愉快的休憩。他探索着，重新投入工作，心里暗骂自己是蠢驴和笨蛋，直到他找到正确计算方法的那一刻，他幸福得就像活捉了一只兔子的孩子：只要把复杂的体积分解成简单的元素就可以了。

这样想着，开普勒把酒桶的圆周分解成许多小部分，圆周是由无数三角形构成的，它们的顶峰在中心轴上汇合。可以将酒桶的容积定义为相应的棱柱体的数量总和，是由每个小部分围绕中心轴做圆周运动所产生的。开普勒总共计算出八十七个这样的形状，他根据每个物体的形状将它们命名为水果蔬菜的名字——瓜，梨，西葫芦……阿尔钦博托的真正组合！

一发现这些规律，他就努力深入研究起来，立刻将他的研究成果推广开来。他觉得，他的新发明就像一个工具，这工具不久以后会帮助他修建无比和谐的庙宇。但是此时此刻，他应该把这工具收到柜子里。总之，这只是一些没有意义的事情。在继几何学、天文学、物理学之后，他应该钻研一下音乐了，他想比古希腊数学家毕达哥拉斯研究得更加深入，当然，就像古代圣贤所说的，宇宙运转着，唱着清澈的歌谣。但是，宇宙歌唱的是什么呢？上帝演奏的并且想要让我们听到的，到底是一场怎样的音乐会呢？

在苏珊娜的帮助下，他抄写了几份《论酒桶的立体测量学》，并把其中一份寄给了他的新主人马蒂亚斯大帝，让他关注一下这些非常有用的事情。对于国库来说，还有什么比让缺斤少两的批发商交罚金更有效的事情呢？

接待他的是一位默默无闻的秘书，他是一位耶稣会会士，他说，完成鲁道夫星表比测量酒桶容积更奏效。做了十五年皇室数学家，开普勒还从来都没有受到过这样的待遇。他立刻对这个小当差的写了一封猛烈的讽刺信，反驳道：只要拖欠他那么多年的工资还没有还清，他就不会去做那项工作。但这也是第一次有人敢于命令他应该做什么，第一次有人侵犯他的自由。难道是国王的命令？当然不是。是红衣主教大使的主意吗？怎么能知道呢？或许是耶稣会人的想法也说不定……在希茨利尔让他签署基督无所不在的议定书时，他都没有妥协。那么他在这里同样不会妥协。开普勒维护自由的最有力的武器便是——出版权。

城里有一家古老的报社，这曾是开普勒一个出逃的同伴留下的，当时施蒂利亚的改革派被迫逃离祖国。但是格拉茨的印刷商在上奥地利的首都没待多久。林茨这个地方没有综合性大学，只有一所学校，卖书可不如卖酒桶赚钱。出版人开普勒，可以随心所欲地出版书籍，无论是最为轻松的想象作品——比如他的《开普勒之梦》，还是那些基于物理学、数学和音乐的神秘而深邃的思想，都是他的作品的老师，毫无疑问更加精打细算，但是就像第谷在他的维努西亚岛上一样自由。第谷，他那巨大的阴影无时无刻不在跟随着他。

他做这些是有酬劳的，自从他领取了作为格拉茨教师的第一笔工资，他就将钱积蓄下来，就像小松鼠一样，他知道下一个冬天会比前一个冬天更加严酷。图宾根有一位银行家，雷根斯堡也有一位银行家，第三位在乌尔姆，还有一位在纽伦堡。但是他的孩子们都还小，何况他还想再多生几个孩子，他可以动用这笔钱吗？他征求了一下妻子苏珊娜的意见，在这样的问题上，她更有主见。她认真研读了一下开普勒写的预算方案，并将其修改了一番。开普勒希望在纽伦堡买东西，那里生产的东西世界一流，而他的妻子却更喜欢乌尔姆，这个地方确实有点儿远，但是多瑙河的水运却没那么贵。妻子的精确评价使他自叹不如。他毫不迟疑地出发了。同时，她还要拜访一下同母异父的姐姐施塔勒姆贝格女公爵。这位姐姐竭尽所能，从市长那里获得了开一家印刷店的许可权。虽然希茨利尔牧师也竭力反对，但是谁拒绝得了女公爵、以及她给政府官员的恩惠呢？

开普勒回来的时候，他对围墙中央的一块空地唏嘘不已。自然，返程期间，他孜孜不倦地读完了印刷术的各类相关书籍，这些书籍也完善了他在乌尔姆招聘工头的想法。正是这样，在开普勒居住的林茨，不久以后便出版了《论酒桶的立体测量学》一书，这本书是用拉丁语和德语两种语言写成，作者将一本样书送给他的商人朋友——酒桶先生和葡萄酒先生。不知道他们是否能从中受到启发。

几周之后，那位外国游客辗转到林茨，他几乎认不出戴着墨迹斑斑的小帽、身穿皮质工作罩衫的皇室数学家，之前他在布拉格见到的那个开普勒衣着整洁，身穿考究的宫廷服装。来访者甚至来不及开玩笑，他带来的消息让人心痛：天文学家印刷商的妈妈因为巫术住进了监狱，正等待着庭审。开普勒脱掉印刷的工作服，打好行李踏上前往莱昂贝格的征程。在天际和谐的问题上他才刚刚起飞，命运就把他按倒在充斥着不和谐音符的大地。

旅行期间，他研究了法律，就像上次研究印刷术那样。开普勒仔细地、一点一滴地寻找着法律的漏洞。上帝说，路德主义法律在这类问题上有弱点：巫术、异教的宗教仪式、秘密组织、邪教、中邪和其他异教的罪过。当然啦，这次改革还太年轻，想编出运行良好的司法程序，一个世纪的时间是不够的，因为对于天主教徒来说，需要时间，法律才能精心雕琢出神圣的法令。

一到斯图加特，开普勒就得到符腾堡的让一世的接见。尽管在这里他被看作异教分子，但是接待皇室数学家还是要满怀敬意的。他与大人物和王子打着交道，虽然宫廷土里土气，但莱昂贝格客栈老板家的儿子却待得十分舒服，这里远离世界上的一切骚乱。让一世的心情非常好：他刚与四个哥哥解决了一场纷争，解决了一块儿土地的所有权问题——蒙贝利亚尔。但是在卡特琳娜·开普勒这件事上，他却无能为力。整个帝国的法庭都混乱不堪，莱昂贝格保留着一些特权，特别是在司法方面。当然，各种各样的压力可想而知。这就是为什么大公爵为开普勒安排了一名最好的法律人，最强硬的法官也会在这位律师面前屈服。

会面的第二天，律师与开普勒带着浩浩荡荡的队伍出发了，跟在队伍后面的是公爵的护卫队。律师见大法官比他还胖，便毫不怀疑地认为原告马上会撤诉。

他们从北门进城，开普勒不禁把头转向黑鹰监狱，那便是关押他妈妈的地方。黑鹰监狱那么高大，他妈妈那么矮小……他妈妈从来都没爱过他，他也从未爱过他母亲。市场广场很空旷，客栈门窗紧闭，正午的钟声刚刚敲响。

——开普勒先生，他们都怕你。律师说道。

——先生，我可真怕他们。

汽车停在寺庙广场前面。牧师宾德尔站在对面房子前面，玛格丽特和克里斯多夫等待着大哥的到来。他们之间没有家人间的亲热。牧师简要介绍了一下事情的经过。自从卡特琳娜被捕，他就以诽谤罪提出上诉。诉讼程序可以开始了，大法官寻找着狱中的卡特琳娜的罪证。

克里斯多夫插话道，幸运的是，那天晚上，我去她家收集来所有软膏和魔鬼药粉，然后，将她的草药花园摧毁掉。如果我当时不在的话……

——约翰的那位外国朋友可没从你的角度思考……玛格丽特干涩地回答道。这位阿斯克鲁大人是个有魅力的男人，是一位真正的绅士。

——是阿斯克鲁先生，开普勒更正道，我们还是言归正传吧。

大法官开始收集所有能当成证据的东西。可以说，他收集到大量流言和传言。客栈的客人们证实说用一种锡制酒壶喝酒之后，便生了病。学校的老师现在还瘫痪着，一位迈尔女士还因此丧了命。卡特琳娜还对裁缝家的孩子们施了魔法；这些孩子可能也死了。她还对另一个搬砖的女孩儿施了魔法，她现在不能走路也不能工作了。

——约翰，但是这些无稽之谈中最糟糕的是有些人竟然相信这些事情与你有关，牧师说。有人还证实说你向母亲索要过你外祖父的那根拐杖，以此用火为鲁道夫国王做魔法仪式。我们母亲雇佣掘墓人挖掘出骨骼。然后，她在这根银制拐杖上镶上银饰，做成一支魔法杖，把它寄给你……请诚实回答我：约翰，在这件事中，哪一部分是真的吗？

——但是这……完全是……

他竟无言以对。"愚蠢"这个词太薄弱了。开普勒大声讲着粗俗至极的话。律师打断他：

——审问过挖墓人吗？

——当然没有！我们说的是以前的挖墓人，他已经死去十年了。

律师想了一下，最终回答道：

——主要问题是卡特琳娜·开普勒女士否认了所有指控。如果她愿意的话，我们今天就可以让她出来。

——真不幸啊，开普勒叹息着说，她之前是忍受了怎样的拷问啊？

——先生，在法律方面，您还有进步空间，律师说道。只有刽子手和听命于大公爵的司法权力机构——我的同事、您的仆人才会做出这种事来。据我所知，我们没有按照莱昂贝格大法官的要求去做。

——那如果他的要求过分了呢？

——供认书会被视为完全无效。但是所有人都了解大法官路德鲁斯·艾因霍恩。他是个令人生畏的巫师猎人，是个法律魔王，他对法律了如指掌。卡特琳娜·开普勒这桩案子便是他生命的职责。请相信，审判程序中没有任何瑕疵。尤其需要注意的是，别把它搞砸了。

——我可没有那样的打算，开普勒冷冰冰地说道。那么，现在我们出发吧。

——但是，您也不能饿着肚子出发啊！玛格丽特喊道。

他哥哥和律师已经走了出去。牧师犹豫了一下，随即也加入他们的队伍。克里斯多夫借口自己有一笔紧急订单，躲到自己的工作室里。至于外面的人们，好奇已经胜过了恐惧。窗子和门都敞开着，大家拥簇在一起，静悄悄地看着律师、记录员、护卫队经过，尤其是国家之子、莱昂贝格的骄傲——约翰·开普勒，疯国王的魔法师。

执达员对他们一一介绍，在黑鹰塔的接待大厅高声呼唤着他们的名字和头衔。对于开普勒来说，接下来的一幕就像一出戏，每个演员都深谙自己的角色，而他只是一个被动的、沉默的观众。在法律浮夸的语言中，法官要求禁止旁听，是大法官要求他这样做的，随后，被告被带了上来。悲壮而滑稽的出场！卡特琳娜，被岁月压缩成一截的干瘪老太太，被两个狱警押解进来，相比之下，这两位狱警显得高大无比。她的手腕和脚踝都拴着铁链。大法官要求将她松绑。她在小木凳上坐下来，转过身去，看见儿子，她露出一抹微笑，露出口中的两颗大黄牙，她的脸庞比从前更皱了，皱得就像一只老苹果。最可怕的是，她的脑袋真的像巫婆一样，就跟我们在年历书中看到的插图一般。

大法官念了一系列控诉官的名字，开普勒觉得这些都是不相干的信息。最可笑的闲话随着最荒诞的魔法而变化，没有遵循任何年历表，对于错误的严重程度也没有一一说明。显然，卡特琳娜也很了解自己的角色，因为她每次都回答说："在这件事中，我是无辜的。"看来，律师对自己的顾客十分满意。而开普勒的内心却非常激动：对于他来说，指出这场控诉有多么荒谬简直轻而易举。但是因为律师要求他不要干涉，他只好服从命令。终于说到了给尤苏尔·兰博投毒的事件，这才是一切的开端。这次，卡特琳娜没有否认：

——我只是想用一剂药膏治好她，是她要求我这么做的。她当时很痛苦，那不是巫术，而是基督教徒的慈悲！

大法官用力在审判桌上敲着锤子，咆哮道：

——开普勒女士，您并没有按照我们约定好那样回答。

律师站起身来，第一次介入其中：

——是不是需要了解一下，难道我的顾客和法庭之间达成了协议？

大法官做出手势，示意他过来。两位法官低声秘密交谈了很久，然而卡特琳娜可怜巴巴地遥望着儿子，甚至用她那苍白的嘴唇给了儿子一个吻。在开普勒的整个童年时期，卡特琳娜从来都没对他做出过温柔的举动！开普勒的灵魂徘徊在厌恶和同情之间。但绝对不是儿子对母亲的爱。最终，律师回到自己的座位上，宣布辩护词确实是同卡特琳娜·开普勒商定好了。他又回到控诉环节，正式宣告原告——尤苏尔·兰博和她的哥哥也被魔鬼附体了。随后，他又提醒大家注意，卡特琳娜·开普勒是皇室数学家的妈妈，正因为如此，他和他的家人可以凌驾于法律之上。原告指控卡特琳娜的行为冒犯到了罗马国王马蒂亚斯一世陛下——波希米亚和匈牙利的国王。

这样的辩护词让开普勒内心窃喜。他百感交集地想到伊丽莎白·巴托瑞，他曾经为她占卜过，说她会前途光明。自从建起围墙以来，她就生活在城堡中，她已经折磨死了六百五十个年轻处女，然后浸泡在她们的血液中，就像泡在长生不老池中一样。在这位尊贵、富有的"血色女公爵"和可怜的老妇人——卡特琳娜·开普勒之间，造物者又扮演着怎样的角色呢？男人们又扮演着怎样的角色呢？在行星轨道的音乐中，地球是"发"和"咪"，"发"象征着饥饿，"咪"象征着苦难……那一日，《世界的和谐》一书中最著名的话语闯进他的脑海、闯进黑鹰监狱的审讯大厅。

大法官做出判断：他宣布说，缺席的原告放弃继续追究，开普勒女士当庭释放。但是还有一个细节需要清算一下：拘留期间，犯人和狱警的费用，包括伙食费和取暖所烧的木材费。那是一笔相当大的费用。一向吝啬、至少可以说节俭的开普勒，有些透不过气来。

——看押一个七十岁的老妇人需要四个看守！这简直是抢劫！

律师把手搭在他的肩上：

——付款吧，亲爱的朋友，请付款吧，我们这么容易就从监狱里出来了，您应该感到庆幸才对。

开普勒之前压抑着的火气蹭的一下窜了上来：

——首先，您说！您刚才同大法官说什么了？

——没说什么重要的事情，只说了些程序上的细节，我要提醒您，只是一些能使我们占上风的细节。

在作品中，开普勒经常把自己比喻成一种无端狂吠的小狗，准备时刻准备着去咬那些觊觎他骨头的高大看门犬。于是他向路德鲁斯·艾因霍恩挥舞着记仇的食指：

——大法官先生，我可以屈服于这场丑陋的勒索。但是，从这一刻开始，我坚持索要审讯期间的所有文件。

他用手掌拍了一下法官面前的审判桌上的一叠厚厚的文件。随后，他拿出钱包，将钞票一张一张叠放在记录员面前，直到达到要求的数量。随后，他夺走文件，将文件夹在腋下，指着小木凳说道：

——大法官先生，从今以后，请你们不要再招惹我母亲。否则，我发誓，有一天我会让您坐到这个位置上。走吧，妈妈，我们回家。

卡特琳娜温柔地向他靠了过去。他感到泪水湿润了自己的双眼：这是妈妈第一次牵他的手。

26

图宾根大学突然受到从前最荣耀学生的来访。大家装作已经忘记了开普勒被另一位图宾根大学的学子逐出教籍、忘记了他作品中有加尔文派倾向、他与天主教徒有交情，甚至忘记了他妈妈是巫婆的说法。图宾根大学的委员会和教师全都换掉了，有些人甚至在开普勒曾经坐过的椅子上磨漏了裤子。在那遥远的年代，唯一一个没有离开的便是数学老师马斯特林，他颂扬着自己往昔的学生，并极力避开一切有关宗教的暗示，却对皇室数学家的天文学书籍给予了极大肯定。很快，演讲就演变成对日心说直白的维护，然而这种观点在这所路德主义大学的高墙内是禁止传播的。

——好的，亲爱的老师，你终于不做秘密工作者了，开普勒挽起马斯特林的胳膊，讽刺地说道，他们走出阶梯教室，到老教师家去了。

——亲爱的奴隶，我发现好消息并没有传播到你的好城市林茨。是的，这段时间，比起意大利发来的电报，你一定更喜欢读《巫婆的榔头》。一会儿到我家再探讨这件事吧，离那些讨厌的人远一点。

"亲爱的老师""亲爱的奴隶……"由于这两个男人的通信经常会在公众场合被阅读，并且最终是要出版的，他们的语气如出一辙，他们见面的机会甚少，开普勒和马斯特林并不在乎年龄和等级的差距，虽然年轻的开普勒总是表现得对马斯特林毕恭毕敬，但是他把马斯特林当做自己真正的父亲，他们决定永远做朋友。

他们费尽周折才到马斯特林家。实际上，许多老师以及几个勇敢的学生想接近皇室数学家，想与他结识。马斯特林的妻子去世了。在读学士期间，开普勒非常喜爱马斯特林的妻子，马斯特林的妻子是分娩时候去世的，马斯特林再也不想结婚了。在他独居的日子里，由一位女管家来负责他的家事，他浑身散发着老男孩的气质。他们面前摆着一瓶中下等的阿尔萨斯红酒，马斯特林向他从前的学生讲述着天文学方面的最新进展。

就在开普勒前往莱昂贝格为他母亲辩护期间，在经过一场漫长的诉讼之后，天主教教会已经为哥白尼的论文定了罪，并禁他的文字。他长期旅居意大利的痕迹消失了。至于波兰人，虔诚的天主教徒，在弗劳恩堡的大教堂，他们将他坟墓上的名字除掉，他曾经是议事司铎！

——约翰，这就是为什么在我刚刚的演讲中，也对你的作品进行称赞，完全出于老师的赞扬，得到了昨天那个不想听日心说的人的赞扬。

——对于这场判决，我可不像你那样高兴。依我看，自特兰托的主教会议以来，它是罗马推行改革的延长号。它象征着天主教徒从此变得足够强大，可以用武器和思想重新夺回失去的土地。

——战争！你这是说的什么话？你瞧，我并不反对天文学理论。其次，我呢，对于政治观点……你是知道的。总之，你有伽利略的消息吗？

——什么都没有。自从我到林茨避难，我就与您的那些中介人物毫无关系了。但是现在，我更加了解他邮寄给我的字谜的含义了。我猜他应该是感到自己身处危险之中。

——从我的角度来说，我所知道的是，宗教法庭刚刚开庭，从此以后，这里便禁止传授哥白尼学说了，即使做出假设也不行。每当我想到是我最先在帕多瓦传授这个观点的时候……

开普勒非常了解他的老师，他知道，当他开始这般哼哼唧唧的时候，他一定是要提出什么要求了。马斯特林做了一个驱赶苍蝇的手势：

　　——不管这个了，我们换一个更有意思的话题吧。你的工作进展得怎么样了，你在忙什么有趣的事情？

　　开普勒的腿难以抑制地抖动了一下。马斯特林一点儿都有没变，他总是一副拖拖拉拉，一本正经的样子，他总想表现出保护欲，但是这种关切又很恼人。开普勒耐着性子说道：

　　——我正着手著述一本有关和谐的书籍……

　　——你对音乐有了解吗？

　　——不了解音乐不要紧，要紧的是学习音乐。米歇尔，我现在不是天主教教会的法学院毕业生了……我需要在创世中寻找和谐，纯粹的和谐。你知道的，毕达哥拉斯的信徒已经发现，八度音来源于两根颤动的琴弦的长度之间的协调，四度音来自四分之三音的协调，以此类推。但是，我还没来得及去寻找隐藏在数字后面的含义，他们没想到，和谐与不和谐的解释在算数书中找不到，而是在几何学中。

　　——我不知道你到底想要怎样，马斯特林说道。

　　——没错，瞧啊，很简单。触碰一下乐器的琴弦，这些琴弦便可以产生音乐的颤动，你把它们围成一圈。分解一个圆的最好的方法就是将对称的形状内接于圆周中，这是您之前教我的。可以用多边形进行分解。比如你把一个五边形内接进去，它的五个边就会将圆周均匀地平分成五等份（五分之一和五分之四），这便是音乐的和旋。相反，七边形，十一边形，十三边形或者十七边形却只能制造出不和谐。

　　——确实，那些形状画起来很让人头疼。

　　——你说对了！用直尺和圆规画不出这些形状来。因此，它们是不纯粹的；它们既不能存在于自然界，也不能存在于音乐中。这就是为什么土地测量员从来都不用这些器具来构建世界。

　　马斯特林做出一副思考状。实际上，他是吃了一惊。他本可以纠正开普勒，在音阶中只有七种和弦，然而在纸上，却可以画出无数个多边形，但是，他宁愿就此打住，因为他害怕自己会被卷入从前学生的狂热思辨中。他想道：通过崭新、精确方法获得的高级智慧可以展现出行星的椭圆形轨道、阐明光学原理，他是通过数学论证、使日心说理论变成毋庸置疑的事实的第一人。可是他为什么会在形而上学以及诗学的迷雾中误入歧途，却没能在科学领域有所作为？有时候，这种现代的、启蒙的思想是怎样湮没在阴暗而神秘的晦涩中的呢？

最后，他说：总之，你为我们写出了《宇宙的奥秘》的续篇。你还打算为我们呈现出《新天文学》续篇吗？

开普勒戴着手套的手依然在摆动。他激动到了极点。

——这不是续篇的问题！它是构成整体的一部分，是宇宙的殿堂。物理、音乐、天文学、几何学，所有道路都通向神圣的真理。

——那么鲁道夫星表呢？自从你答应给我们第谷的宝藏……

如果说马斯特林是想通过这个问题安抚开普勒一下，那么，他达到目的了。开普勒神秘主义者的热情一下子冷却了下来。他开始胡乱地解释说，那应该是乔治·布拉赫——最后一位"第谷家人"该做的事情，他想掌控父亲的遗产。实际上，开普勒是个两面派：神秘主义腾飞的时候，物理学家还在地上，无法动弹。他突然间表现出来的清醒就像一个笨拙的学生在老师面前寻找没有完成的作业的一千零一个理由，他转变了话题，说道：

——那你呢，老师，大家很久都没有读到过你的作品啦……

——一直以来，我只是一个中介角色，我是新天文学的地下工作者。但是，既然罗马已经将哥白尼的书列入禁书，我还是决定公开前行了。我打算为哥白尼和雷蒂库斯的著作出版一个带注释的版本。我都这把年纪了，我怕什么？

开普勒忍俊不禁：有勇气可从来都不是马斯特林最大的优点。

马斯特林继续说道：如果你同意，我想参与你的《宇宙的奥秘》一书。这本书很难得。它是皇室数学家的第一本书！是在法兰克福的集市上弄到的。

　　——为什么不呢？但是因为年轻和无知，这本书中应该会有许多错误吧。我应该上上下下地检查一番才行。或者说，此时此刻我也无能为力。我可能有些东西要给你。是在纸上记下的笔记，但是，一旦整理出顺序，它们便是哥白尼学说的最好简介。那是日心说的概要，绝大多数人都看得懂。这样你满意吗？

　　马斯特林的脸色亮了起来。他终于把他的学生又重新拉回到自然哲学的笔直道路上，远离天空音乐的号角和纯洁的风笛声。

27

　　一回到林茨，开普勒就前所未有地努力工作起来，似乎回归故乡以及在图宾根的短暂停留都使他获得了崭新的元气。有一半时间，他都在写《世界的和谐》一书。他在探索中前行，就像之前探索火星轨道一样。但是他在研究什么呢？他想聆听天际的音乐，造物主谱写好这些音乐给人们听，造物主选择了开普勒，他把这首音乐唱给开普勒听。他对这种宿命没有感到丝毫虚荣，他屈服于此。他在行星革命阶段寻找这首音乐，在行星间、在它们的运行速度间寻找……却没有听出任何和弦。于是，就像曾经飞往火星一样，他向太阳飞去。通过检测行星角速度的变化，他可以从那里听到行星轨道的音乐。

　　另一部分时间他在做什么呢，他脱掉形而上学者的毛呢大衣，穿上自然哲学家的优雅的外套。他许诺马斯特林的、用于解释哥白尼学说出版物的若干注解所达到了前所未有的广度，这本书成为他所写过的最重要的书籍，至少从书的规格上看是这样的。让多面体见鬼去吧，这一次，让行星的音乐见鬼去吧。他将椭圆形轨道理论应用于所有行星，也包括地球，用本轮和对应点的概念使天空的秩序焕然一新，他还写了关于未来时光的《天文学大成》一书，他写这本书的时候或许并没有意识到这一点。

　　有时，他会受到国王、王子、地理学家和水手的要求和祈求，最终，他将如此确凿、实用的鲁道夫星表交付世界大国在各个海域航行、探索着所有的岛屿的时代，因此，这些世界大国比以往任何时刻都需要这些珍贵的数据来做指路的地图。但是，开普勒也这样答他们："朋友们，我恳求你们，别让我沉浸在数学运算中遭受痛苦折磨了，给我留点时间做哲学思辨吧，那是我唯一的兴趣。"

实际上，他也在第谷的观测中加入了自己的观测结果以及用伽利略望远镜所获得的观测结果，这些观测资料就放在他的办公桌上，触手可及。他不时查阅这些数据，将它们运用于自己的计算中。哪一位工人会在全力工作期间交出他的主要工具呢？

至于其他伟大思想：《世界的和谐》中的五本书以及《哥白尼天文学概要》的七本书是他一生的心血，开普勒的一生隐居在荒漠之中，远离人群与喧嚣。开普勒只用了四年时间便建立起自然庙宇的两根巨柱。他实现了这个奇迹，然而，战争敲响在他的逃亡之门上，到处都是点燃的柴火，要将柴火上的巫婆烧死。

开普勒刚从莱昂贝格回来六个月。他依然对自己写作、计算、观察时的流畅自如感到震惊，他的内心有一个声音告诉他要怎样写作。我们相信有一艘飞船飞向了未知的领域，这艘飞船是独自前往的，没有乘务人员也没有飞行员。但是，他的身边有一位警觉的船长：苏珊娜，她专注、谨慎、也很温柔，她明白丈夫此时此刻扮演的是最重要的角色。但是当他的心中有困惑的时候，她却无从知晓，虽然有时候他也向妻子说说知心话。她为开普勒提了一些好建议：让他沿河散步缓解一下情绪，还可以一边监督着印刷商，一边帮儿子路德维希温习功课，十一岁的路德维希是林茨中学的最好的学生。她还会阻止那些纠缠不清的访客，她满怀尊重地接待了他们，她成功得到了林茨人的原谅，她的出身如此卑微，她是皇室数学家心中的上帝的选民。

她知道如何帮助开普勒躲避国王的迫害，却不知道还要保护他的母亲。

1616年12月初，林茨下了一场厚厚的雪，林茨城躲在雪地里安眠。晚饭过后，开普勒遵守承诺，将路德维希和苏珍带到了观测台，他们在那里观测了一下纯净的冬季夜空中的星星，苏珊娜将小玛格丽特的被子盖好，给她讲了一个神话故事，然后，她又下楼给第二个孩子喂奶，他还是一个婴儿。孩子们都睡着了，忠诚的葛若达一边整理厨房一边闭嘴哼唱着她的故乡波希米亚的一首古老的歌曲，约翰和苏珊娜在烟囱前面监视着。苏珊娜在刺绣，约翰在读弗朗西斯·培根的《论事物的本性》，这本书是从伦敦流传过来的，作者为开普勒写的这本书。一阵敲门声吓了他们一跳。

——别动，我去看看，苏珊娜边说边站起身来。

片刻之后，她便回来了，用一种奇怪的声音说道：

——亲爱的，门外有一位女士，她……

那是一个弯腰驼背的矮小身影，全身上下穿着黑色衣裳，她走进大厅。约翰从扶手椅上跳了起来：

——妈妈！

——圣诞节到了，你妈妈来看望孙女孙儿们，你至于那么惊讶吗？卡特琳娜·开普勒用刺耳的、颤抖的声音说道。

苏珊娜笑了。现在她明白丈夫为什么会对妈妈做出难以应对、有时甚至刺耳的讽刺。老妇人转过身来，像命令仆人似的对苏珊娜说道：

——孩子，帮我把这件外套脱掉，再给我备上一杯热红酒。这个该死的地方真是冷极了。

苏珊娜服从了她的命令，走了出去。

——这是你的新妻子吗？我看她并不聪明伶俐，看起来那位也是一样！

——可是……妈妈，你是怎么到这儿来的？

——当然是走过大道、越过河流来的啦！难道你也认为我是骑着一把会飞的扫帚来的吗？

——我不是这个意思！你是自己来的吗？

——你哥哥姐姐能摆脱我，真是高兴坏了。现在他们把客栈卖了……

约翰几乎是强迫妈妈在烟囱旁的一把扶手椅上坐了下来。他用一条被子盖在母亲的双腿上。尽管她尽力掩饰，可还是看得出她冻得瑟瑟发抖。苏珊娜端着一只冒热气的碗和一些饼干回来了。

——真香啊，卡特琳娜说道。孩子，你在里面加了什么？

——妈妈，加了些桂皮。那是一种香料……

于是，老妇人的态度变得温柔下来。

——我知道这种香料。苏珊娜，告诉我……你也自己种植物吗？是真的吗？我觉得我们俩之间会有得聊。至少，你不像开普勒的前妻巴赫巴哈那样骄傲。愿她安息。

她将饼干在热红酒中蘸了一下，让它们变软，她的牙齿都掉光了，就用牙龈咀嚼着，发出轻微的吮吸声，她喝掉热红酒，用袖子背面擦了擦没有嘴唇的嘴，惬意地喘息着，最后说道：

——我已经没有力气了。小苏珊娜，告诉我，我住在哪个房间！啊，约翰，我刚想起来……牧师先生，你亲爱的姐夫，他那么爱你，他让我把这封信交给你。我想，他一定在这封信里赞美了我。为了严守秘密，我并没有打开看。

那是因为她并不识字。

第二天，在姐夫造作的解释和妈妈混乱的解释中，开普勒还是没搞清楚他妈妈突然来访是怎么一回事。苏珊娜则非常有耐心，她渐渐弄清楚了老妇人与儿子之间的故事。

开普勒从莱昂贝格离开后，经过审讯，他的律师得知理发师为他的妹妹堕胎的事情，他心甘情愿地唆使他们撤出了控告。他在公爵家非常得宠。相反，大法官卢瑟·艾因霍恩并没有放过他的猎物。他不能放弃自己审理的第一桩有关巫术的案件。其他所有被控告的巫婆都在市场广场上被烧死了，市场广场就在开普勒的客栈前面，从那以后，客栈就停业待售了。

艾因霍恩从事情的开端重新展开调查。除了兰博夫人之外，其他人都闭口不言，但是这是不够的。巫婆的儿子受到皇室的庇佑，因此不能用常规方式进行审判。于是，大法官决定在皇室数学家的盔甲上寻找漏洞，然后试着使他感到害怕：一面是因巫术而受到指控的、被遗忘的老母亲，一面是伟大的哲学家的声誉，对于艾因霍恩来说，毫无疑问，开普勒一定会在对自己最有力的方面做出选择。

至于开普勒的姐夫呢，这个牧师只想自保，他轻巧地对艾因霍恩解释道，在林茨，这位哲学家已经被路德主义教堂开除教籍了。这则消息很有趣，但是这也只是与个人信仰有关，与巫婆的所作所为没有任何关系。或者，在这些偏远地区，大家会认为死去的鲁道夫国王的布拉格是巫师和炼丹士的巢穴，在那里，魔鬼也可以自由自在地生活，就像生活在地狱般的宫殿里一样。大法官坚信，卡特琳娜一定从地里挖出了她父亲的头颅，把它做成了一个剖面，是为天文学家和他老师的安息日的夜晚而做的。艾因霍恩回到图宾根大学，在图书馆的前台自我介绍了一番，说自己是自由城莱昂贝格的大法官。图书管理员则告诉他图书馆这种地方不准外人进入。但是，出于好奇，管理员向他询问了本次来访的理由。艾因霍恩觉得自己应该碰碰运气，于是回答道：

——我是来查阅开普勒先生的黑色魔法书籍的。

门后，与他对话的是一位干零活儿赚学费的业士，他叫来一位同学，这位同学推着一辆小手推车，里面装满四开书籍。

——嘿，弗朗兹，快来看看我们面前这位帅气的小狱警。

就像图宾根大学的所有人一样，他们也听说了开普勒的妈妈卷进巫婆案的事情，去年春天，他们还前去拜访了图宾根大学最有名的校友。

——要不我们让他进来玩儿一会儿吧？今天我们这儿一个人都没有。

如此这番，莱昂贝格的大法官才看到约翰·开普勒的唯一一份手稿，这本手稿是由马斯特林寄放在图书馆的，名字叫作《哥白尼系统天文学摘要》。艾因霍恩不客气地要求两位学生让他安静读书，不要打扰他。这两个学生躲在一个书架后面观察着他，实在忍不住疯笑了起来。当然，他在法律的浅薄学识中学过些不规范拉丁语，他还是可以轻而易举地读懂《开普勒之梦》的，他读了起来。过了一会儿，他开始喘息、埋怨，低声嘟哝起来。

——安静点儿，一个学生对他说道，您打扰到大家了。

那天，在场的只有另一位读者，那是一位神学老教师，他聋得就像一只坛子。最后，这位法官坚持不下去了，他满腔怒火地喊道：

——你们都过来，写的什么莫名其妙的话，我怎么都看不懂。

——嘘！

两位学生站在法官的身边，翻译起来：

"……在我的梦境中，我读到一本从法兰克福的集市上带回来的书。以下便是这本书的内容。"

——啊，这本书的构思可真是精妙！叫作弗朗兹的那个人赞叹道。

——不错，实际上，我在一本意大利小说中看到过这种构思……我忘了那本书叫什么名字了。

——继续说，继续说，法官不耐烦地说道。

"……在我童年时期最初的几年，妈妈牵着我的手，或者把我扛在肩膀上，她经常带我去赫拉克火山的矮坡……她用各种方式采摘草药，并在家熬制草药。她缝制一些小袋子……"

——我还是翻译成"小口袋吧"。

——是的，实际上，这样更好些，尽管原词的后缀是"袋子"……

——您读完了吗，读到最后了？

"……一些用羊皮缝制的小袋子……有一天，我好奇地打开了一个……"

——啊，啊！艾因霍恩放声大笑起来。这些袋子是做什么用的？来吧，继续读！

"……我们不接受任何宅在家里的人，不管是胖子还是脆弱的人；我们会选择终生奔波在战马上的人，或是经常乘船去印度的人，他们习惯了以饼干、大蒜和熏鱼为食。对于我们来说，干瘪的小老太太们也做得到，自从童年开始，她们就习惯于跨越夜间的山羊、经过分岔路口，穿着旧外套走过跋涉的路。"

艾因霍恩发出胜利的呼唤。

——我了解啦！我现在听够了，请您总结一下吧！

这两位学生在想是不是他们做了什么蠢事。原来这位孤陋寡闻的人，把神话故事当成真事儿了。

——来吧，总结一下，不然我生气了！

——好吧，主人公编造了这个故事，借此完成他的月球之旅……

——开普勒！你这个笨蛋！你是第一个控告你母亲的证人。另外，你还以书面形式写了出来。做得漂亮，做得漂亮……

他得意地拍手，向大门走去。在大门口，他转过身去，以一副威胁的神情说道：

——你们两个给我小心点儿……我可不喜欢别人嘲笑我。我可盯着你们呢。

一回到莱昂贝格，艾因霍恩就闯到牧师家，自从客栈关闭，卡特琳娜就住在这里了。老妇人只身一人。每一次与大法官面对面的时候，她都会情不自禁地感到恐惧，对于法律人的恐惧，正是明显的罪证。这一次，艾因霍恩对卡特琳娜说，他又找到了一个能证明她有罪的新证人，不是别人，正是她的儿子约翰，他在自己的书中白纸黑字地写着呢，说他妈妈发明了一种灵丹妙药，能使他一直飞到月亮上去。尽管她陷入模糊的记忆中，但是她又一次否认了：有一次，孩童时代的约翰病得非常严重，大家都觉得他命不久矣，她根据开普勒姑姑的药方为开普勒做了一剂香膏，随后，在一个月色发红的夜晚，她把开普勒带到了山岗上，为这个七岁的小男孩涂抹身上的浓包。月亮和香膏救活了她的儿子。但是，她是不会对大法官讲这些的，这是真正的魔法。

　　法官又拿起指控卡特琳娜的完整人员名单。他们两人对这份名单都烂熟于心。以前，都是大法官指控她有罪，她否认。但是这一次，想到儿子在某本书里说自己是个巫婆，一想到这个，她便心绪大乱。还有一件事情，她觉得更加要紧：她对那个搬砖的小女孩儿施魔法纯属玩笑，但是自从上次摔倒以后，她就没有康复，现在变成了瘸子。卡特琳娜很确信，她那天一定是在不知不觉中施用了魔法，连她自己都不知道自己拥有这等法术。大法官说起这件事的时候，她惊慌失措，差一点就承认了，她努力站稳，恳求着：

　　——法官先生，求您了，把这件事移除您的卷宗吧！

　　——开普勒女士，你终于承认啦？

　　——我什么都没承认，但是……不要再说这个了，这会给我们两个人都带来厄运。

　　她越讲越糊涂。用眼神在屋子里寻找着，看什么东西可以拯救她……她看见烟囱顶上，有一个银制的、高大的高脚杯。或许那是一个圣体盒，总之是个圣杯；她将它取了下来，跪在地上哀求道：

　　——拿着吧，大法官先生，这是给您的辛苦费，忘了这件搬砖女孩儿的事情吧，在您的笔录中将这件事删除了吧……

　　门开了；牧师和玛格丽特走了进来。

——发生什么事了？大法官先生，您到我家来做什么？

——妈妈，你又在做什么？玛格丽特惊呼道。快起来，把这个圣杯放回去。这是约翰送给我的新婚礼物……你可真滑稽！

接下来便是一团糟的解释，从中可以看出，大法官从此掌握好了所有重新开庭的证据，这件事情从此以后因为试图行贿的行为而变得更加严重了。

从第二天开始，牧师宾德尔就与克里斯多夫·开普勒商量好，给斯图加特公爵的司法总部写了封信，信上说，如果卡特琳娜由于巫术而遭到控告，她的家人还要求继续开庭审理寻求正义。然而，玛格丽特包裹好妈妈单薄的行李。随后，她陪老妇人走到前往尤母的邮车，将她托付给马车夫。三十多年来，卡特琳娜还是第一次离开故乡。她是怎样登上驳船的？她可真走运：虽然当时已经是 12 月初，多瑙河还没有结冰。

28

卡特琳娜·开普勒在大儿子家待了九个月，最终将这片祥和的港湾演变成了地狱。她将掌控这栋房子当成自己的首要任务。以前，她自己的旅店也称不上整洁，可她现在却到处寻找着最小的灰尘。从批评儿子的工作室开始。开普勒去了印刷厂，他去查看一下 1617 年的星历表的出版情况。苏珊娜呢，她同孩子们去了埃费丁，到她同父异母的姐姐家的冬宅去了。老婆孩子的出行是约翰和施塔勒姆贝格公爵夫人一起密谋的，为了照顾孩子们，尤其是苏珍，到 7 月份她就满 15 岁了，她的祖母决定严格限制她的教育。实际上，这个优雅的少女对天文学非常感兴趣，于是父母决定亲自教她只面向男孩子的基础教育。年迈的客栈老板觉得这样做不妥，应该给这孩子找一个好老公，她总是三番五次地去烦扰年轻的孙女，因此，女孩也对祖母说了有些晚辈不该说的话，祖母拒绝饮食，并日渐衰弱下来。女公爵与开普勒达成一致，他们决定，在脾气暴躁的老妇人住在家里的这段时间，让苏珊娜寄住在贵妇人家中。

对于约翰·开普勒来说，工作室可是个圣地。如果没有得到他的许可，没人敢迈进他的工作室半步。只有他自己知道里面的物品是怎样摆放的，当苏珊娜和女佣人葛若达好心地唠叨他的房间乱得有些看不过眼儿时候，他故作惭愧地回答说，那叫乱中有序。就像他自己所说的，在 1617 年初，他的"工地"是最不具有法老时代特点的。他的工作室中有《世界的和谐》《哥白尼天文学》，一本天文星历表集，还有让人烦忧的鲁道夫星表和会计学。补充一点，从那以后，他妈妈的巫婆案件就止于那几本手稿和卷宗了。

于是，卡特琳娜出于好心，决定整理一下儿子的办公室：把文件放在一边，把书放在另外一边，毛笔，墨水，圆规和尺子放在别处，就像她在旅店中摆放碗碟似的。当开普勒回家、目睹了这场灾难之后，他差点掐死自己的母亲。他们俩哭得一个比一个大声，直到突然一瞬间，开普勒想起童年时期父母之间可怕的争吵。于是，他把妈妈赶出自己的工作室，并按照自己的方法整理了起来，自从第二次结婚以来，他就没发过脾气，现在，这些火气一股脑地都涌了上来。仆人葛若达走了进来，她满眼泪水。这还是她第一次自作主张地踏进这屋子。

——又怎么啦？开普勒问道。

——我要离开这里，先生。我把围裙还给你。您的母亲……她打了我。用一个铁钩子打了我。

想到那个干巴老太太打了这只硕大安静的恐龙，开普勒就想发笑，但他只是请求葛若达等到他的妻子回来再做决定。苏珊娜无能为力；葛若达回到了她的故乡波希米亚，连她也坚信开普勒的妈妈就是个巫婆。

于是，这位老哈尔庇厄*开始向儿媳妇挑衅，但是儿媳妇用温柔和耐心的挡箭牌接招，使她窘迫不堪。随后，她离家出走了。经过一天的寻找，大家在码头找到了她：她正等待着回到莱昂贝格的驳船。7月，死神进入林茨城墙内的大房子。一种沼泽地带的流行热病侵袭了整座城市，每个夏天都会发生这样的事情。苏珊娜的长女小玛格丽特在这场病疫中死去了。孩子的母亲悲痛欲绝，丈夫特别害怕她会像前妻巴赫巴哈一样用极端的方式来结束自己的生命。雪上加霜的是，年迈的开普勒母亲还火上浇油，她指责儿媳妇没有让生病的小孙女喝下她研制的药水。开普勒明白，只有将他妈妈送回去，才能拯救自己的妻子。他已经给符

---

*　希腊神话中长着翅膀的女妖。——译注

腾堡邮寄过多封请愿书，但是都没有得到回应，莱昂贝格的大法官对他说，只要卡特琳娜回来，他就会出示证明她有罪的第二份材料，那些只不过是反对卡特琳娜的更加荒谬的证据。最好的方法便是各归各位。无论如何都要这么做。

卡特琳娜的旅途一路平安；一想到自己亲爱的故乡，老卡特琳娜就安静了下来。应她这个多余的儿子的第一次要求，她停下了喋喋不休的聒噪。开普勒终于可以安静地读吉奥赛夫·扎利诺的《阐释和谐》了，并在书中做了些标记，并且阅读了他从前的学生文森索·伽利雷强有力的论断：古典音乐与现代音乐间的对话。对于文学类书籍来说，伽利略还是他的父亲呢！

开普勒在符腾堡呆了将近两个月，他辗转在斯图加特，图宾根和莱昂贝格之间，四处请愿。司法部和律师试图说服他将妈妈带回林茨，因为这样就万事大吉了。但是开普勒是一只顽固、爱叫的小狗，咬住自己的骨头不放。他变成一个打官司的高手，可以灵活掌握诉讼程序的缺陷，就像计算复杂的多面体的容量一样熟练。最终，战争陷入僵局，大公爵让一世听说他儿子的外科医生为人打胎的事情之后，亲自传唤了开普勒和大法官路德鲁斯·艾因霍恩，命令他们把这份文件处理掉，并且要求他把被告卡特琳娜的那份文件也给撤销，她已经七十多岁了，活不了多久了……于是，卡特琳娜回到她的牧师女婿家，她的儿子又回林茨去了。开普勒一定感觉解放了，有一种如释重负的轻松，可是并没有！他感到内心有一种不满的苦涩：这是他生平第一件悬而未决的事情，他没有找到问题的解决方法。

结果是，他又找到另一个解决办法，这办法还不赖。他的瑞士朋友约斯特·布吉是国王的钟表匠，他的一位联系人——英国人亨利·布瑞格是牛津大学的老师，亨利为此向他提供了一个珍贵的工具：对数计算。对于一些数学家来说，一旦他们的同行发明了一种可以方便计算的方法，就会心生不满，开普勒可不是这样的人，正相反：他认为，事情变得越简单，也就越美丽，也更接近造物主的本意。

开普勒正是运用这些对数建立起他心目中的造物者的主要庙宇，虽然我们并不知道到底是刚刚去世的维埃·纳皮尔发明了对数还是布拉格的布吉：在这部作品中，只有最后一本是关于天文学的，前几本书涉及的是其他领域的知识，比如说，书中也蕴含了雅典哲学，但是也受到一些当代发现的丰富和启迪：规则多边形，全等形状，音乐、建筑、形而上学、甚至是心理学上的和谐对称！

在前言中，他发出胜利的呐喊，非常不低调。他提到自己二十五年前的灵感，这灵感在写《宇宙的奥秘》之前就出现了，随后便展开了疯狂的探索，九年后，在《新天文学》一书中，他从物理学事实的角度写道："是的，我放弃神圣的狂热。迎接挑战，我向所有死去的人招供：我偷了埃及人的金花瓶，以此为上帝搭建一个神龛，远离埃及国界线。如果你们能原谅我的话，我会非常高兴。如果我的做法激怒了你们，那就算了。如今，我为我的同辈人写了一本书，这本书也是写给子孙后代的。这对于我来说都一样，为了迎接一位读者，这本书可以等上十年。为了等来一位目击者，上帝已经等待了六千年。"

他已经找到了天空的音乐。他听到这首音乐，并仔细聆听着。他见证着这一切。上帝创造出一个音乐与几何学相得益彰的宇宙，创造出了一场宏伟壮丽、永恒的音乐会。这一切都关于视野，关于观众身处何方，关于他刚刚看到和听到的事物。如果说这便是神圣的真理，那他应该闭上眼睛，陷入了沉思：他观察到行星沿着完美的多面体运转，每一个行星是婉转的和弦。

开普勒用二十五年时间建造起的庙宇变成一座剧院。同时它也是一座迷宫，在这座迷宫里，他耐心地引导着读者，并且告诉读者，即使建筑师有时也会在里面迷路。歌颂着世界和谐的管风琴的强有力的声响有时也会平息，这只是为了让人听见一些顽皮的小曲段，它们会时常强调一下开普勒的文字：要提示读者的是，若想弄清楚这台神奇机器的运行机制，如果想了解这台机器的内部构造，就要接受以下观点：1.所有行星轨道都是椭圆形的，太阳是其中的一个焦点，2.被矢量光线驱散的空气从太阳中心发射出来，一直行至行星中心，行经的路程与时间成正比。在接受这两点的基础上，你就已经做好接受开普勒刚刚发现的终极法则的准备了，他是这样描述的：

"如果大家想知道明确日期的话，这条法则是于今年 3 月 8 日在我的头脑中成形的。但是由于运算的失误，我觉得它是错误的，因此把它从头脑中赶走了。总之，3 月 15 日，它又突然回到了我的脑中，它征服了我思想中的黑暗，它与十七年来我对第谷的观测资料的整理，以及我目前的研究如出一辙。于是，我印证了这条千真万确的法则：连接行星上两点的周期时间比例，是它们与太阳之间距离的平均 1.5 倍远。"*

前一年，《哥白尼天文学概要》的前三册，《世界的和谐》的五册书从林茨的新印刷商的印刷厂出版，新印刷商名字叫作约翰·布朗索思。

然而，国王有许多烦恼。马蒂亚斯一世已经年过六旬，他的健康状况岌岌可危。他于晚年结了婚，他哥哥没办法阻止这场婚姻，他表姐没给他留遗产。哈布斯堡王朝从那以后便建立一项传统：为了将继承者强加于广大选民，马蒂亚斯摘下波希米亚国王的王冠，随后，也摘下了他的表兄——匈牙利国王菲尔迪南的王冠，他是奥地利的大公。"大公"的头衔本可以为菲尔迪南带来荣耀，就像法国的王储和英国的亲王一样。只要身处这个位置，等着继承皇位就行了。

_____

　　* 这里所说的是著名的开普勒第三定律，五十年之后，这条定律为牛顿的万有引力定律的研究工作提供了支撑，如今在天体机制的运行上，也被广泛使用。翻译成现代语言，这条定律也可以说成："各个行星绕太阳公转周期的平方和它们的椭圆轨道的半长轴的立方成正比。"——译注

　　但是，菲尔迪南不想被动地等待皇兄死去。他是一个胆小的天主教徒，由基督教人士养大，他命人关闭波希米亚新王朝中心的两座新教庙宇。与此同时，他还撕碎了鲁道夫二世的诏书，诏书上说，要给这座国家的人信仰自由的权利。一项皇室改革委托书进驻布拉格的皇室城堡，确保菲尔迪南的计划得以坚定不移地执行。自从鲁道夫去世，哈德森就被戴着皇冠的人们遗弃了。这里有太多游魂。图尔恩的公爵受到委托，但是他和两个朋友只受到两位官员的接待，一位代表马蒂亚斯，另一位代表菲尔迪南。他们将两位官员从一楼的窗户扔了出去，并且小心翼翼地确保这两个不幸的人是近网短球降落，让他们落到地上的粪堆中，这只是一个象征性行为，模仿两个世纪前将国王的钦差大臣扔出窗外的行为。不同的是，这次地上放的是牲口的粪便，而两个世纪前的那次则是将人扔在尖锐的长矛上。那会儿，大家都没太在意这件事，在波希米亚的新教徒与奥地利的天主教徒之间，这种意外事件时有发生。

　　1619年春，开普勒和马斯特林庆祝他们在法兰克福的书市上重逢。在沉默了几十年之后，图宾根大学的老教师带来了一本关于去年出现的两颗彗星的论著。他曾经的学生——皇室数学家对老师行屈膝礼，延迟出版了"两个美丽的流浪汉"的小论文。要说的是，法兰克福书市刚刚出现《世界的和谐》一书。

　　大家激烈探讨着彗星轨道以及彗星的自然属性，市长已经将市政府的接待大厅交给学识渊博的人管理。大家都将注意力都转移到皇室数学家身上。突然间，大钟发出丧钟的哀鸣。

　　——开战了吗？有人担心地问。可是集市一直都处于休战期啊……

　　一位副市长走了进来，他用能让所有人都听到的洪亮的声音宣布道：

　　——三月二十日，国王马蒂亚斯一世陛下于维也纳城去世。

　　大家纷纷脱帽，做出一副应景儿的悲痛神情。

马斯特林对开普勒耳语道：好啊，你有新主人啦。

——没什么新旧的分别，皇室数学家反驳道。虽然身受菲尔迪南统治，但我还是觉得自己听命于先王鲁道夫，托您的福，我才得以当上皇室数学家。

——我觉得你不应该抱怨。

——请您相信，我的抱怨毫无裨益，因为即将会有更多不幸。老师，无需星体，就可以预测我在《世界的和谐》一书中写了什么：明天，地球会重新歌唱，"咪，发，咪"。

"咪，发，咪。"悲惨和饥饿从此将长期统治我们的驾驶室。这依然是不变的旋律。

29

马蒂亚斯于 1619 年的死也埋葬了《世界的和谐》，因为国丧期间法兰克福书市也关闭了大门。开普勒仔细研读了人类历史，他明白，不历经几番周折，皇位的继承是无法完成的。鲁道夫去世后，开普勒被迫流亡林茨。对于他来说，马蒂亚斯的死又预示着什么呢？总之，未来的国王菲尔迪南知道自己要的是什么。奥地利和施蒂利亚从前的大公是改革派的受害者，使他受到威胁的，首先便是自己数学家。他已经戴上一顶王冠了，没有必要再换一个。

开普勒决定按兵不动。他继续在法兰克福待了一个月，将那本彗星方面的书印刷出来。这本书一经出版，他就觉得是时候合上箱子回到林茨静观其变了。他非常想念苏珊娜和孩子们。印刷商的屋子里有十几本新书的样书，他做这些都是为了续租法兰克福市政府借给他的公寓，一位身穿黑色长袍的耶稣会会士向他走来。

——顾旦神父，是您啊！他惊叹道。您一直承诺要给我们一本书，您到这儿来是为了履行诺言吧？比如说，哥白尼与您同僚的有力争辩……

——真不幸，亲爱的老师，我只为《算数组合问题》和《关于从重心运动而来的地动地理学问题》这两本书写过开篇题词。我可没有您那同时书写三万种事物的杰出本领。我一直支持第谷的天体系统。明天您也不能使我信仰相信日心说。

——我没有使您改变信仰的杰出本领，这一点倒是千真万确。

面对开普勒刻薄的话语，这位从前的加尔文派教徒没有回击，他继续说道：

——我到法兰克福来可不是为了一本书，我是为加冕而来的。实际上，在大选民的拥护下，菲尔迪南三个月后会在这里加冕称帝，是在这里，而不是在维也纳，因为首都受到波希米亚军队的威胁，这支队伍是由亲王费德里克率领的，他也觊觎着皇位。

——还要进行这样的对调啊！这样说来，这便是波希米亚和奥地利之间的战争啦？

——相信我，这场战争不会持久。巴伐利亚的马克西米连已经臣服于哈布斯堡王朝的军队，他的部队已经到林茨了，而且……

——已经到林茨了？可是，我的家人怎么办……我要立刻离开！

——亲爱的先生，您尽可放心，我正要说这个呢。我已经同列支敦士登公爵达成共识，他在此期间担任市长，他是像我一样虔诚的天主教教徒，我们已经采取一切措施保护您有魅力的妻子和漂亮的孩子们。您不必担心他们，苏珊娜·开普勒夫人让我把这封信交给您，您看看就知道了。

开普勒机械地接过信封，甚至忘了要对这位耶稣会会士的帮助说声感谢。他表现出一副惘然若失的样子。这种热忱，这位在苦难时刻不离不弃的伴侣，又让他激动得发抖。

——我应该怎么做？古尔丁，老伙计，给我点儿建议吧！

——我又不是医生，我可治不了你的病，但是首要任务，便是要把我们收编到"哥本哈根没有鼻子的天文学家"的麾下，在那里可以品尝到莱茵河的白葡萄酒，它一定会让您醉倒在地，亲爱的先生，请允许我盗用您的一本书，比如说，写给我的那本，然后……

然后，古尔丁说服开普勒，让他在法兰克福再待上两个月来辅佐新国王加冕。他对开普勒保证，在开普勒继续任职皇室数学家的职务问题上，菲尔迪南，至少菲尔迪南的议员们不会设置任何障碍，因为他是格拉茨的耶稣会数学老师，他就像一个小鬼似的，围着基督教团体东奔西跑，才得以保住皇室数学家的职位……

暂停一下，我们先来看看一把年纪的古尔丁神父长什么样。可以看到，他戴着一顶黑色三角教帽，非常符合他的身份，他有一只大鼻子，长着茂密的白胡须，这些都掩盖住他的圆润。按照惯例，不知名的艺术家向他投来深沉而肃穆的目光，那是所有自然哲学家都有的目光。古尔丁还有什么特点呢？他应该是一个小胖子。没有别的了。然而，这人是那样平凡，一时间的雄心壮志湮灭了他的才干，他像圣皮埃尔一样否定了自己的想法，没有等到哈布斯堡王朝雄鸡胜利的啼鸣。他放弃了自己的信仰，也放弃了日心说，拯救了开普勒——被逐出教会的异教分子，帮助他保住了皇室数学家的职位，那么他一定能为了自己的利益出卖开普勒。可以说，有时候，耶稣会人的心肠还比不上他们的衣服黑，咪发咪协定不能唱得更难听了……

——还有一点，亲爱的先生，如果不论我多么努力，菲尔迪南都撤销了您的职务，那您还可以到波伦亚大学去任教，自从我们的同胞马瑞尼去世后，那个职位就一直空着。

——古尔丁，在这一点上，您对我的要求可有点儿多了，开普勒平静地回答道，他从耶稣会朋友信誓旦旦的话语和莱茵河的白葡萄酒中冷静下来，这白葡萄酒还真是件乐事。

——那么，走吧！皈依到天主教来！风水轮流转。我们的朋友伽利略身边一定很需要您这样一位盟友。

——向日心说的一个"小小"转变！神父大人，那您自己去当他的盟友吧！托斯卡纳的检察官、您的红衣主教贝拉民需要做的只是回到自己的窝里，我想说的是他的祈祷室，在那里思索一下焦尔达诺·布鲁诺是如何殉难的，他自己便是杀死布鲁诺的刽子手。死亡、磨难，柴火……为什么这些人就不能让我们平静地探索世界自然的哲学呢？我们什么坏事都没有做，只想展现出宇宙的真正的美。反之亦然！

——这到底是为什么呢？古尔丁回答道。

耶稣会会士愚蠢地、逆来顺受地叹了一口气，这本应是莱昂贝格客栈的老店主，或是死去的巴赫巴哈·开普勒——格拉茨的磨坊主的女儿才会说出来的话：

——没错！您到底想怎样？事情就是这样，生活本就如此，我们无能为力！

而约翰·开普勒呢，他觉得自己可以为此做些什么。但是他能做什么呢？他等待着 7 月份到法兰克福去参加菲尔迪南二世的加冕仪式。他低调地待在皇室数学家的位置上，是礼宾司的长官为他任职的。新国王没有召见他，接见他的是一个无名小卒，这名小官员同意将死去的国王马蒂亚斯和鲁道夫拖欠给开普勒的三分之一的工钱付给他。现在是时候要回家了。他迫不及待地想见到苏珊娜——他生命的暖阳、光芒，他想将苏珊娜柔软的身体抱在自己瘦弱的怀抱中，想亲吻孩子们的脸颊。他将衬衫和衬裤胡乱塞进手提箱，随后将他的书籍和手稿装进行李箱。女仆走了进来：

——开普勒先生，楼下有一个士兵想见您。

——跟他说我没时间。如果再有这些节外生枝的事情，我就赶不上邮轮了。快帮我把这些该死的行李打包好。

一个带着浓重外国口音的声音说道：

——先生，请原谅我的叨扰，是贝克曼先生把我引荐给您的……

开普勒站起来，转过身去。站在他面前的，是一位身穿巴伐利亚大公爵马克西米连的军队制服的年轻军官。士兵将一封推荐信交到开普勒手上。

——贝克曼？是那位无神论原子物理学家吗？嗯，举荐得好。我非常崇敬他。但是，孩子，真的很抱歉，我没有时间了。我一会儿就要回家。过几个星期到林茨来看我吧……

——先生，请允许我再坚持一下。我的整个命运都取决于能否与您相会。我想了解关于世界自然、火星的椭圆形轨道和折光学的一切。我已经拜读过您所有著作了，我多么希望与您聊聊，在我心里对您崇拜至极，您简直就是托勒密重生……

开普勒感到这位士兵激动的血液已经涌上了脸颊。怎么就不能让他冷静些呢？

——年轻人，我再说一遍，我现在没有时间接见您。这一切都烦透了！您自始至终都像一群围着尸体打转的苍蝇似的，这是做什么？贝克曼令人生厌。古尔丁令人生厌。法兰克福令人生厌。国王令人生厌。还有您，先生……

他朝信封上扫了一眼，看了看这个不知趣的讨厌鬼的名字：

——还有您，先生，您也令人生厌，勒内·笛卡尔先生。

30

咪，发，咪……布拉格发起暴动，国王菲尔迪南二世被推下皇位。菲尔迪南二世没有想到自己会下台，也没有想到耶稣会会士会进入学院。波希米亚的王国将王位传给年轻的费德里克王子，他是具有选侯权的莱茵伯爵。新教联盟向维也纳走去，在推翻哈布斯堡王朝国王的事情上，联盟坚信人民以及新教徒王子们会与他们同心同德。菲尔迪南二世无能为力。我们刚刚得知，由波希米亚人选举出的另一位国王是加尔文派教徒，他于 1619 年 11 月加冕。为了制造声势，他娶了约克的公主——雅克一世的女儿，英格兰教会的首领。路德主义教徒公主会嫁给教皇的儿子或大公爵呢。一些人还谨慎地保持着中立，其他人全心全意地追随着哈布斯堡王朝的天主教徒菲尔迪南，作为回报，菲尔迪南将他们丧失的土地分给他们。在此期间，波希米亚和奥地利的雪花开始沾染血色。

咪，发，咪。对于新教联盟的人来说，这场战争并不是波希米亚和奥地利之间的冲突。天主教联盟看待事情的方式有所不同。正因为如此，春天来临的时候，巴伐利亚大公爵征集来的军队与从维也纳前来的皇家军队一道前往林茨。既没有围攻，也没有抵抗：夏尔·德·雷顿斯坦公爵操控着整座城市，他为皇家军队和巴伐利亚军队敞开大门。曾经中立的路德主义教徒或许获得了启示，转而信仰了天主教，并且将当地的所有改革派驱逐出境，只留下两个人：那便是皇室数学家和印刷商。毕竟开普勒为他做过那么多鼓舞人心的预言！

随后，雷顿斯坦加入布库艾和蒂莉公爵的队伍，这两个人分别是行走于布拉格的皇室军队和巴伐利亚军队的首领。没过多久，他对哈布斯堡王朝肝脑涂地的贡献便得到了回报。从 1620 年 11 月起，波希米亚人就在白山峰战役中被歼灭了，16 000 具尸体染红了山坡。两位国王之间的战争只持续了一年。雷顿斯坦将被任命为布拉格地区的军事指挥官，由他负责歼灭异教。他出色地完成了自己的任务，这使他获得了"血色军官"的可爱的绰号。在市政府广场上将要掉下来的头颅中，便有医学院的院长——教授人体解剖学公共课程的第一位外科医生、第谷和开普勒的朋友：杰森纽斯医生。正如波希米亚的歌谣中唱的：

莫尔道河的流水中，滚动着头颅和石子，

布拉格见证了两位国王，

两位国王都下了台……

咪，发，咪……皇家军队从林茨卷土经过之后，一切又恢复了往日的平静。改革派们都回来了，只有丹尼尔·希茨利尔牧师没回来，几年前，开普勒就失去他的消息，开普勒手捧着从前将他逐出教籍的人编写的有趣的《音乐故事》。

世界上，皇室数学家拥有众多知心朋友和真诚的崇拜者，他们都担心开普勒会在这场血雨腥风中丧命。他们都建议开普勒到波伦亚大学去做数学老师，自从马瑞尼死后，这个位置就一直空着，与此同时，耶稣会会士古尔丁也想将开普勒拉入不仁不义的境地：他二十岁的时候才改信天主教，因被迫害而被迫改变了信仰。荒谬的提议是：林茨的流亡者不是所谓的见风使舵之人，他不是投机改变宗教信仰，他的所有书籍都被圣职部记录在册。他们给开普勒的其他建议是在远离冲突的地方寻找一处避难所。在这些建议之中，最严肃认真的一个来自英国国王和他的首相弗朗西斯·培根。

我，约翰·阿斯克鲁供认不讳，在这件事中，我可没有扮演任何角色。在马蒂亚斯去世前不久，我被召回英国参加一次政府变更会议。此外，由于我的朋友托马斯·哈利奥特在殖民地种植烟草，我在伦敦维吉尼公司的投资开始获得收益。我时常会在"夜校"的秘密会议中见到这位托马斯·哈利奥特，他的嘴因吸吮铜绿而变了形。我是个已婚人士，我只想从此过着乡下绅士的太平日子，如果林肯郡的天空同意，只想悠闲地透过我那美丽的望远镜凝望星辰。

1620 年夏初，国王又对我进行传唤，因此我又无法安享退休的清闲了。在大首相弗朗西斯·培根、上议院议员纳皮尔的陪伴下，国王陛下私下召见了我，纳皮尔是不久前死去的著名数学家的兄弟，是乔治·威立耶的新宠。雅克一世将他的女儿嫁给亲王公爵弗里德里克五世，"另外一位国王"的罗马人气质并不浓厚，但是他的日耳曼气质却非常浓厚，大家都把他叫作"冬日帝王"。我的任务是秘密劝告"另外一位女王"，在即将到来的大陆战争中，保护英国表面的中立态度。我们最好能到海上去反对西班牙的哈布斯堡王朝。最后，对于这次私人会面，国王是这样对我总结的：

——阿斯克鲁，我还要求你不惜一切代价将著名的开普勒送到我们这儿来，他恭维我说我是新亚历山大，他也真诚地将自己比作新迪奥杰内。或者说，我并不想隐藏他的光芒。但愿他不要忘记将《鲁道夫星表》装进自己的行囊。不久之后我们就会用到这份星表。

一出门，为了鼓励我能说服开普勒到我们的岛上避难，培根和纳皮尔给我看了开普勒为他们所写的题词，《世界的和谐》和 1620 年的《星历表》。实际上，那是两封求救信，是以一种略带讽刺的风格和他所特有的双关语写成的。

一到大陆，我就以最快的速度前行。在这种不确定的时刻，所有事情都瞬息万变。一路战马厮杀不断，当我到林茨的时候，战役已经打到了布拉格墙下。我并不走运。秀色可餐的第二任开普勒夫人面带愧色地接待了我。她丈夫外出旅行了，她也不知道要走多久：开普勒的母亲又一次因为巫术进了监狱，他到莱昂贝格保护他母亲去了。我迟疑了一下，调整了一下步伐，向符腾堡走去。哦不，我在布拉格还有任务。我应该去保护我们国王的女儿：伊丽莎白·斯图亚特，莱茵河畔的皇室公主，波希米亚的皇后，冬日女王。

31

　　现在，大法官路德鲁斯·艾因霍恩该满意了。莱昂贝格秩序井然，大家都非常感激他担任市长。五年来，已经有十几位巫婆受到审判和处决。撒旦也离开了城市、乡镇、牧场和森林。再没有人怨天尤人，也没有人抱怨森林中的杀戮。如果偶尔有人敢对此说长道短，艾因霍恩可以瞬间分辨是非。然而，不管他取得了怎样的成功，在他心中，依然有一个苦涩的未了心愿：那便是开普勒的母亲，卡特琳娜隐居在牧师女婿家，她那魔鬼般的行为没有受到任何惩罚。自从这位女巫师回去之后，他的左肩就时常阵痛，难道这不是巫术吗？关于开普勒母亲，他所积累起的无数资料中的第一百份，足以烧死任何一个人……

　　在开普勒母亲回家的两年时间里，每当他又重新获得宣判开普勒母亲有罪的新证据，他都会去斯图加特。官员们被这位怪人的固执激怒了，他们将这件事相互推诿。他们把这当成对新职员的一种考验。

　　那一天，他的思绪被刚刚发现的新线索填满，他觉得又可以开庭了，他发现大公爵的宫殿行动异常。他担心的事情还是发生了，大家告诉他，邻国巴伐利亚刚刚征集一支大军，想入侵波希米亚，但是，这支军队的一部分行至西面、转向了路德主义的符腾堡，依然在两位国王的斗争之间保持中立。艾因霍恩并不把这些事情放在眼里。他想要的，是审判开普勒女士，莱昂贝格的法庭认为她是巫婆。最后，他在一间办公室找到一位老法官，他不止一次纠缠过这位老法官，他觉得这位法官比别人都有耐心。但这一次，老法官却没有特别耐心，因为他心里挂念着在布拉格大学完成医学学业的儿子。

——法官先生，这些巫婆事件让大家厌烦透顶，您没瞧见吗？法官先生，现在可是战争时期！巴伐利亚的军队已经杀到林茨啦。回去吧，您想烧死谁就烧死谁，没有人会跟干扰您。我们消停些吧！

艾因霍恩满意地离开了：他得到了司法部的担保。如果林茨被包围，那么卡特琳娜的儿子开普勒——这个可怕的对手就失去了武器。尽管如此，一切都会在法律框架内进行，会按照审判所需的时间来完成，但是，没人知道他会怎样曲解法律，又会怎样歪曲诉讼程序。

1620 年 8 月 7 日晚，四个带着武装的男子来找卡特琳娜了，他们听命于另外一位军官，城里的镀锡工克里斯多夫·开普勒。她的牧师女婿轻而易举地就让他们闯进门来。但是老妇人大喊大叫起来，她哀求着民兵，呼唤着他们以及他们父母的名字，努力使他们回想起童年做过的游戏、他们在树丛中摇晃着女孩儿们，但是她忘了说，在这些女孩中，有两个已经被烧死了……这些强壮的士兵都很害怕这个干巴小老太太，她那没牙的嘴里冒出可怕的话语。她可以唤醒整个莱昂贝格。士兵们困住她的手脚，塞住她的嘴巴。

——如果在去黑鹰监狱的路上，她还是不停地诅咒我们怎么办？军队中最年轻的士兵担心地问道。

——你说得对，年轻人，中士回答说道。还是小心为妙，牧师先生，借用这一下这个衣柜。我明天还给您。

他指了指衣橱说道。这衣橱足够装下三个卡特琳娜·开普勒这样身材的巫婆了。

——请允许我征求一下妻子的同意，让仆人将它清理干净，女婿回答道。

玛格丽特逃到一楼，官兵如此虐待她的母亲，她被这样的场面吓到了。于是，牧师和民兵将衣柜中的被单、衬衫、桌布、毛巾通通清理出来，堆放在桌子上，动作就像符腾堡大公爵家的女佣一样小心翼翼。清空大衣柜后，士官将蜷缩成一团的卡特琳娜抱过来，将她塞进伫立在一旁的衣柜中。牧师关上衣柜门，将钥匙交给军官。这支小部队穿越四分之三个莱昂贝格，然而，他们抬着的衣柜就像是王子和罗马日耳曼国王的丹麦的数学家的棺材一样。

在黑鹰监狱的审讯大厅，士兵将卡特琳娜松绑，依据规则正式为她戴上手铐，在大法官面前受审。当时已经是晚上十一点钟了。在进行新一轮审讯之前，艾因霍恩朗读了32—60句诗文，以及马修的福音书的第二十七章。随后，他命令道：

——书记员，请您查看。

书记员站起身来，向被告走去。他碰了碰卡特琳娜的眼皮。

——被告的双眼干涩，他站起身，说道。

——请记下来：在回想起我们的救世主基督耶稣受难的时候，被告没有哭。

——大法官先生，那是因为在漫长的一生当中，我已经流过太多泪了，我已经没有眼泪可流了，卡特琳娜回答道。

——记录员先生，将被告的回答也记录下来。

这是控诉世界上最著名的天文学家的母亲的第五十位法官：她在读耶稣受难的时候没有哭。

当天夜里，玛格丽特给林茨的哥哥写了一封信，通知他妈妈再次被捕入狱。她是背着她那虔诚的丈夫和那小心翼翼的弟弟克里斯多夫偷偷将信邮出去的，因为他们都想任由法庭处置，不打算花一分钱为身陷囹圄的母亲辩护。

众所周知，战争期间，信件传达的速度要比平日快。只用了一个星期，玛格丽特的信件就到了四百古里以外的兄长家。几日之后，当巴伐利亚的军队离开林茨前往布拉格、当开普勒回到法兰克福的时候，他收到了这封信。他并不诧异。他早就察觉大法官不会就此善罢甘休。他已经准备好了。他选择走陆路前往，陆路会更危险一些，但是至少他觉得骑马的时候身体是随着马的速度一同颠簸的，不像坐船，只是被动地接受承载，人跟货物没什么差别。他到乌尔姆，将众多银行账户中的一个账户里的钱全部取了出来，他存这些钱是为治学和抚养孩子用的。

随后，他去请求中学校长——让-巴皮斯特·黑本施特赖特的接待，这座自由城处于符腾堡和巴伐利亚的中间。他并不喜欢这个男人，他曾多次试图将他和牛津大学的弗勒德拉入著名的玫瑰十字秘密组织。可是，这9月初的天气实在寒冷难耐，这位校长家里有一间温暖的客房，客房中间有一个可以取暖的火盆，那是一间标准的德式客房，我们将这种房间称为"火炉房"。黑本施特赖特没在家，但是他的妻子热情接待了皇室数学家。所有大学都应该为皇室数学家准备好床和被褥。

于是，开普勒在"火炉房"里住了下来，漫不经心地吃着仆人端给他的点心，他准备要睡个好觉，他从奥格斯堡一路艰难地骑行到这里，等天一亮就又要出发了。他打算第二天也是快马加鞭，一直骑到斯图加特。

有人敲火炉房的门。开普勒烦透了，说了声请进。他凹陷的脸颊微微涨红。这位不速之客正是去年7月份，他在法兰克福粗鲁地打发走的那位年轻法国人——勒内·笛卡尔。我们知道，开普勒有许多缺点，但是他人不坏。他惭愧得不能自拔，他可是受人爱戴的皇室数学家，将这位素不相识的二十三岁年轻人打发走，他在内心深处已经悔恨过一千次了。随后，他带着一副无论男人还是女人都无法抗拒的迷人神情以及一种讽刺的温柔，对笛卡尔说：为了方便谈话，他们两人就用拉丁语交谈吧。笛卡尔是一个家境优越、受过优良教育的小伙子，他在德国这个苦难之帮学习了拉丁语，远离他的美丽的故乡法国——那个艺术、武器和法律的国度。于是笛卡尔说，为了躲避同学们无所事事、狂欢聚会和饮酒作乐的生活，他离开了巴黎，放弃了学业，也放弃了在古老的索邦大学故弄玄虚的教学，以此探寻真正的人生，他首先加入奥朗热王子的队伍中，随后加入了天主教的队伍，也就是巴伐利亚的马克西米连的军队。

无论是谁都能看得一清二楚，至少，像我这样的英国人会明白，这个法国人不过是故弄玄虚、唯利是图的间谍，他寻找的是刺激、创伤和流浪。但是出于人类内心的善良，开普勒相信了他，他有时候天真得让人无可奈何。随后，笛卡尔问他怎样看待玫瑰红十字组织，他说自己被这个组织所吸引。开普勒对他说，在这个组织成立之初，曾遭遇过一个图宾根大学的学生的诈骗事件，那些人所信奉的晦涩的文字只是为了掩饰这个组织玄奥的空洞。他向开普勒简要概述了一下他与弗勒德之间的论战。

笛卡尔非常感谢开普勒先生能够引导他，使他没有误入歧途，因为这些路途最终会通向悬崖峭壁和死胡同。笛卡尔对《折光学》夸张地赞美了一番，其实他并没有读过这本书，但是他的朋友荷兰数学家贝克曼为他做过一次简要的概述，他问开普勒今后在自然哲学上的探索要向哪个方向发展。对于开普勒来说，所有赞美都是安抚他受伤心灵的良药，他向笛卡尔解释说，他想弄明白力的机制是什么，它是怎样使一些行星靠近或是远离太阳的，又是怎样使得它们的轨道呈现出椭圆形的。是否像磁铁，或是将容器的中心抽空水形成的漩涡一样？造物主一定是用勾股定理或是欧式几何学创造着万物。开普勒一直聊到天明，也使这个年轻的法国人成为一位哥白尼学说的信徒。当笛卡尔起身准备离开的时候，开普勒牵起他柔软的手，对他说：

——笛卡尔，给您最后一条建议：如果您想继续探索自然哲学，那就不要效仿我。不要坦白地把您所想的都说出来。戴着面具前行，我的小老兄，戴着面具前行！

从那以后，笛卡尔没跟任何人说起过这次会面。他宁愿把那晚在乌尔姆的火炉房里发生的一切当成一场梦，那个被三个启示教点亮的夜晚。他还为那天标注了日期，同年 11 月，他又回想起这件事来。确切地说，是 11 月 10 日。或者说，那一天，他正跟随着巴伐利亚的马克西米连的军队向布拉格挺进，即将对新教教徒展开大规模屠杀……但是改革派的崇拜者们——荷兰的公主们和瑞典的王后们也许并不欣赏这样的做法。开普勒也从未对他人说起过与这个法国人见过面。他接待过那么多年轻的崇拜者，不管他们是真诚的，还是佯装真诚……

开普勒火急火燎地奔跑在乌尔姆和斯图加特之间。开普勒到了符腾堡的首府，律师跟在他身后，实际上他根本不需要这个律师了，他受到大公爵的接见，大公爵同意借给他三位法官和一位检察官，这样在审判期间，他们就可以跟随开普勒到莱昂贝格去。

艾因霍恩也移交了材料，他依然是这场审讯的主要证人和预审法官。当开普勒与他在黑鹰监狱的大厅碰面时，可以说，他们俩就像为一块骨头而相互撕咬的狗，嘴唇向上翻着。皇室数学家决定不做出半点儿妥协，他又顽强、又固执，就像探索火星轨道时不允许自己出现一丝一毫的差错一样。首先，他去探望了自己的母亲，她已经在黑鹰监狱的牢笼里被关押一个月了。老卡特琳娜蹲在草垫子上，看起来就像一块坚定的岩石：

——儿子，把我从这儿弄出去，我可不是巫婆。

他从未爱过自己的母亲。他一直不爱她。但是从那一刻开始，他却很敬佩自己的母亲。他仔细计算了一下需要支付的监禁费用。两名狱警！烧木材取暖的一大笔钱，然而夏天这里还那么热！他提出抗议，要求减少费用，但是在这件事中，他却没有证据说大法官与之有什么关联。于是他才明白自己误入歧途了：与其猜测艾因霍恩受贿，倒不如蔑视他的存在。一交好监禁费用，卡特琳娜就住进了干净整洁的两居室，有人服侍，被褥都换洗过，有食物供应，终于可以开庭了。面对公爵指派的三位法官和一位检察官，艾因霍恩在读议室对关于案件的四十九份材料一一做了概述，一名斯图加特记录员做着记录。莱昂贝格的贵族们纷纷挤进审判厅，可是他们却什么都没看到。他们拿出一串用拉丁语写成的长长名录，那是一种软化调和物，莱昂贝格的"巫婆"给他们吃过这个，这药是以生长在牛粪以及罂粟种子上蘑菇为原料：吃下这个便可以香甜地进入梦乡，做上几个美梦。然后，法庭给被告六个月时间来准备申辩。这么长时间可超出了开普勒的预期，开普勒已经写好了辩护书，律师觉得除了几处格式上的问题，已经没有什么值得重申的了。

　　在马斯特林的陪同下，开普勒在图宾根待了六个星期，为《哥白尼天文学》的第四册做完最后审核，随后他去乌尔姆将这本书印刷出来。为了节省开支，他宁愿让自己的出版社印刷，但那会儿还不是需要节衣缩食的时候。10月中旬，法庭当众宣读了审判书，检察官宣布说，七周之后，法庭将把受理书公之于众，他会将辩护方的辩护词一字一句地驳倒。

　　然而，在距离布拉格不远的白色山峰上，在一片隆隆战鼓声中、在短笛的刺耳声中、在沉闷的炮弹声中、在火枪干涩的噼里啪啦声中、在伤员痛苦的叫喊声中、在他们的祈祷和对沉默的天空的哀求声中，工作罩衫上血迹斑斑的杰森纽斯医生用担架抬走一个又一个人，为伤员截断一只腿，缝合一个伤口，为死者合上双眼。在山坡低处，年轻的法国人勒内·笛卡尔手持明晃晃的军刀，沉醉在火药的气息中，一边爆发出疯狂的呐喊，一边进行猛攻，远远跟随着勇猛的当涅日勒将军。咪，发，咪。

　　1620 年 12 月，在黑鹰监狱的审讯室，在听检察官宣读受理书之后，法庭宣布诉讼将延期到来年 5 月份进行，一直到辩护人能够提交抗辩书和辩护书的时候。留下来疏散大厅人群的士兵们纷纷抗议道："烧死她，烧死她了事！将开普勒女士绳之以法！处死巫婆！"为了完结《哥白尼天文学概要》的第五至七章，开普勒回到林茨，也是为了让温柔的苏珊娜给他再生一个孩子。他可以将妈妈的事情抛到脑后了，因为他已经确保他妈妈可以在黑鹰监狱的金笼子里安然度过一个冬天，每周她都可以在牧师女婿、女儿玛格丽特和镀锡工儿子克里斯多夫的陪同下，从监狱中出去领圣体。约翰为她付钱。

法官路德鲁斯·艾因霍恩兴高采烈。这场诉讼案件简直完美无瑕，时钟已经上好了润滑油，零件似乎都可以独自运转，这便是他事业的完美结局。对于他来说，现行法律的美，是最华美的音乐。他对法典的提前实施感到非常高兴，等巫婆开普勒套上带风帽的黑色狱服、爬上通往苦难的阶梯的时候，他会在柴杆的缝隙扬起第一支秸秆火把。撒旦永远放弃了美丽自由之城莱昂贝格，路德鲁斯·艾因霍恩终于当上了统治秩序和和平的市长，就像掌管万物的上帝一样。

然而在一次狂乱侵袭中，冬日国王——亲王弗里德里克五世落荒而逃。而我呢，一有机会就会奔走在他的妻子伊丽莎白·斯图亚特的四轮马车旁，把身子倾向车门，用英语安抚她。上帝啊！我多想亲吻她身体上更加隐秘、更加炽热的秘密花园，但在此之前，我多么希望将我自己的嘴唇贴在她那红彤彤的小嘴唇上、在她的红棕色卷曲的长发中失去自我。作为回应，她挑逗地、风情万种地、深情款款地嘲笑了我。在我的一生当中，我从来都没有如此渴望、如此热切地想要得到一个女人。

我们溃败的军队四处寻找着同盟军，一直行至最小的公国，但是没人愿意接受我们。我们的行军在荷兰停了下来，我在那里等待着雅克一世陛下以及他的宠臣乔治·威力耶的新命令，乔治·威力耶马上就要当上伯明翰的大公爵了，他命我重返丹麦。

从那以后，天主教、新教、路德主义、加尔文派便层出不穷。军队四处崛起，无名小卒也当上了战争的首领。既然这些军队之间信仰相同，那么为什么这支军队还要攻打那支军队？这实在让人费解。只有一种仇恨可以将他们联合起来，那便是他们对于这个大理石一般冰冷的人的仇恨，他非常自负，是一个可怕的新生天主教徒，他能使整个世界都屈服于天主教的压迫之下；他便是哈布斯堡王朝的菲尔迪南二世，名存实亡的日耳曼民族神圣罗马帝国的至高无上的主人。也可以说，他是整个世界的主人，只是这个世界已经不复存在了。哥白尼，开普勒和伽利略对此采取了措施。除了让这个从未属于过他的世界覆盖上斑斑血迹，菲尔迪南还能做什么呢？这个世界既不属于他，也不属于他的祖先，有一天，盘旋在他的洁白峰顶的秃鹫会将他撕成碎片，这个世界并不需要他们。咪，发，咪……

1621年春，开普勒满心轻松地回到自己的故乡符腾堡。他将《概要》的最后两册书托付给法兰克福的一位印刷商，让他将这两册书出版，并将重新修改过的《宇宙的奥秘》再版。正如书名所说，这本《概要》是日心说世界的一个简单缩影，是开普勒所有发现的总和。从此以后，除了日心说，没有一位名副其实的自然哲学家能够为一个理论进行这般辩护，虽然当时还没有确凿的证据可以证明日心说。

但是，总之，面对即将在法庭上做出的抗辩和辩护，开普勒也没有明确的证据证明他的妈妈不是巫婆。他发现这种巧合非常惊人：得知哥白尼在罗马受到判决，他便开始出版《概论》，莱昂贝格的大法官正是那时第一次囚禁了卡特琳娜·开普勒。但是，这些真的是巧合吗？无论天主教牧师还是改革派法官，那一年，是否哪种星体布局会影响到这些装扮成驴子的大法官的决定呢？这个想法让他自娱自乐了一番，随后，他叹了口气，将身子倾靠在车门上，看了看道路尽头、莱昂贝格最著名的壁垒：

——哥白尼不知道他生来就是个孤儿有多幸福。

　　法院当庭宣读了抗辩和辩护的申诉材料。随后，检察官宣布说，他即将起草推论和驳论文件，也就是他的控诉书。

　　——什么时候才能进入驳论环节呢？走出黑鹰监狱的时候，开普勒问他的律师。

　　——这个嘛，亲爱的先生，有可能是明天，也有可能是一年以后，这取决于他的意愿。总的来说，驳论会在三个月后进行，但是我们永远都不会知道准确日期……因为总是要对最终结论进行辩护，我们会在审判前用辩护词作出回应，如果您愿意的话，用结论文件也可以。如果您想一直走完整个诉讼程序，而不愿意让老母亲暖和地住在您林茨的家，那您就别抱怨了！

　　——亲爱的先生，从您分得的钱财来看，您也没有资格抱怨。要不我们现在就把这件事加入这场辩护中？

　　——按惯例可不能这样做。您能在得知问题之前就给出答案吗？

　　——这样的事情曾经就发生在我身上过，开普勒神秘分分地说道。

　　他们被一群随行的士兵严密保护着，但四周的人群却虎视眈眈。他们总是发出同样的呐喊："去死吧，开普勒巫婆，魔鬼之女！去死吧，国王的巫师，反对基督教义的走狗！回到月亮上去吧，滚回地狱中去吧！去死吧，开普勒一家，烧死他们！"运载着法庭人员的汽车不得不落荒而逃。

　　不知道下一场审讯什么时候开庭，开普勒也想念苏珊娜和孩子们了，于是他决定待在符腾堡。他绝对不会住在牧师姐夫家，愚蠢的教义已经使他变了一个人。他宁愿住在克里斯多夫家，变样便能与他最小的弟弟交流一下感情，但是克里斯多夫对开普勒渊博的学识和他的成就表现出一种愤恨的嫉妒，开普勒不堪忍受自己的内疚。于是他决定回到自己真正的家——图宾根大学、到他的真正的父亲——马斯特林家里去。两个月时间里，大部分时间他都待在法学院，马斯特林嘲笑了他。一天晚上，他手中挥舞着一叠文件，回到他从前的教师马斯特林家中：

——我找到了，他叫喊着，我找到了！

——那么你找到什么了呢，司法界的阿基米德？马斯特林笑着问道。

——缺陷！形式上的漏洞！根据第三段的第四条……

——拜托，饶了我吧！比起诡辩的律师，我宁愿你是个异教的神学家。看看明年的星历表吧，我得赶快拿去出版了……

第二天，开普勒动身去了斯图加特。对于顾客让他修改的一百二十八页辩护词，律师感到非常震惊，于是他许诺在案件的最后陈词部分少收些酬金。随后，他们一起回到了司法部。

1621年盛夏，还要再等上几周，莱昂贝格的法庭才会重新开启大门。开普勒在图宾根大学坐在内卡河的河边垂钓，鱼线耐心地浸泡在河水里，没有鱼儿上钩，他试图说服马斯特林、让他也使用对数运算，他们的谈话吓跑了鱼儿。他要问自己、问他的老师，太阳和其他星体发射出的吸引与排斥的力量是否与光的性质相同，这些吸引和排斥的力量是否可以用数学公式来说明，就像他之前所得出的太阳公转阶段的公式一样。随后他回到家中，等太阳一下山去，他就用马斯特林找人制作的糟糕望远镜观测天空。一天晚上，他们对天穹的壮观景象感到震惊，于是他们断断续续地聊了起来。

——你读过你的朋友西门·马吕斯的弗兰康阶日历吗？他说他比伽利略早一年发现了木星的卫星。

——老师啊，首先，马吕斯根本就不是我的朋友。我无比痛恨那些把自然界当成自己财产的人。你说他比伽利略发现得更早！木星的卫星可没有期待他，也没有期待伽利略发现它们，它们只是绕着行星运转而已。总之，马吕斯经常做这种事。他已经将伽利略的罗盘据为己有了。所有这一切都使我感到恶心。我真搞不懂，他穷凶极恶地想摧毁托斯卡纳的伽利略，但这需要我们所有人、所有其他自然哲学家的支持……马吕斯还声称自己发现了太阳上的斑点。

短短的一瞬间，一颗流星划破了布满云彩的夜空。

马斯特林说道：在一点上，我还是要向马吕斯表达敬意，他将这些卫星重新命名为艾奥，欧罗巴，卡利斯托和伽倪墨得斯，这个想法非常别具一格。她们是宙斯的情妇和爱人……比伽利略为了奉承他医学院的老师们取的名字有趣多了，你要承认这一点。

——好吧！幸亏木星只有四颗卫星。否则，所有和宙斯睡过觉的女人就都会鱼贯而来：雷达、阿德哈斯特、德米斯拖……想象一下，金星有一颗卫星，它的臀部丰满！这对孩子们是多好的教育啊！对于我来说，我执意要把它们命名为伽利略卫星。

——那怎么不叫马里乌桑呢？总之，美洲也不叫哥伦比亚，难道不是吗？

于是，两位学者哈哈大笑起来，会在星星中迷失方向。

这一次，所有莱昂贝格人都聚集在黑鹰监狱前。在斯图加特的五十多名士兵的护卫下，法庭和辩护组成员也来了。这8月初的天空又热又沉重。黑云压城，整座城市都是一副风雨欲来的景象。法庭上的辩论禁止旁听，可是，法官的抗议声和被驱赶出审讯庭的疯女人的叫喊声依旧清晰可闻。检察官合上公诉状。除了路德鲁斯·艾因霍恩外，所有人都希望审讯赶快结束。卡特琳娜的法官没有念辩护词，只是将一只信封上面印有符腾堡大公爵——让的印章的信封放在法官审判桌上：殿下将莱昂贝格的开普勒夫人一案移交给图宾根大学的法学院处理。被告的故乡无法为诉讼程序的后续阶段提供必要条件：这是个小问题，也是个大问题。

——这是不公正的对待！大法官喊道。

实际上，莱昂贝格没有刽子手，也没有刽子手行刑的工具。这便是开普勒找到的漏洞。同时，在程序上也有一个小小的漏洞。在第一场诉讼期间，记录员还觉得自己已经写好了："被告在人陪同下出现在法庭，不幸的是，是由他的儿子约翰·开普勒——皇室数学家陪同的。"这句"不幸的是"有失公正，它显示出第一批法庭审判员的态度，这甚至让法官都忍俊不禁。

军队用军刀和短棒为陪审团、被告和被告的家人开出一条路，这样才得以靠近黑鹰监狱的黑色大门。几天后，图宾根的法学院不需要重新开庭了，因为法庭是由同一批法官和检察官组成的，为了主持庭审，法学院的院长也加入其中。只有大法官的人选发生了变化；比起烧死巫婆，这位大法官更加擅长化解资产阶级与学生之间的矛盾，烧死巫婆这样的事情在大学城中非常少见。辩护方与控诉方意见相一致，都认莱昂贝格的记录员的这句"不幸的"不能构成形式上的漏洞，不能使一切重新开始。大公爵希望这件事尽快结束。他尤其害怕哪个地方提到外科医生理发师——他儿子阿喀琉斯的非法堕胎者。

在读过开普勒起草的一百二十八页辩护词之后，法官让被告在这个问题上做出妥协，并一再重申被告年事已高，只要吓唬她一下就会招供，也就是"恐吓"。

第二天，图宾根的大法官和陪同他的两位法庭人员，也就是律师和记录员，走进卡特琳娜的牢房。大法官并不觉得像他们的同事——莱昂贝格的路德鲁斯·艾因霍恩那样，把卡特琳娜拎起来或是在她的牢狱门前安放两名看守有什么用，他把路德鲁斯·因霍恩称为"甲状腺肿起的傻子"。他着手进行一项新审讯，也就是"好心相劝"。他重新读了一下卡特琳娜的四十九条主要罪状，并要求这位老妇人承认自己的四十九条罪行。"在读到耶稣受难的时候，她的眼睛干涩"，这一条罪状从名单上删除了。这四十九条罪行她都一一否认了。于是，他要求卡特琳娜跟着他。五位法官和卡特琳娜从笔直的楼梯走到地下室。他们进入一间拱形的长条房间，这间屋子里只有一个壁炉和三只火盆。里面有一个带风帽的男人，上半身赤裸，两条手臂交叉在胸前，等待着他们的到来。

——这便是刽子手，开普勒夫人，如果您再顽固地辩驳和否认，我就只好把您交给他了。

随后，他向卡特琳娜解释了一下诸多器具的用途，其中，有些刑具已经用火烧红了：夹棍，为了防止受刑者叫喊而塞进口中的梨形刑具、锁链、手柄、吊刑的滑轮和吊环、酒桶、弹坑，能敲碎骨头的钳烙刑具，剥皮用的钳子和剪刀等等，都是人类智慧结晶出的漂亮的发明。

——开普勒夫人，如果您不说实话，等待着您的就是这些。

这位老妇人岿然不动，她的皱纹没有颤抖一下，她向律师扫了一眼，律师轻轻地点了点头，说道："是时候了。"她用坚定的语气说道，依然像平时那聒噪的喜鹊一般，语速很快：

——这些年我不断重复着这句话，实话就是：我不是巫婆，我没向任何人施过魔法，也没毒害过任何人，所有指责我的话语都是谎言。你们想对我做什么就做吧，敲碎我的四肢，将我的动脉一根一根拔掉，像剥苹果皮那样扒下我的皮吧，将木桶里的水都灌进我生过四个孩子的肚子里吧，将我给孩子喂过奶的乳房切成小块儿吧，把我那双流过太多眼泪的干涩的眼睛挖出来吧，我已经准备好在最可怕的刑罚中死去，我的死什么都改变不了，我不是巫婆，我身上并没有被魔鬼附体，我从来都没喝过死人头颅中的长生不老药，我从来都没有在喧哗的晚上同魔鬼跳过舞，我是一个虔诚的基督教徒，我是无辜的。

——慢点儿说，夫人，慢一点儿，记录员恳求道，我什么都没记下来。

她跪下身来。一把老骨头咔嚓作响。她合起干燥的、长满黑斑的双手，用卢瑟语念起天主教经文。就连刽子手都比画起了十字，他被这个矮小身躯所表现出的勇气震撼惊到了。随后，她又补充道：

——全能的主啊，你能读懂人们腹中和心中的话语，我不是妖魔鬼怪，我没有被魔鬼附体，也不是他们所说的巫婆，做个手势，快结束我的生命吧！我终于等到了死期，活着的时候，我遭受太多折磨和苦难了！快让我去死吧！你快下令给这些要给我上刑的人，我要去天堂与你相会，要去见你的天使和真福者们，请不要取走我的圣灵，我只是不公和暴力的无辜受害者……

——好了，好了，开普勒夫人，图宾根的大法官打断她说，不要太哀怨……记录员先生，这个就不要记录下来了。您就写："由于开普勒夫人坚决否认自己是巫婆，由于她坚定不移地坚持自己的立场，我决定为'恐吓'的程序做出结论，并且将她带回监禁的地方。但是应该由法庭做出最终论断。法官先生们，这样写可以吗？"

——啊，可以啊！两位法官中，有一位叹了口气。快结束吧，从这个洞穴出去吧。这里可真是个大火炉！

一周后，卡特琳娜·开普勒被宣判无罪。入狱十四个月后，囚犯的入狱登记被撤销了。1621年9月的这一天，黑森林下着雨。在图宾根大学法学院的走廊里，约翰·开普勒、玛格丽特、她的牧师丈夫和他们的弟弟哥克里斯多夫等待着母亲和律师出狱。

——不，不，不！牧师低声埋怨道。我绝不会把妈妈带到莱昂贝格。我们会被贱民骂得狗血喷头的。约翰，让她跟你走吧。她在林茨会很安全。我们也会很安全。

——啊，亲爱的妹夫啊！我付了所有诉讼费，你对我的感激之情我都记在心里了，开普勒讽刺地说道。但是不行。妈妈不会跟我一起走的。她可受不了如此漫长的旅行。另外，谁说要回莱昂贝格了？设想一下，你说我是个可憎的异教徒，可我在图宾根的红衣主教会议里还有几个朋友。会议主席告诉我，在继可怜的老马库斯·格拉赫之后，阿尔门丁根现在既没有主席也没有创立者，马库斯·格拉赫什么都跟我说了，他被加尔文派扫地出门了。像你这样一位纯洁而坚定的路德主义教徒，一定能把事情做好。

——阿尔门丁根，玛格丽特一边抓住老公的胳膊，一边说道，哦，亲爱的，这可真是出乎意料，我童年时代最美好的年华都是在那里度过的！妈妈在那里会很好的……

约翰看了看妹妹，惊讶得张大了嘴巴。阿尔门丁根明明是个地狱，玛格丽特却说在那里度过了最美好的年华！她与格拉赫之间是不是有过些什么呢？

——阿尔门丁根，阿尔门丁根，牧师低声嘟哝着。也就是说，红衣主教会议同意将我委任到那里啦？这是否只是同窗旧友之间的酒后醉话？

——可爱的妹夫，您的新家具正在被运往您的新教区的路上……

克里斯多夫喊了起来：

——啊，你们之间已经商量好了，你们这些哲学家、思想家！但是我，我就是个工人，我只会用我这双大手劳作，我还是回到我的店铺里、等着艾因霍恩把我吊死吧！

约翰对弟弟的情绪激动得不可抑制。他抓起弟弟的肩膀，将他紧紧抱在胸口：

——小弟弟啊，小弟弟，你怎么会觉得我有一刻能将你忘掉？在为妈妈做辩护词的时候，我发现祖父巴尔德的遗产被我们的邻居布伦茨非法挪用了。用不了多久，便可收回我们祖先在魏尔德尔塔斯特的房子和皮货店。这些房子从此就属于你了。到那里去做锡器、皮具、黄金和钻石吧，你愿意做什么就做什么。

——啊，好的……这些我要付你多少钱呢？

——什么都不要……我只要你的尊重和对兄长的关爱，如果这个价格对于你来说不算太多的话。

在律师的搀扶下，卡特琳娜·开普勒出现在图宾根大学法学院门口。她迈着小碎步向等待着她的家人走去。她投入儿子的怀抱哭泣起来，眼泪连成一串儿。她是扑倒在儿子克里斯多夫的怀抱中、那个她呼唤做"海因里希"儿子，而不是在他的儿子约翰怀抱中，在她生命余下的六个月时间里，她彻底忘记了约翰的脸庞和名字。

然而，我们可怜的地球依然在唱着"咪，发，咪"，声音越来越响亮，跑调也越来越严重。白色山峰的血色胜利者——猛将蒂莉率领巴伐利亚军队攻入宫殿，"冬日国王"弗里德里克五世逃到拉艾，并将攻下的宫殿交给他的主人——巴伐利亚的马克西米连。布拉格的华伦斯坦从一大笔钱财中拿出一部分，组建了一支新型皇家军队，这是听命于他的军队。这场战争阴险地表现出另一副样子。得知这件事，我也付出了代价。实际上，我被派遣到丹麦去见克里斯蒂安四世了，这次可不是要同他聊第谷·布拉赫的旧话题，对于我来说，聊第谷可不是明智之举，我是要跟他说说德国的情况。巴伐利亚军队逼近荷斯坦在丹麦的财产，就在奥得河和易北河之间。丹麦王朝反对奥地利的哈布斯堡王朝，信奉新教；英国反对西班牙的哈布斯堡王朝，信奉英国国教。要将丹麦王国和英国的未来联合起来。我在哥本哈根遇到一个嘉布遣会修士，他是路易十三国王统治下信奉天主教的法国僧人，为了确定入侵波兰的日期，他前往信奉东正教的俄罗斯，然而莱茵河岸处于比利牛斯山和阿尔卑斯山的侧翼……

咪，发，咪，开普勒回到林茨，中途到法兰克福兜转了一圈，直到那年9月法兰克福书市才重新开张，因为春天巴伐利亚军队从这里经过。从那以后，耽搁下来没有出版的书籍便陆续面世了。但是，出现在法兰克福书市上的新书却越来越少。

32

　　开普勒开始潜心整理鲁道夫星表了，他向那些愿意听他说话的人喊道，他从第谷·布拉赫老爹那里得到这份星表，在随后的整整二十二年间，他不断对其进行整理和修改，就像在母体内部渐渐长大的精子一般。现在，他被分娩的痛苦折磨着……到了搭建庙宇的三角楣的时刻了。

　　开普勒快速前行。可以说，自从使用第谷的观测结果以来，他工作起来就如鱼得水。除了从那以后他一直打着交道的对数之外，一位崇拜者还给他寄来一项发明："计数时钟"，可以快速、准确无误地做一些简单实验。开普勒母亲的诉讼案件结束后，他会见了威廉·谢克哈特——图宾根大学的希伯来语及东方语言教师。这位老师对《世界的和谐》做了一篇热情洋溢的演讲，能够了解这本书的含义和价值的人不多，他是其中一个。随后，谢克哈特慢条斯理地对他说起这个工具，他是受到中国计算工具的启发，他说等他把这个工具调试好，就送给开普勒一个。他遵守了诺言，1623年春，这个计算时钟到达林茨。

　　这个漂亮的盒子是用珍贵的木材制成的，键盘由象牙制成。一个腼腆、谨慎的年轻人将盒子送了过来，他身穿一袭黑衣。年轻人含糊不清地做着自我介绍：

　　——先生，我是为您而来，他说了一些斯特拉斯堡大学的贝奈格老师、图宾根大学的谢克哈特老师和马斯特林老师引荐他的话语。他们相信我能成为皇室数学家所需的助手，这使我感到万分荣幸。

——我没太听清您的名字，开普勒烦躁地说道。

——先生……那是因为……我没敢把我卑微的姓氏加在庄严的学院之上。我叫雅各布·巴尔奇。

开普勒觉得应该让这位新助手变得灵光一点，于是拍着他的肩膀说道：

——好的，老雅各布，别呆在走廊里了，到我的工作室去吧。

雅各布·巴尔奇出生于卢萨斯，他已经在威滕伯格开始了学业。由于他对让人肃然起敬的梅兰希通学院不满意，他便到图宾根大学去上马斯特林的课、学习哥白尼学说。这名优秀的学生获得硕士学位后，老教授告诉他，斯特拉斯堡改革的学院有一个数学教师的职位空着，原先在这个职位上工作的教师生命垂危。但是，1623 年开学的时候，这个垂危的病人却痊愈起来，身体矫健地回到自己的工作岗位。大学校长马蒂亚斯·博耐格是一位热衷于新思潮的人文主义者，也是伽利略《使者》一书的德语翻译，比起哥白尼的观点，他更信奉开普勒的学说，他知道，他那林茨的联系人正需要一位助手帮他整理鲁道夫星表。雅各布·巴尔奇是一位教艺术的年轻教师，他是从波兰的大草原边境过来的，能为皇室数学家效劳是他不敢想象的梦。他坚信，大学校长推荐他出去只是为了摆脱他，他回到图宾根，由于要给他写推荐信，马斯特林也去了图宾根，马斯特林为自己没有第一个想到把他推荐给开普勒感到很恼火；东方语言和希伯来语的老师威廉·谢克哈特也写了一封推荐信，他为自己能用这么少的钱找到一位计算时钟的代理商感到无比高兴。

——雅各布老兄，有了这三位显赫人物的签字证明，我可以相信你了。你有什么高见吗？开普勒慈祥地说道。

雅各布被这个奇怪的问题震惊到了，结结巴巴地说是的。

——你用伽利略的望远镜观测过星空吗？

——马斯特林先生把它叫做开普勒的望远镜。但是……如果可以说实话的话，他的望远镜并不十分好用……

——你是想说，它可糟透了。好的，你来做我的眼睛。你可以在这里住，在这里吃，直到头发花白。至于工资嘛，只要菲尔迪南二世陛下一给我发工资、我就给你发。

同年年末，关于星表，开普勒向苏珊娜感慨道："多亏有了雅各布，我看到了停靠的港湾。"实际上，他还差得很远。几场已经听得见轰鸣声的暴风骤雨也会使他改变方向。六个月时间里，开普勒的手稿上写得满满的。这一大摞黑色纸张是星表和规则的后续，是用来预测行星位置的。这是第谷编录的七百七十七颗星的目录，开普勒在这份目录中又加入二百二十颗星，也就是说，这份目录中总共有一千零五颗恒星天。继折射星表之后，这是第一次出现对数星表。关于丹麦金星岛上的子午线、早已不属于第谷的星之堡以及等待丹麦的查理国王发令攻打菲尔迪南国王的看守海峡的小驻军，名录上还罗列着世界上的一些城市，上面标注着这些城市的地理坐标。

印刷鲁道夫星表是一项特别严谨的工作。不能出现一丁点儿数字上的错误，任何一个字眼都可能引起争议。印刷厂的普通工作人员约翰·普朗古斯铸造字母、排版、印刷皇室数学家约翰·开普勒的书籍，有这些就足够了吗？他们钱包空空，什么忙也帮不上。他们需要钱。他们所需的六千三百弗罗林在他们的欠债人、维也纳的菲尔迪南国王那里，菲尔迪南国王永久定居在维也纳了。宫廷迁址的时候，法兰克福举行了加冕仪式，雷根斯堡举办了国会会议，开普勒的前往没有任何危险，并可以接触到有影响力的大人物，在反对帝国与巴伐利亚（巴伐利亚依然由波希米亚与它的新联盟——勃兰登堡和丹麦构成）联盟的问题上，这些大人物都保持着一种中立态度。但是，在维也纳、在他从未去过的维也纳，他也许会全心全意地投入整个帝国最为坚定的天主教圣地。同时，开普勒也别无办法，只好让古尔丁加入其中。古尔丁满心欢喜地接受了：战争期间，由于开普勒缺钱，古尔丁还是希望开普勒改变信仰，这么做不是保护他自己的利益以及他的家庭的好方法吗？总之，还有其他人，比古尔丁更重要的人来上演这出喜剧，没人要求表现出巴结的样子。了解开普勒可真不好，他总是对他人宽容、对自己苛刻。他是一位圣人，古尔丁这样说。

开普勒在维也纳呆了整整一个季度，菲尔迪南二世一次都没有召见他。国王效仿西班牙的菲利普二世独掌大权，身边既没有亲密的议臣也没有宠臣，或许，只有几个亲信。所有的一切，甚至是最微小的细节，他都会事必躬亲；他的大臣、将军、秘书直至地位最卑微的记录员，也只能做服从命令的执行者。国王确实应该接见皇室数学家，虽然他小心翼翼、吹毛求疵、喜欢保留一些无用的文件，但这些都不应该成为他拒绝接见开普勒、将他免职甚至是让他消失的理由。

开普勒确实由一些朋友保护着，但是如果菲尔迪南真的决定要将他赶走，基督会会士、王子和将军都拦不住他。此外，君王到处下达天主教改革的指令，他非常清楚，开普勒的书被罗马排好了顺序，其中包括《宇宙的奥秘》的再版，这本书是献给国王的，作者有个令人恼火的习惯——在书中，他看似颂扬、实则大肆讽刺他的君王爱好和平的美德，感谢他在施蒂利亚问题上的好心肠。菲尔迪南没读这封不恭敬的献词，但是有人帮他辩读出了这其中的含义。对于国王来说，他这次可真够宽宏大量的了，然而在他漫长、残忍的统治期间，他从未表现出过这样的宽宏大量！我们只能用"轻蔑"来解释这件事了：对于他来说，开普勒从未存在过。

将近四个月时间里，开普勒一直坚持要拿回拖欠他的工资，开普勒一间接着一间办公室地跑。为了打发走他，工作人员让他到纽伦堡、梅明根和肯普腾去开几封证明信。

于是，他上了路！在梅明根和肯普腾这两座城市中，在提洛尔前面的几座护墙底下，他所找的几个行政官员得知他是神圣罗马帝国的债务人，纷纷表示诧异。开普勒苦苦哀求也是白费力气，随后他威胁官员们说菲尔迪南二世会发怒，大家满怀敬意地将著名天文学家打发走，对于他的幼稚，大家嘲笑了好久。策马骑行几日之后，开普勒终于到了纽伦堡。他觉得自己这次算是到了文明的国度。市政府当局没有多费口舌，便给他拿了两千弗罗林，可是这笔钱还不足国库欠他的那笔钱的三分之一。他又重新找到了信心，他精打细算地使用这笔钱，他买了好多令纸张，足够印刷他将要发行的鲁道夫星表。还真是买了不少纸啊，但是他确定，各大图书馆、世界各大首都以及所有军事司令部都会竞相争夺他的书。在漂泊了一年之后，他回到林茨。他遇到向北行进的军队。没有一位军官认得出这位骨瘦如柴的骑兵，他瘦得跟他屁股下的马差不多，也没有一位雇佣兵想抢劫跟随在他身后的马车。这些纸张是做什么用的呢，难不成是烧柴火用的？

每次返程都是如此：他一脱掉靴子、躺到床上，就同苏珊娜长谈起家中的情况。当然了，他们之前也通过不少信件，但是信里不能将一切都说清楚，尤其是他们之间的柔情蜜意。开普勒家的状况好多了。十八岁的路德维希成为图宾根大学最出色的学生之一，他寄宿在大学，但是他却想成为医生，他对植物学非常感兴趣。约翰和苏珊娜活下来的三个孩子身体都非常健康。

——只有苏珍挺让我担忧的，开普勒夫人说道。应该考虑一下把她嫁出去了。

——你瞧啊，可是她还是个孩子呢。

——朋友啊，她都二十二岁了。我担心家中总出现这么一位年轻、博学、帅气的男青年……

——什么？我的助手雅各布·巴尔奇与我的关系就像当涅日勒与第谷一样吗？

她魅力四射地大笑起来，回答道：

——哦不！雅各布是个好孩子，他只有一位男神、一位偶像：那就是你，约翰·开普勒！

——原来是这么一回事儿，这就相当于雷蒂库斯与哥白尼的关系啦！

——亲爱的，你能不能严肃点儿！这可关系到你女儿的名声。虽然巴尔奇先生博学、并且心甘情愿地为您效劳，但是，我和女公爵年轻的时候把这种男生叫做书呆子。你知道的，虽说苏珍这个孩子是你和前妻所生，但是我爱她，她就像我的亲生骨肉一样。苏珍对巴尔齐先生抛出最妩媚的眼色，她叹着气，无精打采，比起跟你一起研究星体科学，她与他在一起才更有激情，但是巴尔奇还没有表白。开普勒脸红了，他垂下眼帘，嘴里嘟嘟囔囔。你说他是个书呆子！但是我害怕有一天，苏珍会抓住他、用力把他拉到自己的床上。

——好吧，我要和他好好谈谈，他的情感和天性与他腼腆的性格有关，或者正如你说的，跟他的蠢笨也有点儿关系。但是在此之前，我还是要休息一下。

接下来的一个星期，开普勒都没有离开房间，他筋疲力尽，病倒了。他一下床，就同巴尔奇一起钻进工作室，对过去一年的工作进行总结。这位卢萨斯年轻人并没有因开普勒的离开而停工。他又加入了众多的运算，这些运算发展成为后来的《一千个对数》，他以自己崭新的眼光复校了鲁道夫星表，一丝一毫都不放过。最后，开普勒的助手在桌子上摊开几大卷纸张。那是一系列星图，是他自己的观测结果，并且全部规整地排好了版。他又为南半球的一个崭新星座下了定义，他将这个星座定义为骆驼星座。开普勒更喜欢"长颈鹿星座"这个名字。雅各布的署名是"开普勒和巴尔奇"，开普勒要求他把第一个名字划掉。

——我可不是第谷，我可不侵占他人的劳动成果。

　　能拥有这般可贵的人选来做自己的助手，开普勒感到十分欣喜，竟然忘记了要他做自己的女婿这件事。他的第一笔支出给了他的印刷厂。印刷厂的工头已经带着两名工人开始铸造字符了；这本书很漂亮，但是开普勒不容许近似的字符出现一丁点儿错误。能拥有这样一位印刷厂厂主，他可真是省心！鲁道夫星表已经为来年——1626 年 10 月的法兰克福集市备好了。他心中暗自想道，没有什么可以阻止他的步伐，除非让他死。

　　他忘记了战争。战争却想起他来。蒂莉率领的巴伐利亚军队向西北出发了，向丹麦的荷斯坦行进，然而华伦斯坦征召的神圣罗马帝国士兵向正北方向的勃兰登堡和梅克伦堡去。巴伐利亚的马克西米连已经享有王权爵位，由于他花重金买下大选帝侯的官衔，他便宣称自己得到了上奥地利。他将最糟糕的一群士兵遣送回林茨。这支由教士和僧侣组成的队伍，人数虽不多，却更加令人生畏，带队的是一位议事司铎。庙宇变成一座教堂，学院被基督教人士所包围，田间来往着乞讨的僧侣，改革派们被勒令要么改变宗教信仰，要么离开这个国家。那些有着大量土地财产的人——城堡主、贵族、大批发商和大地主们突然间对做弥撒变得勤勉起来。其他那些最穷苦的人以及对宗教最虔诚的人，纷纷离开了林茨。

　　开普勒将自己关在印刷厂，他没看见军队进驻城里。他忙于整理排列字盘中的字符。五十四岁前夕，他开始变得漫不经心。一天晚上，他从印刷间走出来，那会儿天色已晚，他察觉到一种非寻常的骚动，但是由于他近视外加天色昏暗，他无法得知发生了什么。当他走到自家门前的时候，一位老兵挡住了他的去路，他感到异常吃惊。

　　——这是怎么回事，不让进吗？他问道，哨兵老好人一样的外表没有吓到他。我觉得我还是可以回自己家的吧。

　　——对不住啦，开普勒大人，我是有命在身。

　　士兵为他打开门，走在他前面，一直走到客厅。一个长着些许金黄色胡须的年轻巴伐利亚军官站在苏珊娜前面，苏珊娜正端庄地坐在扶手椅上，士兵似乎正说着一些逗开普勒夫人开心的话。开普勒的心像被妒意掐了一下似的，他大发雷霆：

　　——有没有人能告诉我我家究竟发生了什么？

　　苏珊娜的脸色微微泛红。她站起身来，握起老公的手，向他介绍起这位年轻的巴伐利亚军官，他只有十八岁，但是，从他姓氏的长度却可以看出他拥有众多贵族官衔。这位年轻军官的鞋跟咔咔作响，恨不得将自己摔成两半，他大加称赞了开普勒的才华，然而他肯定没有读过开普勒的一行文字，随后，他向开普勒解释了一下情况：受到国王的恩典，巴伐利亚的马克西米连大公爵刚刚与上奥地利结成联盟。为了避免麻烦，陛下派遣一支军队占领林茨。开普勒家带顶棚的露天阳台是最佳观测地点，开普勒家的顶层以及顶楼都被征用了。两个哨兵将在这里长期宿营。随后，这位年轻的军官以林茨地区总司令的名义向开普勒道歉，他只是执行者：司令不能亲自前来向皇室数学家致意，由于痛风病发作，他下不了床了。但中尉还是要与司令汇合，于是他离开了开普勒一家，并且对于自己不能与博学的……富有魅力的开普勒夫人呆在一起深表遗憾。

　　第二天，开普勒做的第一件事便是装扮成巡逻的警卫，将他的观测仪器移交到印刷厂，这些仪器中便有望远镜和计算时钟。两位驻扎在他家的士兵不是粗野的军人，而是英勇的巴伐利亚农民，这两人中，有一个非常年轻，另一个非常年老。上级已经对他们下达过命令了，让他们尽可能保持谨慎，但是对于开普勒来说，自家门前出现这样的状况，他无法正常工作了，大门永远都不可以锁上，大门不分白天黑夜地响动，尽管士兵们像笨熊一样小心翼翼，开普勒家依然总是纷纷扰扰。

　　天主教的牧师们寸步不让地追随着巴伐利亚军队，让他们要做出发誓弃绝或是剥夺公权的决定。自从列支敦士登公爵六年前信教以来，林茨的人们、所有改革改革派都能预感到暴风骤雨将至，鸟儿们和地球上苦难中的人们都能预感得到。有些人跟随着希茨利尔牧师流亡去了，其他人则妥协签署了条款，并且秘密出城继续依据路德主义习俗秘密地领圣体；第三类人呢，他们没那么有勇气，或者说他们也没什么可失去的了，他们表面上变成了虔诚的天主教教徒。随后，时间过去了，但是第一次警报使他们保持着警惕。他们已经做好了一切防范准备。没等第一批士兵过来，许多人就走掉了，他们要到改革国家去，那里有崭新的摊店、崭新的作坊，崭新的农场和崭新的城堡在等待着他们。因此，整座城市失去了全部元气：医生、药剂师、红酒商人、箍桶匠、学校老师、公证员、裁缝、理发师、修鞋匠……几乎可以确认，只有印刷商和皇室数学家还呆在林茨。

庙宇第一次关门之后，开普勒一家继续领圣体，不是在筑起堡垒的加尔诺伊基兴领，就是在埃费丁的施塔勒姆贝格公爵和公爵夫人的主宫领。老牧师披着私人医生的外衣继续传教，所有村民都被邀请去参加仪式。而公爵呢，他认为约束下的誓言没有任何价值，人家让他发什么样的誓、他就发什么样的誓。这使开普勒很不自在。他是兄弟和敌人身边的异教徒，有时候他也渴望殉难，并不是徒劳担忧自己早死还是晚死，而是想将目击者的角色一直坚持到底，正如他在《和谐》一书的序言中所写的那样。

随着巴伐利亚军队的到来，施塔勒姆贝格一家撤回加尔诺伊基兴。他们这家人会在加尔诺伊基兴占有很大席位。至于开普勒呢，从那以后，他便远离林茨的城墙开始探险，置家人于危难之中。他的灵魂已经死亡，由于害怕观测台上露营的士兵听到他们唱圣歌，他决定从今以后带着一家人、工头和两个工人在大房子的地窖中一起领圣体。

当议事司铎和他带领的黑衣僧人走过来的时候，开普勒正在市政府前面等待着被传唤，就像三十年前在格拉茨的情形一模一样，当时大公爵菲尔迪南还不是国王，但是他已经动了想当国王的念头，当时他决定将所有改革者驱逐出他的施蒂利亚领地。开普勒搞错了。这位皇室数学家已经不再是普通的路德主义大学的"小老师"了。

开普勒到林茨不久，议事司铎凯斯特勒便召见了他。一些不怀好意的、愚蠢的作家时常对波兰人尼古拉·哥白尼这样描述：胆小怕事，伪善，眼中有眼屎，眼神淫荡，胖得就像……一个议事司铎，这位议事司铎拥有他的前辈哥白尼的全部特征。一个高高瘦瘦、穿着绿衣服的基督教教士和一个身穿粉红色衣服的胖乎乎的小修道士陪伴着议事司铎——这些人从来都不独自前行，以便相互监督。前者很严肃，后者很欢快。历书的雕刻师们从来都没想过雕刻这般丑陋的人物形象。我们应该指责他们夸大了自己的丑陋。

开普勒觉得在图书馆接待他们最为妥当。议事司铎和嘉布遣会修士坐了下来，而耶稣会会士则两手背后，读着书架上的几本书。最后他用怀疑的语气说道：

——看来您对巫婆非常感兴趣啊，开普勒先生。

开普勒慢条斯理地回答道：

——我妈妈就是个巫婆。

——啊？好吧，好吧！实际上，实际上……

议事司铎觉得这实在太搞笑了。他把自己肉乎乎的小手交叉放到他那张油乎乎的嘴前，低声说道：

——尊敬的古尔丁神甫非常爱您，他对我说过这个。

——那是因为我确实值得他爱！他有让您转达的消息吗？

对于他的傲慢无礼，议事司铎并没有回击，他叹着气说道：

——皇室数学家先生，您在巴伐利亚和奥地利都有强有力的支持。但是职责所在，我不得不向您提个问题：您已经准备好向异教妥协、并准备好回归天主罗马圣教堂了吗？什么都别说了，我知道答案。好的，我的任务完成了。

——那么现在我的任务要开始啦，耶稣会会士说道。开普勒先生，您的图书馆可真漂亮。

——先生，这所图书馆随时向您敞开大门。

——我知道您是愿意的，但这可不是我说起个问题的初衷。从今天开始，一个月之内，我要您把圣职部的目录中的禁书全部带到林茨大学去。这些书籍将会在那里焚毁，至于您写的那些书呢——那些异教书籍，我的上级们非常宽容，他们考虑到您的地位，他们让您选择其中一本烧掉。

——但是……这与要求一只母狗交出它的幼崽有什么区别！

——啊！您有三十天时间来做决定。写信给我们的朋友古尔丁咨询一下吧。格拉茨离林茨并不远，他很快就会回复你的，我保证。

开普勒尽力掩饰住自己解脱的情绪。所有这一切都只是流于形式。总之，跟他母亲之前经历的事情差不多。

嘉布遣会修士轻声说：至于您的书和焚烧工作嘛，您是一个灵巧、足智多谋的人，您应该知道怎样把图书馆的书从火灾中拯救出来吧？我看林茨的图书馆不太安全。

开普勒感到自己被送到杰罗姆·博世的办公桌上。他结结巴巴地说道：

——我……我并不知道……将书藏在木桶里怎么样？这会让书轻而易举地逃离火场中心。印刷厂的那些手稿我就是这样处理的。

——这主意太棒了！快帮我记录下来。如果到时候我可以这么做的话……虽然我不相信会有这样的机会……

——那怎么可能！开普勒镇静地说道。请把您的以及您父母的出生准确时间和日期告诉我，我要给您算上一卦。

——我会付钱给您的，嘉布遣会修士红着脸说道。

议事司铎插话道：我也要算上一卦，虽说我对这些占卜术并不热心，但是……

耶稣会会士说道：对于我来说，我想知道您将怎样到我那里去。自然，这只是出于好奇。

——那是自然，开普勒回答道。他心想："又要折腾一番啦!"

33

　　隆冬时节，起义爆发了。在所有山谷中、所有山丘和山峰上，都冒出成群结队的农民，并不是每个人都带着长柄大镰刀和长柄叉，他们也有漂亮的大炮、火枪和射石炮，他们都用得非常好。天主教僧侣和牧师回到林茨，整个上奥地利的枪支一触即发。实际上，大家怀疑什一税、税款、赦罪、自由信仰宗教的禁令、火刑、刑罚和专横严格的调查也会同罗马教会一起回来。还有，巴伐利亚人攻占了首都，巴伐利亚人是奥地利人世世代代的敌人。不久之后，农民军队就把中枢城市选为林茨。

　　从屋子的高处，开普勒可以看清围攻者的所有手段。在距离多瑙河上游很远的地方，埃费丁城堡着火了，然而河流下游的加尔诺伊基兴的山顶却逃过一劫，没有受到半点儿伤害。开普勒几乎相信了城里的谣言，他认为施塔勒姆贝格的公爵已经带头发起暴动。他想了很多。大家也断言说，丹尼尔·希茨利尔就如托马斯·闵采尔转世，他策划了一场农民起义，这次距离第一次起义已经过去一百年了。

　　林茨从前的牧师现在在斯特拉斯堡过着太平日子，教着音乐。雅各布·巴尔奇在斯特拉斯堡遇到过他，那会儿，雅各布·巴尔奇为数学教师的职位空等一场，本来这份工作已经势在必得，可最后希望还是破灭了。那一天，希茨利尔像疯子一般从大学学院的办公室里走出来，他喊道："只要这幅画还摆在这里，我就绝不踏进这座屋檐半步。"他说的是开普勒的画像，马蒂亚斯为表示对他的著名联系人的尊敬，将画像挂在他面前。

由于受到敌军围攻，皇室数学家的住所变成真正的营房：实际上，这里是城市的最佳观测地点。尽管嘈杂声不绝于耳，人来人往不断，军靴踩在地上咔嚓作响，咆哮般的叫喊和命令此起彼伏，开普勒还是告诉司令可以随意使用这块地方。他对士兵表现出关心，甚至教守卫的军官怎样使用望远镜；他这样做，是以让印刷厂守卫的士兵离开作为交换条件。就在这时，宿营的部队说将铅字融化了、做成子弹的形状也许更管用。

但这也并不是他帮助巴伐利亚军队的唯一原因。约翰·开普勒是一个守规矩的人。对于路德主义的禁令而言，没有人会因为他是异教徒而指责他："您屈服于王子的权利。"当然，他并不想发天主教的慈悲，更不会横加责备，就像威滕伯格的商人对待起义的农民那样："只要一有机会，就要公开或者秘密地把他们碎尸万段、将他们勒死，让他们流血，就像对待得狂犬病的狗一样。"但是他离这个并不遥远。在这个解体成一千个实行自治的公国和自由城的帝国中央，天文学家开普勒认为，根据现行的集权法则，只有一个君王独揽大权才能实现王国统治秩序和平。当然啦，这要控制在宗教的最大忍耐范围内。天真的开普勒！他怎么没明白呢，君王最挂心的事情，不过是削弱除国家统治阶级的信仰外的一切宗教的影响力：英国的雅克一世、他的儿子和继承人查理都将英国的清教徒和天主教徒监禁或流放了；法国的路易八世削弱了胡格诺派的地位；除了皇室数学家之外，哈布斯堡王朝的菲尔迪南没什么需要改革的了……也许这便可以解释为什么开普勒能够矢志不渝地效忠于三位国王：这是出于他对君主专制整体的信仰。以及君主专制政体下的酬劳，虽然他的酬劳很少按时发放。也从未全部发给他过。

格拉茨的围攻持续了四个月。渐渐的，就像别人家一样，开普勒一家也开始吃狗肉、吃猫肉，随后吃老鼠肉和马肉了，外面的世界依然硝烟弥漫、战火轰鸣。巴伐利亚的军队在北方对抗丹麦，这支军队一直没有履行承诺增派援军。1626 年春，开普勒通过望远镜观测到一整支军队沿着多瑙河另一侧的丘陵走了下来，然而东南方向的部队占领了韦尔斯，并在那里大肆屠杀群众，因为开普勒把老司令当朋友，于是便向老司令汇报了情况。蒂莉将军是白色山峰的杀人狂魔，他最终决定派两支部队到上奥地利镇压起义。他刚刚得知，他的对手——皇室军队的司令华伦斯坦将军打算亲自解除林茨的围攻。他轻蔑地将华伦斯坦将军称作"菲尔迪南的雇佣兵队长"，这个人绝不可以侵占他付出了极大代价才攻占的土地。

多瑙河的两岸是大规模屠杀。由于受到围攻，农民军队别无选择，只好躲到林茨，并尽力在那里抵抗得久一点。他们攻破一扇城门，高呼着绝望闯进城里，向最先闯入的房子中扔点燃的火把。他们身后的巴伐利亚骑兵将他们砍尽杀绝。那几所着火的房子中，就有开普勒的印刷厂。只有没用过的纸张，手稿以及印刷好的纸张幸免于难，因为开普勒将它们存放在木桶中，所以很快将它们转移出去了。但是印刷机和计算时钟却在烈火中化为灰烬，那些用于制作鲁道夫星表的铅字也融化成一摊铅。

上奥地利的和平时代又来了。北方的丹麦人和他们的军队退了回去。华伦斯坦向波罗海岸行进。菲尔迪南二世的春秋大梦似乎终于实现了：重建他的祖先查理·昆特的神圣罗马帝国。奥格斯堡条约被撕得粉碎，在皇家军队攻占的领地上，小学、中学、大学和庙宇都在天主教教士的掌握之中。很快，由于颁布了复权法令，国王在整个帝国展开措施。那是世纪以来大量涌现的日耳曼艺术和思潮的终结，这股思潮始于丢勒和哥白尼，终于浩辰和开普勒。

林茨的情形愈加难以忍受了。开普勒希望国王可以免除他的职务，并让他从忠诚的誓言中解脱出来。这样说来，是时候要该考虑一下别人的建议了：莱茵河畔，黑森州的菲利浦三世钟爱艺术和哲学，他在冲突中保持着中立态度，开普勒恰好为他的《一千种对数》题过词；斯特拉斯堡大学校长马蒂亚斯·贝奈格时常与开普勒通信联络，是开普勒的朋友和崇拜者；英国的新国王查理一世的几个议员……他们的建议都可以考虑一下。他写信给国王，向他询问了调职的事情。他想强调的是，自从林茨变成巴伐利亚大公爵的财产以来，它已经失去了自由皇城的所有优势，于是皇室数学家在这里没有什么可做的了。他建议将纽伦堡或雷根斯堡作为新根据地，他希望通过这种捣乱的方式，国王会将他遣送回法兰克福。

雷根斯堡。默默无闻的公务员回应了他，但是开普勒很确定这封信是出自国王的口谕，信上说国王、他的西班牙表兄以及大元帅华伦斯坦都急于出版鲁道夫星表，在对抗他们共同发动的反异教徒战争中，无论是在陆战还是海战，鲁道夫星表都非常有用。开普勒是否能够得到那笔酬劳，就要看能否出版这本书了。那一定是菲尔迪南的主意。

1626 年隆冬，一艘运载着冰块儿的沉重驳船驶离林茨海港，慢慢沿着多瑙河逆流而上。当河岸上响起纤夫的歌声的时候，苏珊娜和三个年轻的孩子眼睁睁地看着自己渐渐远离故乡，雅各布和苏珍身上裹着皮毛大衣，他们用数学方法夸夸其谈地比较着人类和马的肌肉。但是，他们口中呼出的水蒸气就像亲吻一样交织在一起。开普勒已经呆在自己的工作室了，他不想多看这座城市一眼，他生命中的十四年都是在这座城市中度过的。十四年的流亡生涯。他细数了一下。

雷根斯堡尽情享受着自由皇城的地位和它应得的特权。雷根斯堡很早就加入改革的行列，但是它依然处于天主教主团的围攻中。因为这里是国会最经常围攻的地方，因此，两种宗教的王子在这里可以并行不悖。在这里，经常遇见的不是将军，而是政客。虽然开普勒在这里有大房子住，虽然这里有布拉格和平年代的人际关系网……在逃难到这个宽容的内陆国家之后，开普勒开始厌倦这座城市了，而这座城市曾经使他那般愉悦。但这个地方是菲尔迪南恶意地为他指派的。从那以后，开普勒对菲尔迪南就只剩下了恨。他参观了城市里的两家印刷厂，一家是天主教的印刷馆，另一家是新教的印刷馆。他觉得第二家不能实现完成像鲁道夫星表这样复杂的任务。至于第一家呢……这一家非常讨菲尔迪南的欢心，菲尔迪南，也就是国王，那个折磨他的人，那个阻碍他完成著作的人；开普勒变成了菲尔迪南发泄愤怒和狂躁的靶子，比起从前的第谷，简直有过之而无不及。开普勒被这位他从未见过的君王折磨、附体，他决定挑战一把，他要到别处去印刷鲁道夫星表，到他的敌人驻扎的城市去。

啊！开普勒正是在那里为林茨的印刷厂招收到一名工头儿和两名工人，从那以后，这三个人便躲到了瑞士。是一个叫做乔纳斯·索尔的人把他们介绍给开普勒的，开普勒突然觉得他是世界上最好的工匠。开普勒到雷根斯堡才一个月；一场寒流冰封了多瑙河。在这种情形下，苏珊娜和雅各布恳求开普勒不要去了，但是根本劝不住他，他要到距乌尔姆65古里的地方，谁也改变不了这个精神失常的计划。2月一个下雪的清晨，开普勒出发了，他亲自牵着一辆马车，车上装着林茨的火灾中幸免于难的所有东西，拉车的马与开普勒一样瘦。

在乌尔姆，乔纳斯·索尔带着对皇室数学家的敬意尤其带着对不朽的《新天文学》和《哥白尼天文学概要》作者的尊敬接待了开普勒。他可真是个耐心的天使。实际上，开普勒的印刷经验非常丰富，他事必躬亲，谁都信不着，他想自己当印刷厂的老板，总是一副高高在上的样子。他的做法挺让人恼火，但是无论如何，鲁道夫星表的印刷工作终于启动了。

1627年春。开普勒一直监视到深夜，他寄宿在学院校长家，修改样稿的前二十页。他只挑出了三个问题，但是对于他来说，三个问题已经够多了。于是，将近中午的时候，他来到印刷厂，情绪非常不好。在两位来访者面前，印刷商毕恭毕敬，从衣服上就能看出他们的身份不凡。

　　——索尔先生，开普勒怒吼道，如果您把时间浪费在社交上，那我们就永远也做不完这件事了。

　　两位来访者转过身去。开普勒非常惊愕，他认出这便是胖乔治·布拉赫和他姐姐玛丽·塞希尔。第谷家的人来了！

　　——你们两个……你们来这儿做什么？

　　乔治向他走去，左右摇摆着身体，张开双臂要拥抱他。开普勒身体僵直，向后退了一步。

　　——亲爱的朋友啊，第谷的小儿子说道，维也纳宫廷的一位官员对我说，您已经决定要发行我父亲的书，而您却没有征求我们的同意。为表敬意，我前来将我起草的前言交给您……

　　——是"我们"起草的，塞希尔更正他说道。

　　开普勒不敢正眼看她。塞希尔老了许多，身材臃肿。现在，她看起来惊人地像她父亲。简直是女版的第谷，只有胡子不太像，可鼻子却像极了！

　　——女士，这样说来，这篇前言一定有着如您一般的美丽与优雅。索尔先生，我们现在可以开工吗？

　　——是的，印刷厂老板说道，那就要将整篇前言的页码排版成罗马数字，并且……

　　——那就去做啊！还有，千万别忘了将超额费用向布拉赫领主汇报一下。

　　——我不会忘的，放心吧。

　　于是，乔治将三页手稿递给开普勒，开普勒看都没看一眼，直接将手稿递给乔纳斯·索尔。这份手稿写得没比当涅日勒好多少。随后，他将这对兄妹带出工厂。接下来的一周，开普勒没到印刷厂去，因为他的东道主，学院校长黑本施特赖特让开普勒为他的学生和城里的大人物做一系列座谈演讲。开普勒无法拒绝。他也邀请了两位第谷家的人前往，但是，塞希尔只去了前两天，接下来的日子就消失了。

接下来的星期一，一走进印刷厂，开普勒就看见了在车间最里面的胖乔治，他正写着些什么。

——您看，他又在这儿搞什么名堂？开普勒问乔纳斯·索尔。

布拉赫的小儿子转过身来，回到道：他啊，就像您说的，他正在起草一篇与您的序言字数相同的文章，您在序言中说，您为我父亲、伟大的第谷的观测结果作出改进。开普勒先生，对于已经很完美的事情，我们无需再改进了。我父亲的作品不接受任何改变。

开普勒吼叫道：

——您想怎样，蠢驴，自命不凡的胖子……

开普勒刚想大打出手，印刷厂老板就拦住了他：

——冷静一下，先生，我来给您解释一下……

开普勒一边挣脱开，一边指手画脚地说道：

——索尔，您别管！就算您对我背信弃义，也不可以让这件事儿就这么过去。我这就去斯图加特的司法部。先生们，我们法庭上见。

开普勒又气愤又激动，整个人直哆嗦，他从车间走出来，从学院的马厩里牵出自己的马，从落日门离开了乌尔姆。他骑着马，一路奔波了四古里。但是开普勒是个多愁多虑的人，一如往常，他那浓厚的愤怒转化为切实的痛苦。这一次，他得了痔疮。他无法骑坐在马鞍上了。于是他手持缰绳，牵着马前行。灼烧的感觉并没有因此减轻。他又走了三古里，在这期间，他有一种九死一生的感觉，他终于走到布劳博伊伦的驿站，将自己关进客栈房间里。早上，他感到自己精神饱满、精力充沛。他决定回乌尔姆，向乔纳斯·索尔道歉，并且去找乔治·布拉赫决斗。黄昏时分，他走进车间，已经做好了要与乔治·布拉赫打上一架的准备。索尔和两位工人已经在工作了。

——布拉赫呢？他在哪儿？

——他去维也纳了，我和他达成共识：我会做出三个版本的鲁道夫星表。一份是不带乔治·布拉赫的序言的版本。由于前二十页已经印好了，我为他做出一系列技术上的解释，他什么都没听懂，只听懂了一件事情：价格。第二个版本是由他和他的姐姐共同起草序言的版本。第三个版本是他写的与您的序言字数相同的版本。每本书只需要增加两页纸，但是，先生，请相信我，这已经超出他的预算了。

——老乔纳斯驯服了大鲸鱼！来吧，抱抱！请原谅我昨天说过的话。他写的东西根本没人会读，只是可惜了那么多墨水和纸张……

——墨水、纸张，还有汗水和口水。

在历经三个月的汗水，口水，墨水和纸张之后，1627年，一千份鲁道夫星表于终于出现在法兰克福书市上。开普勒亲自为这本书的首页画了幅插画。他画了一幅讽刺的漫画，这幅画中蕴藏着1001个标志性符号，总体概括了天文学的历史以及他的一生。

他画的是一座希腊神庙，或者说是一座音乐报亭。亭的圆顶是由十根柱子支撑起来的。柱子的底部是木质的，柱子的前部由砖和理石建成，以此来纪念天文学上所取得的进步。亭子顶端的二轮马车上，引人瞩目地摆着一轮太阳。太阳底下，翱翔着一只鲁道夫的皇室之鹰，鹰喙向外吐着金钱币。在亭子的上楣处，太阳的周围有六颗行星，美丽的金星女神维纳斯裸露着胸膛，水星之神墨丘利手持天平，木星之神朱皮特的周围是四个似漂浮着的碎片，土星管制着时间，火星扭曲着肢体望着太阳、手中拿着伽利略的望远镜，最后是地球，她向右侧遥望，四周缠绕着一圈光轮，她的手中托着一个球体，那便是月球。圆顶底下环绕着十根柱子，上面都悬挂着雅各布拐杖、浑天仪、等高仪等测量工具，那里有五个人。喜帕恰斯站在旁边，背靠着火星的柱子，笔直地站着。他的每只手中都拿着一台绘图仪。在墨丘利的那根柱子底下，托勒密头裹缠巾，看上去就像一个东方人，他坐在那里写字。中央是第谷，从他的大胡子就可以轻易地辨认出来，他指着天空，或许是指着一个记载着哥白尼的一本书的书名的路标，向坐着的哥白尼询问"那是什么?"里面有一个灰色的身影。亚里斯塔克·德·西莫斯名字是否也镌刻在某根石柱上了呢? 庙宇的底座是个十面体，只能看见五个护板。庙宇中央是汶岛的地图，汶岛也叫维努西亚。这张地图的左边，是两个正在工作的印刷工人；印刷厂大门后面，一个男人正等待着。那不是乔治·布拉赫吗? 汶岛的另一端，开普勒正伏案工作，桌面上是他记载的数字；由于买不起纸张，他不得不在桌子的木板上进行演算。蜡烛散发着光亮，他看着读者，似乎是让读者与他共同见证一样。皇室雄鹰嘴里的两枚金币最终落在桌子上。但是，一位身佩宝剑、长着一撮山羊胡子的军人正准备破门而入。战争将要侵入他的家门。

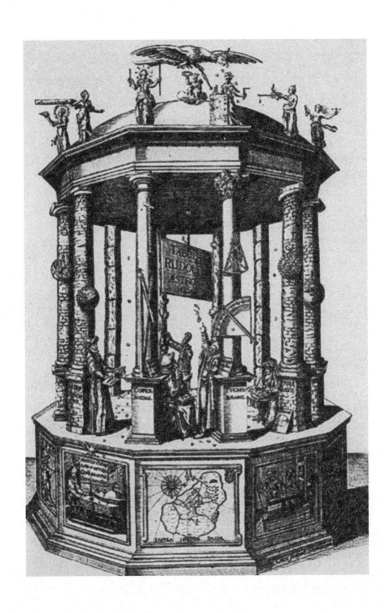

34

开普勒已经将近十个月没有见到家人了。10 月中旬，在法兰克福的书市结束之后，他回到达雷根斯堡，他的鲁道夫星表被抢购一空。在看到宇宙的庙宇终于屹立起来的时候，他本该感到释然和解脱。但是在回家的路上，他却只感到空虚和苦涩。

第二天，他接到前往布拉格的传讯，下个月月末，他被邀请参加波希米亚国王儿子的加冕仪式。虽然他知道，对于他来说，接触奥地利的哈布斯堡王朝的人越来越危险，但是他躲不开那些被自己国家开除的改革派。从此以后，印刷好的鲁道夫星表对他来说就没有任何用处了。但是国库现在总共欠他将近 12 000 弗罗林，他打算在远离国王、为家人寻找一处避难所之前，将这笔钱拿到手。

在前往布拉格之前，他让女儿和助手匆忙完婚。他们两情相悦，却不逾规矩，他们在爱的火花中燃烧，就要燃为灰烬啦。开普勒很确信，像雅各布·巴尔奇这样正直、诚实的人，一定可以在危难之际保护自己的家人。

所有改革者都被驱逐出布拉格，至少，我们所说的是那些没有惨遭屠杀的人。这座美丽的城市，这座曾经闪耀着千万束艺术和思想之光的城市，如今却沦为一座兵营。而皇家城堡则变成一所修道院。一位耶稣会人士前来，将通行证拿给守卫在格拉德辛的栅栏处的看守看。

——亲爱的开普勒先生，古尔丁气喘吁吁地说道，幸好有人告诉我您要前来。别到这儿来，您在这里会遇到很大的危险。

——国王想杀掉我吗？这样正好可以帮他摆脱债主。

——安静点儿，求您了，城市里满是间谍。快到华伦斯坦城堡去，我们在那儿等您，您在那里会很安全的。再见吧，朋友，别让人看见我们在一起。

开普勒没让他催促第二遍。用不了多久，华伦斯坦就会在意大利风格的富丽堂皇的宫殿里接见他。作为皇家军队的大元帅、波罗地海上的大司令以及弗里德兰和梅克伦堡的大公爵，华伦斯坦从他的巨额财富中取出一笔钱，付给他那五万名徒有其名的神圣岁马帝国士兵。华伦斯坦娴熟地掌握着财政大权，并且结了婚，他从苏台德地区到波罗地海岸切割下一大块土地，他想象着这便是一个王国。华伦斯坦对宗教教义并不关心，出自新教家庭的他改信天主教，对此他没有感到一点儿自责，他娶了一位富家女，妻子成为他的财富之源。他坚信，自己的命运就写在星星上，并且身边养着一群星象学家，这些星象学家在战争前夕就为他提过建议。星相学家们为华伦斯坦提供过有关于战争的建议，在他对艺术和文学的爱之中，都能看到鲁道夫的影子。但那是一个有着坚实政治头脑的鲁道夫。虽然还没戴上王冠，但他至少还有皇室数学家。

——开普勒先生，他说道，我想将您从国王那里买走。

——您要把我买走，真的吗，殿下？开普勒模棱两可地回答道。

——我是个军人，请原谅我的粗莽。大元帅回答道，他将真正的细腻掩藏在粗犷的外表下。但是……您知道吗，您是帝国中唯一一个身居官职的改革派。等下一位波希米亚国王加冕，他只会比他的父亲更加厌恶您，我可不是吓唬你。

——实际上，早有人跟我说过这些了。

——开普勒先生，您是个勇敢的人，我很欣赏这一点。你我都是建筑师。我的计划需要您，为了保障您的安全，您也需要我。您知道萨冈城吗？

——如果我没记错的话，那是伏伊伏丁那的一个小城，在汶岛子午线的东面五度多一点的地方，……1549年的时候，莫里茨选侯让步于菲尔迪南国王，三个月前，华伦斯坦大元帅将它强权攻占下来，是这样吗？

——太棒了，开普勒，如果有一天我成为新亚历山大，那么你就是我的亚里士多德。

——……或者是您的迪奥杰内。

——因此，我想把这座简朴的萨冈城当做菲尔迪南和梅克伦堡的首都，这座城市坐落于布拉格和什切青港口正中间。最后一件事情：我理解您在星体预言上的迟疑。我不强求您编撰星象图，至少我单方面不会强求您那么做，虽然您为我做的寓言准确得惊人。我还是请求您，将星历表转交给一个没有您的计算才华、但是在天文学上却与您能力相当的人来做。最后，您敬请放心，我来负责皇室欠您的所有债务。如果国王同意放手的话，当然了，他还没说过这个……

开普勒别无选择，对于他和他的家人来说，危险已经迫在眉睫了。他接受了这一建议，暗自思忖着自己是不是才出虎穴、又入狼窝。他禁闭在皇宫中等待了三个月，侍卫守护着他，也不知道是为了保护他还是为了防止他逃走。开普勒做出一副硬充好汉的样子，想去参加年轻的波希米亚国王的加冕典礼以及接下来的加冕仪式和圣诞节。华伦斯坦阻止了他。开普勒鼓吹教皇禁止的理论，他认为菲尔迪南很想摆脱宫廷中最大的改革派，菲尔迪南一定会找开普勒的麻烦。唯一一位赶走过数学家的国王是鲁道夫，他在第谷的恳求下，打发走了乌鲁斯。糟糕的记忆，令人恼火的先例……又有谁敢不顾世界哲学群体的高呼，将开普勒换掉呢？唯一一位可以当之无愧地申请皇室数学家这个职位的，便是古尔丁的父亲，而这个人行事谦虚，出于对朋友的忠肝义胆，他回避开了，他这么做也是因为耶稣会的上层人物知道如果他抗击哥白尼理论、维护第谷理论，不会令人信服，因为他们不信服。在第谷去世十六年之后，这位路德主义丹麦天文学家第谷已经改变了信仰，变成了一位虔诚崇拜天主教的德国人……

最终，菲尔迪南和华伦斯坦达成共识：依然为开普勒保留皇室数学家的官职，但是，从某种意义上来说，是脱离国王、依附于给他发放酬劳……以及债权的大元帅的皇室数学家。现在时机成熟了。他与国王的关系得到缓解，但是国王对他充满敌意。

华伦斯坦向北方出发了。这位新海军上将至少会拥有一个港口。或者说，这群厉害的丹麦水手得到所有汉萨同盟城的帮助，向开普勒抛出橄榄枝。他希望开普勒这样了解天空移动地图的人，可以对航海事宜有所帮助，华伦斯坦和他的高级船员们对此一窍不通。

他给皇室数学家派遣了一支护卫队，把他送回林茨照看他那规模宏大的图书馆，开普勒的书信集和大量手稿都存放在那里。随后，开普勒到雷根斯堡去接他的家人。他已经离开上奥地利的首都两年了，开普勒航行在海陆上，整整花了一个月时间才见到他的孩子们。

出发前，开普勒在一个靠谱的银行家那里存了些钱，也将自己的家具存放到他家。他四处漂泊：乌尔姆、法兰克福、纽伦堡……这些自由城还保留着它们各自所有的特权。国王非常谨慎，他不想看到这些强大的自由城崛起反对他。开普勒觉得，有朝一日这些城市都会成为他崭新流亡之路上的避难所。

35

华伦斯坦在萨冈城住的是工地上的一栋大楼，在这块无边无际的大平原上，这栋大楼显得格外高大，在这块平原上，点缀着一些树木和沼泽。这座城本身并没比莱昂贝格大多少，城市依然留有战争的创伤。华伦斯坦没有前去迎接他的数学家：他忙着围攻丹麦人占领下的斯特拉松德港。但是他为开普勒留下了指令，第一项指令便是建起一座印刷厂，让他在这里印刷随后六年的星历表。

开普勒将家人安顿在城堡的附属宫殿，这座宫殿为他预留的，并向雅各布·巴尔奇安排了工作。鲁道夫星表大大方便了工作：从那以后，星历表在欧洲各处四处流传，星历表上经常会出现错误，要清楚地看到，这个潮流的始作俑者并没有随波逐流。

于是，开普勒又上路了。他忘记了北方城里的一切。当然，莱比锡也有好印刷工，但是他想到熟悉的地界去，在乌尔姆，他确定乔纳斯·索尔会帮助他选择最好的材料。开普勒往返用时两个月，并且在这座钟爱的城市呆了两周。想法虽好，但是一直找到波兰和战争的边境，星历表的印刷商都没找到愿意跟随他的工人。在莱比锡，他才终于雇到一个工头和两名助手。随后开普勒发现，他需要从头教他们怎样做这项工作。为了方便工人们尽快掌握印刷技能，开普勒让他们着手印刷《开普勒之梦》的前几页，比起印刷星历表，印刷《开普勒之梦》可要简单得多。于是，第一批书及时印刷出来了：1628 年 12 月。这些书是要在接下来的一年卖的。

对于这个习惯了奥地利的城市生活以及波希米亚黑森林的四季风景的家庭来说，这个多风的平原上的冬季艰苦而漫长。

雅各布对开普勒说道：先生，您知道我为什么那么早离开我的故乡卢萨斯吗？

苏珍总是让父亲和丈夫担心。虽说她已经嫁给了自己的心上人，但她还是陷入深深的沮丧之中，她会不可抑制地想起自己的母亲巴赫巴哈，以及母亲生前的最后几个月。开普勒一家人都很孤单，他们时常反思着自己。他们也没有交到新朋友，萨冈的一些资产阶级用方言讲话，这使他们意识到，在这块幽森的地带，他们有多像外国人。然而，华伦斯坦并不是拥护改革的胆小之辈，但是无论如何，他都会做到使国王安心。根据路德主义习俗，村民们还可以在这里秘密地领圣体，但是，没人想把新领主的数学家邀请到这里来，新领主正忙着同他的兄弟们做斗争。

将近 2 月末，皇家军队的大元帅终于到达了萨冈。对于一个习惯于摆大排场的人来说，他这次来得很低调。他召见了开普勒，对他说：

——从明天起，我要接待几位外国来访者，我与他们之间的会谈要保持绝对私密。

——殿下尽可对我的沉默放心。此外，您也知道，我对政事并不感兴趣。

——您会感兴趣的，因为我想请您为这些人算上一卦。

——您为什么不让……普通星象学家来做？

——因为您是最好的呀。此外，我要的并不是什么预言，而是想对他们有一定的认识。您不能将预言说给他们听，您只能与我一人沟通。

……正是由于这样，最终，开普勒为我算了一卦，我没有要求他那样做，我也永远都不会得知占卜的内容。英国的查理一世国王的司法部派我到萨冈去参加预备性秘密谈判，四个月之后，这项谈判为华伦斯坦和丹麦国王带来了吕贝克地区的和平。这是大元帅平等地同克里斯蒂安四世以及他的联盟协商的结果，菲尔迪南二世并没有出面。波罗的海的大海军司令虽然赢得了胜利，并且把胜利拓展到丹麦的日德兰半岛，但是他明白，他永远无法获得海上的控制权。因为瑞典刚刚向帝国宣战，因此，不论在海上还是在陆地上，在英国的帮助下，荷兰人咄咄逼人地向西班牙人挑衅，法国进入到反对西班牙的哈布斯堡王朝的战争中。因此，华伦斯坦一回到那个各个领地之间的内陆国家勃兰登堡，他就决定，是时候自行调动他那强有力的军队了，并且要依据自己的才智重新规整王国。对抗哈布斯堡王朝的王国和公国也只好支持这样一只精锐的军队的统帅的计划。这便是当开普勒为我算卦的时候，我在开普勒的工作间秘密向他解释的事情。

我发现这位杰出的朋友老了很多，就像熄了火一样，他那双近视的眼睛曾经闪烁着的奇特的光芒，如今他那富有魅力的滑稽感已然不复存在。

——在距这里几古里的地方，有一个十岁的小女孩预言到世界末日，她疲惫地对我说道。可怜的人们到处追随着她走，拜倒在她的脚下。我几乎相信了她。我不知道世界别处发生着什么，因为这封信用了几个月时间才到这里。我不知道华伦斯坦是否背叛了国王，但是，我从华伦斯坦那里得知，天主教同盟和巴伐利亚大公爵正在密谋……

开普勒咬了咬嘴唇，对此他想说的太多……

——亲爱的先生，什么都别怕，我对他回答道，您什么都没有告诉我。如果泥脚巨兽真的存在，那他肯定是您的新老板。但我担心的是您。沃顿阁下曾以死去的雅克一世的名义开价邀您前往，我可以重新定价；这一次是以他的儿子查理一世的名义。当然，我的国家此刻遭遇一些清教徒的暴乱，但是您在那里却看不到宗教迫害。我们那里只涉及政治，您可以同您的教友们一起、随心所欲地践行你们的宗教信仰。

——您的国家是一座岛，而我只是黑森林中的一个土包子，只要将自己监禁起来，我就什么都不害怕。

想到格兰瑟姆周边的乡村，我微笑起来。开普勒把它比喻成了一座监狱！他继续说道：

——但是我不会拒绝这份有爱的提议，不会。此刻，我想接受斯特拉斯堡大学的提议。那是一处和平的避风港，离我的故乡不远……

——依我看，这个和平的避风港只是暂时的。但是，我认识贝奈格的校长。他是个学识渊博的人，由于拥有容人之量而倍受尊敬，他是个真正的人文主义者。我很想在返程的时候，绕道去斯特拉斯堡向他致意。

这一刻，他脸上的狂躁不安突然消散。

——您能帮我一个忙吗？他问道。几乎是在请求。把这个交给他……

他递给我一根粗大的橄榄枝拐杖，象牙圆头象征着斯芬克斯，这根拐杖是第谷交给他的。

——如果我有什么不测，我觉得马蒂亚斯·贝奈格是唯一一个称职的人选……

——您瞧啊，开普勒先生，您的生命还有很多美丽、丰富的日子呢，我想都没想就脱口而出。

——拿着，拿着。然后，把这两句诗也交给他，我刚刚写好。这是我最后的心愿，把这两句诗镌刻在我的墓碑上……

随后，他递给我一截纸，他在上面匆忙潦草地写着这句墓志铭：

"我曾测天高，

今欲量地深。

我的灵魂来自上天，

　　凡俗肉体归于此地。"

　　然后，他让我赶快离开，以免耽搁太久遭人起疑。我将这张纸揣进兜里，将欧几里得拐杖藏在外衣里，走了出去。

　　从那以后，我再也没见过约翰·开普勒。也没见过马蒂亚斯·贝奈格。我不仅是个间谍，还是个小偷。

36

于是，华伦斯坦同丹麦签署了和平协议。华伦斯坦登陆瑞士周边、波罗的海的德国和波兰海岸，与改革派王子结成同盟。大元帅没有制止他们。正如阿喀琉斯，华伦斯坦宁愿撤退到自己的帐篷底下，或者说，撤退到了波希米亚北面那他不计其数的城堡中。

1630年春，华伦斯坦在城堡中召见了开普勒。他迫不及待地想看到他命皇室数学家制定的海上地图。自然，开普勒已经将地图起草好了，但是，他的工作室无法将地图印刷出来。波罗的海的大海军司令坚持要最好的罗盘地图。只有纽伦堡的印刷商才能印刷出来。于是，开普勒将印刷商请到城堡，他还自掏腰包了120弗罗林。但是，丢勒城的工匠似乎并没把大元帅放在心上：他们做事拖沓。开普勒向华伦斯坦如是解释道。华伦斯坦的情绪非常糟糕。他暂时隐藏起敌意，他想迫使蒂莉失去菲尔迪南二世的宠信，并想掌管对手的军队。但是国王并没有行动。

于是，华伦斯坦将不安转嫁到开普勒身上。开普勒也不是个好惹的人，他提醒华伦斯坦说，皇室欠他的债务一直都没有给他。华伦斯坦反驳道，如果他把所有钱都给了开普勒，开普勒就会像听命于他的雇佣兵一样跑掉。这件事情僵持了三周。随后，开普勒亲自到纽伦堡解决这个海洋地图事件了。回来的路上，他在莱比锡停留片刻，雇用了两名新印刷工人，之前的印刷工因为受不了老板的暴躁情绪而逃脱了。大学校长告诉他，华伦斯坦刚刚被国王解雇了。开普勒尽快告别了他的东道主，日夜兼程地回到萨冈城。

开普勒真应该离开这里。无论哪一支军队，哪一帮雇佣兵，都可能在这里出没，抢劫、谋杀……首先需要提防的便是华伦斯坦溃散的雇佣兵，他向发疯的家人提出命令，就像指挥着一艘正在沉没的军舰的上尉。开普勒的女婿雅各布将老婆苏珊娜和孩子们送到距这里25古里远的故乡卢萨斯，他在那里还有一些亲人。然而，开普勒要到莱比锡去，将他的手稿、书籍和仪器交给大学。随后，他又去了趟雷根斯堡，国会将永久安扎在这里了。他去试着向国库索要些钱，他还会见了王子和大使，向他们寻求帮助和保护。然后……

然后，莱比锡与雷根斯堡之间的道路又艰辛、又漫长。半路上，开普勒遇到了北上的军队。他很庆幸自己只选择了一匹又老又瘦的马当坐骑，他的行李是一个带补丁的小布袋，他的衣服是在莱比锡的旧货商那里淘来的旧衣服，他只有50弗罗林现金。这样一个悲惨的人怎么会引起强盗的注意呢？在这片荒芜的郊外，在这个冒着硝烟、被炮火焚毁的村落，在被大兵践踏过的田间，在被大炮的轮子碾压出沟壑的路上，开普勒自言自语地说着话，他的食指拍了下额头，随即指向天空，就像要指出那条将他和天空连在一起的线一样。

在河岸的另一侧，开普勒终于看到了钟楼以及栖息在雷根斯堡围墙后的屋顶。发烧使他流汗、颤抖，但或许正是由于发烧，他才找回了一点儿乐观，重新尝到了生活的滋味。

他向神秘的宫殿走去，不朽的、不可估量的宇宙奥秘在阴影中熠熠生辉、在垂死的开普勒眼中依旧清澈，没有受过任何人的抚摸。很快，他就要到黑森洲的飞利浦三世身边、到斯特拉斯堡、到图宾根大学的学院、到英国或法国国王的宫廷、到维务西亚的丹麦岛上去构建星辰的宫殿、在伽利略的陪伴下，乘坐他自己发明的飞船到月亮上航行，抑或他会再次登上火星，将第谷拥入怀中，与他和解……

结束语

　　年迈的约翰·阿斯克鲁先生突然感到非常疲倦。就像他陪伴开普勒走过了最后的旅程一样。他要很努力才能回答这个红棕色头发、表情无比严肃的小男孩儿的问题，小男孩儿热情洋溢地听他讲着故事。

　　——你问"然后呢?"然后，在开普勒到达雷根斯堡几天后，他于1630年11月2日去世了，他去世时，身边围绕着几个路德主义牧师。不久，天主教教堂下令，雷根斯堡的墓地中所有改革派的坟墓都要被摧毁，其中就包括开普勒的坟墓。他的遗体一定是被扔进了多瑙河，就像拉米斯的遗体被扔进了塞纳河一样。

　　——那其他人呢? 他的家人呢?

　　——两三年之后，他的女婿雅各布·巴尔奇，在卢萨斯的瘟疫中丧了命。雅各布的妻子和开普勒的妻子幸存了下来。至于孩子们，活下来的只有苏珊娜和约翰，我不记得他们后来的生活发生了些什么了，只记得他们的名字。开普勒与前妻的儿子——路德维希得知父亲的死讯，匆忙离开日内瓦，他即将获得医学博士学位。路德维希在雷根斯堡终于从国库那里拿到一点钱。随后，他到法兰克福去与妈妈、姐姐，以及开普勒家的幸存者汇合。他在法兰克福出版了《开普勒之梦》，并将这本书献给了黑森州的诸侯菲利普三世。这场可憎的战争足以摧毁整个欧洲，在整个战争期间，菲利普三世一直保持着中立。直到1643年菲利浦去世前夕，他都一直保护着他所崇敬的天文学家的孤儿寡妻。马斯特林于八十二岁的高龄去世，可以算是寿终正寝了，在他的学生开普勒去世十一个月之后，马斯特林死在了图宾根，他平静地死在自己的床上，在饱经艰辛的青年时代后，他就再也没有离开过图宾根。至于这个故事中默默无闻的人物，他们就消失在这场让整个世界流血的风暴中。至于那些王子啊，国王啊，和帝王啊……啊！你到格兰瑟姆学校一定会了解到更多，如果我们欢快的守护者奥利维尔·克伦威尔还允许教授这样的事情的话……

——那些纸张呢，开普勒留在这座北方的城市中的纸张……

——莱比锡。这是另一个故事了。路德维希想要寻找那些纸张，但是战争妨碍了他的前行。瑞士军队占领了整片区域，其中就包括莱比锡。开普勒的手稿和图书馆都消失得无影无踪了。我怀疑是骄傲的北欧海盗将它们夺走了。有人这样对我说……确切地说，是我的朋友法国天文学家——皮埃尔·伽桑狄，他曾对我说，他的一个同胞——一个与他同样博学的人，加入了这支军队，自然，是由于好奇。勒内·笛卡尔非常愿意加入这样的战役……

——就是在火炉房见到开普勒的那个人吗？

——记忆力不错呀，孩子！我认识笛卡尔，因为我曾在法国、荷兰和瑞典的宫廷见到过他几次，我由衷地相信，他做着跟我同样卑鄙的间谍勾当。我并不是责怪他偷走了开普勒的书，但是……若非雷同、纯属巧合，他所有的哲学、数学、物理学、天文学著作，都是在拜访过莱比锡之后出现的。在《折光学》一书中，笛卡尔才勉强向他的启发者开普勒致以腼腆的敬意。就像巧合一样。好吧，我似乎对这位笛卡尔有些严厉了。我还没读过他的《几何学》，这本书里定会包含美好和崭新的事物。孩子啊，笛卡尔是法国人，我们是英国人，我们永远不要相信法国人！请牢记这一点……

——无论如何，早晚有一天我会读这本书的。我对几何学很感兴趣……

——天啊，你几岁啦？

——马上十三岁了，我已经不小了。

老人爆发出一阵笑声：

——好吧，还没有人教你要谦虚吗！但是总之，在生活里，想要取得成功还是需要些勇气……

男孩儿摇动着他那一头长而密的头发，好像突然间被误闯误撞的小飞虫惹恼了。随后，他又重新集中起精力：

——那伽利略呢？

——你想知道伽利略什么？

——他后来怎样了？

——这个可恶的男人，我从来都不喜欢他。或许，他是有些伟大的思想，但是他从来都不想了解开普勒的发现。还有，他并不如自己所认为的那般精明……他做了一件不谨慎的事情，他出版了一本书，在书里公开表态说自己是哥白尼主义者。在开普勒去世两年之后！

——那他就什么都不用担心了不是吗？

——孩子，你忘了，他住在一个天主教国家。在他出版那本书之前，教皇一直支持着他，教皇气得满脸通红。于是教皇发起一场诉讼，伽利略在教会面前遭到当众羞辱，被迫改变了信仰。我想，开普勒永远都不会接受这样的做法。

——然后呢？

——然后，他被关到监狱里，被判终身监禁。或者说，就像大家议论的那样，他被软禁在自己的住所。他在佛罗伦萨的别墅里、在他修道院的女儿身边终此残生。如果我没记错的话，他是于1642年离开人世的。你瞧，这不正是你出生的那一年吗？

小男孩儿的眼睛突然亮了起来，骄傲的微笑照亮了他的脸庞：

——是的，但是我是圣诞节出生的……那伽利略，他被软禁后还继续研究天文学吗？

——不，你知道的，他从来都没有真正热爱过天文学。他只是有幸得到一架望远镜，有一双好眼睛和一支描述他所看到的事物的好笔而已。不论如何，他最后变成了瞎子。好吧，我对他也有点儿苛刻了。伽利略还秘密出版了最后一本书，他将这本书称作一门新的科学——机械学。

——机械学是什么？

——啊，不，我可受不了你这么多问题了！下次再继续讲给你听吧……我要去午睡了，但是，亲爱的外甥，你妈妈说你是我的家人，我要给你一件东西……

约翰·阿斯克鲁将他的手从长长的椅子上拿下来，拿起那根粗大的拐杖。他拧下拐杖的圆头，查看一下放进去的东西是否还在。他害怕随着年龄的增长，记忆力也会不听使唤。那是夹在马斯特林的两页信件中的一小截纸张，这页纸讲述着哥白尼的一生，开普勒在上面潦草地写道：

"我提出过这样的假设：如果一个星体到太阳的距离是另一个星体到太阳的距离的两倍远，那么它受到的牵引力比要另一个星体弱两倍。上帝的智慧无穷无尽，最终，他指出我的想法有误：实际上，这力量要弱四倍。今天，我不但要改正错误，还要为我的子孙后代重新提出这项法则，我在《新天文学》和《概要》中都提到过。使行星保持在轨道平面上的力与两颗星体的中心点到太阳的中心点的距离的平方成反比"正因为如此，月球的引力可以一直延伸到地球，并且引起海水的潮汐现象。我还比较了一下，使月球保持在平面轨道上的力与地球表面的重力——这重力足以使苹果从树上落下来。我发现这两种力量大小相同。"

英国老绅士重新拧紧拐杖的圆头，将这根古老的拐杖放在这个长着红棕色头发的小男孩的脑瓜上，就像武装起一个骑士。

——我把它托付给你。现在它是你的了。现在，我要走了。如果你愿意的话，我明天再来。

明天……这个年纪的孩子会去想明天的事情吗？约翰·阿斯克鲁将这根拐杖交给这个奇特的孩子，就像将一只瓶子扔进了大海。

艾萨克·牛顿从通往庄园栅栏的小路上走了下来，就像一个肩膀上扛着武器、要去上战场的小士兵。但是，欧几里得拐杖是和平的武器。

Ⅳ 附录

i. 人物介绍

除了本书中的几个次要人物以及叙事者约翰·阿斯克鲁之外，贯穿于本书的所有人物，均取材于历史或传闻中的人物原型，约翰·阿斯克鲁是作者根据叙事需要虚构的人物。然而，这个虚构人物的原型是亨利·沃顿先生（1568—1639），他是英国外交官，是英国驻威尼斯共和国大使、间谍以及科学爱好者，他于1620年遇见开普勒，建议开普勒前往英国避难，并在英国推行伽利略的作品；理查德·哈克路特（1552—1616），英国外交官、商人、维吉尼公司的合伙创始人；以及托马斯·霍布斯（1588—1678），哲学家、旅行家、科学爱好者，同时，他也是维吉尼公司的创始人。

接下来的简要人物生平概述，均为出现在本书中的主要人物的真实经历。这些概述可以帮助好奇的读者区分开历史中的真实事件和小说中的创作；在这些概述中，只会提及与开普勒和伽利略的生活息息相关的事件。

马丁·芭莎扎克（Martin Bachaczek 1539—1612），神学博士，宇宙学专家，1599—1600年以及1603年到去世担任布拉格大学的校长。

弗朗西斯·培根（Francis Bacon 1561—1626），英国政治家、哲学家，现代科学思想的先驱。

雅各布·巴尔奇（Jacob Bartsch 1600—1633），卢萨斯的数学家、天文学家，开普勒的女婿（他于1630年娶了开普勒的女儿苏珊娜）。他发现了麒麟星座、长颈鹿星座、南方十字星座以及鸽子星座。他于1634年出版了开普勒遗留的作品《开普勒之梦》，但是他在瘟疫爆发前去世，年仅 34 岁。

约翰-安东·冯·巴赫维茨（Johann-Anton von Barwitz 1555—1620），布拉格的皇室司法部参赞，随后成为国王鲁道夫二世的私人参赞，他于 1595 年被授以爵位，官衔是神圣帝国骑士。

艾萨克·贝克曼（Isaac Beeckmann 1588—1637），荷兰数学家、物理学家、医生、哲学家。他与当时的伟大思想家保持着持久联系；这位实力强大的研究员为年轻的笛卡尔开启了知识的大门，然而笛卡尔却并不因此感激他。

马蒂亚斯·贝奈格（Matthias Bernegger 1582—1640），斯特拉斯堡新教大学的校长，历史学家、数学家，他对所有文化领域的当代进步都很感兴趣，并与欧洲最伟大的思想家保持着紧密联系。他是开普勒的朋友，他在开普勒身旁追随着天文学家的工作进展，开普勒晚年曾想到斯特拉斯堡定居、躲避日耳曼圣帝国的混乱。贝奈格也因从 1612 年开始，翻译并且出版了伽利略的作品而声名卓越。

乔治·宾德尔（Georg Binder），德国牧师，开普勒的姐夫，他于 1608 年娶了开普勒的妹妹玛格丽特。

第谷·布拉赫（Tycho Brahé 1546—1601），丹麦天文学家，他因完成了当时最珍贵的观测而著名。他发现了 1572 年仙后座的一颗新星，因而出名。随后，第谷受到丹麦的弗里德里克二世国王的恩典，得以在汶岛上的一个区域继续工作，他在那里建立起传说中的乌兰尼堡观测台。在那里，他身边环绕着学生、学者和王子，二十年间，布拉赫用肉眼做出难以置信的观测，尤其对火星位置做出了精准的描述。第谷不承认哥白尼理论体系，他找到一个折中的办法，将哥白尼理论体系与托勒密的理论体系相结合：他认为，众所周知的围绕着太阳运转的五大行星整体围绕着静止的地球运转。第谷被剥夺了财产，他于 1599 年离开丹麦、前往布拉格，成为鲁道夫二世国王的皇室数学家。在布拉格，开普勒成为第谷的助手，在他们的合作过程中，争吵激烈得如同暴风骤雨一般。1601年，第谷突然辞世，他于布拉格圣母教堂举行了规模宏大的葬礼。约翰·开普勒接任皇室数学家的职务，并使用第谷的观测数据建立起自己的天文学理论。第谷·布拉赫的儿子蒂厄（1581—1627）和约尔（1583—1640）并没有完成父亲留给他们的遗愿，蒂厄从事起金融事业，约尔从事起炼丹术和医药事业。第谷的女儿们，玛德莱娜（1574—1620）、索菲（1578—1655）、塞希尔（1580—1640）年轻的时候放荡不羁，不知廉耻，伊丽莎白（1579—1613）怀上了第谷的秘书弗朗兹·当涅日勒的孩子，她不得不秘密嫁给了他。

埃德蒙·布鲁斯（Edmond Bruce），英国贵族、欧洲旅行家，痴迷于数学和草药。他于1602和1603年在意大利，化名埃德蒙迪欧·布鲁斯迪奥斯与开普勒来往。

乔尔丹诺·布鲁诺（Giordano Bruno 1548—1600），意大利哲学家、神学家。他受到哥白尼和尼古拉·德·库艾斯作品的影响，他想证实在浩渺无边的宇宙中，存在着无数与我们的世界相同的世界。宗教法庭宣判他为异教徒，在经过八年审讯之后，他被烈火活活烧死。接下来，布鲁诺的事件促使伽利略和笛卡尔在面对宗教当局的时候，都保持一定的谨慎。

让·布鲁诺沃斯奇（Jan Brunowski），波兰天文学家，开普勒在布拉格的助手，他于1604年10月9日第一个观测到出现在蛇夫星座的新星。

布库艾，查尔斯-博纳旺蒂尔·德·隆格瓦勒公爵（Charles-Bonaventure de Longueval 1571—1621），效忠于神圣罗马帝国的军人，他在三十年战争之初统帅军队。在被赶出布拉格之后，他在波希米亚负责镇压起义。他同蒂莉结成同盟，以天主教同盟首领的身份统帅军队，

1620 年 11 月 8 日，他于对抗波希米亚军队的白色山峰战役中取得决定性胜利。

约斯特·布吉（Jost Bürgi 1552—1632），瑞士钟表匠、仪器制造商。他是黑森-卡塞尔地区的纪尧姆四世侯爵的星相学家，他同开普勒一同效力于鲁道夫国王。他被委任保管科学仪器，他一边修理这些仪器，一边想办法改进，特别是钟表。布吉的成就是创立了三角函数表和对数表。

博得塞尔·卡普拉（Baldassare Capra?—1626）米兰天文学家、医生，因与伽利略的纠纷而著名，他与伽利略争辩说自己是罗盘的发明者。他在以自己的名字出版了伽利略的《罗盘专论》之后，被赶出帕多瓦大学。

克里斯汀·德·罗琳（Christine de Lorraine 1565—1637），她的祖母卡特琳娜·德·梅迪西斯在法国宫廷将她养大，她嫁给托斯卡纳公爵菲尔迪南一世。她笃信宗教，她关心科学与宗教之间的关系。1615 年 4 月，伽利略给她写了一封信，这封信闻名至今，信中，伽利略解释道"圣灵是想教会我们如何到天上去，而不是想告诉我们天空运行得好不好。"

克里斯多夫·克拉维于斯（Christophe Clavius 1538—1612），德国耶稣会学者，他被称为 16 世纪的欧几里得。他反对哥白尼体系，在格列高利历法改革中起到首要作用。月亮可见的一面的第二大火山口以他的名字命名。

尼古拉·哥白尼（Nicolas Copernic 1473—1543），出生于托伦的波兰天文学家，死于弗龙堡。他在克拉科夫和波伦亚学习了数学、天文学、医药学和法律，随后，他被任命为弗龙堡的议事司铎。他将闲暇时间用于研究天文学，从 1507 年开始，他便对行星运转产生了兴趣。他证实地心说系统不能正确预测行星运转。哥白尼放弃了托勒密理论，提出日心说理论，在日心说系统中，地球并不是宇宙的中心，而是围绕太阳运转，就像其他行星一样。哥白尼还解释说，星体的白昼是通过地球的自转实现的。临终前，他于1543年5月在纽伦堡出版《论星体轨道变革》一书，书中阐明了自己的理论。这一崭新的概念，在下一个世纪，通过开普勒和伽利略的著作得到了证实，从而促进了宇宙学从神学中解放。

柯思梅·德·卡斯特尔弗兰科（Cosme de Castelfranco 1557—1621），他的真名叫做保罗·皮扎，这位威尼斯学校的画家通过各种各样的书籍丰富了威尼斯教堂，随后，他加入嘉布遣会，被上级派送到德国，为鲁道夫二世国王效劳。

柯思梅二世·德·美第奇（Cosme Ⅱ de Médicis 1590—1621），菲尔迪南·德·美第奇公爵与克里斯汀·德·罗琳的大儿子。他体弱多病，他关闭了美第奇家的银行，那是他家族的财富源泉。尽管如此，他却保护着伽利略，伽利略是他的家庭教师，1609年，伽利略用望远镜观测到了木星的四颗卫星（也就是美第奇星），他将这四颗卫星以美第奇的名字命名。临终前，他的母亲克里斯汀·德·罗琳和他的妻子——奥地利的玛丽·玛德莱娜争夺起摄政权，她们都笃信宗教，是她们促使宗教法庭审判伽利略的。

乔凡尼·巴蒂斯塔，黛拉·波尔塔（Giovanni Battista Della Porta 约1535—1615），意大利物理学家、光学家、炼丹士，《自然魔法》一书的作者，那是他十五岁的作品。他所有的作品都表现出绝妙的品位。他发明了暗室和并且做了许多光学实验。有些人认为他是第一台望远镜的发明者，然而，他从来都没有发明过那样的仪器，是荷兰天文学家们研制出的望远镜，比如汉斯·里伯斯海，而将望远镜发展和传播开来的是伽利略。

勒内·笛卡尔（René Déscartes 1596—1650），法国数学家、物理学

家和哲学家，现代哲学的奠基人之一。他的青年时代过得很惊险，三十
年战争期间，他加入到马克西米连的军队。1620年初，他在乌尔姆遇见
了开普勒，随后，他放弃了军旅生涯。接下来，他建立起跨度广泛的新
哲学体系，他主张将物理学与数学相结合，并宣扬精神与身体相分离的
观点。他认为，宇宙向四面八方无限延伸，并且被一种永恒的、旋涡状
的物质所充斥。总之，他成为伽利略一案的受害者，他生前没有出版
《世界体系》一书。

菲利普·艾恒（Philip Ehem），德国医生，他娶了雷吉娜·穆莱克，
成为开普勒的女婿。

路德鲁斯·艾因霍恩（Lutherus Einhorn），这位莱昂贝格的大法官
因迫害巫婆而出名，在开普勒的母亲——卡特琳娜·开普勒的案件中，
他更是被大家所熟知。

尼古拉-克劳德·法夫里·德·派瑞斯克（Nicolas Claude Fabri de
Peyresc 1580—1637），普罗旺斯议会的议员，科学家、文学家、天文学
家。在朋友伽桑狄的支持下，他用望远镜观测月球，并同版画师克劳
德·梅兰共同绘制了第一张月亮地图。

哈布斯堡的菲尔迪南二世（Ferdinand II de Habsbourg 1578—1637），
奥地利公爵、波希米亚国王，于1619年成为神圣罗马帝国皇帝。反改革
派的头号人物，在他的支持下，基督教修道院和中学建成。他对宗教的
狂热以及对清教徒的仇恨引发了三十年战争。他是约翰·开普勒的最大
烦恼，他命令关闭格拉茨的路德主义学校，并对施蒂利亚的改革派进行
迫害。随后，他使表哥马蒂亚斯——鲁道夫的哥哥丧权失势，迫使开普
勒离开了布拉格。

罗伯特·弗拉德（Robert Fludd 1574—1637），英国医生、天文学
家、神秘主义者。他为第一支气压计做出说明，发现了血液流通的规
律。他的书装帧精美配有插图，这些插图言简意赅地表达出他的想法，

他致力于阐述宏观世界（世界）与微观世界（人）之间的和谐，他对行星、天使、人体器官以及音乐之间的和谐很感兴趣。他被证实是蔷薇十字会的会员，由于行使巫术而遭到开普勒的猛烈攻击。

巴列丁奈特的弗雷德里克五世（Frédéric Ⅴ de Palatinat 1596—1632），1610 年成为巴列丁奈特的储君。波希米亚国家大部分都是清教徒，而菲尔迪南是天主教徒，1619 年 8 月，由于波希米亚列国对哈布斯堡王朝的菲尔迪南二世（马蒂亚斯的继承者，神圣罗马帝国的继承者）不满，波希米亚列国废黜了菲尔迪南，并且拥护弗雷德里克五世登上皇位。这一举动是三十年战争的导火索之一。弗雷德里克五世在布拉格加冕，但是他被外国势力以及清教同盟背弃，1620 年 11 月 8 日，也就是在他加冕后的第一年零四天，弗雷德里克五世在"白色山峰战役"中战败。他得到"冬日国王"的绰号，余生都在流亡中度过。虽然弗雷德里克五世只是昙花一现的国王，但他依然是欧洲皇族最重要的祖先之一。

乔治·福格（George Fugger 1577—1643），著名银行家家族一员，神圣罗马帝国驻威尼斯共和国大使。在开普勒的《星际使者》出版一个月后，他就"伽利略的望远镜"这一主题，给开普勒写过一封信。

伽利略，或者伽利略·伽利雷（Galilée, ou Galileo Galilei 1564—1642），意大利物理学家、天文学家。他是机械科学的奠基人，使用望远镜完成最初的观测，这些观测结果在 1610 年出版的《星际使者》一书中有所阐释，他固执地捍卫哥白尼的宇宙观。他受到宗教权力机构的打击和审判，在经过一场漫长而著名的审判后，他于 1633 年公开宣布放弃自己关于日心地动说的科学信仰。他一直看不起开普勒的才华，他与开普勒保持联系是出于好奇。

文森索·伽利雷（Vincenzo Galilei 约 1520—1591），伽利略的父亲，意大利音乐家、弦乐器商人、作曲家、音乐理论家。

大卫·甘斯（David Gans 1541—1613），德裔犹太数学家、天文学家，他与马哈拉尔在布拉格共同治学。他对现代科学很感兴趣，经常与第谷·布拉赫和开普勒会面，他是哥白尼的最初支持者。

皮埃尔·伽桑狄（Pierre Gassendi 1592—1655），法国数学家、哲学家、天文学家。他与当时思想卓越的人都有往来——伽利略、开普勒、笛卡尔、帕斯卡、梅森——他研究了彗星运动以及月食现象，太阳上斑点的演变，并且发现了木星的好几颗卫星。1621年，他成为用科学方法描述北极光的第一人。1631年11月7日，他观测到水星从太阳前面经过，开普勒通过计算已经预测到了这一现象。他反对星相学，热烈拥护哥白尼和伽利略的理论，但是他却很少承认这一点。他与笛卡尔一样，只在内心和与朋友的私会时才敢于公开承认自己信奉哥白尼学说。他是第谷·布拉赫和哥白尼的第一位传记作者，此传记出版于1655年。

保罗·古尔丁（Paul Guldin 1577—1643），瑞士数学家，他因发现了两条"古尔丁定理"而被大家所熟知。1597年，他脱离清教，皈依到耶稣会。他在罗马、维也纳和格拉茨教授数学，开普勒去世后，他继任皇室数学家。

撒迪厄斯·哈耶克，又名哈耶西斯（Thadeus Hajek 1525—1600），人文主义者、天文学家、鲁道夫二世的私人医生。第谷·布拉赫正是因他而到布拉格。

托马斯·哈利奥特（Thomas Harriott 1560—1621），英国数学家、天文学家。他是地图绘制工匠，他参加了美国的罗利和德雷克远征。1603年到1610年间，他与开普勒保持着联系。在得知伽利略的发明后，他成为英国第一个使用天文望远镜的人，他用望远镜观测到月球上的环形山，以及木星（1609—1611）的卫星的演变。他用肉眼观测到太阳上的斑点，并画了下来。托马斯·哈利奥特热衷于烟草，他于1618年发现了鼻腔癌的症状，他亲自记录下病情的发展过程，直至去世。

让-巴普蒂斯特·黑本施特赖特（Jean-Baptiste Hebenstreit），乌尔

姆的拉丁学院院长。1620年，他建议年轻的笛卡尔前去拜访开普勒。他是鲁道夫星表的卷首诗作者，在这首诗中，他为著名的卷首插图作出解释。

丹尼尔·希茨利尔（Daniel Hitzler 1576—1635），神学家，音乐家，林茨的牧师。狂热的路德主义信徒，与开普勒势不两立的敌人，他于1612年将开普勒公开逐出教会。接下来，在开普勒的《世界的和谐》出版两年后，他出版了一本音乐学论文。

马丁·霍尔基（Martin Horky 17世纪），德裔天文学家，波兰的乔凡尼·安东尼奥·马瑞尼老师的学生，可悲的伽利略反对者。1610年4月，在致开普勒的一封信中，他对天文望远镜做出灾难性论证。同年6月，在没有征求老师同意的情况下，他出版了一本反对《星际使者》的小册子，这本小册子主要论证了美第奇星体不可能存在，因为它们没有什么用。他的言行遭到伽利略拥护者的嘲笑，并成为整所大学的笑柄，最终，霍尔基被他的老师马瑞尼扫地出门。

英国的雅克一世（Jacques 1ᵉʳ d'Angleterre 1566—1625），玛丽·斯图尔特的儿子。起初，他是苏格兰国王，名叫雅克六世，随后，从1603年开始，他成为英国国王。在同丹麦的安妮大婚之际，他于1590年参观了汶岛，并在乌兰尼堡宫住了一个星期，他向第谷·布拉赫献了诸多礼品，并作诗向他表达敬意。

符腾堡的让-弗里德里克（Jean-Frédéric de Wurtemberg 1608—1628），出生于蒙贝利亚尔，他继承了父亲弗里德里克一世的王位，成为符腾堡公国的首领。他有一个叫做乌尔班·寇特林的儿子，这个儿子做了外科医生兼理发师，他是当时的非法堕胎者，是他煽动起卡特琳娜·开普勒的巫婆一案。

杰森纽斯，也叫让·杰森斯基（Jessenius, ou Jan Jesensky 1566—1621），医生、哲学家、政治家。威滕伯格大学的解剖学教师，随后成为

布拉格大学的校长，他于 1600 年完成了第一次公开人体解剖，当时鲁
道夫国王也在场。他为第谷的葬礼做了祈祷，他在祈祷词中说第谷是被
尿憋死的。他是活跃的清教徒，在哈布斯堡王朝沦陷后，他就进了监
狱，菲尔迪南二世将他和波希米亚的其他二十六位名士一同判处死刑。

　　约翰·开普勒（Johann Kepler 1571—1630），出身于符腾堡的一个
悲惨家庭，恶棍堆里只开出了他这么一朵玫瑰花。巴尔德——约翰的爷
爷是魏尔德尔塔斯特的皮货商和市长，据约翰描述，他爷爷是一个酒
鬼，一个荒淫无度的人。约翰的父亲——海因里希（1547—1589 年后）
是旅店老板和雇佣兵，是一个暴力的酒鬼，他曾多次抛弃家庭，最终于
1589 年毅然决然地离家出走了。约翰的母亲——卡特琳娜，出生时名叫
古尔德曼（1547—1622），她由姑姑抚养长大，她的姑姑被当做女巫活活
烧死。她也是旅店老板。晚年时候，她被指控是女巫，最后关头，约翰
将她从柴火堆上救了下来，约翰亲自为母亲进行辩护。除了约翰之外，
卡特琳娜还养了克里斯多夫，海因里希（比起约翰，卡特琳娜更喜欢海
因里希）和玛格丽特这几个孩子。克里斯多夫是镀锡工，海因里希是士
兵。玛格丽特嫁给了一位牧师——乔治·宾德尔。

　　巴赫巴哈·开普勒（Barbara Kepler 1573—1611），出生于穆莱克。
1579 年嫁给约翰·开普勒，在此之前，她守过两次寡。她的女儿雷吉娜
是她第一次婚姻中的孩子，由开普勒夫妇共同抚养长大，她于 1608 年
嫁给一名德国医生，雷吉娜死于 1627 年。巴赫巴哈与约翰育有五个孩
子，其中有两个孩子在摇篮中就夭折了。巴赫巴哈既骄傲又刻薄，一生
都烦扰着约翰，她最后变成了疯子，于 1611 年去世，她的儿子弗雷德里
克将她下葬入土。开普勒与他的继女雷吉娜以及活下来的两个孩子苏珍
和路德维希（生于 1607 年）生活在一起，他感到孤独，于是他于 1613
年迎娶了年轻的苏珊娜·罗伊特林格，并与她又生了六个孩子：玛加丽
塔·雷金（1615—1617）、卡特琳娜（1617—1618）和巴尔德（1619—

1623)，这几个孩子都年幼夭折，随后的几个孩子，寇多拉（生于1621年）、弗里德马尔（生于1623年）以及希尔德贝特（生于1625年）活的时间也不长。苏珍于1630年嫁给了父亲的助手——雅各布·巴尔奇；路德维希于1634年，在法兰克福出版了父亲的遗作《开普勒之梦》，他到波兰的宫廷去做了医生，1663年去世。

梅尔基奥·克里斯留（Melchior Khlesl 1552—1630），国家领导人。从路德主义改信天主教，成为维也纳的主教，随后成为红衣主教，他是奥地利反改革派运动的推动着。在马蒂亚斯国王统治期间，他被任命为警察局局长，为约翰·开普勒带来不少麻烦。

米歇尔·马斯特林（Michael Maestlin 1550—1631），德国天文学家，数学家。他在图宾根大学研究神学和数学，并在意大利旅行期间发表了一个演讲，表示支持哥白尼学说，这个演讲使年轻的伽利略彻底放弃了托勒密学说。回到意大利之后，他在图宾根大学教授天文学。尽管他是哥白尼天体系统的支持者，但是迫于教师的官方身份，他却只能教授地球不可转动的观点。他致力于彗星的研究，他于1572年写了一篇关于新星的书，并且第一次对月亮散发出的灰白色光芒做出真正解释，他把这种现象归因于地球反射太阳的光。马斯特林是开普勒的老师和导师，他们一生都保持着联系，开普勒是他一生中最美的光环。马斯特林似乎意识到了这一点，宣称："开普勒之前的学者们只是对天文学旁敲侧击了一下而已。"

乔凡尼·安东艾奥·马瑞尼（Giovanni Antonio Magini 1555—1617），波兰天文学和数学老师、天文学家、地图绘制工匠，他于1582年和1599年出版了星历表。他与开普勒、第谷·布拉赫和伽利略之间保持着联系，他对伽利略用望远镜观测到的结果表示反对。

马哈拉尔，又名拉比·犹大·勒夫·本·比撒列（Maharal, ou Rabbi Yeouda Loew ben Bazalel 1525—1609），布拉格博学的犹太人，无

论对犹太教著作、还是对非宗教科学，他都有着深入的研究，尤其是数学领域。他与第谷·布拉赫和大卫·甘斯保持着紧密的联系，他是第谷·布拉赫的学生，大卫·甘斯是他的助手。继大卫·甘斯的发现之后，他发表了著名的观点：无论如何，《摩西五经》与科学都不应该对立，因为它们不属于同一个领域。有一个流行的犹太传说，说他发明了有生命的假人——泥土做的类似人形的生物，如果在泥人的额头上写出上帝不可言说的名字，它便会开始移动。

米歇尔·迈尔（Michel Maier 1568—1622），德国炼丹士，鲁道夫二世的私人医生和顾问，国王对炼丹术和神秘科学非常感兴趣。他是蔷薇十字会宣言的主要注释者之一。

西蒙·马吕斯（Simon Marius 1573—1624），他的德语名字是西蒙·迈尔，天文学家，他在布拉格遇到第谷·布拉赫，并且在帕多瓦大学研究医学。1607 年，他被卷进抄袭伽利略的罗盘事件中。1609 年，他制作了一台天文望远镜，透过望远镜可以看到木星。四年之后，他公布了观测结果，他声称自己在伽利略之前就发现了木星的四颗主要卫星，并为这四颗卫星命了名，这四个名字一直沿用至今：艾奥、欧罗巴、伽倪墨得斯和卡利斯托。伽利略指控他剽窃。

巴伐利亚的马克西米连（Maximilien, duc de Bavière 1573—1651），巴伐利亚的公爵，随后成为选帝侯。他接受的是耶稣会的教育，向他反复灌输对新教的憎恶。他是三十年战争的主要发起者。年轻的勒内·笛卡尔就作为雇佣兵加入到他的队伍中……

约翰·纳皮尔（John Napier 1550—1617），他的法语名字更加被众人所熟知：纳柏尔，苏格兰物理学家、天文学家和数学家。他建立起三角球体的公式若干。他用小数点为十进制的安格鲁-萨克逊标记法推广开来，尤其要强调的是，他发明了对数。1614 年，他阐释了这个新工具的使用方法，亨利·布里格斯阅读了他的说明书。1615 年，亨利与纳柏尔见了面，并且阅读了纳柏尔的书籍。开普勒是第一个熟练应用这个工具进行天文学运算的人。

艾萨克·牛顿（Isaac Newton 1642—1727），英国哲学家、数学家、物理学家和天文学家。他是科学的标志性人物，其主要贡献有：万有引力定律、光学、反射望远镜、三条力学定律。在无限小数的运算上，他与莱布尼茨是竞争对手。他出生于格兰瑟姆附近的伍尔索普村。在他出生的前三个月，父亲就去世了。艾萨克三岁的时候，他的母亲同尊敬的神甫史密斯·巴纳巴斯再婚。于是，他被寄养在祖母家，由舅舅看管，他的童年过得并不快乐。他在格兰瑟姆中学完成了基础学业，十四岁的时候，回到了母亲经营的农场；但是他表现得很不适应农活儿和商业事务，1660 年，母亲将他送到剑桥大学去做学生的用人。在剑桥大学，他自学了笛卡尔的《几何学》以及开普勒的《光学》。接下来的故事，会在"天空建筑师"的最后一卷中讲到……

曼德鲁·帕尔斯贝尔格（Manderup Parsberg 1546—1625），丹麦贵族，第谷的同学。1566 年 12 月，在与第谷的对决中，他将第谷的鼻子割了下来。从那以后，他成为一个有影响力的政治家，成为北欧议会的成员。

尤苏尔·兰博（Ursule Reinbold），德国悍妇。她控诉卡特琳娜·开普勒的一种魔法药水使她生了病，这种魔法药水引发了巫婆案件。

苏珊娜·若丁格尔（Susanne Reuttinger 1589—1636），埃费丁旅店老板家的女儿，她于 1613 年成为约翰·开普勒的第二任妻子，他们育有七个孩子，其中有四个活了下来。他们的婚姻很幸福。

约阿希姆·雷蒂库斯（Joachim Rheticus 1514—1574），乔治·约阿希姆·冯·鲁辰，外号叫做雷蒂库斯，瑞士天文学家、数学家、地图绘制者、医生。他的父亲在费尔德基希被处决之后，他到苏黎世和威滕伯格学习数学，在墨兰顿的支持下，他在那里做了两年教师（1537—

1539）。随后，他辗转到弗龙堡，到哥白尼身边帮助这位杰出的天文学家在《天体运行论》一书中做运算，并鼓励哥白尼将《天体运行论》一书出版发行，他是哥白尼唯一的学生，他在哥白尼的书中看到了日心说的证据，并且通过自己的书籍《初述》（1540 年）将新思想宣传于世。哥白尼死后，他的生活动荡不安，还会时不时地爆出丑闻和风化事件。在他事业终结的时候，他在波兰、随后在匈牙利当起了宫廷医生。他与学生瓦伦汀·奥索共同创建了新三角函数表。

哈布斯堡王朝的鲁道夫二世（Rodolphe Ⅱ de Habsbourg 1552—1612），查理·昆特的孙子，波希米亚和匈牙利的皇帝，随后，1576—1612 年间，他当上神圣罗马帝国的皇帝。他是艺术和科学的庇护神（阿尔钦博托、柯思梅·德·尔弗兰科、第谷·布拉赫、开普勒），但是他的性格内向、忧伤，甚至有些疯癫的倾向。他对神秘哲学极其感兴趣，身边总是围绕着一群占星家、炼金士和星相学家。他的治国无能是三十年战争爆发的前奏。

彼得罗·保罗·萨尔皮（Pietro Paolo Sarpi 1552—1623），威尼斯历史学家、学者、科学家、威尼斯共和国的神学顾问。他被保罗五世逐出教会。他在帕多瓦大学遇到伽利略，并且与之成为朋友。

乔纳斯·索尔（Jonas Saur），乌尔姆的印刷商。1627 年，开普勒著名的鲁道夫星表就是这家出版社发行的。

马蒂亚斯·赛法特（Matthias Seiffart），17 世纪的前十年，他是开普勒的助手，参与了开普勒光学方面的研究工作。

威廉·谢克哈特（Wilhelm Schickard 1592—1635），牧师、施瓦本的大学研究员。1623 年，他为开普勒发明了一种用齿轮原理构造成的"计算时钟"，这台仪器是用来计算星历的。在受到三十年战争的创伤之后，这台仪器在 1624 年的动乱中消失了。

弗朗西斯科·辛济（Francesco Sizzi 1585—1618），佛罗伦萨天文学

家。他对伽利略发现的木星的卫星提出质疑，并于 1611 年出版了一本小册子，使《星际使者》的荣誉扫地。

海尔莫哈德·巴龙·冯·施塔勒姆贝格（Helmhard Baron von Star-hemberg 1572—1631），在 1680—1620 年间的清教徒运动中，他充当领袖。他聘用开普勒到林茨去当教员。他的妻子——伊丽莎白女公爵是苏珊娜·若丁格尔同母异父的姐姐，后者是开普勒的第二任妻子。

弗朗兹·甘斯奈博·冯·坎普·当涅日勒（Franz Gansneb von Camp Tengnagel 1576—1622），威斯特伐利亚的贵族。从 1595 年起，他在汶岛、万兹贝克和布拉格做第谷的管家。他通过玩弄手段，设法让第谷的女儿伊丽莎白·布拉赫怀上他的孩子，随后娶了她。第谷去世后，他开始从政，为哈布斯堡王朝服务。

让-塞尔克拉斯·蒂莉公爵（Jean t'Serclaes comte de Tilly 1559—1632），瓦隆战争的首领，在三十年战争的第一阶段，他是天主教同盟军队和神圣罗马帝国的指挥官。他同布库艾结成同盟，在白色山峰战役（1620 年 11 月 8 日）中，击退了波希米亚国王弗里德里克五世的军队，这是三十年战争的决定性时刻。

于希诺斯，外号叫做本杰明·贝赫（Ursinus, ou Benjamin Behr 1571—1630），天文学家、开普勒的助理，他同开普勒一同进行木星、卫星的观测。1618 年，开普勒对对数的运算表现出兴趣，关于对数，于希诺斯写过好几篇论文。

乔治·维利（George Villiers 1592—1628），白金汉宫的公爵，出身于诺曼底的英国政客。风度翩翩，才华横溢，他是英国的雅克一世、查理一世的宠臣。随后，他将国家拖入可怕的战争之中。他因亚历山大·大仲马的《三个火枪手》而不朽。

维特里昂（Vitellion 13 世纪），西里西亚僧人，主要致力于自然哲学的研究。他因 1270—1278 年间发表的光学论文而著称，并在很大程度上借鉴了博学的阿拉伯医生阿尔哈曾的观点。阿尔哈曾的著作主要通过维特里昂的著作，特别是通过开普勒的帮助，才得以在文艺复兴时期被大家所熟知。

戈特哈德·沃瑞林（Gothard Vögelin），海德堡的印刷商。开普勒的《新天文学》一书，就是 1609 年由他出版的。

马蒂亚斯·瓦克（Matthias Wackher 1550—1619），改革派律师。1592 年皈依天主教，他被封为贵族，并在布拉格被任命为皇室议会的成员。学术渊博的自然哲学爱好者，他支持开普勒和伽利略的观点。

阿尔布雷希特·冯·华伦斯坦（Albrecht von Wallenstein 1583—1634），捷克贵族的军事将领。三十年战争期间，效忠于帝国的最著名的雇佣兵，成为皇室军队的将军。他非常热爱意大利的雅致，以及意大利的艺术和建筑，他在布拉格建起了金碧辉煌的华伦斯坦宫殿。他热衷于星相学，连制定作战计划都要参照星象预测，他是一位天才商人。1628 年，他雇用了开普勒，开普勒离开林茨到西里西亚的萨冈定居，但是开普勒很失望，在那里并没有待太久。开普勒为华伦斯坦做过了占卜，并于 1634 年预测他有"凶兆"，不让他离开。华伦斯坦于同年 2 月 24 日被杀害！

亨利·洛德·沃顿（Henry Lord Wotton 1568—1639），英国政治家、诗人，英国驻威尼斯共和国大使，科学爱好者。他于 1620 年与开普勒结识，建议他前往英国避难。

吉奥赛夫·扎利诺（Gioseffo Zarlino 1517—1590），从亚里士多塞诺斯一直到拉莫，他是毋庸置疑的最重要的音乐理论家。他在音乐理论上对于乐器的对位法以及和弦的理论贡献是大家公认的。

ii. 从托勒密到开普勒的世界体系

天文学家一直都在建立世界体系，他们会结合自己时代的认知来了解星体的运动和宇宙的整体布局。

下列图表中，前三个分别展示的是托勒密的"地心说体系"，哥白尼的"日心说体系"以及第谷·布拉赫的"地球—日心说体系"，这些体系之间的竞争一直持续到17世纪中叶，直到日心说大获全胜。这些图表出自一本叫做《关于宇宙体系》的书籍，作者是爱德华·舍伯恩，这本书于1675年发行于伦敦。第四个宇宙图表是伽利略做的；伽利略的图表并没有什么原创观点，这位意大利学者只是照搬了哥白尼的日心说体系，他只为木星加上几颗卫星。他对开普勒的"行星轨道并非圆形"的基础性发现并不在意。

这四张图表都认为宇宙是有限的、被"恒星天"最大限度地包围着。从封闭的世界到无限空间的演化是一种后哥白尼观点，这要归功于托马斯·迪格斯（第五张图表）、乔尔丹诺·布鲁诺（1600年被当作异教徒烧死），勒内·笛卡尔（他活着的时候不敢发表自己的宇宙观）以及艾萨克·牛顿。

第六张，也就是最后一张图表，表达的是开普勒"和谐"的观点，他说明了行星轨道的椭圆形自然属性，通过图表也可以看出，他认为太阳系的几何形构造属于规则多面体。

我们用以下符号来表示星体：

地球	⊕	火星	♂
月球	☽	木星	♃
太阳	☼	土星	♄
水星	☿	恒星	⊕
金星	♀		

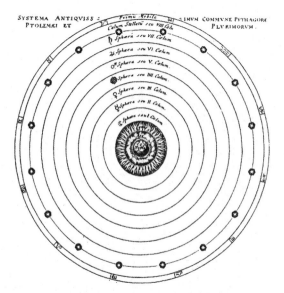

托勒密的"地心说"天体系统:

地球—月球—水星—金星—太阳—火星—木星—土星—恒星—第一推动

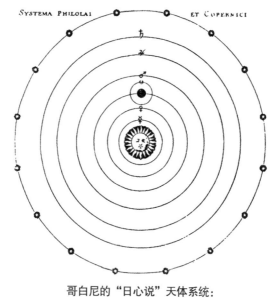

哥白尼的"日心说"天体系统：

太阳—水星—金星—地球（月球围绕着地球运转）—火星—木星—土星—恒星

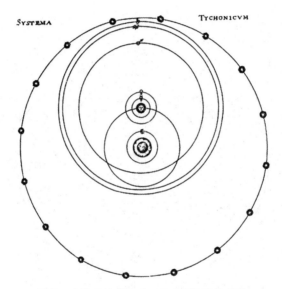

第谷·布拉赫的"地球—日心说"天体系统：

地球—月球—太阳/水星—金星—火星—木星—土星（围绕着太阳运转）—恒星

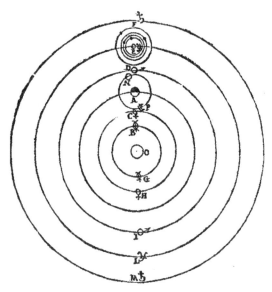

伽利略的"日心说"天体系统：

与哥白尼的体系相同，但是伽利略在木星的轨道上加上四颗卫星，这四颗卫星是他于 1609 年用望远镜发现的。

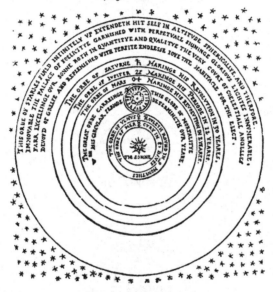

迪格斯的天体系统（1576 年）

在太阳系的构造上，迪格斯与哥白尼的观点相同，但是他第一次提出在无限的空间中散布的星体。托马斯·迪格斯（1546—1595）是第一个阐释并接受哥白尼天体系统的英国天文学家。1576 年，他于《根据毕达哥拉斯的古老理论、近期由哥白尼重提并以几何学论证为支撑的星体轨道的完美阐释》一书中，发表了这张图表。

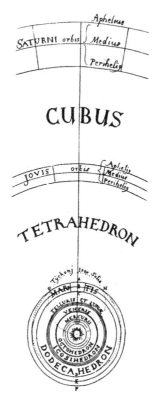

开普勒的天体系统（1618 年）

　　在行星轨道的顺序问题上，开普勒与哥白尼观点一致，但是他认为行星轨道是椭圆形、而不是规则的圆形。结论是，每一个行星都在距离太阳最近的位置（近日点）和最远的位置（远日点）之间摆动。

iii. 关于开普勒的科学著作

开普勒是三条定律的创造者（也称作开普勒三定律），他令人钦佩地总结出太阳系的构造，他在科学史上占有无可比拟的地位。开普勒渴求真理，他拥有永不枯竭的才智，从最初的探索开始，他就决心破译自然的密码。他拥有杰出的洞察力，意志顽强、坚忍不拔，同时，还具有一种无可挑剔的谦虚和真诚，他不断作出假设、推翻假设、再作假设，力臻完美，他从不会让骄傲蒙蔽双眼，也从不会犹豫、否定前一晚的想法，无论付出怎样的辛劳他都认为值得。他的天才发现从根本上革新了天文学，也为我们讲述了一个信仰坚定、大公无私、令人动容的开普勒的故事。

我们今天读起来，会觉得开普勒的书特别难懂，并不是因为专业性太强（当然也有这个原因），而是由于开普勒在书中所提到的观点很晦涩。毫无疑问，他是一位天文学家，但首先他是一位神秘主义学者，也就是星相学家。他对世界的看法、对世界布局的观点的思想基础与自然科学的思想基础不同，实际上，开普勒与许多他的同时代人一样，都认为世界受着神秘事物的影响。不要把开普勒塑造成一个毫无瑕疵的"科学英雄"的形象，还是给历史学家们一个机会，他们喜欢对随着时间而不断变化的理性形态自娱自乐。

无论如何，在爱因斯坦之前，科学发现从未像开普勒的见解这般独到和深刻。他的主要发现几乎是他的同时代学者们未曾察觉的，比如说，伽利略将每一门科学之间的界限划分得很清，他不在其中做任何影射。但是牛顿对日食、月食更感兴趣，他了解其中所有价值，对于日食、月食的研究为他提供了发现万有引力定律的基础。

除了三条关于行星运转的天文学规律和对万有引力定律的直觉之外，开普勒的研究范围还包括光学、日食、太阳和彗星。他提出一条全新的视觉理论，他是提出空气重力的第一人，他也是第一个用组合方法将两片凸透镜组装在一起的人，他还对天文望远镜的用法做出了解释。他断言太阳也会运转，他将太阳表面的污点归因于太阳表面升起的云，并说太阳有一个光球层，在日全食期间，光球层会形成环绕在月亮表面的光圈。他猜想彗星的尾巴是由彗星受到太阳光牵引而产生的内核碎片构成；他还断言，彗星会拆分成两部分，之后，这两部分就追随着不同的轨道运行（这一现象后来被观测到）。

最终，约翰·开普勒在伟大的几何学家中也占有一席之地。他是第一篇普及对数知识论文的作者。他自荐解决木桶容积的问题（这个问题阿基米德曾经研究过），为无穷小运算做了铺垫（60年后，牛顿和莱布尼茨发展了无穷小运算），同时，他还为极大值和极小值的运算方法确立了标杆。此外，他还发展了多边形和星形多面体理论，并为晶体研究奠定了基础；他还解释了一些自然形态的几何构造（石榴的果核、蜂房等等）。他对立体空间内堆积的球体提出过一项著名的假设，直到1998年，借助于计算机，这一假设才得以证实！

开普勒还试图证明音乐与天文学之间有关系，如今看来，这种想法是非常幼稚的。然而，对年轻的巴赫有着深刻的影响音乐理论家安德烈亚斯·魏克麦斯特说，开普勒为多声部系统中的"中音"部分奠定了基础（1707年，在关于音乐悖论的演讲中有提到）。巴赫的《平均律钢琴曲集》可以理解为是开普勒天文学的音乐雏形！值得一提的是，德国作曲家保罗·亨德米特于1951年写了一首名叫《世界的和谐》的交响乐，他根据开约翰·开普勒的一生将这部交响乐扩展为一部五幕的歌剧，其和谐的基础效仿的是天文学理论。

图书在版编目(CIP)数据

伽利略之眼/(法)让-皮埃尔·卢米涅著;刘天爽
译. —上海:上海人民出版社,2018
(天空建筑师)
ISBN 978 - 7 - 208 - 15402 - 5

Ⅰ.①伽… Ⅱ.①让… ②刘… Ⅲ.①开普勒
(Kepler, Johannes 1571-1630)-生平事迹 ②伽利略
(Galileo 1564-1642)-生平事迹 Ⅳ.①K835.166.14
②K835.466.1

中国版本图书馆 CIP 数据核字(2018)第 201602 号

责任编辑 赵 伟
封面设计 翁华晖

天空建筑师
伽利略之眼
[法]让-皮埃尔·卢米涅 著 刘天爽 译

出 版 上海人民出版社
    (200001 上海福建中路 193 号)
发 行 上海人民出版社发行中心
印 刷 上海盛通时代印刷有限公司
开 本 890×1240 1/32
印 张 11.75
字 数 295,000
版 次 2018 年 12 月第 1 版
印 次 2018 年 12 月第 1 次印刷
ISBN 978 - 7 - 208 - 15402 - 5/K · 2784
定 价 58.00 元

L'Oeil de Galilée © 2009 by Editions Jean-Claude Lattès

Simplified Chinese edition arranged

through Dakai Agency Limited